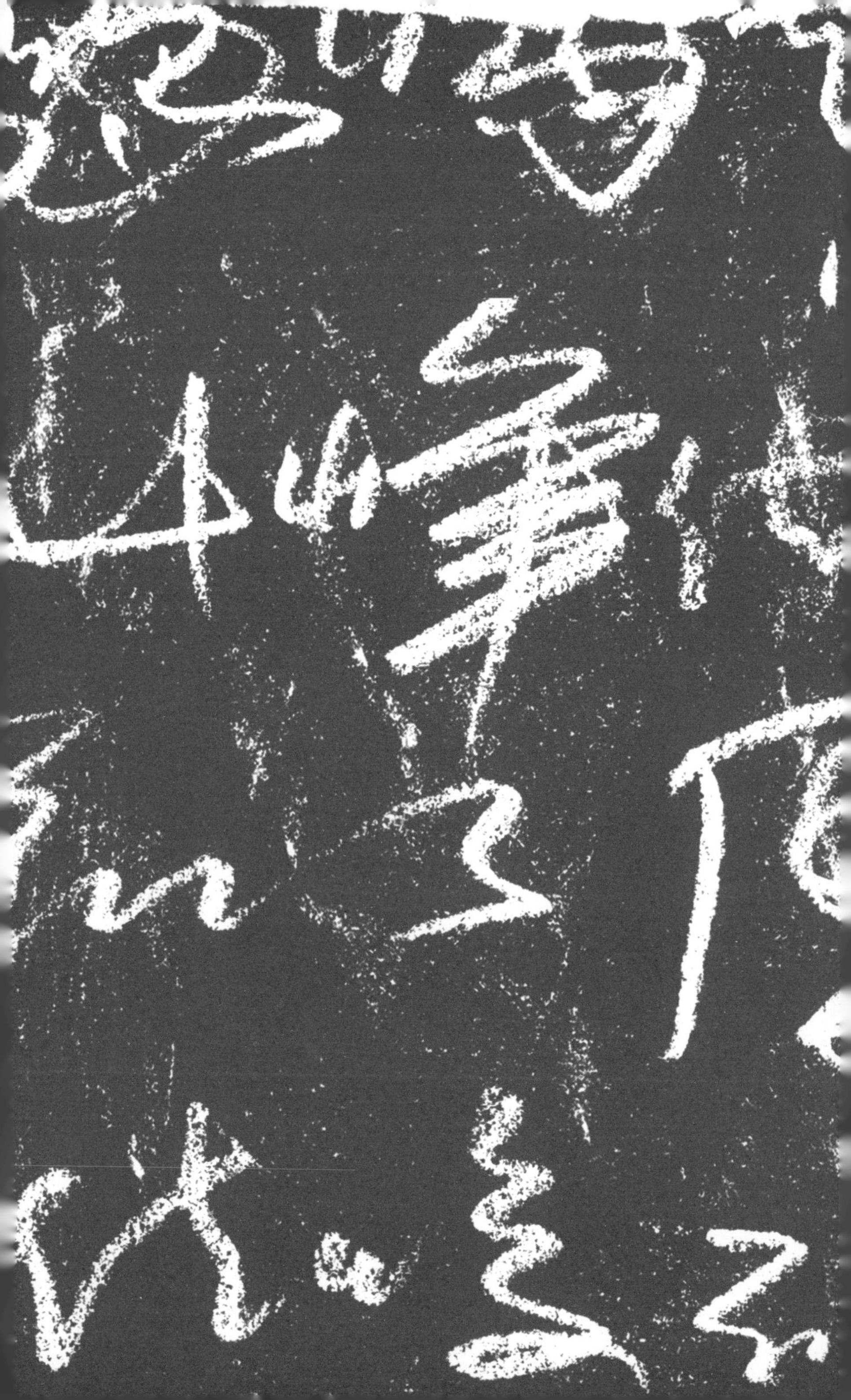

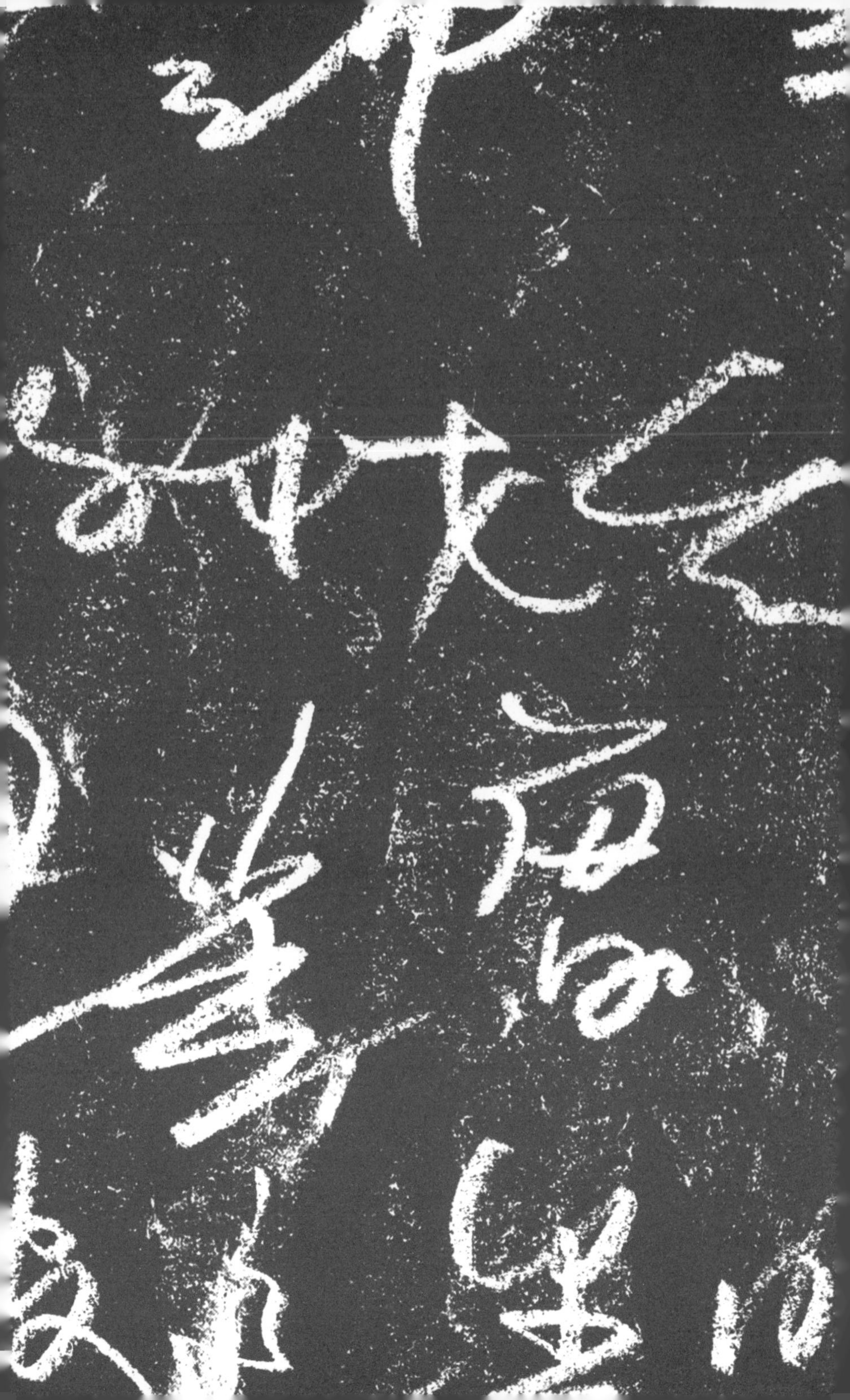

句法

JU FA

哑石 编

诗镌（2017卷）

序

因缘际会，新诗诞生百年之际，丛书“诗镌”出版。该丛书2017卷含《诗镜》《诗蜀志》《句法》三本。

百年新诗话语实践，伴随着社会文化风云嬗变，深度牵连于这片土地的希望、跌宕与挫折，一代代诗人艰苦卓绝的努力，顽强地为现代汉语诗性内核的生成和拓展输送着精血。也许，在一定程度上，我们仍处于一百多年前新诗不得不出发的“开端”之中。当下汉语处境，其微妙性和复杂度，包括某种新颖的急迫感，并非哪种现成理论能够全面有效地廓清。另一方面，百年新诗，尤其是前三十年后四十年，已经毫无疑问为我们贡献出了星群般杰出、耀眼的范例，譬如现代性言说主体的探索与技艺、历史想象力和感受力的独特个人方案……置身于如此展开的语言星河，作为写作者，我们真的能感受到现代汉语如麦穗一般籽粒渐渐饱满起来的尊严，并有望随着写作的一步步积累，时不时去触摸、刺探一下其涌动中暗布的悬崖与陷阱。

我相信，新诗的所谓本质，不是先验地被某种优势理论所规划，而是在一代代诗人手中生成并逐渐开阔；那些优秀诗人的嗓音，正是在与时间的对话与博弈中，镌刻出了新诗那“纯洁一个种族的语言”的伦理及美学面目。当下全球语境的资本逻辑和信息、基因技术爆炸，挟裹着地方性文化深刻的撕裂，不仅考验着现实荣枯中个体的人性，也具在地考验着汉语新诗触须的灵敏性，以及自我塑形的心智。也许，这种考验，将长期存在，它需要我们这些从业者，放下个我成见，更谦卑地锤炼语言内部强韧的有效技艺，繁灿不必自谓开新，逞灵亦需界限自警，捭阖沉着，以对称于精神生活的真实处境。

是的，在对当代杰作的观摩中，除了学习所有写作必然要求的诚恳、自省，我们还能明显感受到“冒犯”作为当代新诗的内在属性。冒犯自我，冒犯让诗中仍有大量“鬼魂”存在的某种暴力的幽暗。这种冒犯，钟情于文明，有幸得到精神和技艺的双重淬炼，让汉语呈现出清溪涌流中星光的龙吟。

创造性的诗歌写作，内蕴着一种深刻因而不会被轻易捕获的自由。是的，作为语言世界的公民，我们仍然在路上。

哑石 2017年6月

目录

一行

“树”的诗学：以中国当代新诗为例

作者 / 一行

一行，本名王凌云，
一九七九年生于江西湖口。现居昆明。
执教于云南大学公共管理学院哲学系。

树，因其挺拔而与人类相似。人们热爱树木，不仅因为树在人类生活中的多样用途，而且由于树的自足存在昭示着某种真理，并以隐秘的方式塑造着我们的感受、观念和想象。在诗的语言空间中，“树”的意象占据着仅次于人的广袤领地。“树”，作为诗歌的重要母题和原始场景之一，自古以来便在诗人那里寻求着语言之造型，并从诗人的生命、灵魂和精神中汲取着这一意象的全部深邃与强度。诗人们常常把自己比作树（想要分有树的德性）或冥想为树（通过济慈所说的“反向感受力”），于是“树”便成了灵魂或自我的形象，在向上方、向着光明生长的同时，也不断将根须探向黑暗深处。另一些诗人则喜好在“树林”或“森林”的背景下展开抒情或叙事，“树”由此成了风景，而诗则显现为一条穿林而过的“林中路”，或者开辟出一块作为“空无之境”的“林间空地”。当然，“树”在更多的诗人那里是诗的常见主题，这一主题可以是伦理性质的、神话性质的或思辨观念性质的，也可以在更为日常的具体性中对某些树进行描述和理解。而当诗人们的目光着眼于树的局部时，诸如“根”“枝”

“叶”“果”这样的意象也经常突显出来，成为诗中的关键意象或隐喻。某些诗人还可能将树的主题引申到人类生活的其他特殊经验之中，诸如爬树与砍树活动，木匠对树的加工，以及“树”与生活空间的关系。我们可以说，树的意象深植于诗之中，“树”这个词创造出了一片语言的丛林：一旦它在诗中扎根和显现，在它周围便形成了自己的土壤、河流、光与黑暗。

在本文中，我将主要以中国当代新诗中的某些作品为例，展开对“树的意象”的诗学分析。这一分析首先着眼于“意象的诗学逻辑”，试图对意象的谱系、意象所携带的隐喻和象征观念，以及意象的变形方式等进行探究，从灵魂形态学和深层意识结构的角度来理解诗歌中与“树”相连的生命经验。作为参照，某些古诗、外国诗和早期新诗作品也会得到对比性质的征引。需要说明的是，本文的分析既不可能涵盖所有“树之意象”的诗学形态，也不可能列出所有相关的重要作品。这里对诗歌文本和论述视角的选择是从我的阅读和写作经验出发的，因而不可避免地带有我个人的视野和感受方式的痕迹。事实上，每个人都需要从自身的生命经验出发，建立与树、与“诗中之树”的本真的、唯一性的联系。

第一节　作为灵魂形象的“树”

树不仅与我们人类直立的身体相似，更与我们的灵魂相似。树挺立在世界之中，它们很可能就是“正直”一词的由来，它们的坚定与稳固向来是人类的楷模；某些树木冬季不凋的特性（“岁寒，然后知松柏之后凋”）使之与其他植物区分开来，成了灵魂高洁与坚忍的象征。进一步说，树有一种对光的朝向和渴望，它们像吮吸雨水一样吮吸着阳光，明亮而从容地生长，这与人类对光明的热爱非常相似；同时，树向上生长的过程也是向下扎根的过程，树的根须不断朝黑暗深处挺进，这在很大程度上类似于人类对黑暗、死亡和深渊的迷恋。于是，树不仅可以象征灵魂之德性，更可以成为灵魂内部的两种法则（光与暗、生与死）之间张力的象征。正如谢林在论述人类“自由”之本质时所说：“在人类中是黑暗原则的整个能力，也正是在人类中同时是光明的整个力量。在人类之中有至深的深渊和至高的天空，或者说是有两个中心。”[1]树与灵魂一样，在朝向“至高的天空”伸展的同时也沉潜到自己“至深的深渊”或黑暗之中，那向上生长的力量正是向下扎根或沉陷的力量。

于是，作为“灵魂形象”的树的隐喻就有两种基本构成方式：第一种诉诸伦理德性或政治德性，第二种则诉诸人类自由（灵魂或精神）的深层法则。不难看到，第一种是古典诗歌的主要方式，而第二种则是现代诗歌的主要方式。在中国古典世界中，树与灵魂的相似性一般来说都是在“伦理—政治”语境中构成的（当然，我们需要记得一个例外：《庄子·逍遥游》中那棵立于“无何有之乡”的“无用之大树”）。诗人们爱用树的意象来比喻自身或某些杰出人物的气节与操守，最常见的是松树和柏树。其中最著名的诗作当属汉魏刘桢的《赠从弟（之二）》和唐代杜甫的《古柏行》：

亭亭山上松，瑟瑟谷中风。

风声一何盛，松枝一何劲。
冰霜正惨凄，终岁常端正。
岂不罹凝寒，松柏有本性。

——刘桢《赠从弟（之二）》

孔明庙前有老柏，柯如青铜根如石。
霜皮溜雨四十围，黛色参天二千尺。
君臣已与时际会，树木犹为人爱惜。
云来气接巫峡长，月出寒通雪山白。
忆昨路绕锦亭东，先主武侯同閟宫。
崔嵬枝干郊原古，窈窕丹青户牖空。
落落盘踞虽得地，冥冥孤高多烈风。
扶持自是神明力，正直原因造化功。
大厦如倾要梁栋，万牛回首丘山重。
不露文章世已惊，未辞翦伐谁能送？
苦心岂免容蝼蚁，香叶终经宿鸾凤。
志士幽人莫怨嗟：古来材大难为用。

——杜甫《古柏行》

刘桢这首以松树自喻的诗，充分显示了钟嵘所说“仗气爱奇，动多振绝。贞骨凌霜，高风跨俗”[2]的特征（钟嵘对刘桢的这一总体评语，很可能就从这首诗而来）。诗的高峻风格与所咏之“松”的“端正”、有“劲”的德性完全匹配，将一个孤绝、高贵的灵魂呈现在我们面前。“风”与“松枝”的较量，就是艰难处境对灵魂的磨砺，这里有一种“强度”（中国古人称之为“骨气”）的体现。对古人来说，山松的承受力与忍耐力乃是其“本性”，真正的本性就像灵魂中的德性那样只在危急和险恶处境的长久考验中显现（所谓“疾风知劲草”）。我们可以在清代郑板桥《竹石》一诗（“千磨万击还坚劲，尔东西南北风”）中听到刘桢这首诗的回声，尽管郑板桥用“岩竹”替代了刘桢的“山松”，还新添加了一个和“枝与风”的对抗相对称的维度：“根”与“岩”的对抗。

杜甫的《古柏行》作于唐大历元年（766年）的夔州武侯庙。这首诗不仅具有刘桢诗中缺乏的“雕润”[3]和华丽铺排，而且建立了一个复合的喻指结构：“古柏”既是诸葛亮的隐喻，又是诗人自己灵魂的隐喻。这样一种“古柏—诸葛—自己”的三元结构，让一位伟大古人来中介自己与“古柏”之间的灵魂关联，是刘桢诗中所没有的。同时，《古柏行》在寓意的构造上也不只是从孤高、正直这些个人品德方面着眼，而且指向诸葛亮这棵“大树”在政治和文教方面的作为，最后还指向自己怀才不得其用的忧愤。诸葛亮一生都是在“扶大厦之将倾”，虽然失败，却仍是“梁栋”；而同样的从“树木”向“梁栋”的转换却未能在杜甫自己身上实现，诗人空怀与诸葛亮相同的志向，却只能慨叹“古来材大难为用”。无论如何，这句诗都并不意味着杜甫赞成庄子“无用之用”的道家态度，[4]相反，杜甫想要“与时际会”，成为支撑将要倾覆的唐朝大厦的柱子，他终生渴望着被朝廷所用。

刘桢诗中的“山松”意象，在中国古典诗歌史中不断被传承和改写，形成了一个特殊的谱系，并在曾卓《悬崖边的树》那里产生了一种有意味的变形（以新诗的方式）：

不知道是什么奇异的风
将一棵树吹到了那边——
平原的尽头
临近深谷的悬崖上
它倾听远处森林的喧哗
和深谷中小溪的歌唱
它孤独地站在那里
显得寂寞而又倔强
它的弯曲的身体
留下了风的形状
它似乎即将倾跌进深谷里
却又像是要展翅飞翔——

曾卓在此诗中虽然也强调了树的“倔强”，但他所渲染的“孤独”和“寂寞”显然不是古典情调，而是有其西方浪漫主义的来源。曾卓的这棵树不是“端正”的，而是“弯曲”的，因为这阵“历史的强风”在每个经历过它的树身上留下了“风的形状”。这显然指向那一代人的历史遭遇，隐喻着“灵魂”所受到的创伤和扭曲。刘桢所处的时代尽管也很艰难，但汉魏时期的政治寒风显然远远比不上现代国家意识形态运动的强风，因此刘桢的“山松”还可以保持自身的正直，而曾卓的“树”则没有这么幸运，它即便“倔强”也终不免有所“弯曲”。诗的结尾是曾卓对灵魂中的双重倾向的形容：“即将倾跌进深谷”可以理解为受创后对死亡和深渊的敏感（也可解读为“仿佛被历史之风吹断”），而“要展翅飞翔”则是浪漫主义的理想倾向。在“天空与深渊”“升腾与坠落”（借用曾卓的女儿萌萌老师的书名）之间，灵魂处在一个“悬崖”般的位置，这也是现代中国历史中一代人的精神状况的写照。不难看到，曾卓这首诗通过“树”的意象所要显示的，主要不是一种伦理或政治德性，而是一种生存论意义上的情绪和处境。

中国新诗作为现代诗歌，不仅改写了中国古诗中的若干“树”的意象，而且还在新的语言方式和历史境遇中，为“灵魂的自我形象”发明出了与古典诗歌完全不同的树之隐喻。在某种程度上，这些新的发明所依据的，正是树与灵魂共同具有的生与死、光明与黑暗之间的张力。这些发明诉诸的主要不是古典意义上的伦理—政治经验，而是现代以来的感性、爱欲、灵性和生存经验。上引曾卓的诗对此已有所提示。事实上，我们可以在许多现代诗人那里看到以树自喻或将灵魂化形为树的冥想，这种冥想常常贯穿了诗人的整个写作生涯，塑造着他对自身命运的感知。有时，这种感知似乎带着某种谶语般的性质，诗人在以树自喻时，他或许感受到了自身生命与死亡的时机和节律。穆旦和顾城，便是这种在写作早期和后期都“托魂于树”的例证。穆旦早年的名篇《诗八章》创造了一棵“赐生我们的巨树”，而他在去世前不久则看到了一棵从痛苦中长出的“智慧之树”：

> 等季候一到就要各自飘落，
> 而赐生我们的巨树永青，
> 它对我们的不仁的嘲弄
> （和哭泣）在合一的老根里化为平静。
>
> ——穆旦《诗八章》最后一节，1942年

但唯有一棵智慧之树不凋，
我知道它以我的苦汁为营养，
它的碧绿是对我无情的嘲弄，
我咒诅它每一片叶的滋长。

——穆旦《智慧之歌》最后一节，1976年

《诗八章》是一首爱欲之歌。它是从某种神话式的玄学而来的对“我”（男人）与“你”（女人）、人与神、理智与情感、生与死之间关系的整体想象。正如柏拉图《会饮篇》通过苏格拉底转述女先知蒂奥提玛（Diotima）讲的神话所说的，灵魂的本质就是“爱欲”（eros），是在丰富与匮乏、不朽与必死之间的张力，人就生活在“对其存在的神性根基的爱欲式的张力之中”。[5]《诗八章》中对爱欲的理解，同样是在此种张力中展开的，灵魂之中的双重方面（人之必死性与其神性根基的不朽性）通过不同的喻体和意象编织出一种关于灵魂的神话。诗以“火”的意象开篇（“你的眼睛看见这一场火灾”），却终结于“树”（“根”）的意象，在爱欲与死亡、躁动与平静之间形成了一种呼应。一切男女和有情众生，都不过是“永青的巨树”上的速朽叶子；这棵树是作为永恒生命的“神性根基”的象征，而我们却是有限的、必将飘落的。灵魂之中“神与人”的张力被比喻为“树与叶子”的关系，“叶落归根”变成了爱欲在死亡中得到平息的隐喻。“巨树”对我们的“嘲弄”，恰好对应着诗第一节中“神”的自我“玩弄”。《诗八章》在“永恒”与“短暂性”之间建立的神话图景，虽然在此诗中限定于爱欲语境，但确实可以延伸到“神意”与“历史”的关系之中。历史不过是神对人的嘲弄或玩弄，它经常是“不仁”的。果然，穆旦在他的后半生就遭遇到“另一棵

树”（“智慧之树”）的嘲弄，它通过历史事件而发生。由于《诗八章》和《智慧之歌》的结尾之间存在着意象逻辑上的明显关联，虽然它们的主题不一样，但仍然可以看成是晚年的穆旦在与早年的穆旦对话。[6]无论是“永青的巨树”，还是不凋的“智慧之树”，作为灵魂中的神性部分的象征，都对“我们”进行着“嘲弄”（“无情”或“不仁”的）。这两首诗都写到了人的痛苦，《诗八章》是因爱欲而痛苦，《智慧之歌》是因历史而痛苦。这刚好是人的两种界定方式：作为爱欲的人和作为历史的人。对前者的思考通向爱欲的玄学，对后者的思考则通向总结历史经验而来的智慧。为了说明穆旦这两首诗中的观念和情绪的特殊性，我们不妨对照叶芝的名作《随时间而来的智慧》：

> 虽然枝条很多，根却只有一条；
> 穿过我青春的所有说谎的日子
> 我在阳光下抖掉我的枝叶和花朵；
> 现在我可以枯萎而进入真理。

叶芝在此同样是以“树”作为“我”之灵魂的隐喻。叶芝站在晚年的立场上，声称“青春”常常意味着“说谎”，而晚年的智慧则是“进入真理”而获得平静。“真理”与“谎言”的对立，被比喻为作为“一”的“根”与作为“多”的“枝叶”之间的对立，这一古老对立从巴门尼德的“存在是一”以来就主宰着西方思想的认知图景。“枝叶和花朵”，作为谎言或意见，只是无关紧要的修饰，而人最重要的是摆脱它们而“进入真理”。显然，这首诗中的“树”“根”与“枝叶”的喻义，与穆旦《诗八章》是很不一样的：“真理与谎言”

的框架取代了“爱欲与死亡”的框架，生命之所以平静是由于真理，而不是由于死亡；叶芝是主动地抖落身上的枝叶，而穆旦诗中的叶片飘落是被动和不情愿的；叶芝诗中没有任何游戏性质的嘲弄，只有真理对意见的断然否定，而《诗八章》中则始终贯穿着“人的爱欲和痛苦是神在玩游戏”的主题。在穆旦《智慧之歌》与叶芝此诗之间也有一些有意味的差异：穆旦所说的“智慧之树”是不凋的，其上生长着枝叶，而叶芝所说的“智慧”仅仅指向“树根”；“智慧之树”引发的不是灵魂的平静，而是“我”的咒诅；“随时间而来的智慧”是人在正常成长中对自身经验的吸收和总结而形成的更为理性和明智的认识，而“智慧之树”上的“智慧”则是在灾难性的历史事件对人的扭曲和伤害中到来的，在这里，一切智慧都是对人的痛苦本身的嘲笑。可以说，《随时间而来的智慧》更接近于柏拉图式的哲学，而穆旦《诗八章》更接近于柏拉图式的神话，《智慧之歌》则更接近于从历史苦难而来的哀歌。叶芝在一种超然的观点中平静地对待自己生命衰老的现实，而穆旦在早期诗作呈现了生命的爱欲和烦恼之后，又在临近最后的诗作中呈现了现代中国历史中人的痛苦、愤怒和悲伤。在爱欲与历史之间，穆旦以自己独有的感知和理解力探询着自身的命运，并将其显形为“树”。

顾城则以另一种方式，从“树”的意象中感受着自己的命运。不同于穆旦诗中渗透着“西方式的、高度反思的理智”的感性，顾城诗中的感性是儿童式的、诉诸直觉的和东方的。顾城在诗中一直想要返回的意识状态，是沉浸在原始丰饶之海中的婴儿或胎儿状态（意识的底层，或“原初记忆”）；但由于已经出生，这种原初幸福已不可能再现，他只能退而求其次，作为一个任性的、长不大的儿童活着（意识的中间层，也是“现实自我”），同时在冥想中领会原初状态下的神秘智慧（意识的顶层，或“灵性天空”）。这意味着顾城诗中的神秘主义气质更具自然性和直接性，而不是反思性，同时也意味着顾城在某些方面更为敏感。他的诗歌很多时候是对自己深层意识状态的隐喻式的呈现，在其中，意识的原初惊奇与意识中对原初暴力的创伤记忆混合在一起。顾城8岁时写下的《杨树》一诗就是一个绝佳的例证：

我失去了一只臂膀
就睁开了一只眼睛

将“枝干”比作“臂膀”，将“树疤”比作“眼睛”，并在二者之间建立起一种逻辑关系，这是诗的表层语义结构。从深层心理来看，“失去臂膀”是对暴力的创伤记忆，而“睁开眼睛”既指向惊奇，又更多地指向“警惕”和“不信任”。这首儿童诗已经预示着顾城后来的性格特征，在它“天真”和“奇思妙想”的外表下面，是对世界的负面情绪。如果我们对这首诗进行稍微过度的阐释，就可以将睁开的这只“眼睛”理解为生来具有的“通灵之眼”。这只眼睛能看到一些令人惊叹的幻象，例如1985年顾城所作的《是树木游泳的力量》中，他看到：“是树木游泳的力量／使鸟保持它的航程／使它想起潮水的声音”。这首通透洁净的诗作中，“树木”和“鸟”都是灵魂的形态，它们浸没在“芳香”和“清凉”的“空气—潮水”中。这只眼睛还能看到死者的“鬼魂”（顾城后来写了《鬼进城》），和自己的未来命运。1988年顾城写下的名篇《墓床》似乎是对自己之死的神秘预感：

我知道永逝降临，并不悲伤
松林中安放着我的愿望
下边有海，远看像水池
一点点跟我的是下午的阳光

人时已尽，人世很长
我在中间应当休息
走过的人说树枝低了
走过的人说树枝在长

这首诗最后两行中的“树枝低了”，常被人们解说为顾城对他自缢于树的预知；而“树枝在长”则被解释为其自杀后的魂魄融入树木之中，继续在自然中流转。这一事后解释虽然产生了让人惊悚的宿命之感，但未免过于牵强。其实，对“自己之死”的想象在诗歌中并不少见，此诗第一段出现的意象也是较为通常的（人总是想死后埋在有树林、海和阳光的地方）。诗的第二段渗透着浓厚的神秘主义气息，它通过对“死亡”的两种相互冲突的感受的悖论式共存体现出来：死亡好像离我们很近（“人时已尽”），又好像离我们很远（“人世很长”）。这一远一近地来回牵引，产生出对死亡的第三种感受：死就是人生的“休息”（诗的题目“墓床”包含着这一隐喻）。此处的“中间”，并不是指人生道路的中途，而是处在死的迫近性和死的遥远性之间，永逝之感就在这里发生。同时，这“中间”也是在“松林”的中间，甚至是在“墓床”的中间。诗的声调显然受到弗洛斯特《雪夜林边小立》（Stopping by Woods on a Snowy Evening）的影响：“树林”“走过”和“休息”这些词在弗洛斯特诗中都有对应，最后两行的复沓节奏也如出一辙。从诗的明暗来说，尽管“海”和“阳光”都很明亮，但无论是“永逝降临”还是“墓床”，都笼罩着一层神秘的、不可穿透的黑暗。“松林”由此被黑暗充满，“墓床”成了树林之黑暗的中心。诗人想象自己死后，人们经过这片松林，有人看到的是树枝枯死、折断，也有人看到的是树枝的生长。最后两行与“人时已尽，人世很长”的悖论感受是同构的，不同的人在“树枝”中看到的是与各自心性相关的现象。死去的人在树林中“休息”，树枝的“低”与“生长”，都是从“墓床”传出的话语，向那些“走过的人”致意。

在上面的几首诗中，对“树”与“灵魂形象”的连接，都与生命的痛苦、死亡和黑暗相关，“树”对“光”的渴望、承接和吸收则未被提及。在中国当代新诗中，将“树”的意象与“灵魂中的光明”相关联的例子，可以在海子的诗中找到。海子临死前写下的一系列短诗中，有沉浸于黑暗和寒冷的作品（《黑夜的献诗》《春天，十个海子》等），也有完全置身于光明与幸福想象中的作品（《面朝大海，春暖花开》《幸福一日：致秋天的花楸树》），这位天才诗人可以说是将谢林所言的“黑暗法则”和“光明法则”集于一身的典型例证。在《幸福一日：致秋天的花楸树》中，海子将自己对“幸福”的感受和想象，寄托在“花楸树”之上：

我无限的热爱着新的一日
今天的太阳　今天的马　今天的花楸树
使我健康　富足　拥有一生

从黎明到黄昏

阳光充足

胜过一切过去的诗

幸福找到我

幸福说："瞧　这个诗人

他比我本人还要幸福"

在劈开了我的秋天

在劈开了我的骨头的秋天

我爱你，花楸树

这首献给"秋天的花楸树"的诗作，其实是在与自己的灵魂对话，"你"就是诗人自己的灵魂。这一灵魂化身为三种不同的形象："太阳""马""花楸树"。前两种灵魂形象（天体和动物）是对生命的炽热和活力的显示，而"花楸树"这一植物则成了"幸福"本身的见证。幸福，就是完完全全地活在"永恒的当下"（"今天"），就是绝对的自足之感（"健康，富足，拥有一生"），就是置身于一片纯光之中。诗设置了一个戏剧性的场景："幸福找到我"，对"我"说，"我"比幸福还要幸福。这一"比……更……"的修辞方式在海子诗中曾多次出现，诸如"比远方更远"。在此处，这一修辞说的是幸福的溢出性和无限性，这是"阳光"充满到就要从灵魂中溢出来的情形。按照西美尔的说法，真正的生命，就是"更多地活"和"比活更多"的状态[7]；而对海子来说，活着就是像火一样燃烧着向外流溢，它的燃料是致密的黑暗。诗的最后一节中"劈开"一词出现了两次，这是在强调"阳光"的强度或幸福的强度，幸福过于强烈以至于在降临时将“我”劈开。“花楸树”承接阳光的方式，就是被阳光的斧刃不断地劈落，它的树枝就是“我的骨头”。“劈开”这个词显示出，最高强度的幸福是包含着剧烈痛苦的（如同分娩和诞生）。诗结束于“我爱你”的宣告，这是对自身灵魂的热爱，我们必须热爱自己灵魂中的“光明”，正如我们也必须热爱其中的痛苦和黑暗。

海子这首诉诸“光明法则”的诗作，将作为灵魂形象的“树”与生命的幸福感连接在一起，其方式是使这棵树被“劈开”。从诗歌类型上说，它的抒情方式包含着强烈的“精神性”（spirituality）特质。“精神性”乃是人对“上方”、对超越者（神、天或光）的绝对专注的朝向。在中国新诗史上，诉诸精神性的传统始于冯至对里尔克的译介和学习，并一直存在于新诗的血脉之中。海子和骆一禾的诗作主要就是靠精神性来获得力度，他们诗歌里出现的“太阳”“血”以及动物和植物意象，都不是日常生活中的实际事物，而都是灵魂或精神的“内在之象”和“自我之象”。中国当代新诗中对精神性的诉求是受几种宗教传统的复合影响的产物，其中既包括本土的道教和佛教，也包括西方传来的基督教和异教传统。韩东《西蒙娜·薇依》一诗就诉诸了基督教的精神性，将薇依这位现代圣徒的灵魂形象比作一棵树：

要长成一棵没有叶子的树
为了向上，不浪费精力
为了最后的果实而不开花
为了开花不要结被动物吃掉的果子
不要强壮，要向上长
弯曲和节疤都是毫无必要的

这是一棵多么可怕的树啊
没有鸟儿筑巢，也没有虫蚁
它否定了树
却成了唯一不朽的树

这棵“没有叶子”“不开花”“不结果”的树，这棵“否定了树”的树，就是圣徒灵魂的写照。这样的灵魂，按照苏珊·桑塔格的说法，作为“一定程度（但不是全部）扭曲的真理、一定程度（但不是全部）的疯狂、一定程度（但不是全部）的不健康、一定程度（但不是全部）的否定生命，正是贡献真理的、是生产理智的、是创造健康的、是增强生命的。”[8]当然，我们也要意识到，正如齐奥朗在《眼泪与圣徒》中所说的，“圣洁是吸血的”[9]，它的过度严肃性让人变得苍白、贫乏，因为它只培育“朝向上方”的专注，却牺牲了其他本应属于生命的一切。圣洁意味着放弃丰富和开阔。朵渔认为韩东这首诗是对“真理性”进行追寻的一个范本，同时又含蓄地批评韩东在诗中背弃了“诗到语言为止”的信条，把语言当成了“载道”的工具，并使得“写作行为导向虚无”。[10]应该说，这首诗的效果是非常强烈的，因为诉诸精神性使诗脱去杂质，有效地增加了诗的纯度和强度。然而，这样的诗歌却过于狭窄，就像没有刀背的刀刃。这棵作为“圣徒灵魂”的树不再具有树的形象，而成了一束抽象的灵性之光。

诗人厄土同样在自己对“树”的书写中诉诸“精神性”。与韩东强烈推崇薇依不同，厄土的来源主要是里尔克。薇依身上主要体现的是一种“圣洁”的品质，而里尔克的诗中则更侧重于“倾听”和“赞美”。[11]厄土早年的《昨日之树》（2004年）一诗的整体气质和局部句子显然是从里尔克那里接过来的：

谁能将昨天原本地展示出来？能把自然界
所有无用的景物都扔到外面的
旷野？只有我们的目光往后退，往后退
——那里升起一棵纯粹的树，它的根系
在今天丰饶的腐土里，在我们体内
所有的事物都是它的睡眠

“一棵纯粹的树”来自里尔克《致奥尔弗斯的十四行诗》第一部第一首：“那里升起过一棵树。哦，纯粹的超升！”（林克译本）而“所有事物都是它的睡眠”则来自《致奥尔弗斯的十四行诗》第一部第二首：“睡在我身内。一切是她的长眠。”这样的诗类似于里尔克诗歌被扦插或嫁接后的衍生产物，还需要在更长时间的写作中逐渐形成自己独特的个体生命印记。厄土在寻求自己声音的途中，通过对自身的修正，以及对其他诗人（特别是中国古典诗人）的学习和吸收，进行着这种转化。在2011年写下的《清明》一诗中，他对树的描述是：“那棵幼小的圆柏树，颤动着／它所有纤敏的根须和叶子／——仿佛重逢。在寂静最深处//此刻，在它们新生的细鳞之下／一如在我沉默的心脏里，已经／注满了昨日飘摇的雨水。”这里，“细鳞”般的“叶子”作为个体独有的细节，已经从诗的枝干上长出。另一首《不寐》（2011年）则征引了陶渊明的“枯形寄空木”，作为题记和对“里尔克式的精神性”的修正。里尔克的声调（“赞美”）仍然在《不寐》中保留着，但厄土对灵魂和命运的言说却包含着更多中国古典式的人生感叹：

肉身壮硕的人口渴而又腹饥
我们活着，挑选、砍伐、挖凿
陷入劳作的诅咒，种植又收获

何其茂盛，双眼无法闭拢于其中的阴影
我们观看一场梦，观看自己在梦中缺席
观看一棵树的秀而不实，观看我们成为

树的木质部。一切有气息的请赞美！

树是人类灵魂的形象。无论是从伦理与政治德性的角度，还是从灵魂自身的明暗、生死、幸福和命运的角度，诗人们对“树”的托喻和赞美都让人产生更多的遐想。诗人池凌云在诗中曾向我们呼吁：“到一棵树中去！”这是想要让“灵魂”与“树”完全融合的努力。诗人深深知道树是我们“更深的灵魂”，因此我们“无法描绘一棵树”，因此树比我们“看得更清楚”：“生命之美深藏于根须和落叶／空气和土壤互相唤醒，获得新的素质／所以，到一棵树中去。”（池凌云《到一棵树中去》）而要滋养我们的灵魂，最好的方式便是聆听这些诗作，就是让这些诗作成为“耳中的高树”，并学会在惊叹、震悚和怜悯中接受从它们的枝叶间吹拂而过的风声。

第二节　作为原初场景的“树林”

几乎每一位诗人都在诗中写到过树林。树林，作为人们在生活中必定会进入的空间，也天然是属于诗歌、为了诗歌、生产诗歌的空间。“树林”这个词本身就具有诗性。作为一个词、一个意象的“树林”，如同一个巨大的语言和经验之巢，仿佛随时能从里面孵化出诗来。对诗人们来说，“树林”是许多原初经验场景的发生之所，树林里面曾有让他们永不能忘的人、事物和事件，那是一些欢乐或痛苦的时刻，是感到孤独或融入无限的时刻，是灵魂被空无濯洗或被黑暗包围的时刻。作为“树林”一词的加强版，“森林”一词也是诗人们最爱用的词汇之一，这个词在不同的诗人笔下显示出完全不同的情调或气氛。某些诗人强调“森林”的神秘与宁静，在他们看来，森林是神话或童话的源头，是诸神和精灵的居住之所，众树在这里鸣唱，无数的动植物共振谐响为一曲“森林之歌”；另一些诗人则感到“森林”是阴沉、狂暴和可怖的，里面有无数的危险，生长着有毒的菌类、致命的蛇虫、残酷的捕食者和吸髓的鬼怪。当然，诗人们在多数时候并不直接以“树林”或“森林”为主题，而是将它们当成诗之舞台的基本布景或背景，来进行抒情或叙事的演练。

诗人们往往受到西方风景画之观看方式的影响，将自然理解为“风景”，而树林或森林，就成了“风景”的必要组成部分。中国当代新诗中有大量的风景诗，其中半数以上都会出现“树林”或“森林”这样的词汇。但是，“风景”是人对自然的较为晚近和浅表的经验方式（它与古代意义上的“山水”的经验方式完全不同），因为风景的成立依靠一种现代主观性：它在将“自然”当成“观看对象”的同时，又并不真正关心和具体打量自然，而是沉浸于内在体验之中，将主体内在的情感或情绪赋予这个在外部的自然。风景可以是宁静和温暖的，也可以是阴郁和寒冷的，这取决于观看者的主观情绪。正如柄谷行人在《日本现代文学的起源》一书中所说，“风景”作为一种“认识性的装置”，依赖于“内在的人”的出现：“风景是和孤独的内心状态紧密连接在一起的，只有在对周围外部的东西没有关心的‘内在的人’（inner man）那里，风景才能得以发现。”[12]这种沉浸于自身的主观情感、情绪之中的“内在的人”，同样可以在中国当代新诗中大量发现。杜涯就是一个典型例子，她的风景诗几乎都遵循了相互雷同的抒情套路和叙述氛围：

树林像记忆一样，一下子沉寂下来
这时我感到心中有什么在静静流去
我感到冬天里我不会再说出话来
有时，雪下了一天或者一夜
树林被雪覆盖，寂静无声，像世界一样
我站在雪地上，想起这个冬天
生命像阳光一样迅速流逝
想起一些人的死而我还活着
这时天空又飘起雪来，并且越来越大
于是我转身走开
把冬天的树林抛在身后，越来越远

——杜涯《冬天的树林》节选

诸如“下雪”“寂静”“生命的流逝”“走远”之类的符号化词汇，可以反复使用在所有与“风景”和“树林”相关的诗中。杜涯诗中不断出现的，是一种类型化的、上升为套路的“忧郁”情调。它总是和某种失落、忧伤、孤独和向无限性（远处或高处）的升华相关，“树林”被“雪”覆盖正如灵魂被飘落的记忆碎片覆盖，但记忆中究竟有哪些具体的事件和事物则不会提及，正如“树林”中除了“雪”之外还有什么也不会提及。由于根本不关心外部世界的状况，这首诗里没有出现任何真正的细节。这就是混成一片的“风景”的特点：在“风景”之中事物的差异被模糊和淡化，没有什么东西是得到了认真观察的。同质的单调性支配着诗的场景，继续生产着单调。

另一位与杜涯同为河南籍的女诗人梁小静，则展示了完全不同的对“树林”的观看和理解方式。在《树林深处》（2015年）一诗中，细部被放大，树林生态、地貌特征和诸事物那缭乱中暗藏秩序的微妙感得以呈现出来。“树林”在印象中的模糊性和同质性，被细致观察到的诸事物的差异特性所取代。与巴门尼德的信念相反，“存在是多”，因为只要我们真正进入哪怕最微小的事物，那无穷无尽的丰富性都会像蘑菇和种植蘑菇的蚂蚁那样涌现出来。《树林深处》认真而有趣地谈论着所有的可见之物：

一截腐木疏松多孔，像微妙的山峦
分泌蚂蚁，在我的枯坐上下
油细的指甲盖长短的虫，离我五寸时停住
用狼尾草退回它时，它幽默地装死
北后有刺拉拉的声音
扭头看一只鸟逼近草丛
这时候，那只虫不见了

“腐木”是存在之“多”及其生成性的一个通道，它的“疏松多孔”意味着其内在折叠的多重空间和路径。一截“腐木”就是一座微型山峦，它生产出“蚂蚁”和“油细的虫”。这会“装死”的虫不是“风景”的一部分，而是具体的、与我们身体接近的自然。用“狼尾草”与它玩耍，就是与具体的自然相遇，这相遇是一个事件，是一个需要得到葆真的原初场景。诗歌可以看成是对原初场景进行葆真的努力，而葆真的要义，在于忠实和专注。我们能否像记住亲人脸上的痣那样记住一块菜地、一棵树、一只蚂蚁？我们能否听到从自然中发出的各种频率和频道的声音？这首诗最后终结于对“林中路”或“田间路”的特殊经验：

菜园的前面是紧密的树篱，没有出口
我转身踏上原路，心里纳罕，
原来不是人迹罕至，而是无痕地抵达深处。

这一结尾很可能让读者联想到海德格尔《林中路》一书的扉页题词：“林乃树林的古名。林中有路。这些路多半突然断绝在杳无人迹处。”[13]梁小静对“无痕地抵达深处”的领会，深化和更新了既有的对“林中路”的理解。众所周知，海德格尔的词汇“林中路”和“林间空地”，对中国当代思想和诗歌产生过很深的影响，但这一影响也具有非常大的负面效应。它很容易蜕变为一套固定的行话和措辞套路，将人们的经验固着在某种单一路径的哲学或诗性观念之中。因此，有诗学效力的对“林中路”和“林间空地”进行书写的方式，必须以某种方式修正、偏离和改变海德格尔式的情调。例如，萧开愚在一首只有三句的短诗《小而挖掘的自然》中，就以奇异的决然改写了

“林中路”一词的意义：

步道分离出相反方向没入林障。二十几个分歧盘桓在耸起的五公里内。横穿是唯一的蹊径。

——萧开愚《小而挖掘的自然》，2008年

第一句是道路的自身分裂及其相反性，如同“一生二”。第二句是道路之多及其相异性，恰如树之分杈。而第三句截断众流，如亚历山大面对复杂的“戈迪乌斯绳结”时的一剑斩下，无视面前的众多纷扰。舍繁而取简，弃迂回而取直接，这“横穿”是顿悟，是在无穷念头间突然兴起的无上一念。海德格尔声称“林业工和护林人”才真正懂得“什么叫在林中路上”，但对萧开愚来说，他看到了另一种可能性，从“非路”之中直接横穿、创造出个人步法的可能性。诗题为“小而挖掘的自然”，意指此“五公里内”的地方虽小，但仍能提供出众多可能的道路或深入自然的“挖掘法”，诗人所取的唯一挖掘法即是他个人的“蹊径”。

“林中路”这个词有着一张海德格尔式的严肃面孔。在雅斯贝尔斯夫人的描述中，海德格尔“整个儿缺乏幽默感”。[14]在海德格尔式的“林中路”行走仅仅意味着去倾听“存在之天命”的召唤，行路者如同蒙召那样会产生一种神圣的优越感。而陈舸在一首名为《林中路》的诗中却消解了这个词的严肃性，用阿甘本的术语来讲，陈舸“亵渎”了这个“神圣的词”，使之返回到每个人的“日常使用”中。该诗用一种暗示性的笔法，将“林中路”变成了一场性感与情欲的探索游戏：

于是我们拐进
这片海边的松树林。
卵石铺砌的小路
湿漉漉的小狗，比我们更快地
投入野花的香气。

我们需要隐蔽的
更适合表达肉体的地方，
而不是一小片
人造树林。
在地面攀爬的藤蔓，
椭圆形的叶子
掩护着金龟子的疯狂。
甚至蜗牛，在留下闪光的黏液后，
让狭长的草叶摇晃不止。

海，在远处翻腾。
我们陷入了树影
和秋天诡谲的阴凉。
我的手，试图
向你身上最险峻的地方攀爬，
深入腰际的海岸，
但最后终止于
一朵合拢的紫睡莲——
哦这偷窃，非法的沉溺。

——陈舸《林中路》

这首诗中出现的每一事物都有色情意味。“藤蔓”对昆虫（“金龟子”和“蜗牛”）的掩护，与后面“树影”对“我们”的隐蔽形成了同构关系。“金龟子的疯狂”、蜗牛留下的“黏液”以及摇晃不止的“草叶”，都是昆虫“表达肉体”的方式，它们在微小尺度的国度里狂欢；而这片“人造树林”终究不太合适，“我的手”只能终止于某些部位，不能再越出界线。诗的结尾将对肉体界线的试探形容为“偷窃”和“非法的沉溺”，但这正是快感的生产机制：一切界线的存在都只是为了让越界变得更有快感。陈舸对性场景的书写分寸拿捏得非常到位，在进行暗示时仍然保留着一定程度的对私密性和清洁的敬意。“林中路”的主题以隐匿的方式存在于整首诗中：每一种生物都有各自的道路，但却在同一林中；它/他们看起来且确实彼此相类，都沉溺于对肉体的表达和探索。而这对情人知道这些道路，他/她们懂得什么叫作“在林中路上”。

作为经验的发生之所，“树林”在诗人的笔下可以呈现出三种完全不同路径的诗学形态。第一种以哲理为主，第二种以情绪为主，第三种则是以知觉为主。在上面所引的诗中，萧开愚《小而挖掘的自然》属于第一种，杜涯《冬天的树林》属于第二种，梁小静《树林深处》和陈舸《林中路》属于第三种。当然，我们也会经常看到介于三种之间的混合形态或中间形态。桑克的《林中露宿》是综合哲理与情绪的“树林诗”的例子，而哑石的《坟茔·杂树林》则是综合知觉与哲理的例子。桑克《林中露宿》在声调和写法上明显受到了弗洛斯特的影响。弗洛斯特在《未选择的路》中为分岔道路的选择忧虑，而桑克却为“居住点”的选择忧虑：

地图摊开：圆圈密密麻麻
居住点成千上万，我只能选择一个
作为今日旅行宿处，而别的
在我心中只存下命名，以待来日拜访
但来日来临，我却难以归返
我忧虑：我该宿在何地，今夜？
我将地图叠起，在树林
与光阴纠缠。雪花飘落，在旷野上
我睡至黎明，而黎明中树林不见

——桑克《林中露宿》，1992年

我们可以对此诗提出四层解释。第一层解释注意的是“露宿”这一结果：在“布里丹的驴”式的犹豫不决中，“我”最后哪一个居住点都没去，只能露宿于旷野。可见生命需要决断。第二层解释将目光投向“来日来临，我却难以归返”。那些失去的可能性，也许就永远失去了，只剩下了一个空的名称。我们无法再将这些名称充实为一个具体的、可以在其中生活和居住的地点。第三层解释则集中于“地图”这个词之上：“地图”占据了“我”的多数时间，这种“间接知识”使“我”没能实地勘察去获得“亲知”，恰如过度沉溺于书本和理论使我们丧失了行动力。但丁说“我迷失在人生的中途”，这首诗中的“我”则迷失于一张幽暗的地图。第四层解释将关键放在最后三行之中。整首诗弥漫着一种孤独的情绪，这种情绪最终转换为朦胧的微明之感。正如三木清所说：“东方人的世界是微明的世界，而西方人的世界是白昼和黑夜的世界……微明的寂寞在性质上同白昼的寂寞和黑夜的寂寞都不一样。”[15]诗人在这个想象的树林中“与光阴纠缠”，“光阴”这个词恰好是“白昼”（光）与“黑夜”（阴）之间的转换界面。诗由此就成为微明的语言。从诗中细节的不充分来看，这次旅行很可能是虚构的，它只发生在写作和内心之中。诗里提到的“树林”“旷野”都不像实景，更像是文学性的布景，在上演某种关于选择、不可逆性、迷失和微明的哲理戏剧。

哑石的大型组诗《青城诗章》中有两首“树林诗”（分别是《野苹果树林》和《坟茔·杂树林》），它们最显著的特征是细密、晶莹又骨肉匀停的知觉饱满度。不过，《青城诗章》对知觉的盛大展示是以道教修真精神为根据的，因此，这些诗的知觉渗透着从道教而来的冥想和哲理成分。诗人置身于一个简朴而深邃的秩序之中，对光线、声音、色彩和事物的肌理进行着感受和理解：

尤其是雨后　当怀着清亮、固执的
念头　走进左侧那片茂密的杂树林时
就有低微的、富有磁性的声音
从右侧传来　溶入身体最柔软的部分
我相信　这一切都经过深思熟虑
包括我的出现　包括不能详尽描绘的
也许是刚刚涌显的这片扇形杂树林
在这里　一些成员已古老得枝干发黑
另一些　被头顶漏泄的光线摇曳着
那叶片　正如婴儿肌肤般翠绿、透明

——哑石《坟茔·杂树林》，1997年

在知觉中，从树林传来的声音是“低微的、富有磁性的”，且能“溶入身体最柔软的部分”——耳朵的倾听进展为身体性的接纳，就像一些话语在塑造着我们的存在。这里有一种自然与灵魂的感通。树的色彩和质感也被捕捉：一些树像是修行多年的道士，“古老得枝干发黑”；另一些则练到了返朴归真的境界，其叶片像婴儿的肌肤一样“翠绿、透明”。“光线”似乎变成了一种从头顶进入到身体之中的觉悟，它带来了上方的消息。诗人声称“这一切都经过深思熟虑”，无论是“我”之存在于此还是这片“树林”的显现，都蕴藏深意。可以肯定，树木和诗人一样，都“怀揣着清亮、固执的念头”，不然它们为何如此从容和坚定？人和这山谷中的一切生灵都是修行者，他/它们在这里的全部生活与行为，都是修行的一部分。修行以对某种更高秩序的领会为前提，它是在与每一事物的相遇中获得启示——山谷就像一面镜子，我们从中辨认着真正的自己。

有一些诗人在自己的“树林诗”中对哲理、情绪和知觉这三种力量同时进行着综合，并且还汇入了其他的众多诗学要素。就我的阅读视野来说，胡弦的长诗《葱茏》（2012年）和王志军的长诗《树林的低语》（2010年）可以代表对“树林”之“幽深、曲折、神秘、开阔”进行挖掘时的深度和广度。这两首长诗都是近年来“树林诗”中的卓越之作，它们在展开时的从容沉稳和收束时的意味悠长，都体现出不凡的诗歌技艺。王志军试图从“树林”中感受一种从天而降的“赐予”和自身的“卑微”，感受“生命的重负”和“人性之弱”：“我们不得不担负更多/就如那满枝负重。我们将更多地去感受/令神经如根系广布在深深大地/将石头化为泥。”而胡弦则在对“树林”与“城市”的对照之中，思考“拯救与受难”之间的关系。

他感到“我们周身遍布林木的影子，并在它的摇曳中/寻找自身，寻找那最精确的口吻”，在树的生长中看到“每个人都是辽阔、不可穷尽的”。从丰富性和成熟度上说，《葱茏》要更胜一筹。其中对生活的深思有诚挚的声调，树林中各种树木都携带着自身的德性，帮助人“穿过幽冥与晦暗”，重新获得一种透彻与明朗。《葱茏》中汇聚的问题和疑惑，像“风暴”一样围绕在沉思周围，但却并不影响沉思进程的平稳：

树林从不着急。没有比它更稳定的东西。
——风暴并不曾使它变得空虚。
手拿斧锯的人，得到过人世的快乐，
怀抱林木者，则能腾云驾雾，飞过噩运。
更多的时候，树被用作比喻：
一个开花的人，一个长刺的人，一个有曼妙枝条的人，
——我们，在从中寻找生活的等式。
而林木，似乎也对这比喻有所感应，因此，
香樟有蛊惑的香，核桃内心有隐秘的地图。
仰面槐与垂柳有无名的交换，
悬铃木充满音乐的肺腑，我们也能置身其中。
——转换，带来了对自身的静观。
这也像比喻：为短暂而生，事毕即脱离。
当一切都结束了，我们仍是孤独者、
可怜人、坏蛋、信徒。仍有
林木在我们心中排列。我们也会
穿过幽冥与晦暗，重新来到明朗的枝头。

在那里，花朵正开，路径纷呈，精神的芬芳招展洋溢。
我们再次从自己的心灵出发，那些花瓣
是胞衣、子宫，神圣而秘密的往生之地。

——胡弦《葱茏》第十节，2012年

我们看到，在上面论及的绝大多数诗作中，“树林”都不只是作为“风景”存在，而是成了人类特定处境的显示，成了自然与人真正相遇的“瞬间—事件”。就此而言，它们都完成了对“原初场景”的构造。“原初场景”乃是诗歌的真正核心，它是对发生于个体身上的某一经验的浓缩与聚集，使之成为一种“经验的原型”或“原型性的经验”，它包含着个体的“自我”与“世界”之间的相互构成、相互塑造的关系，这一关系在诗中体现于人与若干事物之间的细节性的关联。哲理（思辨）、情绪和知觉，作为人与世界之间的三种基本的关联方式，都可以成为构造原初场景的要素。但正如胡弦长诗《葱茏》所显示的，原初场景的构造还可以借助其它的要素（诸如神话意识、伦理情感、精神性等等）。“树林”作为诗歌的原初场景之一，在中国当代诗中得到了各种方式的书写，不仅充分调动了诗人们的感受力和理解力，而且极大地激活了现代汉语的潜能。

就“森林”这一主题来说，大多数新诗作品都没有超出对这个词的符号化、类型化的使用。诗人们在一种空泛的抒情冲动或浪漫想象中，将“森林”当成诗的背景来摆置，很少有诗人能真正深入到“森林”内部，去体验其中的具体情形。对于写作来说，“有效性”的前提是个体必须对事物和主题有一种真切、独特的感受和理解，摆脱文化惯习和陈词滥调对语词意义的支配。在中国早期新诗中，穆旦的

《森林之魅》（1945年）是对“森林”进行有效书写的典范。《森林之魅》是一首祭歌，献给滇缅抗战中牺牲于胡康河谷（野人山）的中国远征军战士。穆旦作为军队翻译亲身经历了整个穿越野人山的撤退过程，亲眼目睹了无数战友化为白骨的惨象。这首诗的语调是庄重和悲伤的，它以一种“准诗剧”的方式，通过“森林”与“人”之间的对话，展开对文明与战争、生命与死亡、自然与历史之间关系的严肃思索。诗并没有止步于对战争之残酷和悲惨景象的描述，也没有仅仅将“森林”当成恐怖幽暗的存在。相反，诗通过“人”之口说出了“我不和谐的旅程把一切惊动”这样自我反省的句子；而“森林”也被塑造为一种具有智慧和意志的“引领者”，她带人迈过死亡的“黑暗之门”，使人的血肉脱尽后化成了“欣欣的树木”。这首诗中的森林是“温柔又邪恶”、美丽又残酷、让人恐惧又充满魅惑的。诗的结尾“没有人知道历史曾在此走过，／留下了英灵化入树干而滋生”是对历史融于自然的重生神话的完成，通过对这一神话的叙述，诗既使得亡灵作为新的生命形态而不朽，又在遗忘之河中保存了对历史事件的记忆。这首诗作为一首祭歌，尽管发出的是一种“共同体”声音，因而极为庄重、端正，但仍具有相当个人化的思考角度和修辞特征。

穆旦对“森林”的书写，在感受力的现代性方面要超过后来公刘的《哎，大森林！》（1979年）等诗作。公刘这首诗将“森林”当作一种政治象征物，试图提醒“森林”中存在的“枯朽”和“腐败”的危机（“分明是富有弹性的枝条呀，／分明是饱含养分的叶脉！／一旦竟也会竟也会枯朽？／一旦竟也会竟也会腐败？”），并寄希望于“啄木鸟”来拯救这“生病的森林”。公刘痛苦于“森林”对自身问题的“洗刷”和“掩埋”，这使得诗的反思仍停留于“政治抒情诗”的范围内。但是，“自然的政治化”本身并不是一种错误，只是诗歌中对“自然”的政治理解需要更具体的感受、更普遍性的思考维度来充实和拓展，并由此打开其中隐秘而多重的相关性纽结。

在中国当代新诗中，有部分诗人对“森林”这一主题进行了特殊处理。总体来说，这些处理既摆脱了浪漫主义的旧冲动，又不再像穆旦《森林之魅》和《赞美》那样是以“国族共同体”的声音说话，而是体现出一种当代的精神气质、知识视野和修辞策略，它们都致力于发明出与“森林”相关的新感性。在这些诗作中，“森林”内在包含的多重褶皱被打开，这个词所具有的各种可能性被以全新的方式激活。我们不妨通过三个例子来予以说明。其一是高春林的《路途》（2008年）：

你知道森林隐藏着我们内心的
隐秘。它请我们进去，
它给我们一只涉水的小船，给我们阶梯。
它停在离我们很近的地方。
一些树丛，在光泽下发出轻微的颤声，
一两个水鸟，擦着水面低飞。
我确信，这些植物和动物有着我们失去的
或从未拥有的感官，它们叫灵性。
它们，是自然的种族。
我试图在山路上追一只蝴蝶，
从高处漫过来的钟声，或者是诵经声
时断时续。我走走停停，

你知道，寺院永远在高处，
“我无需占卜我的前因与后果。”
我只管在山路上流连。
向下，据说，是忘忧谷，
那些叶子以波涛的形状起伏着，
我要在初夏时来，呼吸三个月的草木，
也有可能像那棵榨树，活得简单。

这首诗可以说代表了当代诗中的一类作品，那就是在“森林”中进行对“自然”和“灵性”的寻求。这样的寻求本身并不少见，但这首诗在具体细节上是令人信服的。诗的气息平稳和缓，在诗行间似乎隐藏着一条“山路”，让读者如同置身于“草木的呼吸”之中。“树木”“水鸟”和“蝴蝶”的出现，暗示着森林之中的隐秘活力；而从“寺院”传来的“钟声”或“诵经声”，又意味着森林本身的定力。这两种类型的“灵性”——自然的感官和人类的精神——通过“我”的“流连”而汇合为一座使人忘忧的深谷。叶子的“波涛”在眼前起伏，但我们却拥有一条“涉水的小船”可以渡过并到达彼岸。这使我们确信：森林，就“停在离我们很近的地方”。这首诗中的宗教感出现得较为克制，与诗的感性力量构成了一种平衡，恰如“寺庙”被嵌入到“自然”之中那样。

第二个例子是张枣的《在森林中》（1996年），其中没有像高春林诗中那种“自然主义”或“活得简单”的情调，而是创造出了一个精密的世界：

森林转暗，雨滴落在密叶的键盘上。
你迷失，而
希望总是在左边。
那儿，路标上一个哑默的抽象人，
朝你点了点头。
绿，守候在树身上有如母亲，
清脆地拧着精确的齿条。
啄木鸟，边说边做，
一圈圈声波在时光中荡漾。
啄木鸟，充盈了整座森林
和星期一。

——张枣《在森林中》第三节

张枣的诗向来以精细和微妙著称。这种精细和微妙不仅体现在语感和语调的控制上，也不仅体现为修辞上的密集、新颖，更重要的是他看待世界、语词和事物时采取的视点的精微性。在别人需要进行宏观处理的地方，他总能找到一些小的、微如锁孔的入口，进入事物内部去营造语词的奇境。整首《在森林中》都运行在一条奇异的轨道上："你"被"乌云"叫到小山顶，乘坐"落叶的滑翔机"，进入了这个爱丽丝式的梦幻世界。这个"森林"既不幽深、黑暗，也谈不上"狂暴"，倒像是电影《雨果》（Hugo，2011年）中那个儿童化的机械玩具世界，每样事物都有自己的小零件和精密齿轮。"森林"似乎整个地被转化为"机器"了，用德勒兹的话来讲，就是植物变成了"植物—机器"，从原有的功能和界限中逃逸，开始了新感性的生产："落叶"生成为"滑翔机"，"蘑菇"则将"古铜色的螺钉"拧紧，树林的"密叶"成为了雨滴敲击的"键盘"，而"绿"则在树身里拧着“精确的齿条”。这里有一句看似平常、实则精妙无比的句子：“啄木鸟，边说边做，/一圈圈声波在时光中荡漾。”用“边说边做”来形容“啄木鸟”可谓相当精准，啄木鸟啄击时发出的声音既是它的“说”，也是它的“做”，可谓一种“以言行事”的“言语行为”；而啄击时产生的震荡声波，像水纹一样在海洋般的森林树冠表面漾开，从一个中心点开始向四周制造同心圆。不难想象，这声波按一定的节奏在时间中周期性地出现，让人恍觉时光流逝。“啄木鸟”犹如一个微型电台，向整个森林进行着广播。因此张枣写道：“啄木鸟，充盈了整座森林/和星期一。”

谭毅的《森林》一诗则显示出另一种旨趣。与张枣相似，谭毅也致力于精细的语言控制、密集的修辞和对新感性的发明。但不同之处在于，谭毅是在一种现代生物学和生态学的视野中，将某些原来属于科学领域中的语词和经验“解域化”（deterritorialization）[16]，使之转化为诗性的语词和经验：

漩涡的森林被看作回忆中暗绿、浑浊的
温带之海。春夏，光能按昼长，在悬浮物中
繁殖能被昆虫吞下的营养。秋季的暴雨
将它们明亮的头部压低，在沉思中聚集起
寒冷的密度。下方，植物的根从深处的避难所
挺出被水画圆的腰。叶子和花提前从内部的
温度带里跃出，以枝逐渐稳定这种跨界。
穿林而过的人，看到了日照初生的弹性。

——谭毅《森林》节选，2015年

谭毅尝试在诗中引入一种“生物链”的视角，以“形态学”的方式理解世界。一切形态都不是固定的，而是处在流动的、向其他形态转化的状态。例如，“森林”像“海”一样流动起来，也像“海”一样富于生产性；“光线”在空气中被转化为昆虫的营养；植物的根挺出“被水画圆的腰”；“叶子”和“花”则擅于“跨界”，它们的绽开被比作“跳跃”；而“日光”在森林里像弦线一样，具有“初生的弹性”。我们可以从中探测到一根隐秘的线，将光、水分、植物和昆虫连接在一起，这是生态之线（科学），也是形态之线（诗）。这根线引导着诗从“森林”四季流转中的明暗和密度变化，过渡到根、枝、花、叶之间的变形轨迹。当人穿林而过时，他听到的不只是阳光被树叶弹拨时的轻微声响，而且还能看到这根有弹性的“线”是如何潜入到空气和土壤之中，继而从植物的枝叶间再次伸出。

第三节　诸种树：观念与经验

诗歌对“树”的书写，除了将“树”喻为灵魂自身的形象，或者构造出作为“树林”的原初场景之外，更多的是围绕着某种或某些特定的树，来展开作者关心的主题。中国当代新诗中，多数与“树”相关的诗作确实是将目光聚焦于某种或某些树之上，并从树的意象中提炼语言的喻体和意识的理念。我们可以先对这些诗进行诗学分类。这种分类最好不要按照植物分类学的方式进行，否则我们将陷入对那些提及诸如柳树、松树、柏树、桦树、槐树、杨树、山楂树之类各种树的诗歌文本的单调列举之中，而无法在一种既简明、又有整体感的逻辑中进行具有诗学意义的意象分析。我们这里采取的分类法是基于诗歌的两种主要“理念类型”[17]之区分的。第一种类型的诗歌是“观念性诗歌”，它们不仅以传达某种清晰的观念主旨为目的，而且它们采用的语词也是观念性的，一般来说并不指向事物的具体存在，而仅仅作为词或理念出现（例如，“玫瑰”在多数诗歌中并不指向任何一朵具体的玫瑰，而仅仅只是作为一个无限绽放的、深红色的词而存在的“玫瑰的理念”）。观念性诗歌的基本特征，是缺少对诗歌场景的具体时空限定，因为它们不需要进入对日常生活或虚构世界中的具体细节的描述和呈现之中。第二种类型的诗歌是“经验性诗歌”，也可以称之为“具体性诗歌”，它的核心是对日常生活中的切身经验或某种想象出来的特殊经验进行描述和理解，其中出现的大多数词语都指向具体事物和行为，诗中的场景和情境受到某种时空限定（即使是想象世界中的时空限定），因而一般具有强烈的现场感和实存感。这一区分可以简练地概括为：侧重于“传达观念”，还是侧重于“描述经验”。不难看到，这一区分方式基本上对应着所谓的“不及物诗歌”和“及物诗歌”的分别。某些传统的诗歌分类法，例如叙事诗、抒情诗与哲理诗之别，也可以大致融入到上面两类划分之中：叙事诗绝大多数是“经验性诗歌”；抒情诗则按照其语词的不同用法，部分属于观念性的抒情，部分属于经验性的抒情；哲理诗则大多数属于“观念性诗歌”。这一划分产生的一个问题是“诗歌中的虚构”问题[18]：如果诗人虚构的是一个受到限定的、较为具体的场景、事件或世界（就像小说叙事那样），其中的事物和人都有专名或唯一性，或者这一虚构的展现主要是通过想象性的知觉进行，那么这种虚构之诗就属于经验性诗歌的类型；但如果虚构依托于一种神话框架或思辨形而上学框架，其中既缺少对场景的限定，也缺少知觉要素和事物的唯一性，那么这种虚构之诗就属于观念性的类型。

接下来，我们可以按照主题的差异，对中国当代新诗中书写“树”之意象的诗歌进行二级分类。观念性诗歌，按其所要传达的观念主题可再次划分为神话诗（以及宗教诗）、伦理诗、爱情诗（其中一部分）和哲理诗。某些教诲诗属于伦理诗的范畴，另一些教诲诗则属于哲理诗的范畴。而经验性诗歌，按其侧重的经验构成方式可分为叙事诗（有叙事框架）和知觉诗（没有叙事框架）。部分口语诗属于叙事诗的范畴（讲述一件事情），部分口语诗属于知觉诗的范畴（呈现一个瞬间），还有一部分口语诗则属于观念性诗歌中的某一类（传达一种观念）。下面，我们就按照这种二级分类，对中国当代新诗中以某种树或某棵树为主题的诗作进行探讨。

“树”之神话由来已久。这些神话作为深层意识中的原型一直存在于我们每个人的内心深处，等待机缘的唤醒。宗教学家米尔恰·伊利亚德在《神圣的存在：比较宗教的范型》一书中，对世界范围的树之神话进行了整理。在伊利亚德看来，“树”之神话能够为原始宗教及共同体中的人提供一个宇宙的基本范型并为之定向，从而赋予人类生活以秩序和方向。“树的崇拜”被他分为以下几种类型：（1）“石头—树—祭坛”的神话，对于某些最古老的宗教来说，某棵圣树就是一个“小宇宙”，圣树上居住着各种神灵或精灵；（2）作为“宇宙形象”的树；（3）作为生命象征、不竭的生殖力、绝对实在的树，以及“大母神之树”；（4）作为“世界中心”以及“宇宙根基”的树；（5）树与人之间的神秘联系，诸如树生人、人与树结婚、仪式中的树；（6）与树相关的复活或重生神话。[19]伊利亚德整理的“树之神话”也以各种形式存在于世界各地区的诗歌传统之中，但在进入诗歌时一般经过了个体化的偏离和改写。例如，前文中提到的穆旦《诗八章》中的那棵“巨树”，显然是“作为生命象征的树”之神话的一个版本，却被编织到一种关于爱欲和灵魂的个体沉思之中。对于诗人们来说，从既有神话中寻找诗歌母题犹如从古老的深井中取水，而水的形状最终是由他们自备的木桶或瓷碗的形状决定的。当然，也有一些颇具雄心的诗人更愿意自己打出一口井，他们不愿沿袭古代神话的既定框架；但我们都知道，即便是自己重新打出的井，它们也与古井一样连通着相同的地下河流——最深的神话可能并非存在于那些耳熟能详的故事（“井”）中，而是在原型性的“基本意象”（basic images）中隐藏的某种朦胧、流动又亘古长存的无意识之河。

20世纪七八十年代以来，由于“文化史诗”和“整体主义运动”的推动，许多中国现代诗人热衷于神话式的书写。其中，也出现过像江河《太阳和它的反光》（组诗）这样涉及与树相关的神话的例子（分别是《斫木》和《遂木》）。然而，这些貌似宏大深刻的诗作却有一个共同的弱点：它们过于依赖既有神话的叙事框架和想象模式，缺少个体化的转换，更缺少与自身历史处境之间的切身关联；同时，他们对语词的运用基本上都是符号性的，他们用一点现代修辞的胶水把死去的古代文化的残渣和碎片重新裱糊在一起，以此来冒充活的文化。海子的部分诗作也有这种问题，尽管他在另一些诗作中显示出了自觉的“发明神话”的意愿。不过，即使是沿袭古代神话，海子的诗也仍然带着纯然个体的温度和声调：

我所热爱的少女
河流的少女
头发变成了树叶
两臂变成了树干

你既然不能做我的妻子
你一定要成为我的王冠
我将和人间的伟大诗人一同佩戴
用你美丽的叶子缠绕我的竖琴和箭袋

秋天的屋顶　时间的重量
秋天又苦又香
使石头开花　像一顶王冠

秋天的屋顶又苦又香
空中弥漫着一顶王冠
被劈开的月桂和扁桃的苦香

——海子《十四行：王冠》，1987年

这首诗的来源是古罗马奥维德的《变形记》。少女“头发变成了树叶”“两臂变成了树干”的说法，几乎是对杨周翰译本《变形记》中“日神阿波罗和达佛涅”故事的原文重复。不妨把杨周翰译本中的相关段落抄录如下：

她（达佛涅）的头发变成了树叶，两臂变成了枝干。她的脚不久以前还在飞跑，如今变成了不动弹的树根，牢牢钉在地里，她的头变成茂密的树梢。……日神便说道："你既然不能做我的妻子，你至少得做我的树。月桂树啊，我的头发上，竖琴上，箭囊上永远要缠着你的枝叶。我要让罗马大将，在凯旋的欢呼声中，在庆祝的队伍走上朱庇特神庙之时，头上戴着你的环冠。我要让你站在奥古士都宫门前，做一名忠诚的警卫，守卫着门当中悬挂的橡叶荣冠。"[20]

《十四行：王冠》的前两段基本上沿袭了这个故事。但是，这里有一个小的改动：《变形记》中日神对达佛涅说的是"你至少得做我的树"，而海子改成了"你一定要成为我的王冠"。在海子那里，"王冠"和"王座"，都是诗人专属的荣耀——因此，日神所说的"罗马大将"被他置换为"人间的伟大诗人"。于是，这个版本的故事就从一个关于爱情的神话变成了关于诗歌本身的神话。诗的后两段进入了海子自己的轨道："秋天""苦香""劈开"这些海子的个人常用词汇，使得这棵"树"、这顶"王冠"成了"痛苦"的象征。这是爱之苦，更是诗之苦。作为痛苦之象征的"王冠"，很可能暗中参照了《马太福音》第十五章中耶稣被士兵强制带上荆冠，并被戏称为"犹太人的王"的故事。海子通过对诗歌之"王冠"和"痛苦"的引入，部分地改写了奥维德的神话。

更复杂的改写出现在钟鸣的诗中。钟鸣的长诗《树巢》征引了许多古代神话故事，其中与"树"相关的典故也很不少。钟鸣的诗用意遥深、语汇驳杂，常常呈现出一种介于清晰与含混、结晶与流动、严肃与轻盈之间的特殊质地，属于非常耐读和需要反复琢磨的类型。他的思考视野、知识储备、文体和修辞意识在当代新诗中都独树一帜。

钟鸣对“树”之意象的书写大多具有一种“理想性”的朝向，正如敬文东所说的“树的海拔是理想的高度”。[21]而这种理想性的向度，在具体诗作中是通过对神话的改写和重构来展开的，比如《凤兮》一诗对“凤栖梧”这一中国古代神话的变形：

我很想认识这只不死的鸟儿
它的五彩羽栖落在哪一棵树上
哪一个星球，哪块没耕过的土地
我脸色苍白，两手合十，昼夜不停地呼吸
这个永不厌烦的地球，仅仅因为它
任意晕眩，随心所欲地死

我们该怎样才能像它在树上
振翼修容，在随风飘散的
肌骨上准确捕捉死者的目光
把悲哀留给已满千岁百龄的虚清
它像一匹绿叶欺近我们
在闪烁的灰里刨出一些爪和燧火

——钟鸣《凤兮》节选

《凤兮》是对已消逝的“神鸟”的追忆。正如“凤兮”一词最初来源于楚狂接舆之歌那样[22]，这首诗也是影射当代政治与社会之“失德”的。“凤凰”是高贵德性的象征，而这德性却与这“寂灭的鸟儿”一起“消逝在空洞的风里”。如今，“我们仅仅是在黑暗中风闻了它”，遥想它纷披的神光。作为凤凰栖落之处的“碧梧”神树，承接着从上方到来的德性之鸟，但现在的世界已不适合凤凰居住，神树也无法生长，因为到处都是被开发、污染过（“耕过”）的土地，人们“任意晕眩，随心所欲地死”，早已忘记自己曾是凤凰图腾的信徒。凤凰只能到别的星球去寻找住所。钟鸣对凤凰于树上“振翼修容”的形容值得细察，这里的关键在于人作为“会死者”和“死者”，与“不死的鸟儿”之间的关系。凤凰立于枝头，“准确捕捉死者的目光／把悲哀留给已满千岁百龄的虚清”，这是在对历史进行审判——尘世历史的千百年岁月不过是“虚清”或虚无而已！在“永恒”及“永恒的德性”面前，人们对自身必死性的态度应当是：将自己作为永恒德性的载体而活着和死去，而不是放纵地活和“随心所欲地死”。换句话说，必死的人与永恒德性之间的关系，应当类似于梧桐神树和凤凰的关系。人需要成为德性栖落的“树”。这样，钟鸣用一种颇显冷奥的修辞，将“梧桐神话”变成了关于人之生存态度的道德叙事。

就“树”之神话来说，古代世界的神话几乎都是以完整的宇宙观或神秘秩序为前提的，这些神话很容易被讲述成一种宏大叙事。中国新诗中那些信奉“文化史诗”或“神性写作”的作品一般也是在这种宏大叙事下展开，沿袭或创制出“大写的神话”。而当代新诗中那些有效的作品却强调“限定”，这种限定既是对情境的限定，也是基于反思性而来的对观念之历史条件的自觉。受到限定的诗学意识，对一切关于“整体”“大全”或“超越”的谈论都保持谨慎和警惕。这种“限定的诗学”致力于从日常生活的此时、此地、具体的他人和一些“小事物”开始，即使是从事物中看到某种“超越”的存在，也会立即将这种超越限制在这一情境的范围之内。因此，当代新诗中的某些诗人致力于发明“日常生活的神话”，这是一些体现在局部细节中的“小写的神话”。具有这样一种神话意识的诗歌，一般来说属于“经验性诗歌”。它们在我们的凡俗生活中看到了一些“奇迹”，这“奇迹”并不预设某种终极的整全图景，而仅仅作为生活中一个奇妙的“缝隙”或“飞地”而存在。它们发出的光是从“偶然性”的裂缝中射来的光。孙文波的《在山楂林中》一诗中就看到了这样的“光芒”：

精致的挂在那里，燃烧着
——它们并不是为我燃烧，是为大地。
当我走近，它们的光芒笼罩我
——多么美丽、多么美丽
——我只能赞叹。
我不能不赞叹。
寒冷中，我站在它们中间……静静地站着；
它们就像上苍的灯盏——
一个神话——犹如中了魔法
我一下子
想动手摘下一些带回家；
我想让它们的光芒，
被我的家人看见。

诗人“静静地站着”，这是被“光芒”击中的时刻。“我”如同一个刚刚恢复视力的盲人，将这“山楂”的出现当作一种神迹。“多么美丽、多么美丽”——这句喃喃自语，如同信徒在不停重复

“感谢主，感谢主”。在宗教中，“美”被理解为神的荣耀，而在这里，美乃是事物显现、与我们相遇时发出的光芒。那“燃烧着”的“山楂”乃是“上苍的灯盏”，接受“山楂”赠予我们的美，就是在领受上苍的启示。诗由此完成了对日常事物的“圣化”，但这一“圣化”并没有让“山楂”失去其日常性质——诗人“想动手摘下”它们的行为，表明“山楂”并没有被当成一种不可触碰、不可食用的“圣物”。“摘下”这一动作已经包含着与“圣化”相反的“去圣化”，它是一种“对物的自由使用”。诗的结尾是要把它们带回家，让“家人”看见（可以想见后面是“分食”这一日常享用行为）。这首诗在三重空间进行着跳跃：个体化的审美空间；启示性的神话空间；共享性的伦理空间。与克尔凯郭尔所说的人在“三种生活方式”之间的跳跃不同，这首诗中的三重空间并不是绝对断裂、非此即彼的。诗从审美开始，进入启示，最后终结于伦理——这意味着“启示性的神话空间”构成了一条从审美的个体通向伦理共同体的走廊，它不仅没有与另外两个空间隔离开来，反而促成了它们的连接。当代诗歌中的神话意识和宗教意识，由此就与古典意义上的“神圣空间”的存在拉开了距离：古典意义上的“神圣的”（sacred）是指专属于“神”的事物，这些事物被移除出人的世界，不再进入到日常生活的共同使用之中[23]；而当代诗人却试图在保留对“上方”或“超越者”消息（也就是“奇迹”）的感受力的同时，将这些奇迹置回到日常生活的自由使用中，使之不能构成一个与日常空间隔离的特权空间。当代诗建立起来的“神话空间”，是一些与日常空间相连的、随时可以打开和进入的、为数众多的“小房间”。因此，当代诗中的神话要素，不再是与一个完整的终极秩序相关的“宏大叙事”，而变成了在每一个“此时此刻”中都可能以新的方式发生的“小叙事”。

相似的情形，也发生在西渡《鸟语林》一诗的结尾：

噢，这个漫长的黎明，
我们一起倾听了那么久，
带着迷惑的、感恩的表情：
好像树梢的声音之神刚刚诞生，
把我们变成了它的一对逼肖的耳朵。

——西渡《鸟语林》节选，2008年

《鸟语林》同样不是一首观念诗，但它却发明了一个喜悦于倾听的“小神话”。倾听“鸟语”变成了领受神恩，从鸟鸣的汇聚中诞生出一位“声音之神”，而人转变成了这个神的“耳朵”。这个刚刚诞生的“神”，虽然保存了古代神话中“圣树上居住的神灵”的痕迹，但显然只是在当下这一瞬间才有效的“神”，其统治也只及于这一个“黎明”而已。这声音的神迹与启示，并不朝向所有人和整个宇宙，而只是及于“我和你”这两个人此时站立的地方。这当然赋予了我们的生命以意义，但这显然不是一劳永逸的意义，而是需要调动我们的敏感性，在日常生活的某些瞬间不断重新激活的意义。无论是《在山楂林中》对奇迹的“观看”，还是《鸟语林》中对奇迹的“倾听”，我们都能从中领略到神话意识是如何渗透进日常生活那些细微的瞬间之中，并涓滴汇流般塑造出我们生命的意义。

“树”的意象常被诗人用于对“爱情”的书写。作为观念诗的爱情诗，一般是不包含叙事背景的直接抒情，或者在诗中直接言说自己的爱情观。舒婷的《致橡树》就是新诗中最著名的例证。《致橡树》对女性在爱情之中的独立性的强调，作为一种观念当然是正确的；但其语言方式和对此种爱情观的反思深度，如今显然是被时间越过了。《致橡树》的问题在于，它太顺理成章，太正常和正确，观念和情绪在诗中运行时没有遇到任何内在的阻碍和与之斗争的力量。这样一来，诗的内在情绪的复杂性和反思的力度就无法形成。诗歌中如果没有一点点不正常、阻力或自我搏斗的成分，它很难成为一首表现成熟心智和成年人观念的诗歌（也许儿童诗可以这样）。前面所引的海子《十四行：王冠》就出现了某种痛苦的、“劈开”自我的部分，因而作为爱情诗它是更有力量的。清平的《春天的书房》则展示了一种极具爆发力、优雅又邪魅的爱情宣言：

如今时过境迁，爱情的歌谣已难以听见
在毕生的畏地，在一片绿色之后
巨大的春天扶摇而来

窗外的树长得高大、结实，如我前世的爱人
时光流逝，她盛年的力量不可抗拒
她有必死的勇气，也敢于杀人

我要等多久才能像爱人那样
相隔一步之遥，目睹心爱的世界
抚摸手边的一切，让他们惊觉而惘然

经过春天，我要打败所有的书
我要于我熟悉的营生，让红色和绿色同归于尽
让他们邪恶，面对前世的深情问心无愧

这首诗中包含的“同归于尽”的勇气和决绝让人震动，但它又是温暖的、深情的。清平将春天形容为“扶摇而来”，真是极妙，“树”的身姿已隐于其中。此诗的一个特征是用了很多成语（“时过境迁”“不可抗拒”“一步之遥”“同归于尽”和“问心无愧”），却未让人有丝毫陈词滥调之感，这一点其实很难做到（在我印象中，似乎只有张枣《维昂纳尔：追忆似水年华》同样做到了）。可以说，这首诗的力量来自于其中不那么正常的部分，一种对抗性的狂热推动着诗的情绪。当清平将“树”比作“前世的爱人”时，这“树”不仅支撑起诗的硬朗风格，而且其“高大、结实”的存在也将诗的筋骨完全舒展开来。

在受到儒家传统影响的中国古代诗人那里，“树”的意象首先是在一种伦理（以及政治）语境中被感知和理解的。前文中刘桢和杜甫的诗作已表明了这一点。被伦理化的树，除了“松树”和“柏树”之外，“柳树”也是一个常见的例子（我将另文论述）。在当代新诗中，杨键对“树”的书写，既承继了古典传统中的伦理理解力，又显示出一种更具痛感的现代质地。杨键的诗以对“真理”的领会为目标，这些诗一旦摆脱了说教的习惯，而真正进入到某种澄澈的觉悟状态，就可能爆发出耀眼的精神性：

一棵树终于枯烂，透彻！

真理就是面前的芦苇！

想象天堂之苦，拯救之苦，我宁愿是松树！

我身后的长江，落日

我前方的农田，曙光

我左边的寺院，我右边的道观

我终究是包罗万象的佛塔

写作是我的第二次耻辱

第一次我是人

——杨键《一棵树》

杨键此诗中的伦理意识，是通过将事物与人对照进行的。耻辱感是其结论。这种意识并不罕见，可概括为“世间万物皆是真理，只有人是谬误”。然而，伦理意识的传达却是通过若干意象展开的。从“松树—芦苇”“长江—农田”“落日—曙光”到“寺院—道观—佛塔”，所有这些事物都具有一种沉默的圆满性。只有“人”不圆满，他因这不圆满而写作，于是写作本身也不圆满。在万物的圆满面前，人只能羞愧。“写作是我的第二次耻辱//第一次我是人”——这个直陈观念的句子，由于前面诸事物之圆满性的对照而变得极具力量。在这首诉诸“精神性”或“真理性”的诗中，我们读到了强烈的哀伤意味。

多多的诗中也频繁出现“树”的意象。严格来说，多多的诗属于“抒情观念诗”这种类型，其早期诗作更侧重于“抒情场景”的建立，2000年后的诗作则更侧重于观念和精神性。他对“树”的书写，除了呈现出饱满的知觉和想象力之外，更重要的是其中的戏剧性成分。多多诗作中有很多奇妙的“树”之场景，其中一部分是抒情性的：“树木/我听到你嘹亮的声音”（《春之舞》）；“树木，望着准备把她们嫁走的远方/牛群，用憋住粪便的姿态抵制天穹的移动……”（《走向冬天》）；“长久地搂抱着白桦树/就像搂抱着我自己”（《告别》）；“歌声是歌声伐光了白桦林/寂静就像大雪急下/每一棵白桦树记得我的歌声”（《歌声》）；“我对北方的怀念是用桦树皮做的，/而我思念你身上不朽的丝绸”（《五亩地》）；“两行新栽的苹果树，刺痛我的心”（《在英格兰》）。不过，最能体现出多多诗歌特质的，却是另一些与“树”相关的场景，在这些场景中多多像一个恶作剧的顽童那样，设想出了荒诞又有趣的剧情：

看到那把标有价格的斧子了吗？
你们这些矮树
穿着小男孩儿的短裤
那些从花朵中开放出来的声音
一定伤透了你们的心：
　　“你们的伤口
　　过于整齐。”

你们，听到了所以你们怕
你们怕，所以你们继续等待
等待大树作过的梦
变成你们的梦话：

“大树，吃母亲的树
已被做成了斧柄”

——多多《大树》，1988年

他们把什么抬起来了——大地的肉
像金子一样抖动起来了，我没发觉
四周的树木全学我的样儿
上身穿着黑衣
下身，赤裸的树干上
写着：出售森林。

——多多《搬家》，1986年

《大树》围绕着“树—斧”的意象来展开“男孩—母亲”的主题。在这首诗中，“男孩”对于“母亲”的情感是爱、害怕和反叛的混合，这种复杂的情感通过“听到—怕—等待—梦—梦话”的一连串转换，最终变成对“吃母亲的树/已被做成了斧柄”的担忧。“男孩”害怕“母亲”，也害怕自己会“吃母亲”，还害怕“母亲”觉得他会“吃母亲”而将它做成“斧柄”。“树”的意象由此就在母子关系的复杂纠葛中获得了新的意义。而《搬家》一诗更像一部荒诞剧，“树木”对人的效仿让人忍俊不禁。此外，多多还在《灌木》一诗中创造了一个非常棒的戏剧化场景，将“灌木”的根系运动，与人类的性爱活动进行了互喻：“根/却在泥土中互相寻找/找到了就扭杀/我们中间有人把/这种行为叫作：/爱//刚从树丛中爬起来的恋人/也在想这件事儿/他们管它叫：/做爱。”（《灌木》）在另一首接近于“儿童画”或“儿童剧”的诗作《捉马蜂的男孩》中，多多则将

"幼树"的委屈与"成熟果实"对它的嘲笑进行了连接:"长不出叶子的幼树开始哭泣/一只熟透的李子接着叫'你们——我们'"。在这些例子中,多多的戏剧天赋展露无遗。

就"树"之意象所可能包含的观念性成分来说,最合乎学者们胃口的大概是哲理观念,也就是人们经常说的"思辨形而上学"和神秘主义。事实上,"树"这个词中的哲学成分可能丝毫不亚于其中包含的神话和诗性成分。正如德勒兹和加塔利所看到的,西方思想和写作自古以来就遵循着一种观念的"树形结构":诉诸根、起源、等级秩序和统一性,基于一种"同质性分类"而来的思维模式。"树怎样主宰了西方的思想和现实——从植物学到生物学、解剖学,同样还有认识论、神学、本体论、所有的哲学……:根基,Grund,roots和fundation。西方与森林、砍伐之间存着一种特有的关联;在森林之中所开辟的土地被种植上种子植物,这些植物是由一种基于树形谱系类型的耕作所产生的。"[24]笛卡尔的"哲学之树"是其代表。笛卡尔在致《哲学原理》法文版译者皮柯的信中说:"整个哲学就像一棵树:树根就是形而上学,树干就是物理学,而从树干长出来的许多树枝,就是一切其他科学……"[25]这棵"树"所长出的一切,原则上都可以回收、还原到它们共同的"根"那里,所谓"万变不离其宗"。而对某些诗人来说,他们同样将这种"树形思维"带到了诗歌之中,他们喜欢在诗中以此方式思考宇宙论和创世论这样的终极问题。前辈诗人彭燕郊的长诗《生生:多位一体》[26]就是这样的"形而上学诗歌"的一例,而"神性写作"的代表诗人亚伯拉罕·蝼冢(萧乾父)的《逻辑树》也是用"树"之意象来结构一套形而上学思辨的当代作品:

……这并不是说要进入树，得摒弃一切观察
我无需为见而视之不见，无需抛弃任何知识
相反，我所熟知的一切成为此时的我
所属于树的一切，形式结构　物理变化
化学变化　与金木水火土的交流，与
日月星辰的类通，聚集入一个统一体中
与树合二为一，树并非我眼前的印象
（树本身在），并非我的想象（树以种子
从脑袋发芽），并非我心绪的象征（树
并不晦暗，如我无忧而伤），树是我之外
真实的存在，是光的造物，我与它休戚相关

与彭燕郊相比，蝼冢在语气、节奏和语感方面的控制力相对要好很多。但是，他也并未摆脱这一类诗歌共有的弱点：思辨的、概念化的语言，如果没有经过感性和形象方面的转换处理，是不能直接成为诗的语言的。“干燥而抽象”是这类诗歌的普遍特征。事实上，诗歌要承担哲理观念，以“遮诠”或神秘主义的方式进行会更为妥当，像彭燕郊或蝼冢这样连篇累牍地进行正面的观念阐释是吃力不讨好的（如果真有写“形而上学概念诗”的志向，不如去学柏格森写一本《创造进化论》）。相比之下，于坚的“树木诗”在观念的传达上显得更加合乎诗的要求：这些诗中的观念并不是以概念化的思辨方式出现的，而是在对形象、动作和场景的描述中被逐渐推动、渗透到我们的感受里，同时这观念本身还携带着某种情感性。《避雨的树》就是一首有着叙事框架的观念诗。这首诗始于“躲避暴雨”的场景：

寄身在一棵树下　躲避一场暴雨
它用一条手臂为我挡住水　为另外的人
从另一条路来的生人　挡住雨水
它像房顶一样自然地敞开　让人们进来
我们互不相识的　一齐紧贴着它的腹部
蚂蚁那样吸附着它苍青的皮肤　它的气味使我们安静
像草原上的小袋鼠那样　在皮囊中东张西望
注视着天色　担心着闪电　雷和洪水
在这棵树下我们逃避死亡　它稳若高山

在灾难中，这棵“树”容纳和帮助着所有的生灵。它不仅“像房顶一样自然地敞开”，让人和其他动物进来，而且“它的气味使我们安静”。我们信赖它，就像信赖母亲，它坚强、有力，“从不躲避大雷雨或斧子这类令我们恐惧的事物”。正如于坚在散文《梧桐树在周围》中所说的，树木“为世界的核心提供着在‘里面’这种意识，使这个核心具有在内部、在深处、在某种事物后面、被它庇护着的安全感，它提供的是一种‘在家中’的感觉。”[27]树木作为“庇护者”的形象，正是于坚这首诗的核心意图。在这种“被庇护”的感受中，我们对它产生出一种感恩之情：“它是那种使我们永远感激信赖而无以报答的事物／我们甚至无法像报答母亲那样报答它我们将比它先老／我们听到它在风中落叶的声音就热泪盈眶／我们不知道为什么爱它这感情与生俱来”。然而，这棵树是自足的，它“不关心或者拒绝我们这些避雨的人／也不关心这首诗是否出自一个避雨者的灵感”。它只是存在着，“牢牢地抓住那片黑夜那深藏于地层下面的／那使得它的手掌永远无法捏拢的”。“我”看到各种动物都在它的腹部避雨，包括“蛇、鼹鼠、蚂蚁和鸟蛋”；甚至还有“两只鹰站在那里”，“披着黑袍，安静而谦虚”。诗耐心地讲述着这些动物们的神态和动作，使得这一场景更加具体和真实。当然，这首诗的叙事框架和描述方式，都是为其中的观念（一位开阔、坚定和自足的“庇护者”）服务的。这棵如同“诺亚方舟”的树，在人们离开它之后也仍有一种坦然自若的美：

我看见　在所有树叶下面　小虫子一排排地卧着
像战争年代　人们在防空洞中　等待警报解除
那时候全世界都逃向这棵树
它站在一万年后的那个地点　稳若高山
雨停时我们弃它而去　人们纷纷上路　鸟儿回到天空
那时太阳从天上垂下　把所有的阳光奉献给它
它并不躲避　这棵亚热带丛林中的榕树
像一只美丽的孔雀　周身闪着宝石似的水光

于坚这首情感丰沛的观念诗，在语言铺叙时有一种“枝舒叶展”之感，其长度和气息确实让人想起一棵大树。于坚擅长于在句子的铺排之间堆积起一种“语势”，这种海潮蓄势般的写法使他的诗作能量庞大，而其推进节奏也是一种浪涛般行进的节奏，读起来显得肺活量十足。

从细节技艺和修辞能力上说，陈先发的诗都是不凡的。他与杨键一样书写带有古典意味的伦理场景，但与杨键的“儒—佛”背景不同，他的主要观念来源是道家和禅宗的观照，间或也会触及儒家的

"仁爱"或佛法的"慈悲"。如果说杨键的诗主要被哀伤支配，那么陈先发的大多数诗则将这种哀伤转化成了"物我两忘"或"物我相即"的静观：

> 桤木，白松，榆树和水杉，高于接骨木，紫荆
> 铁皮桂和香樟。湖水被秋天挽着向上，针叶林高于
> 阔叶林，野杜仲高于乱蓬蓬的剑麻。如果
> 湖水暗涨，柞木将高于紫檀。鸟鸣，一声接一声地
> 溶化着。蛇的舌头如受电击，她从锁眼中窥见的桦树
> 要高于从旋转着的玻璃中，窥见的桦树。
> 死者眼中的桦树，高于生者眼中的桦树。
> 将被制成棺木的桦树，高于被制成提琴的桦树。
>
> ——陈先发《丹青见》，2004年

《丹青见》可以说是神秘主义观念诗的典范之作。对生死的理解及其中包含的无限悲伤，都深掩在诗前半部分的繁茂植物的丛林中。从密度上说，诗前半部分的植被密度显然远大于诗的后半部分，到最后更是只剩下"桦树"。诗的情调转换，从繁茂、密集的蓬勃生长转向后面的荒凉空旷，一如从"生"转到"死"。诗的后半部分相当神秘："桦树"一词重复了六次，分别出现在六种完全不同的视角中。这些视角的"高"与"低"是依据神秘感和幽灵感的程度来确定的，可能涉及道家所谓的"阴阳眼"。"锁眼"和"旋转的玻璃"都是"眼睛"（瞳孔）的喻象，前者比后者更幽深隐秘。"死者"眼中的树比"生者"看到的要高，不只是因为死者采取的是仰角，而是因为生者只能看到"当下"树的高度，而死者的视线超越了当下，直接

抵达了树的最后形态——比如“将被制成棺木的桦树”与“被制成提琴的桦树”。后两者之间的分别，既是视觉的明暗对比（棺木的幽暗与提琴的明亮），又是听觉上的音色对比（棺木盖上的沉闷之音与提琴的柔和之音）。“桦树”，作为生与死的参照点，它也有自身的生（向上长）与死（被砍掉）。可以说，这首诗确实做到了“意在笔先，神余言外”，展示出一种通透圆转的智慧。

在前文中，我们已经论及了一些经验性的诗歌（如孙文波、西渡的诗作，以及前几节中所引梁小静、陈舸、哑石、高春林、张枣、谭毅的诗作）。它们中有一些主要是从知觉方面入手（哑石、谭毅），另一些则主要是通过叙事来展开（张枣、孙文波、西渡），当然也有兼具知觉和叙事的例子（梁小静、陈舸、高春林）。侧重于知觉，诗就会获得感性的清晰和饱满，事物的具体纹理和肌质就能被我们触摸和感知到，我们也有可能听到树木“嘹亮的声音”（多多《春之舞》）；而侧重于叙事，诗就会成为对记忆中的事件和场景的保存，事物和人在其中就有了独一性的专名。这是两种不同的使诗获得具体性的方式。而究竟在这两种路径中选取哪一条作为自己的主要道路，则取决于诗人的心性气质和对诗歌本身的个体理解。

中国当代的经验主义诗人们，几乎都从弗洛斯特和谢默斯·希尼等外国大诗人那里学习过如何处理经验。正如我们在希尼的诗中所看到的，经验主义诗歌的美德，是结实、绵密和沉稳。我们可以在孙文波、张曙光、吕德安、森子、桑克、雷武铃、高春林等诗人那里看到这种美德的体现。不过，这些经验主义诗人中，多数作者对世界采取的是一种反讽和怀疑主义的消极立场，只有少数作者在诗中呈现的是一种明亮、积极的生命态度。雷武铃就是这少数对世界和生命持肯定态度的经验主义诗人之一。雷武铃的诗集《赞颂》，是基于经验主义方法论而来的，对生命中的若干地方、事件、经历进行忠实刻画的作品。雷武铃认为，所有这些地方、事件和经历，都带着“引领物质飞升的光芒”（《献诗》），它不仅“鞭策我醒来”，而且使“我”终于能够肯定“美和真坚实的存在”（《平原印象》）。雷武铃发展了一种类似于“油画逐层着色”的诗歌技法，并在诗中致力于将知觉、记忆和联想进行综合，这赋予其诗作以“真实、具体和可信”的品质。在《远山》《白云》等诗作中，雷武铃对知觉经验的描述可谓“致广大而尽精微”，他擅长将人生经验和感怀嵌入在对自然景物的观照之中，让自然和心灵达成相互抚慰。在《冬天的树》中，他向我们展示了一种忠实于知觉的诗艺：

我们说起冬天的树。
那么安静即使大风呼啸也只是轻轻晃动的树。
它们的美难以言传：大块密闭的色团
落成天幕上镂空的线条画——它活生生的
能透出呼吸。车过公园，能看见绵延的树丛
和后面的天空。——它们阴晴天的表情不同：
树干焦黑，爪状的枝梢蜷缩高空的，是槐树。
树皮灰白，粗枝和银杏树一样高举的是白杨。
而榆树和柳树的枝条众多，轻柔地向下垂顾。
而核桃树枝粗短如手指，整个冬天都在沉睡。

——雷武铃《冬天的树》第二节

"树"的形状、色彩和动态，在这一段中被我们清晰地看到。尽管雷武铃在这一段中使用了某些比喻，但这些比喻的效果却接近于白描。这是由于，他对事物的把握主要是通过对形状、轮廓和色彩的精确摄取来进行的，在转换为语言时就变成了一种"写实油画"般的写作技法。不难从《远山》《夏夜》《深秋夜与伟驰散步》等诗中发现"焦点透视法"对雷武铃观看方式的影响。正如雷武铃本人所说，他采用的"不是古代山水画的写意方法，而是秉承文艺复兴大师那样的严格的科学真实和逻辑"。[28]这一点与哑石不同（可以对照哑石《青城诗章》中的《激流与峭壁之间，有一棵松树》）。哑石的诗在知觉上的饱满度是通过一种前科学的感通、冥想和体证获得的，它与道教和现代生命哲学的关联更加紧密，诗的质地更接近于"炼金术"（或"炼丹术"）而不是科学。这涉及对知觉本身、对诗歌的现代性精神的不同理解。雷武铃认为，诗歌中的知觉需要以尽可能"科学"（写实）的方式进行描述，因为"诗歌的现代性就是使诗获得当代精神下的真实感，而科学方式是今日认识的最基本的信服基础"。对哑石来说，知觉确实具有一个可被当下科学解释的层面，但它也具有一种更为古老和原始、同时又能向未知和将来伸展的维度，因此诗的知觉需要"向上方"或"向底部"来超出科学的写实层面。哑石会认为，当代新诗作为现代文明的一部分，其现代性主要不是体现为在诗中按科学方式进行描述，而是体现为诗歌对现代世界基本价值的认同，体现为通过想象、冥想对新感性的创造和发明——诗对知觉进行描述时的可信度，并不在于写实，而在于对我们自身经验的激活能力。

就对"树"这一意象可能具有的"新感性"来说，有一种"新感性"是通过吸收古典感受力的若干要素并将其"陌生化"的方式而产生的。张枣的《木兰树》是为汉语中的“情爱之梦”发明一种新感性的示范：

心爱的正午，木兰树低下额安祥地梦着
她梦见幽魂般的我蹑立在她的面前
她指出我手上的一壶水，对别的可是毒药
我从她的表情里窥不出一丝儿恐惧
而她，却感到我在厌恶自己，哦
深深的厌恶，这血，这神经，毛孔，这对
耳朵的样子和狭窄的心；有一瞬她醒悟到
我分明只是一个人；不一会她又回忆起
我曾倚窗眺望别的人，或者拧亮灯
经过一扇门，朝某个更深处出出进进
于是她佯装落下花，或者趁青空
飘飘而来的一阵风，一声霹雳，舞蹈着将我
从她微汗的心上，肌肤上，退出去

整首诗构成一个完整的幻象情节：梦的肇始和梦的结束。这一梦境的建立其实是一种倒转的结果：本来是“我”之梦境（梦始于“木兰树”幻化为女人，梦醒时树还是树），但却要颠倒为“木兰树”的梦境（“我”闯进了她的梦，最后又被从梦中驱赶出来）。在“她”和“我”之间发生着对话、揣度、辨认、回忆和伪装等复杂而微妙的交流，像是进行了几个回合的双人舞。一棵树就这样具有了极其敏感又聪慧的女性灵魂，而“我”在“她”面前只能羞愧，这种羞愧表明了“我”对“她”有情。如果从实际世界中发生的事情来理解，我们可以对梦中的细节进行一一对应的解释：“我”来到木兰树前（“幽魂般的我蹑立在她的面前”），开始浇水（“我手上的一壶水”）；“我”因木兰树之美而自惭形秽（“我在厌恶自己”），想起“我”曾经在树面前做过的各种事情（“我曾倚窗眺望别的人，或者拧亮灯”）；最后天起风、打雷（“飘飘而来的一阵风，一声霹雳”），“我”离树而去（“从她微汗的心上，肌肤上，退出去”）。诗在梦境与现实之间建立了一种双重指涉关系，这种结构方式可能受到《南柯记》之类传奇小说的影响。从措辞上看，诸如“蹑立”“窥”“倚窗眺望”“落下花”“青空”“霹雳”“微汗”“肌肤”等中国古典词汇不断出现，营造出一种《聊斋》般的叙事氛围。但整首诗的效果却非常特殊：在“她”和“我”来回交替的舞步中，诗歌形成了一种介乎古典式的优雅精致和现代式的自我拷问之间的气质。

以上是对两种理念类型的“树之诗”的讨论。在实际情形中，并不存在纯粹的“观念性诗歌”和“纯粹的经验性诗歌”，实际存在的诗歌都是这两种理念类型以不同比例进行混合的产物（只不过分别有所侧重罢了）。有一种诗歌刚好处于两者的中间情形，其混合比例接近于1：1。按照这种比例混合产生的诗作，出现杰作的比例很高，因为这些诗作综合了经验性诗歌和观念性诗歌的优点：词指向具体事物，知觉饱满，有强烈的处境感和现场感，常常具有叙事框架；同时又对严肃主题进行沉思，具有神话、伦理、宗教或思辨的整体视野。罗伯特·沃伦的名作《多须的橡树》（周伟驰译），从其前三段来看是一首经验性的诗歌，其中的每一行都带来一种非常具体的现场感和知觉形态（如“支须纠结，在它们之上的／一层层的光都在游动”）；但从第四段开始，整首诗俯冲进入到对历史、暴力与爱之间关系的沉思轨道之中时，诗的基调就发生了变化，从一首讲述“恋人在树下”的场景的诗，变成一首探讨爱、永恒与时间的观念性诗歌。在中国当代新诗中也不乏这样的情形。例如哑石的《道旁，老树新花，蜜汁微亮》（2013年），就将强烈的现场感（“道旁，老树新花，蜜汁微亮”；“远处一盏灯，照过来”；“草绳上引颈蹬腿的蚱蜢”）、奇特的知觉经验（“微尘的奇异水桶里叮咚作响”；“和永夜咻咻疾走”；“银河，敞露出金黄瞳仁”）与对某些哲理问题的观念性沉思（“模仿那神秘时序”；“爱，低于因而高于世间诸物”）综合在一起。另一位诗人施茂盛，则从一棵“雪松”的具体实存中发现了某种神秘秩序的生成和扩展：

在雪松的冠部，它发现自己。
不是鸟迹，是修剪的喷泉。
即将融化的积雪，塑造着它的底座；
雾气微微蒸腾，它因此得以赋形。
仿佛某种神秘之物正在
勃莱的寂静中完成。
一股风团留在原处，它的影子
形成旋涡。松针根根立定，
看见依附它的光线跳跃。
松枝间，黑暗宽厚而又浑圆，
与退出的经验浑然一体。
而鸺鹠带来局部的时间，
在融雪的“滴答”声中显露。
远处，屋顶归于线条清晰的轮廓，

上面是大海在潮汐中恢复。

群星贴近轨道奔驰，汇聚银河。

宇宙，此时也从雪松的冠部开始。

——施茂盛《赋形》

这首诗的措辞方式带来了奇特的混合效果：它在呈现具体的、纯然当下性的感知经验的同时，却又一并散发出指向整体和超越者的气息。在这棵雪松周围，“雾气微微蒸腾”“一股风团留在原处”；在它身上，“松针根根立定”，“光线”在跳跃，而融雪正发出“滴答”声。这些极具现场感的句子表明，这棵“雪松”首先是一棵实际存在的树，而不是一个理念或象征物。然而，“赋形”这个词的所指却并未停留于单一树木的形式生成，而是指向了“神秘之物”的完成，指向了“宇宙”的开始。诗的视线由近及远，由实及虚，每个句子似乎都在提示着某种隐匿的力量：“松枝间，黑暗宽厚又浑圆，/与退出的经验浑然一体”，正是那宽厚的、悄然退出的黑暗成就了我们看到的形式；“屋顶归于线条清晰的轮廓，/上面是大海在潮汐中恢复”，在潮汐中到来的是更深的、从无底涌出的波浪。那喷涌着的、融化着的、蒸腾着的、旋转着的、跳跃着的、隐退着的、显露着的、翻滚着的、奔驰着的和汇聚着的，既通向一棵“树”的赋形，也通向“鸺鹠”“屋顶”“大海”“群星”和“宇宙”的赋形。这首诗是对秩序之生成的沉思，对秩序之中包孕的诸种潜能、路径和形态的直观。当宇宙在一棵树的冠部敞开时，这是一个新的星丛的开始；时间的锋线永远在改变着方向，而秩序的云团就在这涡流中划出了自己的界限。

这样一些中间类型的诗作提示我们：诗歌有可能在观念与经验之间获得平衡和综合。观念在寻求经验：诗的观念需要体现在诗的经验之中，观念如果缺少了经验细节的支撑，诗就会显得空洞和抽象。但同时，经验也在寻求观念：诗的经验总是被某些观念渗透和塑造而成的经验，离开观念的统摄力，诗歌的神秘性和完整性会受到损害。完整的经验是综合性的经验，它将各种意识潜能都汇聚入一个丰盈、成熟的意识之中，但又不失其单纯与直接性。这是观念与经验的相互催化——正如树的理念，与诸种树、与每一棵树相互成全。

第四节　树的诸部分：根、枝、叶、果

“树”的意象，在诗歌中仍然具有其他的展现维度。比如，不是通过“树林”“某种树”“某棵树”，而是通过“树的局部”或“树的某一部分”来展现。这些不同的部分，尽管都可以独立成为一件事物，但我们在生活中仍然主要把它们当作树的一部分来看待。这里有两个例外。第一个例外是“水果”：那些可食用的“果实”还在树上时，我们一般会认为它是树的一部分；但当它被摘下成为食物时，我们则认为它已独立，变成了“水果”。另一个例外是“花”：许多树开花时，其“花”的存在完全覆盖了“树”的存在，比如我们会说“去看桃花”而不是“去看桃树”。“花”有一种神秘的力量，吸引着人们的目光投向它们，却让人忘掉了它们也是树的一部分。这样，我们也常常会把“花”当成完全独立的事物来看待，尽管从生物学上这些花其来有自。由于这一缘故，我们这

里所要讨论的“树的部分”不包括“花”和“已摘下的果”，仅限于根、枝、叶和（树上的）果。

一、根

在汉语中，“根”这个词由“木”和“艮”构成，“木”是草木植物的泛称，而“艮”是含义为山的卦象。二者会意而成“根”的意义：草木扎入山土之中的部分。从这里引申出“根”的其他含义：本根论上的“起源”和“根据”（“夫物芸芸，各复归其根”），伦理上的对于故土或传统的归属关系（“我扎根于这片土地”），以及生殖意义上的根（“男根”）。在汉语古典诗歌传统中，除了在其本义上的使用之外，我们不难发现这个词大多被用在伦理的意义上，而本根论的用法却很少，生殖或欲望意义上的用法在诗中更是难得一见。由于诗歌在汉语传统中被规定为对情志的抒写，使得玄学沉思与诗歌基本分离（玄言诗很少被列入诗歌的正宗和上品），而男女大欲一旦超出“思无邪”的范围而指向生殖之源，便立刻被贬为“郑声”而驱逐出正统之外，只能在传奇、笔记和市井小说中觅得一个低贱的居所。这种对词的伦理用法的重视和对其形而上学及欲望用法的忽略或贬抑，构成汉语古典诗歌传统的一个基本现象。

正如实际存在的大部分树根都已经腐朽那样，“树根”这个“意象”唤起的诗性联想也大多是腐朽的。作为保守主义者们热爱的词，“树根”构成一整套关于起源、故乡、亲人、祖先和传统的隐喻。保守主义者们企图把我们绑定在某一条“共同的根”上，窒息新物种的生长。他们全然无视起源自身的变形和延异（differance），不仅看不到后来的偏离者已经发明出自己的根，而且常常把别的物种也归为从这条根长出的。正如德勒兹与加塔利所看到的，这种对同质性之“根”的迷恋，恰好是西方形而上学传统中贯穿的“树形思维—写作”之暴力的渊薮。不过，与德勒兹和加塔利等人想象的相反，中国古典主流思想同样是一种强调“树根”和“树形”结构的哲理论述，这一论述对“草”和“块茎”的评价是非常低的。中国当代的保守主义者们喜欢谈论的海德格尔，也是“根”的崇拜者。在海德格尔看来，哲学思考同样“属于农夫的劳作之列”：“我的劳作……扎根于农夫们的生活，并与之牵系在一起。我自己的劳作与黑森林和黑森林人的内在关系，来自于一种长达多少世纪的、不可替代地扎根于阿勒曼尼—施瓦本土壤的状态。”[29]恩斯特·布洛赫在1935年就敏锐地察觉到，海德格尔式的对“扎根状态”（Bodenständigkeit）的强调并不能仅仅被当成关于家园、田野和乡土的“天真的田园诗”来加以接受，相反，这种诉诸“根”和“原生性”的观念包含着一系列关于政治排斥、压制和极端不宽容的“被编码了的论说”，它在本质上是一种“德意志种族形而上学”的军事—政治意识形态的一部分。[30]这样看来，在诗歌中书写“根”之意象，首先就需要警惕其中可能包含的陈词滥调和意识形态陷阱。这意味着，我们不能无反思地将“根”与“故乡、祖先和传统”这些拉康意义上的“大他者”进行绑定，而是需要在一种个体经验的真切性中，解开这些意识形态的缠绕，重新打开“根”之意象的可能性。

穆旦是第一位偏离“根”之正统意识形态的中国现代诗人。我在《穆旦的根》一文中已经表明，穆旦“试图从那些被贬抑和忽略的用法着手去发掘这个词，并赋予它以全新的意义”。[31]这种新的用法和意义，主要是通过诉诸对爱欲的沉思和对肉体的赞颂来进行的：

你把我轻轻打开，一如春天
一瓣又一瓣的打开花朵，
你把我打开像幽暗的甬道
直达死的面前：在虚伪的日子的下面，
摇醒那被一切纠缠着的生命的根。

——穆旦《发现》

爱情探索着，像解开自己的睡眠
无限地弥漫四方但没有越过
我的边沿；不能够获得的
欢乐是在那合一的根里。

——穆旦《诗》

这样一种对“根”的爱欲用法，由于当代诗歌对“身体性”的强调，在今天的诗歌写作中被广泛使用，以至于又形成了一种套路。事实上，穆旦对“肉体”的赞颂（如《我歌颂肉体》）与今天一般强调的“身体性”是有很大差别的。穆旦是在一种人与神、爱欲与死亡、光与暗的“神话—玄学”视野中理解“肉体”的位置的，他将“肉体”称为“大树的根”和“美的真实”。这样一种神学和形而上的维度，在当代大多数强调“欲望解放”和“肉体狂欢”的诗人那里是根本看不到的。另一方面，诗歌寻求“新的声音和道路”的意志，也要求诗人们发掘一些与“根”的欲望用法不同的新用法。在我看来，在这一方面臧棣和蒋浩为我们做出了值得注意的示范。

对臧棣来说，最重要的“根”是语言，是“词根”，而“词根”连接着心灵的“慧根”。臧棣诗中的“轻盈思辨”风格，使之对“根”的传统意义保持距离，转而强调词语本身在生长、分岔、缠结和蔓延方面的潜能。臧棣在近十几年来坚持的“系列诗”（“丛书”“协会”和“入门”系列）写作方式，实际上完全摆脱了“树形结构”对诗歌衍生方式的支配（“树形结构”产生了“组诗”这种体裁），而转向不预设目的、强调生成性和游牧性的“块茎写作”。尽管臧棣的写作不是一种“树形写作”，但他仍然处理了不少与“树”和“树根”相关的题材，比如《寻根协会》（2005年）。

《寻根协会》是臧棣赠送给蒋浩的诗，开篇是对“寻根旅行”（一次以“文化寻根”为名组织的诗歌活动）途中所见风景的描述，开篇便出现了一只“苍鹰”的气息。诗的核心意图，正是围绕着“苍鹰”和“根”这两个意象展开的。“苍鹰”衍生出一系列关于动物、捕食、猎杀的意象，诸如“被撕扯过的尸骨”“狮子”“羚羊”“突袭”等；而“根”则衍生出关于植物和身体的意象，诸如“枯枝”“萌芽”等。“根”在《寻根协会》中显得相当含混和暧昧：

> 我向我的根滑去，巨大的惯性
> 将适应我的肌肉的颤动。
> 我摔断的肋骨上将刻下
> 闪电的俚语。

可以问的是：这里所说的“我的根”究竟是山上的树根，是文化传统意义上的根，是性的隐喻，还是词根？从上下文来看，最合理的解释是，这里的“根”是植物性、身体性和语言性的混合或生成物，是一种不确定的、“难以辨别的或未区分的区域”[32]。这一点也适用于“我摔断的肋骨上将刻下／闪电的俚语”，它将身体、天象和语言混在一起。最后，由“苍鹰”和“根”衍生出来的这两组意象汇合，成了“诗”本身的隐喻，亦即元诗性质的沉思：

很遗憾，在这些场合中，诗，
既不是猎物，也不是得体的见证。
诗，就像一株植物在漫长的旅途中
留下的碑：凡可辨认的，
都已经被你的无名深深溺爱过。

而蒋浩在他回赠臧棣的同题诗《寻根协会》（2005年）中，则进行了一番对“根”这个词的极尽谐谑和机智的语言游戏。蒋浩的诗同样从这次“寻根之旅”途中所见风景开始，并将“天象”与“手机图像”进行了巧妙对接：“峰顶的暴雨／灌注进你峰腰出岫的手机，／短信突出闪电，消失于／群峰按键上天池的蔚蓝。”这是把自然和技术混为一谈的做法。继而，蒋浩对臧棣诗中“我滑向我的根”这一说法进行了重新发挥：

像你身上的根，缠住
一起上山的树，时疏时紧。
有一棵截断朽黑的数抱无名，
蚂蚁吸光了她的沧桑内脏——
你的根努力把你的身体
拉向她的内部。朴散为器。

"数抱无名"和"朴散为器"这两个来自典籍的古语，有其道家渊源。蒋浩在臧棣原诗中包含的植物、身体和语言三重含义之外，给"根"这个词又添加了某种古代玄学的意味。在后面，蒋浩不忘展示他创造新奇比喻的能力，以回应同样擅长比喻的臧棣："我发现山脚那棵古榕的根／却在这里给粉嫩山头梳小辫"；"雨点数着蛙鸣：它们蹲在树下，／不动，像树根结出的卵石"；"鱼跃短信，／你很不走运，大半夜才钓上／几条你发送它们时用的无聊／指头——根上的细根啊，／仅仅因为鱼饵采自峰顶的云团？"不难看到，所有这些句子中的"根"都是在知觉性的想象中变成别的形象，它们遵循的"变形"法则具有极度清晰的可见性。诗最后又回到开始时的"手机"意象，这次，是把我们的"心"比作手机来进行"充电"：

而今天上山下山，我们点缀的
那同一条路，不如说是同一条根——
沿着这轻盈钓线，
天池深处的悠悠，
给我们孤傲的心充足了静电。

在某种意义上，诗歌就是一条给我们的心灵"充电"的线——它可以是来自于自然的树根或草根，也可以是来自技术的数据线，还可以是来自向整个宇宙垂钓的"轻盈钓线"。诗歌的道路无数，可朴可器。关键在于，它是否能打开我们对事物的新的理解和感受的道路。

需要说明的是，本文并不反对站在"故乡、土地、祖先和传统"的立场上对"根"进行的诗歌书写。只是，这种书写仍然需要有所推进，贡献出新的细节，或营造一种新的情感强度。另外，站在这一立场写作的诗人，也不应排斥其他的写法，认为凡与自己立场不同的诗人都是“无根”的，更不应让自己的写作变成主流意识形态的附庸。事实上，就“扎根”这一说法而言，思想史中仍然有着与海德格尔式的“乡土保守主义”完全不同的理解。例如，西蒙娜·薇依对“扎根”的强调就基于另外的哲理前提。在为法国“二战”之后的重建而写下的《扎根：人类责任宣言绪论》中，薇依认为，当时法国的工人们确实处在一种深重的“拔根状态”，这种拔根从本质上说在于一种“灵魂的惰性”：一方面是由于在现代工厂和都市中他们失去了家园感和归属感，不再热爱工作；另一方面是由于他们所受的教育，没有培养出“心灵对真理的热爱”。[33]而要重新“扎根”，所需要的并不只是回归“家园、土地、国族和传统”，更不是通过一种虚骄的“爱国主义”就能够达成的。[34]薇依认为，“扎根”最终需要的是激励人们热爱真理的教育，以及“灵性上的救赎”。[35]这是薇依思想的双重渊源所致：作为柏拉图思想的现代传人，从柏拉图的哲理出发（《蒂迈欧篇》《斐德罗篇》），薇依认为人的“根”并非在地上，而是在天上，“天空”和“真理”才是人的真正故乡；作为一位基督徒，从基督教思想出发，人是神的造物，国家是尘世的偶像，神才是我们真正可以信靠的根据，灵性上的缺陷需要依靠神恩来拯救。对于当代中国面临的状况而言，普遍性的“拔根状态”同样存在（或许比薇依笔下的法国更为严重），不少青年人在经验上的贫乏和在灵性上的麻木懒惰令人触目惊心。而中国当代新诗的所有努力，正是要重新唤起人们生命经验的活力和丰富性，激发出他们灵性上对真理、美和正义的追求。因此，新诗的使命，是在偏离对“根”之意象的既有用法的前提下，通过对新的经验和新的想象的塑造，使现代中国人重新扎根。

二、枝

诗人们对“树枝”远不如对树的其他部分那么热衷。尽管这个词也常常在诗中出现，但它几乎从来不是诗的主题或核心意象。在中国古诗中，它总是与诸如花、叶、果、月、鸟、蝉、纸钱之类的事物一道出现，且总是作为附属意象出现。像陆游《雨中作》“叶脱树枝劲”这样以健笔写树枝的句子在古诗中都属罕见，其余大多数是对“琼树枝”之类仙树的缥缈想象，或者以“枯树枝”之类的凄凉景象来营造悲哀或伤怀氛围。在中国当代新诗中，以“树枝”为主题或核心意象的诗作也很少，其中的优异者更少。在这里我们仅通过两首诗来分析“树枝”这一意象在当代新诗中产生的意蕴。

第一首是叶丹的《寒枝》（2013年）。这首诗写的是一位长期于寺庙修行的女居士在大雪封冻的山中的生活起居和心理状态。这位女居士喂食饥鸟，在井中汲水，在木鱼声中收集橡子和枯枝。“枝”这一象贯穿了诗的始终，在叶丹的笔下，“寒枝”或“枯枝”的意义发生了三次转换。在诗的开篇，“树枝”乃是实物，供“留鸟”栖于其间：

> “树枝交叉的地方会是留鸟的居所，
> 一如她的厢房里，现世和信仰数度交错。”
> 日光已将新枝扶得垂直，它低头啄枝，
> “我偏爱舔舐新枝中难以收集的火焰。”

这位女居士经历过许多苦难，“生活把她折磨得像一座移动的磨难博物馆”。而她却信仰坚定，“要在晨钟暮鼓中守卫理想的墓床”。叶丹极力将她塑造成一座孤岛上的“岛民”，孤绝与仁慈构成了她的两面。她收集的橡子有着和她一样坚硬的品质，而她的眼眶早已和“山峦”顶端的起伏吻合，充满了未化的“积雪”和“褶皱”。她看到了死去的橡树，它的枯枝意味着死亡的暗影：

> 这些寒冷的枯枝曾是天空的黑色骨骼，
> 也曾是极乐世界的牧人寄存的鹿角。

这是“枝”的意义的第一次转变，从实物变成了“死亡”的象征。橡树的树枝曾经在天空呈现它舒展的骨骼，这骨骼已经断裂、破碎；而“牧人的鹿角”这一比喻，则带来一种古老原始的神秘气息，其中似乎藏匿着动物或人的精魂。如今，橡树终于“以枯死进入永恒，获得了对轮回的免疫”。“枝”的第二次意义转变发生在诗的结尾：

> 她从枯枝中捡出一捆，不仅是为了生火，
> 也为了绑扎出一只救生筏供浮生栖迟。

“枯枝”从“死亡”的象征，变成了“仁慈”和“救助”的象征。但是，在整首诗中，进行救助的难道不就是这位女居士本人？因此，这只用“寒枝”捆扎而成的“救生筏”，其实正是女居士。“寒枝”的意义获得了第三次转换：女居士自身就是一束供饥鸟和浮生栖迟的寒枝。这样一来，连“橡树”的形象也发生了转化——最终，这位女居士会老死，但她也会像这棵橡树那样“以枯死进入永恒”，摆脱轮回。这是修行的结果。“寒枝”于是成了在寒冷世界的疾风中坚

持信仰的修行者的隐喻。

另一首诗是肖水的《松枝》（2012年）。这首诗从个体记忆出发，通过对自己家族史的追溯，进入到对某一时代中人的悲惨命运的呈现。诗开始于一次遥想：“我想起了故乡的松树，它在灶台里／发出的噼啪声，像里面藏了很多动物／的求偶声。”这是一个“生火做饭”的人类生活场景，但瞬间被切换到自然中的场景，因为在“松枝”中寓居着动物生命的痕迹（诸如“竹鼠”和“松鸡”的活动）。透过“松枝”在灶台里燃起的火焰，诗不仅看到了记忆中故乡的自然景观，也看到了自己亲人的面孔和活动：

但是那些松树让我再次感到天空回复
到阴沉，在无尽的塌陷中，我外祖父
在雾气中慢慢退去。在与一些和松枝
类似的花序中，他走上寒冷的山坡。
人类学会以稻谷和玉米为食，但极少
在其中混入浓烈的芳香。而干枯的
针叶在铁锅底部，传递着一道红云，
应和着内部密密拍打着的水的波纹。
外祖母将鞋针插回头发，灶灰中加入
红薯，在霜中起皱的皮，此刻被雪
埋得更深。……

与“灶台”相关的“食物”和“饥饿”主题开始登场。这些诗行中的描写相当细致，“红云”和“水的波纹”这样的比喻，使生火做饭的场景显示得极其清晰而有质地。“松枝”掩映的天空之所以“阴沉”，是因为获得食物的艰难。在外祖父和外祖母的活动中，松枝变形为铁锅底部的“红云”，继而变形为雪一样发白的“灶灰”。松枝塑造着这些食物，但同样也见证着那一时代的饥饿。在诗的后半部分，“饥饿”成了松枝所见证的人类最为凄厉的命运：

> ……在不确凿的
> 光下，那里被松枝虚掩。三十年前，
> 他们在睡梦中，被饥饿拨弄，松垂的
> 衣裤像一层银白色的泡沫。没有理由
> 推迟他们透过门缝，去察看属于天地
> 沉思和保留的那部分。月光照耀或者
> 被其他事物碰歪，而松枝被高高地
> 举起在半空，它们在村庄阒静的街路上
> 每一次游移，狗便会凄厉地朝命运的
> 同一个方向叫起来。

饥饿，像无可逃避的月光一样降临到这个村庄中的人身上。“月光下的松枝”因而显得寒冷、悲凉，如同一些枯骨。诗的后半部分，松枝不再是在“灶台”中，而是处在“月光”之下，这是否在暗示因食物的缺失而无法生火？诗终止于“狗”的声音，它们朝着被风吹动的松枝影子吠叫，这一场景是一种替代性的对比：人在饥饿中无力地沉默着，只有“狗”还懂得发出抗拒的声音。“狗”这个最后出现的意象，与诗开篇时出现的那些野生动物不同，它们与人类共享命运，因而它们发出的声音其实是人类声音的一种次级显示。人饥饿时，狗肯定一样饥饿。诗就这样完成了对饥饿的呈现：“松枝”，曾预示着“食物即将做好”，现在却只是代表着命运寒风吹来的方向。

上面引用的两首诗，无论是从修辞特征还是意识层级上说都较为复杂。它们基本上体现了当代诗对“树枝”这一意象的书写能够达到怎样的程度。叶丹在诗中将“树枝”意象置入到“修行”这一宗教语境中进行理解，而肖水则围绕着“树枝”展开了个体记忆与家族史、与历史命运之间的对话。不难看出，他们都试图通过那“分裂的树枝”，去揭示一个“完整的世界”。

三、叶

“树叶”的意象，因其携带着细密幽深的纹理、光影斑驳的动态和高低起落的声音，而成了诗歌的自然主题。无论是绿叶、黄叶还是红叶，无论是树上的叶子、风中的叶子还是落在地面的叶子，都曾经得到诗人们的广泛书写。中国古诗中有源远流长的书写“落叶”的谱系，它构成了整个“悲秋”传统的一部分；而西方诗歌中也有一个同样悠久的以“落叶”为意象的诗歌传统。就“树上的叶子”来说，相关的中国古代诗作虽然要少一些，但我们仍能很快想起诸如“叶密鸟飞碍，风轻花落迟”（南朝萧纲《折杨柳》）和“霜叶红于二月花”（杜牧《山行》）这样的诗句。对于西方人来说，“树叶”首先隐喻着“羞耻”。在《旧约·创世记》第三章，亚当和夏娃受诱惑吃禁果后，“二人的眼睛就明亮了，才知道自己是赤身露体，便拿无花果树的叶子，为自己编作裙子。”“树叶”由此成了西方宗教诗中的常见意象。在很多诗人看来，人类用树叶隐藏自己的身体，恰如用言辞掩饰自己的思想。在现代诗中，斯蒂文斯曾有一首“树叶诗”《一个特例的过程》（罗池译），得到了哈罗德·布鲁姆的高度赞赏：

今天树叶在叫喊，当它们悬在枝头被风吹打，
然而冬的虚无开始一点点地减少。
到处还都是冰冷的阴影和积下的雪。

树叶叫喊……有一个人呆在旁边只是在听。
这是忙碌的叫喊，跟其他的人有关。
尽管有一个人说一是万物的一个部分。

哪里有矛盾，哪里就会有反抗；
而作为一个部分就是要努力去谢绝：
一个人感受到的生活就是这一切赋予的生活。

树叶叫喊。这不是神灵垂爱的叫喊，
不是牛皮哄哄的英雄们的吹嘘，也不是人类的叫喊。
这是从不凌驾它们自身的树叶的叫喊，

没有幻想曲上场，没有什么意义比
它们能做的更多，只有耳朵最后的听闻，只有这事情
本身，直到最后，这叫喊跟任何人都完全无关。

哈罗德·布鲁姆在《斯蒂文斯评传》中认为，这首诗可以列入斯蒂文斯“最巧妙的作品”行列：“整首诗通过与‘树叶叫喊’这种

现象性的真理相比较，否定了价值不大的叫喊，当读者一步步认识到这一点时会大吃一惊。”这首诗有一种“阵风呼啸”的节奏，好像树叶在一遍遍发出它们对世界的抗议和蔑视。而罗伯特·沃伦也有一首叫《树叶》的诗得到了布鲁姆的推崇，布鲁姆声称《树叶》是沃伦诗中最好的一首。[36]在当代中国，我们可以看到许多非常独特的对“树叶”意象的书写。徐淳刚的《树叶全集》作为一篇自称“小说”、实则是“片断体箴言”的诗篇，里面收集了上百条与“树叶”相关的奇思妙想。试举其中两条箴言：

在我们的灵魂中，没有树干、树枝、树杈、花朵、果实，而只有无穷的树叶。

但是在人类和树叶之间，我更看重后者，因为树叶比人更能教会一个人看和倾听。[37]

这些当然是诗。而且，这些“似非而是”的箴言说出了人类灵魂与树叶之间的某种亲近又神秘的联系。考虑到徐淳刚不断强调“树叶”与“书”之间的关联，我们可以将“树叶”当成“词语”本身的形象：灵魂像一本无尽的书，它是由无尽的词语构成的，正是词语在教人观看和倾听。于是，对“树叶”的迷恋，就是对永远在飘落、又永远在重新长出的“词语”的迷恋。与徐淳刚对“树叶”与“书”的想象相近，胡弦在《夹在书里的一片树叶》一诗中，对“书中的树叶”所携带的“黑暗”和“错觉”进行了深思。在“光”与“暗”的转换瞬间，这片“树叶”仅仅依赖着“所有失败的经验活下来”，它代表着“某个残存的片段”，正在“连缀生活的片面性，以及／某个存在、却始终无法被讲述的整体”。从诗的风格上看，《夹在书里的一片树叶》乃是从胡弦《葱茏》一诗中衍生出来、并被摘下的一片叶子，那些幽深的迷惑和低语，证实了二者之间的关联。

多多代表了当代新诗想象力中最奇异、最具兽性的那个部分。他的诗显示出另一种对“树叶”的词语特质的敏感。他在《我始终欣喜有一道光在黑夜里》（1991年）中对“树叶”的书写，不仅具有野蛮而张力十足的句式力量，而且带来了某种“树木被包裹着做梦”的稠密效应：

我始终欣喜有一道光在黑夜里
在风声与钟声中我等待那道光
在直到中午才醒来的那个早晨
最后的树叶做梦般地悬着
大量的树叶进入了冬天
落叶从四面把树围拢
树，从倾斜的城市边缘集中了四季的风——

多多诗中清晰的画面感，是与诗句本身强劲的节奏感或音乐感同时行进的。这段诗先是从“光”转到“风”，又从“风”的声音转到“树”的形象，充分调动了视觉和听觉要素，制造出一种梦的奇景。“树”的梦境成了向内旋转的涡流，把所有的叶子和风吸附、聚集到它身上，我们甚至可以说这棵“树”实际上完全是由叶片和风组成的。在这首诗后面的段落中，多多将其狂暴的想象力发挥到了骇人听闻的程度：

谁让风一直被误解为迷失的中心
谁让我坚持倾听树重新挡住风的声音
为迫使风再度成为收获时节被迫张开的五指
风的阴影从死人手上长出了新叶
指甲被拔出来了，被手。被手中的工具
攥紧，一种酷似人而又被人所唾弃的
像人的阴影，被人走过
是它，驱散了死人脸上最后那道光
却把砍进树林的光，磨得越来越亮！

在这一段中，想象力像是做了几个空翻，从“风”的声音和形象再次转回到“光”上面来。“风”先是被比作“被迫张开的五指”，这个比喻的奇特在于“张开的五指”其实是漏风的；而当“死人手上长出了新叶”时，“五指”（及其“指甲”）与“叶子”又产生了相似性和互喻关系。“死人”的出现，构成了“风”与“光”之间的过渡——通过从“手”到“脸”的转换。这个过渡是多多所有诗中最诡异、最残酷的段落之一：从“指甲被拔出来，被手”，一直到“驱散了死人脸上最后那道光”，对词的重复和对被动语态的运用形成了一种强迫症式的节奏。而“树叶”的形象，汇入到死人的手掌、五指和指甲之中，最后被“砍进树林的光”磨亮。

清平的诗作《致一片嫩绿的香椿叶》（2011年），则以清晰、平实的语调，叙述了中年人特有的虚无和无常感。通过一片“夭折的树叶”，诗谈论着对人生命运的困惑和思索。诗开始于一个灾难或机缘：“我的一个念头，将你夭折。”对这片“树叶”来说，我就是它的命运，而这命运是它所不知的、偶然降临的灾祸。继而，诗进入反事实的沉思：

从刀下，我应把童年还给你。
我用或将无耻的长寿看你
嫩绿，翠绿，深绿，暗绿，
枯黄，干瘪，落地，完成
我曾祖父平淡清晰的一生。
一念死，一念生，这是你
惊险的命运。而我，你的
命运的掌握者，也在别的
念头中穿梭——枪林弹雨般
茂密的念头。……

一片树叶的生死取决于人的一个念头，而一个人的生死则取决于其他人的念头。念头，被比作“刀”“枪”和“弹”，它们织成了一张无法逃避的网。我们无法看到这张网的具体存在，只有在侥幸中才能平淡清晰地过完一生。诗最后的结论是：“你看你命运的掌握者和你／一样都活在人类的念头中，／一样都不知晓，生死的来历。”树叶的生命历程，它从“嫩绿”到“落地”的整个转变，与人的生命历程之间形成了基于“无常”的相似性。这首诗笼罩着浓重的佛教意味，树叶与人被置于同等的位置：在一片树叶的命运中，一个人的命运也得以被窥见。

写落叶的诗歌，几乎和落叶一样多。在中国诗歌史上，落叶诗的源头大概要从屈原《九歌·湘夫人》（“袅袅兮秋风，洞庭波兮木叶下”）算起，并在后世获得了连绵不绝的承继。其中著名者，有汉武帝刘彻思念李夫人而作的《落叶哀蝉曲》：“罗袂兮无声，玉墀兮尘生。虚房冷而寂寞，落叶依于重扃。望彼美之女兮，安得感余心之未宁？”有北朝萧综的《悲落叶》：“悲落叶，落叶何时还。夙昔共根本，无复一相关。各随灰土去，高枝难重攀。”有杜甫《登高》：“无边落木萧萧下，不尽长江滚滚来。”有韦应物《寄全椒山中道士》：“落叶满空山，何处寻行迹。”有贾岛《忆江上吴处士》：“秋风生渭水，落叶满长安。”有苏轼《西江月》：“世事一场大梦，人生几度秋凉？夜来风叶已鸣廊，看取眉头鬓上。”有屈大钧《悲落叶》：“悲落叶，叶落绝归期。纵使归来花满树，新枝不是旧时枝。且逐水流迟。”不难看到，所有这些诗都是在“悲秋”和“怀人”的语境中书写“落叶”的。有意思的是，埃兹拉·庞德曾对《落叶哀蝉曲》的英译本进行了改写，使之变成了一首意象派诗歌《刘彻》（陈禹希译）：

丝绸窸窣的响声停了
尘埃落满宫院
这儿不再有足音，落叶
匆匆堆积、静止
那令人欢心的她躺在底下：
一片粘在门槛上的湿叶

在西方诗歌传统中，“落叶”的意象是作为“死亡”的隐喻被书写的。《伊利亚特》为西方诗歌传统提供了不朽的“落叶”意象：

“正如树叶荣枯，人类的世代也如此，/秋风将枯叶洒落一地，春天来到/林中又会滋发许多新的绿叶，/人类也是如此，一代出生一代凋谢。”（《伊利亚特》第六卷，第145—149行）[38]贺拉斯曾化用荷马史诗中的这一段，以“树叶”的变化来诠释语言文字的兴衰变迁。“落叶”的意象，常与“飞鸟”的意象伴随着出现，共同构成“死亡”与“亡魂”的隐喻，并在维吉尔、但丁和莎士比亚的诗中得到过经典呈现。[39]与中国古典诗歌中的“悲秋”和“怀人”传统是一种伦理性质的情感表现模式不同，“落叶与死亡”之间的关联主要是一种形而上的或神学的隐喻模式。中国当代新诗对“落叶”的书写，基本上都在这“两大传统的阴影下”，拾掇着前人遗留下来的叶片。不少诗人受到西方诗歌影响，从“死亡”隐喻的角度书写“落叶”。例如庞余亮的《活着并倾听》：

活着并倾听——
阔叶林的落叶就像男人坠地
细叶林的落叶就像女人坠地
整整一夜，无数个男人和女人
不停地坠地。

就像一夜秋风。我看见的枝头上都空空如也
一场生活结束了
必须用死来纪念
——之后是寂静，未亡人的寂静。

这首诗与《伊利亚特》中的隐喻模式有一个显著区别。荷马用树叶变化来隐喻人类的“代际更替”，而庞余亮则是在“男人与女人”的婚姻关系中倾听“落叶”的意蕴。一旦配偶一方死去，另一方变成了“未亡人”，就只能在寂静中活着并作为寂静活着。这首诗存在一个问题：如果“枝头上都空空如也”，男人和女人都已死尽，那么作为“树上仍存活的叶子”的“未亡人”又存在于何处？看来，构造一个特殊的隐喻角度固然不易，但要把这个隐喻真正处理得完善和严密更需要细心。

无论是将“落叶”放在“悲秋”和“怀人”的语境中，还是简单地以“落叶”来展开关于“死亡”的想象和玄思，这样的写作都很可能是缺少与自身经验的真实联系的。它们很容易变成一种模式化、套路化的抒情或沉思。要使“落叶”这个词变得真实、切身，诗人需要将它编织到自己的个体经验和历史处境之中。森子在自己的几首“落叶诗”中就是如此做的。《烧树叶》（1997年）一诗将“烧树叶”这一行为，与“一个国家头痛”连在一起。诗在观看“微暗的火裹住树叶舞蹈”的同时，确认了自己“只能是身处灰土中的人”，这样的处境意味着“我是／也可以什么都不是”。显然，对现实的轻微反讽藏在字里行间。更激烈的态度出现在《落叶，1/4拍》（2005年）中：

寒风吹打1/4拍。
左派到右派，她走过多少弯路？
握有阳光的小手松开，
徘徊于我的宅前屋后。

我也有张死亡剧场的门票，
不停地提示我对号入座。
我就是要故意去一趟公厕，
让我的座位继续挨饿。

跟着落叶枯槁的小脚，
我走热了半世纪。针叶
缝补我受伤的前额，撞断飞雪，
已是另一个人的音阶。

历史与政治词汇的不断闪现，使得这首诗中“落叶”的意义发生了偏转。当“寒风”以1/4拍的节拍吹落树叶，叶子先是往左边飞（“左派”）、继而又往右边飞（“右派”）——如同在历史中走过的弯路。这是将“落叶的自然景象”转换为“落叶的政治”。作为自然物，“落叶”可以被比作“握有阳光的小手”；但在政治语境中，“落叶”却成了“死亡剧场的门票”，对每个人按身份来划分“阶级—座位”。曾经，我们就生活在这样的剧场里，而诗却抵制这种“对号入座”的要求，其方式是“故意去一趟公厕”，让那个安排给“我”的位置空着。按森子另一首诗中的说法，这是拒绝，是“不与它干杯”。“弯路”的历史已过去了约半个世纪，而我一直在跟着“落叶的小脚”行走。历史造成的创伤，被“针叶”缝补——“针叶”是另一种落叶，它像“飞雪”一样漫天飘舞，发出了与作为“小手”或“小脚”的阔叶完全不同的声音。也许，这是“希望”的音阶。在这首诗里，“落叶”的形象，从“左派—右派”“小手”“门票”“小脚”到“针”和“飞雪”，既遵循了相似性和变形的逻辑，又暗含着一条历史变迁的线索。于是，“落叶”不仅徘徊在我们的宅前屋后，而且一直徘徊在我们所处的历史中。

森子的这首“落叶之诗”，为汉语诗歌贡献出了新的“落叶”形象和“落叶”隐喻。这些形象和隐喻，超出了中国古典诗歌和西方诗歌传统中的想象框架和理解模式，而深入到对我们自身命运和历史处境的书写之中。对历史的独特感知，在诗中就像叶片上的纹理一样清晰可辨。在短短的十二行中，诗既包含了巨大的历史跨度，同时又体现出诗人在形象变化、语气起伏上的微观处理功夫。对于那些热爱“落叶”的诗人和读者来说，这首诗提供了一片崭新而又有着老到火候的“落叶”。

我们看到，“树叶”在那些杰出的当代新诗作品中都是不一样的——正如莱布尼茨在“树叶”中发现的“个体化原理”（“世界上没有两片完全相同的树叶”）所显示的，“树叶”向来就是“单子”、灵魂或个体的唯一性的明证。“所有的树叶象征所有的思想、情愫、记忆。”（徐淳刚语）诗人的工作，就是收集这些树叶，并让它们在诗的经验中重新变得鲜活、闪亮。

四、果

“一首诗就是一枚从语言之树上结出的果实。”在这样一种说法中，包含着关于“树—果实”的目的论思考。当然，我们也可以说，一首诗是树根、树叶、树枝、花朵甚至就是一棵树本身，但所有这些说法都被包括在“诗是语言之果实”的观念中了。因为，作为“树”

之完成和圆满，“果实”就是一切，它内部包含着根、叶、枝、花或树的全体。果实是树的终极目的，或者说，树是为果实而存在的。如果将这种目的论贯彻到生命和语言中，我们就得说，生命是为了证明“智慧之果”而存在的，语言是为了成为诗而存在的。

这种目的论可谓源远流长。然而，“目的之果”与“同质性之根”一样，都是“树形结构”的思维和写作的渊薮。它不仅遮蔽了生命在每一阶段都具有独立的价值和存在意义的事实，更掩盖了果实本身内在的异质性。存在着很多种完全不同的果实，同样也存在果实的很多种不同的面相——有些果实并不代表圆满，相反，它们很可能意味着报应和恶果；在果实中也并不只是有晶莹的汁水或有生命力的种子，而是同时包含着黑暗与腐烂的潜能。很多诗人都意识到，果实在枝头成熟时，这也决定了它们注定腐烂的命运。如果“诗是果实”，那它也必定具有各种异质的面相。

诗人对“树上的果实”的书写同样如此。这些作品大致可以区分为三种类型，它们分别以“果实”的下列相关意义中的某一层作为侧重点：作为知觉形象的“果实”；作为隐喻的“果实”，包括“圆满、智慧”之隐喻和作为“黑暗、腐烂”之隐喻；果园的空间性。这三个层面可以同时存在于一首诗中，但大多数诗作只在其中一个层面上运动。

在中国当代新诗中，李森是深受斯蒂文斯影响的诗人之一。他从斯蒂文斯那里吸收的，首先是对“直观”的强调，因而也同样着力于对“果实”进行知觉描述。李森写过各种果实，从桃、梨、苹果、橘子、樱桃、银杏到松球，他几乎是对每一种他所熟悉的树上的果实，都用语言观看、清洗和抚摸过一番。值得注意的是，李森诗中的“直观”经常是与他从《诗经》中吸收的“感兴”或“感通”配合在一起，使得他的诗在气质上非常中国化。在《梨和桃相约》（2010年）中，他看到了“一个桃子粉色的绒默”和“一个梨绿色的胀痛”，并且让“梨和桃相约，在果园的高枝上欣赏梯子／一只七星瓢虫，一点中国红／从果篮里升起来，欣赏桃和梨”。不仅是“人”在欣赏“果实”，“果实”在欣赏“梯子”，就连“瓢虫”也在欣赏“果实”。这是万物之间的相互欣赏和相互喜悦，这喜悦由生命之间的感通带来。最能体现李森诗歌中的知觉特点的作品，当属《橘在野》（2008年）：

日出东南
橘在野
黄在橘
阳在橘
阴在橘
橘在橘旁
橘在屋宇

日落西方
橘在野
日落橘
苍茫在橘
月在屋檐
夜无橘

这是一首以古歌形式写成的当代事物诗。从诗题和句法上看，它与《诗经》非常相似；但从实质上看，它又是一首典型的“让事物自身呈现”的当代诗，诗中对事物与光、事物与事物的关系的描述都带有现当代视觉艺术原理的烙印。作为事物诗，它与古代的咏物诗并不相同，其中不包含向德行的升华（如屈原的《橘颂》）或拟人关系（如苏轼的《水龙吟·杨花》），而是纯粹驻留在事物的显现和隐匿的存在状态上。换句话说，它的目的只在于让我们清晰地看到事物。“阳在橘／阴在橘”，此处的“阳”和“阴”既是指中国古代思想看待事物的方式，也指“日光”和“阴影”的光线变化。就前者而言，这两句带有玄学或形而上的意味；就后者而言，它们仍然没有离开“橘”的具体性。“橘在橘旁／橘在屋宇”，这里从橘与光的关系转到了橘与其他事物的关系。任何事物的显现都指引向其他事物的共同显现，从而指引出一个世界整体。橘的显现，一方面与太阳、与日光与阴影、与颜色的共同显现相关，另一方面，它也与其他的橘、与树林和屋宇的存在相关。可以说，这首诗很好地将光线变化导致的事物显现方式的变化演示了一遍。诗完全驻留在纯粹的直观之上，没有用想象和观念来干扰事物。我们在诗中看不到一个形容词，甚至一个比喻都没有。古汉语的单字词使得诗中的事物像一块块石头那样干净、结实，而古诗般的节奏也让诗获得了一种质朴稳固的风格。在近年来中国诗人对古诗传统与新诗传统进行结合的尝试中，这是一首非常成功的作品。

在另一些关于“果实”的诗中，李森不再以“直观”作为诗最主要的特征，转而去强调“对话”。这是人与树之间的对话，也是树与树、树与果实、果实与果实之间的对话。由对话打开的听觉空间，比光所打开的视觉空间要更为深远，从中一直可以回溯到事物的古老开端那里。在《梨树和梨》（2008年）中，李森虚构出一个“梨树和梨”之间的对话场景，并在其间安置了一架“弗罗斯特的梯子”：

听说，在天边外。秋深，晨开，夜风在山谷结出卵石。
罗伯特·弗罗斯特的梯子，伸进梨树，高于梨叶。
弗罗斯特不在，只有鞍在。我不在，只有箩筐在。
梨问另一个梨——所有的梨，都在问梨。
为什么，梨核都是酸的，古往今来的酸。
有一个梨说，这不是梨的决定。是梨树。
梨树突然颤抖。一棵树说，也许是春天的白花。
另一棵树说，也许是风绿，雨湿，光荫。
还有一棵树说，难道是那把长梯。那些木凳。
日过中午，不闻梨喧。日落山梁，不见梨黄。

对“梨核之酸”起因的追究，从果到树，从树到花，到风绿、雨湿和光荫，一直到梯子和木凳。这里其实包含着佛学中“缘起性空”的观念，可贵的是作者并没有刻意在其中显露这一观念，相反，诗中的每个词都是具体的。事物的性质由因缘聚合而成，所有与之相关的事物都是这因缘的一部分——这一观念在这首诗里得到了一个具体显示：一切因缘都在“结一果”中起了某种作用。李森让这些“梨树”和“梨”的对话充盈整个果园，当我们从中经过，想必会听见风中传来的寂静的喧声。

就“果实”所包含的隐喻层面而言，我们可以看到哑石、多多和欧阳江河等人的诗作对此做出的贡献。哑石在《青城诗章》中的《真实》一诗中，用“坚果”意象来隐喻道教修真的“元婴”：

可能　我体内有一面孔淡红的婴孩
希冀着在这样的夜色中苏醒——
它是仁慈　一粒乌亮紧缩的坚果
或是那永远都无法面世的丰盈、无名？

修真就是在寻求结出内在的“果实”，这果实有着“婴孩”般淡红的面孔，它就是生命之圆满、智慧。这是一枚道教背景的“果实”，它像树上结出的“坚果”那样需要吐纳呼吸山谷中的灵气。对道家来说，真正的觉醒，不是像黑格尔所说的具有强烈主体性和自我意识的状态，而是进入“丰盈、无名”的忘我之中。而多多在《歌声》（1984年）一诗中，呈现了另一种类型的“丰盈、无名”的状态：

是我站在寂静的中心
就像大雪停住一样寂静
就连这只梨内也是一片寂静

这只“梨子”，其实是世界之澄澈状态的隐喻。当“我”像一枚种子一样被“寂静”包裹，寂静就开始获得“果肉”的形态，这晶莹剔透的果肉就像是积雪。多多通过“梨”这一意象塑造了一个三层的隐喻空间结构：“世界”是只“梨子”，“寂静”是中间的“果肉”，而“我”是被包裹在果核中的“种子”。这一隐喻的建立，要求冥想性的内在空间的先行打开。而这一空间，本身也是丰盈和无名的——世界在这种打开中好像返回到了创世之初的状态。

与多多《歌声》所打开的晶莹澄澈的“梨”一样的内在空间不同，欧阳江河在短诗《寂静》（1990年）中，用“果实”的意象打开了一个“黑暗中最黑的空间”。《寂静》这首诗是对海子所代表的浪漫主义理想的挽歌，其中的“黑马”正是浪漫主义的“优美灵魂”的象征：

曾经歌唱过的黑马没有归来
黑马的眼睛一片漆黑
黑马眼里的空旷草原积满泪水
岁月在其中黑到了尽头
狂风把黑马吹到天上
狂风把白骨吹进果实
狂风中的橡树就要被连根拔起

“黑马”的歌唱，曾是这个世界中最明亮和温暖的部分。在“黑马”消逝之后，岁月变得黑暗而寒冷，世界就像一枚失去水分的果实一样，在“狂风”之中迅速枯干，就像美人化为白骨那样速朽——“白骨”乃是“肉中的朽木”，是比黑色更黑的惨白。这正是“黑到了尽头”时的颜色。没有汁水，没有丰盈和无名，等待“果实”的仅仅是干枯的命运。“果实”，在此成为了历史中的“黑暗”和“死亡”的隐喻。

诗人们也经常将“果实”当成“爱情”或“女子”的隐喻。一般来说，这些诗作总透露出一种哀伤、颓废又自怜的情绪。欧阳江河的《梨子》就是一例：

去年夏天你在阿尔卑斯山滑雪，
今年我们徒步去四姑娘山。一场大雪
仿佛从一棵梨树摇撼下来。
梨子体内的冷冷焚烧
漫过头顶，证实了月亮的心脏
是烈火形成的，但从远处看
或用手触摸全是冰雪。

一生的爱情只有一夜。
到清晨，梨花落满屋顶，
我看见终年积雪的远山在屋顶下沉。

欧阳江河的不少诗作是“悖论修辞”与“伤感情调”的结合体。这首诗就是如此。它从“梨子”与“月亮”的形体相似性出发，又过渡到“梨花”与“雪”的相似性；继而以相反性的悖论修辞打开“梨”的内部空间，使之与“月亮”的内部空间形成对应，“烈火”与“冰雪”共存于其中。“一生的爱情只一夜”，这样伤感的句子可能会俘获不少读者，但却有些陈旧。从悖论修辞的效果来看，这首诗未必及得上欧阳江河另一首诗《公开的独白》：“我祝福过的每一棵苹果树／都长成秋天，结出更多的苹果／和饥饿”。

另一位四川诗人万夏，则喜欢在诗中以“果实”来比喻“女人”。万夏是中国新诗中“阴柔气质”和“颓废情调”的代表之一，他的诗不仅充满着自恋、哀伤，还散发着草药味和果实中的酒精气息：

女人都成了桃子，斜斜地插进花瓶
那些下到水中的人
是否该从深水中游出来
或站在树下，用天气影响一代人的服饰
或放下很亮的刀，把扇子轻轻关上
仅仅是颗桃子

——万夏《黄桃》

万夏试图在诗中展示一种“清纯的气色”，一种“群妃的帝王想象”，但结果却显示出了他内心深处的腐败气息和他“帝王般的群妃想象”。他擅长词语的调配，在其中将汉字质感进行一种“风水与土木的混合”，同时，将“结出的桃子”和“刀”的质感相互映照。这固然使他的诗作显得幽雅迷人，但其中的意识状态却是一个古代文人名士玩味众物、自我抚摸的状态。万夏在诗中坦陈：“仅我腐朽的一面／就够你享用一生”（《本质》）。无论如何，这种颓废情调是反生命的，它使得人丧失活力，沉迷于自怜自恋之中，如同正在腐烂的果实那样。

一些中国当代诗人喜欢在诗中描述或虚构出一个“果园”，作为诗的原始场景。他们有些人确实与果园亲熟，还有些人是受到里尔克《果园集》的文学影响。对于钟爱里尔克的诗人来说，“果园”是一种将生命的丰盈与黑暗都纳入自身的特殊空间，所有的果实似乎在其中一起深睡，并在“共同的深度”中一起醒来，就像一切沉静的事物那样。而对于诗人茱萸来说，“果园”的意象，却与唐代大诗人李商隐连在一起，并且成了其“个体语言空间”的隐喻。在《李商隐：春深脱衣》（2012年）第一节“果近”中，茱萸试图在家族史的背景中去理解李商隐诗歌之内在处境的构成方式。诗一开头就说：“春天丝毫没有要如期离开的意思，／它赖在闰月里等待被文学再次押韵。”众所周知，李商隐诗中有极多写“春”的作品，今天我们对“春”的复杂感受，有许多都是被他发明出来的。“春天”，以某种方式依赖和眷恋着李商隐的命名和书写。现在，“春天”再次对文学或诗歌提出要求，而这个为春天命名的诗人（李商隐）如今却躺在坟墓里。那么，墓地里的诗人是否愿意复活呢？他是否愿意重新“获得一具鲜活的皮囊，迎接漂流的爱欲、／更新的腐烂？于一场历史的夜雨前，／驱除笼罩在家族上空恐惧的阴云？”在这里，茱萸写到了笼罩李商隐一生的命运诅咒：李氏一族自李商隐曾祖父起，一连几代男性都过早病故，李商隐10岁时，其父又卒于幕府。孤儿寡母扶丧北回，“四海无可归之地，九族无可倚之亲”（李商隐《祭裴氏姊文》）。茱萸在李商隐的家族不幸中，看到了其诗歌中深重哀伤的起源：

> 荥阳郊外，檀山之原，那些消失的
> 族人魂魄，驻扎着累世的血缘和哀伤。
> 你撰写好碑文，并用修辞浇灌它们，
> 直到繁茂的枸桃树枝撑起薄薄的绿荫：
> 如今墓边的桑葚和青梅半熟，这几颗
> 诗的浆果迟早也要被命运的流弹击中。

语言的“果园”即是家族的“墓园”。每一株植物、每一篇文字后面都隐藏着“已消失的族人魂魄”。自李商隐祖父开始，李氏家族便迁居荥阳，累世不易，因此李商隐始终视自己为荥阳人，并在《祭裴氏姊文》中说：“檀山荥水，实为我家。”（李商隐死后也同样葬于荥阳檀山。）李商隐为自己先逝的族人立碑、撰文，这个“果园—墓园”中的植物在他的“修辞”的浇灌下生长起来——“枸桃”树成荫、“桑葚和青梅”半熟。然而，“语言—植物”的成熟并不能改变家族命运的诅咒。李商隐自己也同样早逝（终年47岁），且半生都在辗转漂泊之中。他就像一枚不断流转的“诗的浆果”，始终无法逃脱“命运的流弹”。在诗的后两段，茱萸谈到李商隐在生活和语言中的双重命运：

> 迁徙变成一个徒劳的韵步。回忆要怎样
> 丰盈起来，与众神的盟契便能自然解开？
> 这个汉语的苗裔、孤儿，被时间遗弃，
> 只在连绵的病痛里得到忧郁的抚慰。
>
> 忘掉这些包袱里熟透的债、性情的轮廓！
> 语言的果核早结到了枝头，该去采摘的人，
> 现在都甘愿患上了自闭症：他们妄图
> 用撒娇的方式，去结束这个拖沓的季节。

“迁徙变成一个徒劳的韵步”——无论是自幼离开荥阳去江浙度过童年和少年时代，还是成年后长期客居异乡，这些迁徙行为丝毫没有改变李商隐日后早逝的命运。家族与生活的不幸，赋予李商隐

“连绵的病痛”和“忧郁”，却成就了他的诗歌风格。他是汉语的“苗裔”和“孤儿”，是“汉语果园”中不可取代的一株植物。如今，李商隐的诗作为真正的“果实”早已陈列汉语的枝头，而效法他的人（如西昆体）却大多陷入了滥情、自恋和感伤，只能用“撒娇的方式”生活和写作。于是，“果园”一词的意义也发生了流转：从李商隐的个体“墓园—果园”，变成了汉语诗歌的“墓园—果园”。这样就回返到了诗的开头：“冢中人”其实也是躺在“汉语的果园”之中，而赖着不走的“春天”试图向果园索要一枚果实。茱萸在诗的结尾嘲讽了后世多数学步李商隐的人，他们在没有真实经验铺垫的情形下，强行模仿义山的风格。这些人在汉语的果园中将注定一无所获。也许，只有那些能在文字中看到“他人魂魄”的人，只有那些能让历史的回忆丰盈起来的人，才会成为“果园”的守护者。

第五节　“树”与人类生活：诗的见证

在前文中，我们已经对诗歌中的“树”之意象的各种类型有所领会。但是，树木从来不只是一个文学中的诗性意象，它同时也在人类生活的其他经验中存在。例如，爬树活动，伐木或砍树活动，对树木的修剪活动，对木材的加工、家具打造和雕刻活动，用木材进行的建筑活动。我们不仅观看和想象树木，而且利用树木、在木制品之中生活。如果诗人们将目光投向这些活动，他们就会发现这些同样是具有诗意的。事实上，没有什么比生活中的各种活动更有诗意的了。诗人们对这些活动进行描述和理解，也就是对树木在人类生活中的位置和意义进行打量：是哪些活动将树与人类真正连接起来的呢？这些活动是如何塑造出人类世界的景观和状况的？最终，“树木”对人类究竟意味着什么？

正如前文引用伊利亚德所说，在远古时代，人类依靠“树”的象征为自身提供宇宙的基本范型，从而赋予生活以秩序和方向。这是神话图景中树与人的紧密关联。无论是“宇宙树”“生命树”还是“重生之树”的神话，都以某种方式使“树”位于生活的中心位置，并以此塑造出共同体的基本礼俗和生活方式。“圣树”与“神鸟”一样，都是沟通天空与大地的中介物，在神话视野中，“圣树”的高度就是“鸟”的高度和“天空”的高度（见前文对钟鸣《凤兮》的分析）。然而，一旦神话开始解体或衰落，人们对“树”的崇拜逐渐消失，“树”就日益成为一件普通之物，可以随便攀爬、加工、利用和毁坏。在神话的衰落过程中，树的高度（以及“天空和鸟的高度”）趋于丧失——这便是钟鸣《旁观者》诗集中开篇五首诗（《追太阳的人》《鸟踵》《少年游，爬树》《掏鸟蛋》《一个孩子和一棵树》）所要传递的消息。钟鸣在这一过程中看到了某种不祥之兆。敬文东在《椅子和树》一文中对“天空（或）的高度”和“树的高度”进行了区分，并认为这五首诗的排列顺序意味着“两个相互关联并依次递减的高度”：“天空（即鸟的高度）的丧失”和“树的海拔的来临”。敬文东对此的解释是，“鸟”作为向人类传信的天空之物，在天空消失之后，只能停在“树”上——而在“强人时代”到来后，鸟连树上的巢也有被毁灭的危险。[40]我以为，对“天空（鸟）的高度”与“树的高度”进行区分可能是不必要的，因为在原初神话图景中，“圣树”与“天”（宇宙）、与“神鸟”属于同一个秩序图景。如果我们不进行这样的区分，那么，钟鸣这五首诗就意味着：以太阳、圣树和神鸟所代表的原初神话秩序解体之后，“树”与“鸟”一起失去了神圣的高度；“树”成了随便供人“攀爬”之物（因而树会发出“惨叫”和给自己“缝棺材”），“鸟”面临着被人捕捉和毁灭的危险。换句话说，钟鸣这些诗中“海拔的下降”并非从“天空”下降到“树”，而是从神圣的“树、鸟和天空”，下降为世俗世界中的“树、鸟和天空”。

敬文东非常准确地从钟鸣诗中读到：“树”的危机就在于“椅子”的胜利。事实上，“树”的危机，并不在于它们的实用化或日常化；恰恰相反，在“树之神话”消失后，首先出现的是一个新神话：“椅子”的神话。神圣世界向世俗世界的下降，并不意味着神话的完全消失，而只是神话的载体和神话的服务目标转移了。如今，新的神话围绕着“椅子”组织起来，并服务于某些拥有特权的“强人”。在新神话的系统里，人们制造出特殊的“椅子—位置”（钟鸣所说的“在小事的交椅上则看到座次”），只允许某些“强人”坐在上面；于是，人类从崇拜“圣树”变成了崇拜一些特定的“椅子”。这些被垄断的“椅子—位置”，乃是“强人时代”的象征。钟鸣在《中国杂技·硬椅子》（1987年）中，对“椅子”中包含的权力政治结构进行了艰深的形容：

> [皇帝最怕什么，椅子。]
>
> 椅子绷紧的中国丝绸，滑雪似地使他滑向
> 冬天，他专有的严冬。目光的深穴，将要

对付他，将他以运动来打扫，靠椅子和他
用准确音调说的错话，一种病的权力。

"皇帝"作为强人，最怕的并不是"椅子本身"，而是"椅子不稳"和"失去椅子"。这把"椅子"处在人们需要仰望的高度，因而无比寒冷——这是通过设置"椅子"的独占权而获得的高度，钟鸣称之为"专有的严冬"。所有"目光"都盯紧着这把椅子和椅子上的"他"，其中不少目光想要"对付他"或"打扫他"，去占据那种"用准确音调"来"说错话"的权力。这当然是一种病态的权力。在强人时代，人们不是试图使"椅子"去神圣化、去垄断化，反而每个人都想要抢夺"椅子"的独占权——所谓"王侯将相，宁有种乎"——于是，"椅子的神话"及其背后的病态权力结构一直存在于人们的心中。这就是我们每个人身上的法西斯因素。正如阿甘本所说，从"神圣"向"世俗"的转变，并没有改变"神圣"一词包含的"某些人独占一些事物"的权力结构；要破除这一结构，只有通过"亵渎"那些被神话化、垄断化的事物，使之返回到人类的日常和共通使用中。对于"椅子"，重要的是使之丧失那种"专有"的高度，重新变成"朴实的椅子"（这就是钟鸣在《林肯，空椅子》中通过"林肯的椅子"所要说出的——当然，这把椅子仍然是"空"的，它并没有完全到来）。

钟鸣通过自己个人诗歌语汇的严谨运用，对"树"和"椅子"的深度意蕴进行了一种空间政治学和权力病理学的分析。在这些诗中，"树"和"椅子"都不再只是单纯的形象，而是被修辞包裹的"概念化的形象"，它们实际上是一些介于"概念"和"形象"之间的词汇。围绕着这些“概念化的形象”组织起来的诗歌叙述场景，也不是真正的叙事空间，而是观念的演绎空间。因此，许多人称这种诗歌为“社会学诗歌”或“分析性诗歌”——这种诗可能有违于人们对诗的一般见解，大多数人难以接受在诗中看到用“概念化的形象”展开的观念演绎和思考。不过，如果我们将诗理解为一种不断越出自身边界的、创造新感性的活动，那么我们得承认，这种诗确实给汉语提供了前所未见的、在观念空间中塑造出来的新感性，并拓宽了汉语诗歌的疆域。

就中国当代新诗的整体趋势来看，钟鸣和欧阳江河等人引入的分析性诗歌，可能只是一段时期内（20世纪80年代末至90年代末）诗人们尝试和探索的阶段性成果；而在进入新世纪之后，这种写法的新意和潜力都显示出下降的趋势（当然，分析性诗歌的某些要素已融入当代新诗的技艺之中）。中国当代优秀诗人中的大部分，都不再采用（有些是从未采用）这种看似深奥繁复、实则隐有套路可寻的写法。一些诗人（如萧开愚、臧棣、哑石、蒋浩等人）尝试发明更加新颖的写法，另一些诗人（如黄灿然、雷武铃、周伟驰）则重新返回到那些质朴却有效的经典写法中，试图从中挖掘出新的可能性。后一类诗人几乎都采用了经验主义的诗歌方法论，他们的诗大多具有叙事诗或抒情诗的形式。

周伟驰的《剪枝》（2000年）一诗，就是以叙事诗的形式对日常生活中一次“剪枝”故事进行描述和思考的例子。这首85行的长诗，以清晰、平稳、控制得极有分寸的语言和叙事技法[41]，对“剪枝”活动中“人”与“树”的关系做了相当具体和细致的呈现。这首诗讲述的，是诗人1997年在加拿大温哥华居住时的一次经历。诗开头后不久就出现了“我”“房东太太”和“桃树”这三个人（物）形象，诗的结构就围绕着这三项之间的关系来展开。整个叙事中的戏剧性张力，发生在“房东太太”和“我”对“剪枝”的不同态度之间。在“房东太太”看来，桃树长疯了，就得剪掉一些；她让“我”去剪枝的口气，不像“邀请”，更像是“吩咐”。而“我”一开始并未想到要去修剪（桃树让人愉悦），尽管每天从树旁经过时要“弯两次腰”。只是，无论基于这位“房东太太”的长辈身份还是房东身份，“我”都不太好违其意。于是“我”拿起“长剪”来到户外树前。诗对户外景观进行了一番知觉呈现之后，进入对这棵桃树在剪刀下的变化，以及“我”在剪枝时的内心活动的描述：

　　　　……这些花骨朵
像神话里长满了眼睛的手臂
在空旷的春日传神。我用双剪含住
食指大小的一支，双手用力
“嚓”——迟疑了一下，它像箭一样
斜穿过别的枝条，（中间有过一次停顿）
落在草地上，伤口朝下，躺着了
而我的双手并没有感到吃力
第二次，拇指大的一根，我有些犹豫
它过于鲜嫩多汁，令我想到“阳春勿折枝”的古训
如果它是谁的手臂，被铁剪切割时
它是不是感到疼？它那淡紫色的
潮湿的膜，是不是它的血浆？

一棵树，比如这棵桃树，会不会像人那样喊叫？

或者它喊叫了，但我们听不到？

对“桃树”状况的拟人化形容，对它能“感到疼”和“喊叫”的想象，包含着一种伦理态度。这一伦理态度，在诗人那里有两个来源。首先是中国古训“阳春勿折枝”及其背后一整套对“天时”的理解。周伟驰在给张杰的信中说：“宋代理学家二程中的程明道（程颢）说过类似的话，责备少年宋皇（好像是神宗吧）不要折枝，因有违理学和儒学愿意‘生生不息’的理念。（古时只在秋天处决犯人，亦与此类似。因春生秋藏，春意盎然，不得违背天时，此中也有‘天人合一’的影响）。”第二个来源更重要，是现代思想中涉及“痛苦”和“相互性”的伦理，凡是能感到痛苦、能与我们进行某种层面的互动的事物，人都不应该虐待和伤害它们。当然，能够感受到“树”的痛苦，这本身又包含着中国古典思想中“民胞物与”或“感通”的精神。由于心中不忍，“我”动作迟缓，这时“房东太太”的声音又从楼上传来，催促“我”爬上树去剪。“我”上树剪掉一些枝条后，看到那从伤口溅涌的汁液，觉得它们像是“怨诉的象形文字”和“孩子的眼泪”，心中开始充满悔恨：“也许我无权做这样的事情？”天开始下雨，像是神在提示“我”住手，“我”收起了剪刀。回到住处，“我”准备洗手不干，把剪刀还给房东；这时房东太太又敲门进来，要求“我”继续去剪：“雨快停啦，您才剪了一半。”“我”没有作声，拿着剪刀快步来到树下。诗最后终止于一个伦理选择问题，给读者留下悬疑：

我重又站在树杈上，但心中茫然

血液里古老的报应神和怜悯，用风在提醒我
刚才的那阵雨；而房东太太的双眼
一定在从楼上的窗口瞭望
山下，是敞开的桃枝空隙含着的整个城市
半明半暗，阳光强烈，乌云投下阴影
城尽处的黛色山脉和浅蓝色海湾
玻璃般平滑海面上的白帆
能不能告诉我，还要不要剪

“还要不要剪”——这个需要做出决断的问题，明确了整首诗的伦理意图。房东太太视“剪枝”为需要定期完成的“例行公事”，其背后是“园艺逻辑”和当地人的生活习惯；而诗人则在其中感到了有违“天时”与“生生之意”，基于对树的恻隐之心而不愿动手。或许会有人将这首诗视为“东西方文化之间碰撞”的一个事例，这样的解释虽无不可，但我更愿意将其视为“人的尺度”与“物自身的尺度”“诗的精神”与“规范化态度”之间的冲突。（可以问的是：如果不是在春天，诗人难道就能对树下得了手？可见，中国古训未必就是不愿剪枝的主因。）“桃树”的自然生长是不遵循“人”的规范和尺度的，它有自身的尺度；而人一旦基于审美或生活需要对它进行裁剪，则必然包含着对事物的暴力。而“诗的精神”，是尽可能接近事物，站在事物自身的角度去尊重、体贴、怜悯事物，如事物本身所是的那样去爱它们；这样一种诗的精神，也必然与凡事讲求“规范化”的态度产生冲突。因此，诗中包含的伦理反思，并不是从伦理学角度进行的，而是从诗的角度进行的。它固然有中国思想传统方面的来源，但首先是从诗人个体生命经验中产生出来的。另一方面，我们也可以考察一下“桃树”在这首诗中的位置。它首先是作为自然事物而存在；它一旦被纳入到人类的园艺用途之中时就被对象化了，成了“审美的对象”和“修剪的对象”；只有当它遇到一位诗人时，才可能从这种被对象化中摆脱出来。

但是，这种“摆脱”是否也只是幻象？难道树木在诗人那里就没有成为“怜悯的对象”？怜悯和爱，一方面是以“站在事物自身的角度”为理念的非对象性的活动；但另一方面，人作为一种有限的存在，其怜悯和爱却无法完全做到这一点，而总是残存着人的尺度。在《剪枝》一诗中，“桃树”是在“拟人化”的过程中被诗人怜悯，在这怜悯中仍然包含着人类尺度的存在。人似乎只能按照自身的尺度去同情事物，这是人的限度。于是，一种深切的爱和怜悯，最终来说必定包含着一定程度的绝望：它意识到，完全的爱其实是不可能的，我们做不到爱所要求于我们的。

我们因对人的绝望而爱，我们因对事物的爱而绝望——在我看来，这就是雷平阳长诗《木头记》的意图。从《木头记》的第一行（“用木头，我们建起了寺庙”）起，“木”就被人当成种种性质的对象——这似乎是树木的命运。人对于树木的一切利用、加工、修剪和改造，都是按照自身的尺度来进行的，所有这些行为都包含着暴力。正是在这种原初暴力的基础上，产生了我们今天所看到的这个世界，也规定了“木”在人类生活中的位置：

……在人口替换最快
恩仇最多的地方，木头，一轮接一轮

被肢解，被强行地命名：梁、柱
棺、门、轴、床、桌、椅、凳
柄、柜、桶、盆、柴等等
而且，每一个命名，还可分解出
更多的子命名，它们只是一个氏族
一种姓氏，个个都香火不断、子孙浩荡
个个都一代顶替另一代；个个都一再地
花样翻新，形成了一种最为古老的
传统文明。针对木头，我们发明了
火、斧头、锯子、凿、雕刀、工字尺
墨斗，练就了砍、雕、凿、镂、烧
劈、锯、刨等一身超人的技艺
分出了伐木、木匠、设计、粉饰
搬运、安装、验收、维修、造纸
等工种；出现了监工、师傅、徒弟
和户主等四个阶级；派生了漆匠、胶工
画师、鉴宝先生、收藏家等人类
划分了活计、技术、艺术、瑰宝等等级

正如古希腊罗马文明的辉煌是建立在奴隶的累累白骨之上，我们人类的世界也是建立在针对“树木”的普遍暴力之上。基于对“树木”的各种类型的暴力，我们建造并用“木头”支撑起了一个整体性的世界结构。这一结构是如此稳固，它不仅得到了技术支持，而且体现在各种职业分工、阶级划分和社会流动方式之中。雷平阳从“木头”的用途中看到了对人群的划分，“贱民”们用的木头与“上等人”用的木头完全不同，这是“木头的政治学”：“在某些人那里，它特指红木、花梨木／乌木、椐木、红豆杉、紫檀／特指绝迹和正在绝迹；有时候／他还是明代和徽派；是宫殿上拆下的／是旧的，但锃亮如新；是某某帝王的龙椅／是鬼斧神工的松竹梅、神话和佛典／是匾；是妙到毫巅的反自然……”人类用自己的尺度，不仅在人群中划分出高贵与低贱，而且还要在本来平等的树木之间划分出高与低。社会中的区隔，作为一种趣味和尺度的标准，也将自身的烙印打在各种木头之上。而对木头的最极端的暴力，发生在“木艺和木炭”中：“木艺：以杀木雕木为艺／木炭：木头被烧了一次，还要再烧一次”。暴力的刻痕，最终渗透到我们的语言之中：“有两个成语，木已成舟／和独木难支，它们的遗憾和惋惜／令人脊骨结冰。”面对木头们的悲惨命运，雷平阳试图帮助它们，却最终发现无能为力：

> ……有些不可救药，我一度
> 想为木头弹奏安魂曲，然而，太多的乐器
> 以木而成，令我难以下手；也曾想
> 制一批木斧、木剑、木刀、木枪
> 和木人，分发给山上的树木，让它们
> 学会保护自己，可这些木头
> 谁又愿意成为我的手下亡魂？我就像那
> 木偶戏上的主角，已经被操控
> 泯灭了巨大的道德，体内残存的一棵胡杨
> 它的泪，在我的眼眶里，变成了沙砾

真正让人绝望的，其实并不是乐器和武器本身由木头做成，而

是因为人类的道德是以自身的需要为尺度的。只有“灵魂中有树木”（“体内残存的胡杨”）的人才能真正怜悯和帮助树木，但太多的人只是被利益和欲望操控的“木偶”。作为“木偶”，人是一种比其他的木头制品更悲惨的存在，被操纵的他以为自己是自由的。最可悲的木偶是那些不知道自己是木偶的木偶。而当诗人意识到自己是“木偶”时，他就具有了树木的灵魂。

有论者试图将《木头记》与《祭父帖》关联起来进行解读，认为雷平阳在《木头记》中所写的整个“木头受难史”，其实只是对其父亲的受难史的隐喻。[42]这种解释虽然提供了一种特殊诠释角度，但我认为其实分开解读更好。基于雷平阳的文化态度——“原本山川，极命草木”——他对“树木”的怜悯和爱是毋庸置疑的。这种爱并不需要成为对亲人之爱的一个隐喻，它本身是完全自足的。作为“木头受难史”的《木头记》，不仅向我们展示了一种绝望的爱，而且给我们示范了一种“非人类中心主义”的情感是何以可能的。

在对象化的利用之外，在绝望的怜悯与爱之外，人在生活中还能与树木建立何种联系？在人与树的交道中，树木是否能给我们一些更深邃的启示？对诗人来说，这样的可能性是永远存在的。例如，谭毅在其关于“木匠”和“建筑师”的诗作中，就对树木之于人类生活的意义进行了另一种理解。这些诗作没有从“人类制作的暴力性质”出发，将树木理解为暴力的受害者，而是采取了一种更积极的想象方式：在制作、建筑和居住活动中，树木对人类的意识和存在进行着深度渗透，它们教会了人去理解自身和世界。《建筑师》（2014年）一诗中，谭毅试图呈现一位深谙木之本性、尝试使树木以另一种形态活着的建筑师的自我理解：

我拉伸木雕，复活被咽掉的气。
木顺着砖和铁的指示，从消失的
山峰、松树之散魄中，再次向上长。
婉转处嵌入玻璃。闪电折断、摔落。
夜晚，我看见了父亲重新变得清晰的肺。
人将活得比手所能衬托的更多。

从自然的观点看，从“树木”到“建筑”是一种死亡；但从精神的观点来看，如果这“建筑”中真的居住着神灵或精灵，那么树木将会在建筑中复活。这位建筑师试图收集“山峰、松树之散魄”，使树木在建筑的时间性中再次生长。这不仅是在人与树之间达成重新和解，而且也是在自己与自己的“木匠父亲”之间达成和解。“父亲的肺”在夜晚出现，意味着它作为一种呼吸、一种气态意识始终庇护着“我”，这就是建筑空间中的神灵。在另一首较长的《回望之诗》（2015年）中，“树”则以自身特有的启示缓解着“家与城”之间的张力，它们浸润着人们的生活空间，使之变得古老、悠远：

这提示着根源的、亲切的树，
一个将更深、更远的世界
带到眼前的吐放呼吸之物，
帮我们建立起土地法和兵制。
漩涡人的纽带，在立足和行动中
扩大，而对这生活与命运的感知
就在叶尖那正确的方向里。

“树”始终有一种对人类的亲近。它让我们想到根源，也想到未来；它让我们形成对生活与命运的感知，也让我们在探索与顺从中向未知延伸。《回望之诗》是谭毅虚构出的一位“老木匠”的晚年诗作，它对人类与树的关系进行了一次恳切又深沉的思虑。在这位“老木匠”看来，“树”是一种连接和沟通的力量：它将生者与死者、远方与近处、自然与精神联系在一起。他看到“自然在树之中沉寂到根部”，并像“幽凉细密的骨”一样包围着“我们的沉思”。同时，树也使得人获得了一种自我观照、自我反省的可能——正是树带来的风，使我们和我们自身之间拉开了一段“观察与覆盖的距离”。树庇护着我们，而我们之所以能够忍受生命的痛苦，是因为我们知道“树”是我们对“时间”与“根源”的双重崇拜。“这里永远有我们看见／却不能达到的稳定。”

在所有这些涉及“树”在人类生活中的位置的诗歌里，我们看到了人类对于树的怜悯、信任和依赖。也许，人在这个世界上更好生活的前提，是树在世界上能够更好地存在。不只是树的繁茂，而是人在一种更加亲密、友善的关系中与树共处，即使是在木制的作品和建筑中也能看到、忆起和感谢树木的灵魂和气息。诗在某一层面上，是一种同感和感谢之心，它不仅朝向他人，也朝向所有的生灵，甚至矿物和星体。我们总是与这些事物同在，我们身体的生长和精神的成长，与所有这些事物息息相关。诗总是在揭示这些原本隐藏的关联，并以此来扩展我们的世界。在这一扩展了的世界中，人与树都能够更加自足、开阔地存在。

诗人的工作从树木而来。在他们写出关于“树木”的诗以后，他们将回到树下，为树浇水。叶片在阳光下震颤，就好像诗人那确定、可信的目光。而那棵树还在积累它的叶片，等待着更为长久、精细的研究。诗人们的笔就像从树上伸展出来的一根根细枝，在空气中静止了一会儿，下一刻又将被风吹动。

1. 引于海德格尔：《谢林论人类自由的本质》，薛华译，沈阳. 辽宁教育出版社，1999年，第283页。
2. 引于钟嵘：《诗品注》，陈延杰注，北京. 人民文学出版社，1961年，第21页。
3. 钟嵘说刘桢的诗“气过其文，雕润恨少”。见钟嵘：《诗品注》，陈延杰注，北京. 人民文学出版社，1961年，第21页。
4. “邵注”（明代邵宝《分类集注杜诗》）认为此句出自《庄子·逍遥游》“樗树大而无用”的典故，而“仇注”（清代仇兆鳌《杜诗详注》）则认为此句来自王充《论衡》，取“孔子道大莫容”之意。见仇兆鳌《杜诗详注》，北京：中华书局，1979年，第1361页。
5. 引于柏拉图：《会饮篇》，202E—209A，另参见沃格林：《论古典研究》，载于The Collected Works of Eric Voegelin, Volume 12: Published Essays 1966—1985（1990）。
6. 我在《穆旦的根》一文中曾比较过这两首诗：“在《诗八首》中，叶子‘季候一到就要各自飘落’，但这飘落只是自然性的，它的痛苦是自然爱欲的痛苦，而且这痛苦还可以‘在合一的老根里化为平静’；而《智慧之歌》中叶子的凋零却是毫无来由的荒谬，它被历史的劫难所主宰，其痛苦不能被任何理由所化解，从中只能带来对所有事物的诅咒。最后，‘永青的巨树’是赐我们以生命的树木，它作为生命本身是我们所有人的营养；而智慧之树则不仅不赐我们以生命或营养，相反，它还榨取我们身上仅有的汁液，以我们的痛苦为营养来使它自身生长。”参考一行：《词的伦理》，上海. 上海书店，2006年，第119页。

7. 西美尔说：“生命有两个相互补充的定义：这就是额外生命和多于生命……生命不管其绝对尺度是什么，都只有在它是额外生命时才存在，一般来说，只要存在生命，就会生育出生动活泼的东西来。……正如生命在其自身级别内超越自己当前所限定的形式就是额外生命一样，它往实在内容层面，往逻辑上独立的、再也没有生命的意义层面的超越，也就是多于生命了。”“额外生命”是指生命自我延续和朝向更多丰富性运动的力量，而“多于生命”则是指对某种超越性的理念的投身，在这种理念中活着并不只是活着，人们甚至愿意为之献出生命。见西美尔：《生命直观》，刁承俊译，北京. 三联书店，2003年，第17—20页。

8. 苏珊·桑塔格：《西蒙娜·薇依》，黄灿然译，载于黄灿然编：《见证与愉悦》，天津. 百花文艺出版社，1999年，第147页。

9. 齐奥朗：《眼泪与圣徒》，沙湄译，北京. 商务印书馆，2014年，第11页。

10. 朵渔：《韩东〈西蒙娜·薇依〉》，刊于铁骨主编：《奔腾诗歌年鉴（2014—2015）》。

11. 里尔克与薇依思想的差别在于：里尔克对“起源神话”的坚持使之反对基督的中介性和“人的原罪”观念，因而里尔克走向了一种关于“转化”（将可见的变为不可见的）的神秘主义玄思，这是一种个体编织的神话；而薇依尽管也拒绝受洗加入教会，但她始终是在天主教精神的原则下进行思考的，她承认基督的中保位置和原罪的观念。参考勒塞：《里尔克的宗教观》，载于刘小枫编：《〈杜伊诺哀歌〉与现代基督教思想》，林克译，上海三联书店，1997年，第99—188页。

12. 柄谷行人：《日本现代文学的起源》，赵京华译，北京. 三联书店，2003年，第15页。
13. 海德格尔：《林中路》，孙周兴译，上海译文出版社，2004年，扉页。
14. 布迪厄：《海德格尔的政治存在论》，朱国华译，南京. 学林出版社，2009年，第54页。
15. 三木清：《人生探幽》，张勤、张静萱译，上海文化出版社，1987年，第51页。
16. “解域化”是德勒兹、加塔利在《千高原》一书中创造的哲学概念，贯穿于整个《千高原》的写作。它是指通过一种纯粹的差异与生成，从由“同质性分类”形成的“辖域化”的约束中脱出的运动。参考德勒兹、加塔利《千高原》，姜宇辉译，上海书店，2010年，第731—734页。
17. “理念类型”（ideal types）是马克斯·韦伯创造的概念。它是指一种概念工具，基于特定的观点，由杂多的实际现象中抽离出某些特征，整理成逻辑一致的思想秩序，反过来可以作为衡量实际现象的尺度。

18. 在一般看法中，“经验性诗歌”必须是写实的，不能虚构。但是，想象中发生的经验，如果足够具体，它与我们在实际生活中遭遇的经验，从语言表征上看并没有明显区别。另一方面，我们大多数时候都不可能知道其他人写的诗中的经验是否是他虚构出来的，许多看上去在“写实”、叙述自己经历的诗其实是想象性的。因此，对写实与虚构的区分是一个无法操作的区分。
19. 米尔恰·伊利亚德：《神圣的存在：比较宗教的范型》，晏可佳、姚蓓琴译，桂林. 广西师范大学出版社，2008年，第256—257页。本文对其分类有所改动。
20. 奥维德：《变形记》，杨周翰译，北京. 人民文学出版社，2008年，第15—16页。
21. 敬文东：《指引与注视》，北京. 中国文史出版社，2001年，第241页。
22. 《论语·微子》：“楚狂接舆歌而过孔子曰：‘凤兮凤兮，何德之衰？往者不可谏，来者犹可追。已而，已而，今之从政者殆而！’孔子下，欲与之言。趋而避之。”
23. 阿甘本：《渎神》（Profanations），第九章“渎神礼赞”，王立秋译，北京大学出版社，2017年，第123—124页。
24. 德勒兹、加塔利：《千高原》，姜宇辉译，上海书店，2010年，第23页。
25. 《笛卡尔生平和著作》，亚当和唐内里编，第九卷，第14页。转引自海德格尔：《路标》，孙周兴译，北京. 商务印书馆，2000年，第430页。

26. 彭燕郊：《生生：多位一体》，载于《芙蓉》2007年第5期。
27. 于坚：《火车记：于坚散文》，厦门. 鹭江出版社，2006年，第218页。
28. 雷武铃：《赞颂》，南宁. 广西人民出版社，2015年，第68页。
29. 海德格尔：《我为什么要住在乡间》，转引自巴姆巴赫：《海德格尔的根》，张志和译，上海书店，2007年，第25—26页。
30. 巴姆巴赫：《海德格尔的根》，张志和译，上海书店，2007年，第28—29页。
31. 一行：《词的伦理》，上海书店，2006年，第109页。
32. 德勒兹：《批评与临床》，刘云虹、曹丹红译，南京大学出版社，2012年，第2页。
33. 西蒙娜·薇依：《扎根：人类责任宣言绪论》，徐卫翔译，北京. 三联书店，2003年，第34—43页
34. 薇依认为，存在着两种不同性质的“爱国主义”。第一种是诉诸本国之“强盛伟大”的爱国主义，它企图凌驾于他国之上，因而是一种偶像崇拜；另一种是基于“同情”的爱国主义，它是对本国文化之脆弱性的珍惜，对它在历史上遭受的苦难的痛心。只有第二种爱国主义才不会导致国民的虚骄之气。西蒙娜·薇依：《扎根：人类责任宣言绪论》，徐卫翔译，北京. 三联书店，2003年，第109—154页。
35. 西蒙娜·薇依：《扎根：人类责任宣言绪论》，徐卫翔译，北京. 三联书店，

2003年，第228—268页。
36. 罗伯特·沃伦：《沃伦诗选》，周伟驰译，石家庄. 河北教育出版社，2003年，第198页。
37. 徐淳刚：《树叶全集》，北京. 新世界出版社，2011年。
38. 水建馥编选：《古希腊抒情诗选》，水建馥译，北京. 人民文学出版社，1998年，第3页。
39. 林国华：《落叶与飞鸟》，载于林国华：《在灵泊深处：西洋文史发微》，北京. 北京大学出版社，2014年，第14—18页。
40. 敬文东：《指引与注视》，北京. 中国文史出版社，2001年，第237—240页。
41. 周伟驰在给张杰的信中说："整首诗运用了不少叙事技法，诗中我让她的面孔不出现，出现的只有她的声音，以及她站在楼上居高临下地监视山下剪枝的情景，从而构成声音交杂的张力。"
42. 杨昭：《诗人的魂路图——雷平阳论》，太原. 北岳文艺出版社，2014年，第106页。

纯文学/纯诗：方法，语义

作者/贾鉴

贾鉴，
一九七四年生于内蒙古察右后旗，
现供职于上海大学上海电影学院。

1

“纯文学”这一概念很容易引出对文学的本质主义判断，但韦勒克曾针对文学史“时期概念”说过：这些概念既非某种本质又非人为的语言标签，“而应该把它理解为一种‘包含某种规则的观念’（regulative idea），一套规范、程式和价值体系，和它之前和之后的规范、程式和价值体系相比，有自己形成、发展和消亡的过程”，其意义在于“帮助我们理解一个时期的目标和这个时期作家的自我意识，但却不必束缚我们”。[1]相较于欧洲文学史成型已久的概念，中国文学语境中的“纯文学”概念作为知识程式的历史远未完成，但韦勒克的既视“时期概念”为一种言说文学历史的方法，又将其转化为一种历史地言说文学的方式的思路，仍能启发我们理解“纯文学”概念的语义生产价值。概念能将过去和当前时代的意识状况带入相互指认、争执的关系，这样，概念是否具有稳固内涵就不再重要，它本身已构成一种发问的条件。

20世纪90年代以来，此前围绕纯文学形成的诸多意义幻觉被揭破，比如，它的非功利的审美性或形式主义背后的意识形态动力，它的叛逆性在它的逐渐制度化过程中磨损殆尽或已成为无关现实的保守的意识形态，等等。但这些论述的前提、方法以及某些具体观点也并非没有可商榷之处。首先，它有可能删减了纯文学文本的多重意涵，因此也简化了纯文学与同时期文学整体格局的关系。文学“制度”这一表述本身暗示纯文学已沦为教条甚至社会权力关系的一环，这看似与比格尔《先锋派理论》一书的结论一致，实则相去甚远。比格尔说：“确实，自律艺术的体制在当时（18世纪末）已经得到了完全的发展，但在这个体制中，具有彻底的政治性的内容（指单个作品的内容）仍在起着作用，因此构成与体制的自律原则的制衡。对作为社会子系统的艺术进行自我批判只有在内容也失去它们的政治性质，以及艺术除了成为艺术之外其他什么也不是时，才是可能的。”[2]在他那里，自律艺术、现代主义、先锋派是分属不同历史时期的艺术现象，各自的取向和意义不同，相互间甚至还构成挑战的关系，如先锋派力图将艺术重新结合进生活以抗拒自律艺术的疏离姿态。但是这些概念在当代中国文学中常被混淆使用，其中艺术的“完全的发展”既不明了，也难断言单个文本的“彻底的政治性的内容”已消失，所谓纯文学已僵化甚至失败的论断显得相当轻率。对此，应该追问的倒是另一些问题：20世纪90年代以来何种思想危机促成了对纯文学的批判？哪些记忆中或现实中的文学典范比照出纯文学而非别的文学的失败？参照比格尔所定义的“艺术体制”（既指艺术的“生产性和分配性的机制”，也指某时期共享的“艺术思想”），[3]纯文学或现代主义确实已成为20世纪90年代中国文学的主导性机制了吗？它“除了成为艺术之外其他什么也不是”了吗？这意味着艺术民主的实现，还是艺术在现时代的异化？是一种文学教养的异化还是文学商品化的异化？现代主义的某些原理确实正被文化产业滥用着，但它不也一直培育着反抗异化的精神吗？再说，“全球化”的规则是否能抹除此地与彼地的文化产业制度的差别？

其次，针对纯文学展开的意识形态批判有时也显出对该批评方式的曲解。这类批判显现了批评者对某些现实状况的急迫反映，但也忽略了意识形态批评所容纳的更丰富的有关文学形式及其效果的思路。常被批评者引作支援的阿尔都塞就曾指明，艺术只有通过在意识形态内部拉开距离才能“使我们看到、觉察到（但不是认识）”后者的存在。[4]形式并非纯文学失败的根本原因，相反，正是形式的自觉运作将意识形态再生产的秘密转化为文学中可体验的内容。而且，阿尔都塞的“意识形态”远非只关涉政治立场的选择问题，而是意在揭示人与物的“确定的不在场”联系，即揭示一种“日常意识形态的结构”。[5]虽然他视意识形态为一种非历史的结构这一点最受人诟病，但其理论视域因此也具有了某种开放性。那种只将意识形态凝固为某种确定的政治立场，或者将其预想为文本内全部的但又无法固化的意识的总和，都是对该方法有效性的瓦解。意识形态性只是文学诸功效之一，退一步说，纯文学或现代主义曾经反叛的那部分现实在当下是否已变得微不足道？面对历史情境的变化，纯文学是否失去了自我调整和因应的能力？在指出纯文学的意识形态性时为何矢口不提非纯文学的意识形态性呢？换言之，如果承认“现实”面貌都基于现实感的赋形（阿尔都塞称为“想象性置换”[6]），那么又何以判定不同的现实感及其表达方式（不同形态的文学都可作为它的载体）存在等级之分？[7]

在比格尔看来，真正的历史化研究意味着把握“对象展开与范畴形成相联系的事实”，考虑“是否能够具有一种关于过去的知识，既不落入无前提条件地理解过去并陷入历史主义错觉之中，也不用作为后来时代的产物的范畴来简单地把握此过去。”[8]历史化方法始终关注概念内在的歧义及其与多重文化力量的关联，并坚持对自身言说条件的反思。纯文学的疏离感不代表超历史的姿态，如一些学者所言，它本身还意味着文学的一种“条件式体制”（热奈特）或“关系体系”（朗西埃）。[9]以欧美的纯文学和现代主义理论来对应中国文学现实，以20世纪80年代中国的纯文学想象来描述90年代的纯文学，忽略当下言说所包含的意识形态预期，正是这些意向塑造出纯文学的凝固形象。将一种活跃的文学写作力量终结为一个知识对象，这正是比格尔批评的那种历史主义错觉。反思纯文学原本为了激活新的文学政治能力，但最终却呈现出文学观念的保守性。

2

“纯诗”通常会被认为最典范地体现了“纯文学”的主张，但其内涵、功能和形象同样因交织于复杂的社会思想语境而处于不停地流变中。作为最有影响力的“纯诗”倡导者，瓦雷里的“纯诗”强调对“整个感觉领域”的探索，以期实现音乐性的“理想的而又人为的秩序”。[10]“纯诗”寄托着诗人对理念的追忆，20世纪80年代中国诗人对这一概念的使用更具策略性，且混合着广泛的现代诗学观念，如欧阳江河的“虚构”、柏桦的“自然的纯粹”、西川的“技艺”、陈东东的“语言之梦”、臧棣的“语言的抽象性”。[11]纯诗的边界远远超越了瓦雷里的设想，有时大到甚至足以囊括诗的全体现象的地步，比如唐晓渡宣称纯诗“将越来越成为诗所无法回避的客观规范和价值尺度”：

对纯诗的追求既不会妨碍诗人们在不同领域内对素材的占有和对不同创作方法的选择（既然它是“对语言支配下的整个感觉领域的探索”），也不应导致与现实（包括政治）无关的现象（我们的语言和感觉领域只能是现实的）；同样，它也不和诸如“非诗”成分的大量渗透和“反诗”的实验倾向根本抵牾。真正的纯诗，乃是那种无论在最传统或最“反传统”、最习以为常或最出人意表的情况下，都能体现出诗的尊严和魅力的活的诗歌因素。[12]

瓦莱里的“整个感觉领域”的表述被理解为诗歌的感性学基础，20世纪70年代末以来被笼统归于现代主义的诗歌实践（朦胧诗、寻根诗和“第三代”）都归入其中。政治曾在多大程度上禁锢文学，相应地在其反面就能构想出同等规模的纯文学或纯诗领地。纯诗的这一起源又规定了它的内涵特征只能确立在政治层面（疏离政治“本身就充满民主的政治意味”[13]），纯诗因此凸显了诗的不自主。“纯诗”的飘忽不定的意指与以它为标榜的写作实践未必有多大关系，它从一个特定角度反映了那时期话语交锋的状况，并预示了此后的一系列对它的误用。

20世纪90年代，纯诗的狭义内涵逐渐被独立出来，成为诗歌调整过程中亟待纠正的弊病之一。所谓狭义纯诗，其具体所指随限定标准的不同而各有偏重，但大致上说，它主要指称围绕语言问题形成的诗观和写作实践，既包括以语言自律原则为核心的元诗写作，也包括“反语言”操作的诗歌。与此对照的则是20世纪90年代诗歌对现实的和历史的经验的强调，如陈超曾说：“先锋诗歌的‘纯粹’，是当代全新经验加入并为起点的‘纯粹’，是自由的想象和生存现象异质混成的复杂整体的生命空间，而不是文化闲人的话语遣兴及梦境漂流。”[14]矛盾的表述既反映了重新确定“纯粹”之限阈的意识，但其宽泛内涵又因袭了80年代纯诗想象模式。[15]另一些时候，狭义纯诗被描述为整个80年代乃至更长时段诗歌的主要特征，此时它多少负载了一种诗歌史建构功能。纯诗包含的对写作独立性的崇尚已是诗人的共识，其意义正如张枣所述，“在任何处境中，没有比纯诗艺意义上的反驳更深刻的反驳命题”，[16]但纯诗的“不及物性”却不断遭受批评，甚至成为或明或暗的各种诗歌争论中相互攻讦的口实。不过，20世纪80年代常被称作一个“理想主义”时代，纯诗也许正是它真实、浮泛的精神生活的再现，“不及物性”的判定因此未必准确。纯诗能、所指的伸缩与社会演变导致的价值感的差异有关，也与其概念本身的含混性有关（此外也是新诗史上持久的自律或他律争执的重现——尽管它们的语境和应对的问题大不相同）。但不管怎么说，“纯诗”范畴无论用来概括80年代诗歌特质，还是被焊接到90年代诗歌所看重的“当代全新经验”中，都显得不合时宜。某些诗人只在更严格的限定条件下使用它，或者以更恰当的范畴替代其部分功能（尤其叙述诗歌史问题时），如臧棣在区分“后朦胧诗”的80年代阶段和90年代阶段时，将自己的论述思路统一在“现代诗歌”的范畴内，从而提供了观察当代诗歌发展得更可靠也更具拓展力的知识依据。[17]

清算纯诗并非为摈弃纯诗艺，它针对的正是当代思想中那种对精神“纯粹”的嗜好。多多早期诗中写道：“在我疯狂地追逐过女人的那条街道上／今天，戴着白手套的工人／正在镇静地喷射杀虫剂……”（《青春》）。“纯粹”是社会的和思想的卫生学工程，最终铸造出一种隐晦、贫乏的暴力性；即使社会的整体性“纯粹”理想已瓦解，它依然顽固地积存在彼此分立的思想区域内。90年代众多诗人的论断，如臧棣的“语言自身的行动”，欧阳江河的“词的升华”，肖开愚的“语言狂欢节”，都不同程度地包含对该现象的反思。[18]其中，耿占春称诗歌意识的这一变化为“一场诗学与社会学的内心争论”，并深刻揭示了支配着当代文学、思想的“幻象式的文化身份”的虚妄，他说：

对“纯诗”的想象中并非没有包含着社会学批判的动机。我们的幼稚之处也显而易见，我们把各种互相矛盾的文化镜像认作我们的真实身份：“圣言”的倾听者，佯装的“反文化”、“反理性”的野性的思维，精神分析学意义上的病人与狂人的伪造的无意识，与真实的启蒙精神混合在一起，构成了我们的思想与写作中的语言炼金术。[19]

构成语言炼金术的这份思想名录还可加长。它们组成了“古典的现代的思想的一个大剧场”，[20]“大剧场”是其时文学“向内转”的精神景象的空间隐喻，显示了世界想象和主体生成的同构性。这其中，结构语言学的科学化诉求可转为未来主义、超现实主义式的艺术颠覆的力比多（“超语言”和“反文化”），维特根斯坦的“我语言的界限就是我世界的界限”被改写为有关诗歌语言的神秘箴言，海德格尔的“语言是存在的家园”的存在维度被遗漏而浪漫神学的一面被过度凸显。对现代思想的浪漫化理解不止源于引介、接受外来思潮的仓促，也是当代文化中“幻象式的文化身份”的主体风格的再现。“语言”（不是实践层面，而是语言实践最后刻意触及的那种语言观念）及其内部聚合的“虚无”“黑暗”“沉默”等概念，它们并非不能指称生活的或思想的真实经验，但它们作为专名时的精神氛围很容易导入那种超验主体的宏大结构，成为一种新的“纯粹”品性。语言学未必是主体解放的开端，倒可能提供了主体迷失的又一绝对形式，这甚至也体现在90年代为清除这一身份幻觉而寻求的非个人化言说方式中。[21]

张枣也曾说，西方用来克服主体性危机的思想在中国可变为新的崇高物，不但克服不了危机反而加深了它。[22]张枣意在检视“现代性”与当下汉语处境的关系，同样取道“现代性”理论，相较于各种折中思路，臧棣坚持现代性“自身成立”和“自我评判”的立场显得更加自由、轻盈。[23]当然，他的论述聚焦于如何发明“传统”为一种现代经验，他的思路并非没有争议，这既涉及诠释学中现在与历史、自我与他者的视域融合的难题，也涉及如何界定“现代性”内涵的问题。自明的“现代性”设定留有明显的历史观念论印记，为避免使它成为空疏、专断的知识装置，有必要借助其他诠释中介的调节，如王家新从“互文”角度探究自我建构途径，陈东东、黄灿然在“翻译”的运作中把握汉语现代性的机遇，都为“现代性”的自立原则补充了必要的理论的和历史的细节。[24]语言炼金术如果不能激发对“我们是如何被书写的”这一问题的敏感，而仅仅在语言内部说与说之虚空的影像中凝视主体的自立或消弭，我们就很难规避“纯粹”意志的诱惑，所以耿占春说：“只有当诗歌在其玄奥之处避开了纯粹的语言学的操练，而成为一个真正的问题时，它才能使我们感到将语言作为诗的主题与对象的必要性。”[25]

1. R.韦勒克：《文学史上象征主义的概念》《文学研究中现实主义的概念》，《文学思潮和文学运动的概念》，第254、217页，北京. 中国社会科学出版社，1989年。
2. 彼得·比格尔：《先锋派理论》，第93页，北京，商务印书馆，2002年。约亨·舒尔特－扎塞在该书英译序言中也说："比格尔所谓'艺术'的体制是一种典型的欧洲的和资产阶级的现象，只有在从18世纪到20世纪的资产阶级时期，艺术才构成了多种社会体制中的一种。在其他时期，艺术也许会成为某种社会体制的一部分，甚至是其主要的部分，但它本身不独立构成体制。"第45页。
3. 彼得·比格尔：《先锋派理论》，第88页。
4. 阿尔都塞：《一封论艺术的信》，《马克思主义文艺理论研究》（第七卷），第375页，北京. 文化艺术出版社，1986年。
5. 阿尔都塞：《抽象画家克勒莫尼尼》，《马克思主义文艺理论研究》（第七卷），第384页。
6. 阿尔都塞：《意识形态和意识形态国家机器（研究笔记）》，陈越编：《哲学与政治：阿尔都塞读本》，第353页，长春，吉林人民出版社，2003年。
7. 保罗·德曼认为意识形态"正是语言和自然的现实的混淆，指涉物和现象论的混淆"，"责备文学理论忘记了社会的和历史的（也即意识形态的）现实的人们，只不过是在说出他们自己的恐惧而已。他们害怕自己神秘化了的意识形态，被他们试图否定的工具所揭露。”保罗·德曼：《对理论的抵制》，《解构之图》，第103页，北京. 中国社会科学出版社，1998年。

8. 彼得·比格尔：《先锋派理论》，第80、85页。
9. 热拉尔·热奈特：《虚构与行文》，《热奈特论文集》，第81页，天津. 百花文艺出版社，2001年；雅克·朗西埃：《文学的政治》，第8页，南京大学出版社，2014年。
10. 保尔·瓦莱里：《纯诗》，《瓦莱里散文选》，第299、313页，天津. 百花文艺出版社，2006年。另参见马拉美：《诗的危机》，《新诗评论》2008年第2辑，第192页，北京大学出版社，2008年。
11. 欧阳江河：《对抗与对称：中国当代实验诗歌》，吴思敬编选《磁场与魔方——新潮诗论卷》，第259—260页，北京师范大学出版社，1993年；柏桦：《左边：毛泽东时代的抒情诗人》，第83页，香港. 牛津大学出版社，2001年；西川：《答鲍夏兰、鲁索四问》，《大意如此》，第245页，长沙. 湖南文艺出版社，1997年；陈东东：《只言片语来自写作》，《词的变奏》，第86页，上海. 东方出版中心，1997年；臧棣：《假如我们真的不知道我们在写些什么……——答西渡的书面采访》，西渡、王家新编《访问中国诗歌》，第204页，汕头大学出版社，2009年。
12. 唐晓渡：《纯诗：虚妄与真实之间》，《唐晓渡诗学论集》，第54、56—57页，北京. 中国社会科学出版社，2001年。

13. 唐晓渡：《纯诗：虚妄与真实之间》，《唐晓渡诗学论集》，第52页。

14. 陈超：《先锋诗的困境和可能前景》，《打开诗的漂流瓶》，第4页，石家庄. 河北教育出版社，2014年。

15. 21世纪初仍有论者将“纯文学”阐释得既狭小又宽广，如李陀（《漫说“纯文学”》，载《上海文学》2001年第3期）将“怎么写”“文学性”“不及物性”“现代主义”等概念直接关联于“纯文学”；他提出的具体案例是20世纪90年代部分女作家的“个人化写作”，但“就文学的‘主流’而言，‘纯文学’很像是一种‘魂’一样的东西，尽管它难以找到一个具体的物质性的躯壳，可它无处不在，支配着成千上万的作家的写作”。

16. 张枣：《Anne—Kao诗歌奖授奖辞》，《张枣随笔选》，第241页，北京. 人民文学出版社，2012年。

17. 臧棣：《后朦胧诗：作为一种写作的诗歌》，陈超编《最新先锋诗论选》，第420—421页，石家庄. 河北教育出版社，2003年。

18. 臧棣：《后朦胧诗：作为一种写作的诗歌》，《最新先锋诗论选》，第421—423页；欧阳江河：《当代诗的升华及其限度》，《站在虚构这边》，第18—24页，北京. 生活·读书·新知三联书店，2001年；肖开愚：《90年代诗歌：抱负、特征和资料》，《最新先锋诗论选》，第336页。

19. 耿占春：《一场诗学与社会学的内心争论》，《群岛上的谈话》，第298页，郑州. 中原农民出版社，1999年。

20. 耿占春：《一场诗学与社会学的内心争论》，《群岛上的谈话》，第297页。
21. 耿占春：《一场诗学与社会学的内心争论》，《群岛上的谈话》，第305页。
22. 张枣、黄灿然：《访谈张枣》，载《飞地》2013年第3期，第113—114页。另参见张枣《朝向语言风景的危险旅行——当代中国诗歌的元诗结构和写者姿态》，收入《张枣随笔选》。
23. 臧棣：《现代性与新诗的评价》，收入《最新先锋诗论选》。
24. 王家新：《中国现代诗歌自我建构诸问题》，载《诗探索》1997年第11期；陈东东：《回顾现代汉语》，收入王家新、孙文波编《中国诗歌九十年代备忘录》，北京. 人民文学出版社，2000年；黄灿然：《在两大传统的阴影下（上）》，载《读书》2000年第3期。
25. 耿占春：《一场诗学与社会学的内心争论》，《群岛上的谈话》，第305—306页。

词的倒逆：半个和一个，多和少

作者 / 贾鉴

贾鉴，
一九七四年生于内蒙古察右后旗，
现供职于上海大学上海电影学院。

1

有研究指出，20世纪80年代纯文学的语言姿态具有某种隐曲的政治抗争功效。当时，纯文学观念依据的前提似乎是：文学与政治是可分隔的两个世界。这反使文学染上一种激烈的浪漫政治气息，也使不少作品表现出技艺的粗糙。80年代后期的“伪现代派”争论多少与此氛围有关，且不说以西方现代派标准审视中国现代派时的盲目性，就普遍缺乏现代派技艺训练和写作耐心（这与写作量无关）的症候来说，“伪现代派”的指称并非毫无道理。[1]1990年代部分诗人语言观的一个重要变化在于意识到语言从来就与社会、历史和文化诸因素纠葛着，索绪尔有关语言差异的观点本身可拓展出类似的语言思想，至于语言意谓功能的产生更与时代和历史语境密不可分。比如在王家新那里，词语徘徊在文化和历史的边界，主体的身份建构随之变得困难重重；而欧阳江河则在词语的变幻形式中洞察了当代社会的某种话语生产及工作机制。

20世纪80年代末，欧阳江河讨论纯诗时试图以一个内涵更丰富的“真实”概念调节“现实”和“文本”的矛盾。[2]进入20世纪90年代，词与物的关系逐渐成为他诗学的主要议题，也构成其诗歌写作的重要主题和语言技艺的动力。《关于市场经济的虚构笔记》《纸币、硬币》《感恩节》《雪》《时装店》等诗作充分展示了语言在词与物的平衡或违逆中搅起的强大张力。以《那么，威尼斯呢》为例，“威尼斯”既是诗中事物和想象得以展开和串联的现实中城市，也是词需要反复穿越的一座文本之城，即“被用来写而不是用来住的城市”。全诗开始于对旅途情境的描写：

> 考虑那样的变化：生命苦短
> 不要那么仓促地离开威尼斯，
> 一个你正在去的地方。在火车上，
> 你睡过了头，看上去却像整夜没睡。
> 主要由挤压过的空气构成的睡眠，
> 气球般瘪了。醒，像浅色衬衣的领子
> 朝外翻着，比袖口还脏。一路上
> 到处是配钥匙的摊位，成都，锁着，
> 打开就是威尼斯：空也打开了。
> 整个威尼斯空在某处，词汇表，空了。[3]

“配钥匙的摊位”也许只是梦中浮现的成都情景。“词汇表，空了”说明前述睡和醒、锁着和打开、威尼斯和成都的相互对照都是词的想象物，甚至火车的封闭性和它带出的远方想象也与此呼应：词即装载和游动。威尼斯是座常能激发艺术想象的城市，较近的例子如卡尔维诺的《看不见的城市》和布罗茨基的威尼斯题材的诗歌和散文。《看不见的城市》里每座城都内嵌着另一座虚幻之城，而所有城市又都投射着一座首要之城——威尼斯。马可·波罗的想象之旅既追寻空间中的迷失体验，也在探问“未曾经历的过去”之谜。[4]布罗茨基同样在威尼斯发现某种时间的玄学和空间的优美的“反命题”。[5]威尼斯引申出的正面与反面、多与少的悖反命题既是对人类幻想激情的拓扑式赋形，又表达了在时空流变中寻获记忆和身份的渴望和疑虑，同时还涉及文学中真实与再现的观念矛盾。威尼斯已是被多种符号注满的虚拟之城，这正是《那么，威尼斯呢》中“词汇表，空了”意指的一个方面。成都似乎是对威尼斯之空的充实，或者如欧阳江河所说，“成都”对于他是“一种尺度”，“它刚好能丈量出现实与虚拟现实、地理学意义上的国家与文本意义上的国家、词与物、声音与意义、一首诗中写出来的部分和未写出的部分之间的距离”。[6]“成都”因其经验、形象和观念的差异性构成“威尼斯”的水中倒影，而诗歌想象力恰好诞生于两者（两词）的褶皱间，例如诗的第15节：

半个，被一个充满之后，还是不到一。
为此，耐克鞋用尽两分法的力气，
也没走得比一双拖鞋远。去过威尼斯
又怎样？解放牌挂在二挡上，法拉利
如一记耳光般刮过。左脸那么大的中立国
把右脸也凑了过来。对着镜子里
那只有半边天的国庆日出神吧，拿吧，
这小日子的细软，这逗点，这多，
十二亿人的多。每个人都在拿，但不知
拿什么。而你的一半刚好是你的全部。

“半个”在数量和规模上的累加未必能组成完满的“一”，就如镜子内外的半张脸拼不出一张完整的脸，逗点相加不是句点，拿的动作也不指涉所拿之物。“半个”和“一个”的词语游戏并非只是数理玄学，当它们引出“两分法”“二挡”“半边天”“十二亿人的多”的联想时，它们就变成具体的社会性的言语单位。“耐克鞋”和“拖鞋”，“解放牌”和“法拉利”的并置展示出现代性的奇异风景（本地“全球化”遵循的风景并置法）。“半边天”在中国专称女性，但它的词性软化不了“国庆日”的坚硬，它们都属政治话语的构造。它们背后尚有“小日子的细软”的世俗力量顽强运转，既绝望又欢欣，既违背又支撑着政治的硬。再如诗中其他句子：“本地报纸还没印出来／就已经有人在别处阅读它：真的衰老／踉跄得像是到处都跌落在地的眼镜，／加深了年轻人的近视？”“年老的查票员／没右手，但有两只左手：他的鞋／两只都穿在左边。”提喻修辞暴露了历史进步论的新魔法：本地的新是别处的旧，远景（不如说“衰老”的晚景）反过来塑造了提前的近视；左边太多于是消耗其滞重，右边太少于是消耗其虚空。“半个”的加倍和变形正是当代社会的一种话语生产技术，“现在一个逻各斯／变成两个逻各斯，圆圈变成了椭圆”（《纸币、硬币》）。所以，“这多，十二亿人的多”不是嘲讽庸常生活及其欲望，而是词语和句子频繁替换所显现的多，是对社会话语的增殖机制的戏谑摹写。诗中如“半个”这样的关键词始终处于一种历史语义学式的考量范围，诗评家一行（在某个不同的论题内）也曾说，欧阳江河的词语研究具有“历史性回溯和返回现实事境的双向能力”。[7]

词语在“半个”和“一个”的圈套中循环，这也吻合欧阳江河提出的“反词”诗学立场。当代诗歌充满圣词，而启用对立性“反词”以示抵制同样重复着圣词思维。作为反驳，欧阳江河提出“不可公度的反词立场”“将词的意义公设与词的不可识读性之间的紧张关系精心设计为一连串的语码替换、语义校正以及话语场所的转折，由此唤起词的字面意思、衍生歧义、修辞用法等对比性要素的相互交涉”。[8]虽然词的“可公度”与“不可公度”的界限模糊不清，但词语间的繁复映衬和交涉确实形成了欧阳江河诗歌语言的主导风格。如《那么，威尼斯呢》中弥散的“空白”主题，从“词汇表，空了”开始，在后面诗节中不断变幻、闪现。“酒瓶子，早空了，/但酒还在往外倒，保持着瓶子的形状/和易碎性”（第7节）；“一种透明的虚无性/如鸟笼般悬挂着，赋予现实以能见度”（第8节）；“快门/到处都在按下，你却有意不上胶卷”（第9节）；“而你把柠檬使劲往外挤，以为这样/能挤出些什么：空白就这么挤了出来”（第10节）；“而那宝石般/迎风招展的水滴，竟被一只长嘴鸦啜空了”（第12节）。从这些局部摘引可感知，“空白”的形象和语义嬗变缀结出炫目的语言织体，其效果如同漫游在倒影憧憧的城市，真实和虚假、自我辨认和自我消失的意识都随词的漫溢而变动不居，词的踪迹挪用了水的玄学。

开掘词语自身的变幻的诗意是现代诗的一个传统，罗兰·巴尔特称之为“字词的爆发作用”，它们只保留词语关系的运动而非关系的真实性，“关系并未被压制，它们只是成为一些保留地带，成为关系自身的模仿物”。[9]托多罗夫在分析兰波《灵光集》时也说，诗中信息“恰恰表明所指对象不可能识别，意义不可能读解；它是方式，而不是材料，确切地说是变成材料的方式”，因此兰波是一个“词汇诗人”。[10]这些阐述有助于我们理解这一类型诗歌的构造原理，不过，20世纪90年代中国诗人的词语炼金术并非只代表词语的神秘主义，词语关系依然是对人的生存境况的转录。在欧阳江河这里，“反词”立场具有某种文学政治意味，“半个”和“一个”的词语翻转揭示了话语建构的奥秘，而词语变更之迅疾似乎也显现为一种打破话语控制的策略：必须走到词语变化的极致，必须变得比多更多。这种词语形式和修辞运作都契合于阿尔都塞对艺术的判断：意识形态结构正是在迹象、不在场和副片的形式中被巧妙地揭示出来。[11]

2

词与物的重影效果可在“对称”这一诗学概念中获得更充分的解释。20世纪80年代末以来，“对称”的诗歌意识逐渐出现在部分诗人（如欧阳江河、张枣、西川）的写作中，它表达了诗人重新设想诗歌形象和位置的意向，即在维护写作独立性的同时与当代社会诸事态和论题建立更复杂的联系。不同诗人解释“对称”时的侧重点不同，如西川的说法是“文学并非生活的直接复述，而应在质地上得以与生活相对称、相较量”，这一目标决定了他的“从现在回到过去，以过去来映照现在，使现在和过去相互进入”的文化视野和“异质事物的互破”的诗歌手法，[12]例如西川长诗《致敬》的片段：

> 让玫瑰纠正我们的错误，让雷霆对我们加以训斥！在漫漫旅途中，不能追问此行的终点。在飞蛾扑火的一刹那，要

谈论永恒是不合时宜的，要寻找证据来证明一个人的白壁无瑕是困难的。

记忆：我的课本。

爱情：一件未了的心事。

一个走进深山的人奇迹般地活着。他在冬天储存白菜，他在夏天制造冰。他说："无从感受的人是不真实的，连同他的祖籍和起居。"因此我们凑近桃花以磨炼嗅觉。面对桃花以及其他美丽的事物，不懂得脱帽致敬的人不是我们的同志。

但这不是我盼待的结果：灵魂，被闲置；词语，被敲诈。

诗歌教导了死者和下一代。[13]

参照诗中其他诗句（如"在苦难的第七页书写着文明"）可推测，这里的"记忆"除了个人经验层面的意指外，也是对由书写给出的文化记忆的承袭，即不同时代或系统的诗歌文化的相互对称。唯其如此，"诗歌教导了死者和下一代"不仅表达了对严酷的死亡事件的醒悟（"记忆：我的课本"），也表达了沟通和发明诗歌先驱者和后来者的意识，就如博尔赫斯说的，每位作家都在创造自己的先驱者从而改变了过去也改变了将来。[14]西川诗中"异质事物的互破"是对诗歌和现实的双重反讽，这符合他90年代持有的开放的语言观："这打开了语言大门的诗歌是人道的诗歌、容留的诗歌、不洁的诗歌，是偏离诗歌的诗歌”[15]。西川诗歌展示出价值感不稳定时代的精神图景：理性的荒谬，语言的沉默，自我内部的“黑衣人”，灵魂和信仰的深渊，梦境、狂喜……他对哲学幻想和论说性语言风格的美学感受（尽管保持着佯装的外形）形成一种特别的现代汉语气息，尤其是诗中长句有时模拟出经书的庄重文体和宣谕语调，有时又呈现出某种裹挟着表达的缺憾的庞杂活力。西川诗歌的朴拙力量也许得益于他所借鉴的诗歌的“布莱克系统”（当然这并非西川诗学资源的全部）。[16]经叶芝阐释的布莱克诗歌就如经艾略特阐释的邓恩诗歌，呈现出某种陌生的现代感；而布莱克的“天真与经验之歌”的对称也提供了理解西川“对称”概念的别种思路。

欧阳江河和张枣的“对称”源于他们对史蒂文斯诗观的各有偏重的阐发。张枣在《跟茨维塔伊娃的对话》中写道，“诗，干着活儿，如手艺，其结果／是一件件静物，对称于人之境”。这意味着诗造就可独自辨识的想象的新事物，诗因此在与现实相平衡和相匹配的程度上获得自身成立的条件，这也符合史蒂文斯“一种美学的综合是一种现实”的观点。[17]张枣后来更清晰地解释了史蒂文斯的诗学：“现实就是想象，世界不自外于诗歌，词就是物，写作就是生存”。[18]相较而言，欧阳江河的“对称”尽管也照顾到现实对词的牵扯，但他显然更强调词与物的异质性以及词语虚构的至高地位。他曾说“诗歌更多是对‘关于痕迹的知识’说话，……我将‘关于痕迹的知识’理解为马拉美意义上的‘绝对知识’，它显示了人类的理性知识无法抵达的某种深不可测的空白。”[19]也就是说，张枣的“词就是物”的思路仍保持着词与生存的张力关系，而欧阳江河更推崇词的自指的自由和深邃。具体到《那么，威尼斯呢》，“成都”与“威尼斯”的对称确实勾画出当代经验和话语的繁密踪迹，但当诗人过分热衷于辨识词与现实“如何在发生学的意义上保持接触”时，[20]词在联想中不断涌现和滑翔的激情淹没了词与生存的持久联系。由此，“对称”首先确立的是词的分立的意志，并衍化为诗歌写作的一套神秘的构词法。词与物的二分常使理论解释陷入困难，这问题早已超出文学表达的界域，牵连着当前时代的某种知识和意识危机，欧阳江河的《谁去谁留》一诗即反思了这一主题（不是说诗歌有意回答一个语言哲学问题，而是指它包含着由该问题激发的某种诗意想象的可能）。诗中“男孩”躲在植物里偷听昆虫内脏，“父亲”则惊叹于落日的美。“父亲”说万物说话且相互倾听，“男孩”却不以为然：

> 他实际上不在听，
> 却意外听到了一种完全不同的听法——
> 那男孩发明了自己身上的聋，
> 他成了飞翔的、幻想的聋子。
> 会不会在凡人的落日后面
> 另有一个众声喧哗的神迹世界？
> 会不会另有一个人在听，另有一个落日在沉没？
> 　　哦　踉跄的天空
> 世界因没人接听的电话而异常安静。
> 机器和昆虫彼此没听见心跳，
> 植物也已连根拔起。
> 那小男孩的聋变成了风景，秩序，乡愁。
> 卡车开不动了，

父亲在埋头修理。

而母亲怀抱落日睡了一会儿，只是一会儿，

不知天之将黑，不知老之将至。

“男孩”在自身的“聋”里创制“神迹世界”。“神迹世界”因人类过于专注的听而显得众声喧哗，人间事物反倒因听的匮乏而异常安静。甚至，事物之间因缺乏听的勾连正趋于崩解，这反过来又加剧了人类对“聋”的世界的渴念（它是“风景，秩序，乡愁”）。诗中与“聋”（笼）相关的内脏、卸空的卡车、旷野、落日、无人接听的电话等词语和物象，都是语言在自身内部言说和倾听的隐喻。诗歌结尾的“母亲”在前文中无任何暗示（它表示内在的“聋”是一个无母世界）。欧阳江河曾说，“从某种意义上讲，一个人的写作想有多自由就能有多自由，但是，真正有意义和有价值的写作肯定存在着限制。问题是，对于这限制是什么，在哪里，我们往往茫无所知。”[21]“母亲”也许就是这个“茫无所知”的象征，她形象的含混表明诗中的争议只能终结于世界的一派混沌，那也是词的最终或初始的宏大沉默。

3

词的虚无思想贯穿在《那么，威尼斯呢》中，词越多，沉默的东西被透露和被遮蔽得就越多。“写，／从永恒这边看不过是纸张质地的问题。／每个人都在发明他自己的威尼斯，／真的，真有一座被用来写而不是用来住／的城市，你对它着了迷。”马拉美在书页空白处仿佛看到了整体理念的复现，博尔赫斯却以沙之书隐喻了写作的虚空，这可视为对马拉美崇高理念的降格模仿。[22]《谁去谁留》结尾的初始性沉默同样无关于神圣经验的回归，倒具有一种不了了之的幽默感。也即，那混浊世界不是可以重新开始的地方而是无物之地，就如仅仅用作书写的“威尼斯”只是词的一个蓄满了遗忘的器皿，诗的末节写道：

> 肉身过于迫切，写，未必能胜任腐朽
> 和不朽。诗歌，只做只有它能做的事。
> 字纸篓在二楼等你。电梯在升到顶楼之后
> 还在往上升：这叠韵的，奇想的高度，
> 汇总起来未免伤感。况且长日将尽，
> 起风了，门和窗子被刮得嘭嘭直响。
> 生命苦短，和水一起攀登吧：
> 遗忘是梯子，在星空下孤独地竖立着。
> 然而有时，记忆会恢复，会推倒那梯子，
> 让失魂遨游的人摔得粉身碎骨。

诗歌不是不朽的载体，就如电梯和流水不是通往星空的道路而只是人类限度的标刻。“遗忘”无论指向成都的凡俗生活还是超验秩序（“奇想的高度”），都无法借“记忆”获救，因为“记忆”是遗忘的最彻底形式——死亡。词语编造既对抗遗忘又回归遗忘，词本身就是死亡的象征。欧阳江河在另一诗《雪》中写道：“雪的浪漫灵魂牵涉到光线变化。／哦雪，巴洛克风景的崇高闪烁，／肖像从肖像吹拂

过去，词回到词。”西川也写过：“我刚刚发现了梦的语法然而梦已被清除出语言／有如一枚铁钉被从木头中生生拔出／木头中黑色的钉孔并不闭合／有如木讷的嘴什么都不说或者该说的都已说过”（《说和不说》）。不说和已说的混淆并非“梦的语法”的必然结果而是语言自身梦幻性的证明，作为一种“关于痕迹的知识”，词与事物的关联弱于词与自身图示风格的关系。词语表层的物理属性及其变化成为写作的体验对象，听和读的词成为看的词。

站在虚构这边看世界，物必然呈现为虚构。词优先于物，这只是形而上学的形式颠倒，在这一操作中，不可共度的个人化“反词”试图抵制的那类词语现象有机会重新返回：词变成措辞表演和自我升华，词向物的转译无意间暴露了词的造物性。马拉美的“绝对知识”即已蕴藏语言首创性思想，[23]词的诞生这一事实本身赋予它某种绝对性，这是语言的可思考的维度之一，但最好仍将其维持在可思考的层面而非试图汲取、占据其意志——特别对于那些精神长久受各种决断性甚至创世性语言影响（如果不是败坏）的文化和主体而言。而“痕迹”作为一种记忆形式，它与社会集体记忆的关系，甚至它深藏的沉默，其意指的宽广度远远超出词语面相学范围。但当“绝对知识”成为解释“痕迹”的唯一方向，当“痕迹的知识”被替换为诗歌方法论层面的“词的痕迹”时，“痕迹”隐含的“重述”观念和“对话”议题被迅速汇入同源词（词的音形义的相近，词的物件化）机智的修辞运作中，[24]阅读也变成在“字词的爆发”中感受词的缺乏，丰盈生长为丰盈的枯燥。类似地，《致敬》尽管包含着反讽意识，但一方面历史提喻法使过去和现在处于非语境化的同一空间，在其中哲学悖论展示为自我辩驳的智识快乐，或者自身变成更高级的示真话语；另一方面，对称句（群）最终将思想的溢出部分吸收到结构的完备中，如姜涛所言，它“将历史的压力、社会性的困惑，转变为风格之间的张力，而最终化解、释放于箴言语体空洞的回声里。……它的写作本身就是身份矛盾、社会压力的象征性解决，在某种意义上，它甚至还是政治性的。”[25]

欧阳江河解释张枣诗句“虚空少于一朵花”时认为“少”换成“多”也不影响含义，“它们可以互换和彼此逆行，反义词的直线在这里变成了同义词的圆弧。”[26]这一判断同样适合于欧阳江河自己的语言风格，“多”与“少”的倒逆所示范的构词法——词的回音室——表征了意识形态话语的组构方式，但也过度耗损了词的能量。《关于市场经济的虚构笔记》中写道：“如果你把已经花掉的钱/再花一遍，就会变得比存进银行更多，/也更可靠。但是无论你挣多少钱，/数过一遍就变成了假的。”换个角度看，金钱的空转很像词由“反义词的直线”变为“同义词的圆弧”时经历的双重耗损。如布迪厄所言，这是一种“语言交换的经济”，实现了语言的双倍利润：“说的利润和通过说的方式来否定所说内容的利润”。[27]作为文学陈规的“现实”不足以构成现代诗的重要评判准则（况且90年代诗歌中根本不缺乏这类“现实”），词的自由交换同样也不是，换言之，现代诗的词的强度不体现为词在文本世界内（如一个“市场”）的交换价值，而是词成就的有关存在之醒悟、假想和营造的强度。在特定艺术范畴内，如果“少就是多”算得上一种价值标志的话，那么“多就是少”呢？

1. 黄子平：《关于“伪现代派”及其批评》，载《北京文学》1988年第2期。当年《北京文学》各期设专栏讨论该问题。
2. 欧阳江河：《对抗与对称：中国当代实验诗歌》，吴思敬编选《磁场与魔方——新潮诗论卷》，北京师范大学出版社，1993年，第257—259页。
3. 本文所引欧阳江河诗歌，版本出自《谁去谁留》，长沙．湖南文艺出版社，1997年；《黄山谷的豹》，沈阳．辽宁人民出版社，2013年。
4. 卡尔维诺：《看不见的城市》，南京．译林出版社，2006年，第87、26页。
5. 约瑟夫·布罗茨基，所罗门·沃尔科夫：《布罗茨基谈话录》，北京．东方出版社，2008年，第193页。
6. 欧阳江河：《成都的雨，到了威尼斯还在下》，《站在虚构这边》，北京．生活·读书·新知三联书店，2001年，第299页。
7. 一行：《对未知的迷恋》，《词的伦理》，上海书店出版社，2007年，第68页。
8. 欧阳江河：《当代诗的升华及其限度》，《站在虚构这边》，第25—26、40页。
9. 罗兰·巴尔特：《写作的零度》，北京．中国人民大学出版社，2008年，第30、31页。
10. 托多罗夫：《〈文学概念〉及其他》，《巴赫金、对话理论及其他》，天津．百花文艺出版社，2001年，第133、143页。

11. 阿尔都塞：《抽象画家克勒莫尼尼》，《马克思主义文艺理论研究》（第七卷），北京. 文化艺术出版社，1986年，第384页。

12. 西川：《大意如此》“自序”，《大意如此》，长沙. 湖南文艺出版社，1997年，第2页。

13. 本文所引西川诗歌，版本出自《深浅：西川诗文录》，北京. 中国和平出版社，2006年。

14. 博尔赫斯：《卡夫卡及其先驱者》，《博尔赫斯文集·文论自述卷》，海口. 海南国际新闻出版中心，1996年，第80页。

15. 西川：《答鲍夏兰、鲁索四问》，《大意如此》，第246页。另参见《大意如此》“自序”。

16. 西川：《答米娜问》，收入《深浅：西川诗文录》。

17. 史蒂文斯：《必要的天使》，《最高虚构笔记：史蒂文斯诗文集》，上海. 华东师范大师出版社，2009年，第343页。

18. 张枣：《“世界是一种力量，而不仅仅是存在”》，《最高虚构笔记：史蒂文斯诗文集》序，第4页。张枣曾在文章《朝向语言风景的危险旅行——中国当代诗歌的元诗结构和写者姿态》（收入《张枣随笔选》，北京. 人民文学出版社，2012年）和《访谈张枣》（载《飞地》2013年第3期）中批评元诗的“词就是物”的信念，这与他此处评述的史蒂文斯诗观存在差异。另，陈东东也曾表达过类似看法：“我愿意把诗歌想象成这样的魔口袋：当它向语言和生活敞开的时候，也是它将语言和生活翻转的时候——诗歌把语言和生活从散文状态翻转为诗歌——一种虚构。”陈东东：《把真相愉快地伪装成幻象》，见《只言片语来自写作》，北京大学出版社，2014年，第188页。

19. 欧阳江河：《〈谁去谁留〉自序》，《站在虚构这边》，第283—284页。“对称”概念较早出现在他的《对抗与对称：中国当代实验诗歌》一文。
20. 欧阳江河：《成都的雨，到了威尼斯还在下》，《站在虚构这边》，第298页。
21. 欧阳江河：《〈站在虚构这边〉序》，《站在虚构这边》，第11页。
22. 参见马拉美：《诗的危机》，载《新诗评论》2008年第2辑，北京大学出版社，2008年；博尔赫斯：《沙之书》，收入《博尔赫斯文集·小说卷》，海口．海南国际新闻出版中心，1996年。
23. 马拉美：《诗的危机》，载《新诗评论》2008年第2辑，第191页。另参见布朗肖在《文学空间》（北京．商务印书馆，2003年）中对马拉美语言思想的论述。
24. 欧阳江河本不缺乏这方面的视野，如《1989年后国内诗歌写作：本土气质、中年特征与知识分子身份》中对诗人作为“词语造成的亡灵”的体验和描述（《站在虚构这边》，第90—91页），但当陷入词与物的玄学时，其理论表述常常变得含混、矛盾。
25. 姜涛：《“混杂”的语言：诗歌批评的社会学可能》，《巴枯宁的手》，北京大学出版社，2010年，第109页。

26. 欧阳江河：《站在虚构这边》，《站在虚构这边》，第141—142页。

27. 皮埃尔·布尔迪厄：《言语意味着什么：语言交换的经济》，北京．商务印书馆，2005年，第146页。

诗歌变形记与“幽灵”的出场

作者 / 贾鉴

贾鉴，
一九七四年生于内蒙古察右后旗，
现供职于上海大学上海电影学院。

1

20世纪90年代诗人在理解和处理有关叙事的形态、功能，叙事中的诗意生成方式等问题时的差异，构成了诗人风格的重要标志。诗中的“本事”（经验的或虚构的）有时是转喻式呈现并评论现实的结构依据，有时则更像是对生活的不同面相的发明，比如在臧棣这里，诗歌叙事呈现为语言探测和扩大生活之微妙的“障眼幻术”（马拉美），[1]以下是臧棣的《维拉的镜像》：

通常，会比我早起
有时上身披一件睡衣，有时
似乎来不及穿上任何东西
简单地漱洗之后，维拉

直奔到梳妆镜前。在那里

她描眉，轻施粉黛：细心得
就像是在做一顿可口的早餐
通常，生活正常得如一出戏

但有一天，正在照着的梳妆镜
突然裂碎。她的表情抖动
恰如受惊的蝴蝶。玻璃坠地后
那心形的镜框框住的墙面

就像一张新物种的狮子脸
显然，有什么东西太深邃
以至于并非在梦中，她的身体
竟也像是起伏的山脉的一部分。[2]

诗中最后由“心形的镜框框住的墙面”联想到“新物种的狮子脸”和“起伏的山脉”，诗歌想象力对日常生活场景的陌生化处理，使室内风景变成外部的荒野风景，使时间叙事偏移为多向度的空间塑形。“新物种的狮子脸”暗示出某种威胁感（联系前面的“来不及穿上任何东西”和“可口的早餐”），这是对日常生活平庸性的“变形记”式戏谑。“新物种”其实也是对诗歌创造力的命名，陌生化不仅是一种诗歌技艺或想象方式，也是对人的生命状况的发问方式。因此，“有什么东西太深邃”并不标示诗歌对生活的（镜像）反映程度，而是有关意识宽广性的一种衡量尺度。换言之，诗歌的深邃有时恰恰源于想象力的变形和逆转能力。臧棣赞赏张枣对诗歌定义：“诗，干着活儿，如手艺，其结果/是一件件静物，对称于人之境”

（《跟茨维塔伊娃的对话》）。这意味着，一方面“人之境”对诗歌所涉对象的内涵和性质的界定重心不同于（但不是对立于）“现实”或“生活”的概念；另一方面，“对称于”确立了诗歌回应“人之境”的独特方式：它不是对后者的描摹或誊写而是类似于不同语言界面间的转译行为。

《维拉的镜像》中，从“通常……有时……有时……通常”到“突然”的语气变化，不断强化着叙述者（一个具有第三人称特质的旁观者“我”）的情绪卷入程度。当“狮子脸”出现，“维拉”的身体变得像“起伏的山脉的一部分”时，叙述者视角从全景移向近景，这出变形记逐渐与叙述者自身相关了，甚至那张“狮子脸”可视作叙述者“我”（也包括读者）的隐蔽的脸：正是“我”在“狮子脸”的面具/意识中将“维拉”的身体看成了“起伏的山脉的一部分”。这是一种视觉反射机制，看转化为被看，“镜框框住的墙面”如同超现实主义艺术思想中的自我意识的银幕——“能够再现它自己表现过程的表现领域”。[3]此外，看和被看的颠倒可能也触及了某种福柯式主题，（不仅与视觉的权力机制相关，也与同质空间的抵消即“异托邦”的主题相关。“镜子”和后文所引《皮影戏》中的“电影院”，以及肖开愚诗中的“苏州河”，某种程度上都是“异托邦”。[4]）特别是考虑到诗歌叙事中复杂的人称变换技巧，反射机制必然也与主体性问题（或主体性问题的迷思）牵连在一起，臧棣许多诗歌确实与此相关，例如：

我索性穿上他的工作服
去敲你的门

我的视力在望远镜中
恢复得很快……
宇宙的深处不乏亮点
我差不多又看到了你——

——《小小的拯救》节选

先别问我是谁？或“我是谁！”
如果你急于知道类似的问题，
请吧。先回答你是谁。
我已直起腰，正从座椅上转过身：
是的。对他们来说。

——《替人做作业》节选

但其实是，主体才更妖冶，
更娇媚，才是更浓重的方言。

——《偏南风》节选

在这里，人称代词的自由滑动与其说指称着不同的人物，不如说只是对人称代词本身的戏仿。这使叙事更具有“修辞”性质，[5]而对预期的意义追踪——比如与人称变化相关联的“面具”理论和身份问题——最终会变得疲乏。这是对主体内部的他者想象的反讽，或者说，在一个集扩张性和收缩性于一体的自我设计装置中（如“望远镜”对“我”而言是拉近“你”，在“你”的视线中却是“我”的推远），“主体”本身已变得可疑：在认识论上，它只是建构了主体内部的宇宙学幻象；而在历史和文化层面，它甚至时常被自身的动力颠倒为偏僻的“方言”——所谓主体，不正是基于对某个中心的设定而将自我方言化的一种话语构想吗？这些诗歌许多时候都透露出一种清晰的论辩意味，“方言”问题也许就与20世纪90年代末诗歌争论中的某种论调有关，而这也切合臧棣所坚持的“为新诗一辩”的立场：“写诗的过程，确实是一个‘辩’的过程。不仅是‘辩’，而且也是‘辨’。前者涉及的是有声的争辩，后者涉及的是沉默的辨认。”[6]诗歌中人称代词和主体形式的倒错、反讽，正是臧棣辨析诗歌现代性内涵时的重要问题之一。

就与此处论题相关的方面说，臧棣对诗歌现代性的阐述，一方面从其历史的自我筹划的性质入手，指出诗歌现代性的评判标准是由其自身历史提供的，“它的原创性力量源于它对自身存在的确认——这很像一种历史的自我崇拜”。[7]另一方面从现代性要求的艺术意识的特征角度，论述了诗人内部的“成熟”问题：“艾略特强调作为一个20世纪诗人，我们必须果敢地对艺术意识的不纯性（或说综合性）加以利用。……在现代以前，或者在诗歌的现代性被迫成为一个问题之前，一个诗人所面临的根本问题是如何变得‘完美’。而进入现代，诗人面临的根本问题则是‘成熟’的问题；这用本雅明的方式来表述，即是如何用‘震惊效果’来取代‘感染力’的问题。”[8]“成熟”指诗人对自身历史文化处境的体认；但更指诗人对纯诗和不纯诗的协调能力，臧棣诗中多重人称和主体的滑动正是对这一思想的实践，即对于“在不纯诗学的意义上如何利用诗人的自我意识”的一种玄学式回应。[9]“何谓现代诗”确实构成臧棣诗歌一种基本的写作意识，而他对现代诗的辩护，包括对现代诗和中国新诗诸范畴的准确阐释、对当代诗歌纯诗主义的修正等，是90年代诗歌理论最重要的收获之一。但诗中的论辩语调有时也显出某种反讽的凛然，其根源也许就在纯诗和不纯诗的结构悖谬中。臧棣曾在一篇访谈中说“诗的不纯是纯诗主义的一面镜子。”[10]该表述超越了环绕着纯诗/不纯诗的逻辑困境，但也像是对困境的再次认定，就如《维拉的镜像》揭示的：镜外之人的意识可以钻入镜中。因此，借助臧棣的论述我们可以就主体问题继续思考，比如如何理解现代性“历史的自我崇拜”中历史的和非历史的两种主体力量的关系？就写作意识而言，又如何理解反讽主体与诗人内在的“成熟”的关系？[11]

早在康德那里，“成熟”被设想为现代性之起源的精神实质，[12]（艾略特既肯定这一判断，又试图纠正它；这称得上现代诗人的一种基本态度，如奥登曾写道：“在前面，‘成熟’，当儿童向上攀登的时候，/却像地平线从他们眼前退避。”[13]）而其中的理性自律思想同样符合康德审美哲学塑造的绝对自我的自律形象。[14]对主体的质疑，如果不能同时成为对产生主体性话语的历史条件的审视，那么有关它的真实性问题（主体是真是假，是过多还是过少？）的任何结论，都会显得空泛且绝对，其效果正如臧棣在一首诗中表达的：“人不可能虚构出他无法/理解的影像。那么用化身/显灵吧！继续那令我们/感到晕眩的伟大事业？！”（《照耀》）换言之，主体性话语即使只是一种“方言”，在它的历史条件中总还是揭示着某种“人之境”的真实状况。主体既可以通过写作来发明，也是历史文化征候的一种映射。福柯在回应康德时就曾说，“我们应当避免在外部和内部之间交替，应当处在边界位置上。……批判不是以寻求具有普遍价值的形式来进行的，而是通过使我们建构我们自身并承认我们自己是我们所作、所想、所说的主体的各种事件而成为一种历史性的调查。”[15]

2

耿占春评论道，“臧棣诗歌中有许多时刻是能够反身自指的，在论证和叙述事物时，包含着一种对语言或诗学问题的论证。”[16]论证或论辩，既是臧棣诗歌特别的文本织造方式，也形成其诗歌最鲜明的声音特征。这并不意味着臧棣只专注于开掘“以诗论诗”的主题或体式，而诗歌声音也并非只有单一的“有声的争辩”。事实上，臧棣诗歌的题材和经验范围之广在当代诗歌版图中几乎称得上罕见，他心仪的是“在诗中涉及诗”，而与此对应的正是那种“沉默的辨认”的诗歌声音。[17]这种声音亦如臧棣在别处说的，是一种“把事物当成消息来传递时采用的声音”。[18]《戴维斯的夏天》一诗有如下诗句：

> 它（蝴蝶）用舞蹈留下一条虚线——
> 为下一次对折充当着向导。
> 这美丽自然于惊人，并且需要一段时间
> 才能变成“惊人的美丽”。
> 而我，好奇于成年，希望
> 这段时间能被延迟得更长久些。

诗人在描述风景和事物的同时，也完成了对“对折”的形式和精神意义的研究。“对折”是以面的褶曲的形式回避直线式叙事思维的一种途径。“对折”在这里具体包括：自然与人工的对折（“蝴蝶”与引导对折的“虚线”），自然与人的生命现象的对折（“蝴蝶”与“成年”），对事物的幽微体验与表达套语的对折（“这美丽自然于惊人”与“‘惊人的美丽’”）。诗人在其中不仅反思了词与物的关系，也通过“对折”的形式构成诗的运行轨迹，“对折”是诗歌“对称于人之境”的更形象表达。诗歌中观察和分析的精确使真实世界变得虚幻，从视觉联想的审美效果看，这与超现实主义诗歌颇为相似；但臧棣诗歌与超现实主义的图像诗学及其无意识的思想原理有本质差异。[19]臧棣的诗歌也具备清晰的玄学诗特征，如机智、一个修辞格的扩展（曲喻）、对思想的直接感受等；但其思想推衍方式不像玄学诗那样倚重逻辑的整体性（玄学派仍处于思想和感受相统一的文明时代）。[20]臧棣的某些关于意识状态的精细判断的诗句也许间接说明了他的诗观，例如，“黑色的航行似乎介于两者之间，/它是关于疏忽的知识。”（《偏航》）“而那些小径中/有一条，每当她量一回/就会向尽头以外再延伸一米。”（《古琴》）“（松鼠）在哪里冒出，哪里就是边界；/而我似乎正受惠于/它们用本能为警觉服务时/展示出来的精确。”（《榜样的力量》）精确的微妙，或者说，思想和意识在微妙“对折”中涌现的诗的想象力，这是臧棣诗学的核心特征。它既与观察力和语言的敏感有关，也与诗歌写作的一种知识意识有关。[21]事物因其被精确打量而散发出隐秘的讯息，这也赋予诗歌一种卡尔维诺所说的“深思之轻”的品格。[22]

20世纪90年代诗歌实验凸显了诗歌中结构、视角、语调等问题的重要性，相对于小说，诗歌处理这些问题时显得更加灵活。因此，肖开愚会强调诗歌叙事的“飞翔”的技巧：“诗最好还是能够带领读者飞翔。……最有才能的诗人会在诗里铺设一些跑道，读者一旦发动起来就可以起飞”；[23]而臧棣也将叙述维系在风格的轻盈之中。但是20世纪90年代以来，有关轻的美学多受质疑，这既是反省“80年代”文学姿态的一种后果，也是因对后现代主义误解而出现的一种美学判断上的盲目，其处境正类似于罗兰·巴特所说的“文之悦”的命运（尽管巴特提供的是一种阅读理论）：右派争夺它而左派鄙视它，这都是对“悦”的简陋处理，而巴特的结论是：“显然，文之悦是令人愤慨的：这倒并不是因为它不合道德准则，而是因为它离题，散逸，漂移。”[24]轻是想象力的一种特殊气质，包含多种向度的精神可能，这使它难以被僵硬的话语套路禁锢。臧棣在《月亮》中写道：“它悬空，提供必要的对称，／并服务于引力的妙计，／甚至是人体，但它不威胁；／虽然它可能是最沉的秤砣。”“月亮”的轻，既是语言在幻想、机智和感官之间形成的精神张力之轻，也是意识在其中巧妙流转的轻与重的辩证法之轻，从全诗看，它还是诗歌穿越各种“月亮”话语之后诗的边界“再延伸一米”之轻。“月亮”的轻，称量着我们的话语和意识境遇，也称量着我们对自由的想象能力。想象力具备生产性。对于真正的诗歌，想象力的轻盈从不生产琐屑状的激情或冷漠，而后者也许正是文化工业所制造的幻觉的本质，即臧棣《照耀》一诗说的那种“轻浮的真实”的美学。轻区别于轻浮，用卡尔维诺的话说，“深思之轻可以使轻浮显得沉闷和沉重”，轻证明了“很多人以为是时代的活力的东西——喧闹、咄咄逼人、加速和咆哮——属于死亡的王国，就像一个废车场。”[25]

臧棣曾说诗歌是“不祛魅”。[26]“不祛魅”是对文学神圣性措辞谨慎的肯定，这从一开始就蕴藏在臧棣诗歌的陌生化力量中。它既呈现在修辞和知识的微妙中，也与诗歌中历史的显现方式密切相关。诗歌与历史的关系问题不仅关乎个人诗学的价值取向，也是中国当代诗歌面对的基本的艺术伦理问题。自20世纪80年代中后期特别是90年代以来，作为一种社会进化的设计方案的“历史”思想逐渐受到怀疑，而尝试以“个人化”方式呈现历史则成为某些艺术家的追求。臧棣的两个概念“历史的异端”和“历史的个人化”从不同角度传达了该时期诗歌中历史意识的变化。“历史的个人化”针对的是90年代某些特定诗人写作中的“作为经验素材的历史”和诗人消化这种素材的能力和态度。[27]“历史的异端”最初的含义侧重于维护艺术的自足性（但也不是在对抗历史的意义上的维护），后来则更明确地强调诗歌本体的文化政治意义：“历史是一种倾向于为人类提供答案的力量，……诗歌就是用风格去消解历史，用差异去分化历史”。[28]在此，诗歌“对称于人之境”可解释为“对称于历史”，这与布罗茨基“美学是伦理学之母”中的历史认识相符：艺术“不是历史的同义词，它至多是历史的平行线。”[29]这两个概念虽然各自所处的语境和所指重点不同，但相互间依然存在矛盾，而且根本上仍是现代诗自我“成熟”思想的内在矛盾——“历史的自我崇拜”与其具体的历史命运之间的矛盾——的一种反映。作为认识论范畴的“历史”似乎无法解决诗歌中的历史表现问题，为此，需要其他形象或概念中介才能重新打开讨论空间，在臧棣这里承载该功能的是一个传递着神秘的历史喻义的诗歌形象——幽灵。臧棣说：“尝试与幽灵对话，就是试图恢复某种被历史扭曲或压抑的记忆。换句话说，幽灵在我的诗歌中意味着一种同历史相抗衡的记忆的力量。”[30]“幽灵”作为“记忆”的形象，是历史“对折”于个人命运领域时尚未断开的混浊地带。或者说，“幽灵”并非历史的反面，它就是历史的扭曲或压抑力量本身。正如布罗茨基批判的“历史”仅指过去的艺术俗套和国家的哲学和伦理学的强大惯性，而非时间和文化意识层面的历史；相反，正是后者成就了他诗歌“纵横捭阖的历史想象力”。[31]

“幽灵”或类似形象如“死者”，不仅出现在臧棣和肖开愚诗中，同样也被其他诗人频繁地写到，如：“忍耐梦想和斗争／幽灵般吵的父亲／我就要剖开血管／来与你促膝谈心”（张枣《雨》）“总是如此，当我远离一切时，死者便来找我。”（王家新《临海的房子》）“死者远离我们，在田野中，在月光下，但我们确知他们的所在——他们高兴起来，不会比一个孩子跑得更远。”（西川《致敬》）“公园以北，一个鬼魂／正昼夜歌唱：／‘我死了，请让我复活／成为活着的任何人’”（翟永明《莉莉和琼》）“总有一些亡魂试着从言辞挣脱出来，／透过本地人的目光与异乡人对视。”（欧阳江河《雪》）“幽灵”使历史重新变成充满困惑和幻觉的场地，它是被拒斥的历史的显身方式，也是现代性内在的挥之不去的梦魇的征兆。臧棣20世纪80年代末90年代初的诗歌《在埃德加·斯诺墓前》如此解析“金星”一词：“金星，它的标准发音//是幽深：像钟声下的蛇洞／人们无法把它写进一个温暖的句子／也不能用一个唇印来填补它留下的空缺”。在该诗中，臧棣期待把历史变成绝对客体，[32]但最终历史依然在词语的“空缺”中被显露出来。历史无法驱散的暗影就像臧棣20世纪90年代后期诗歌《皮影戏》中的“两张小纸片”：

我的成长只是
柔韧于一些细节：

我再次把手伸进裤兜时，

电影票摸起来

不像是两张小纸片，

而像是光滑的

我们不能确定

我们是否见过的

野兽的皮肤。

它们仿佛缩小了，

但仍然很完整。

“小纸片”可以收缩得更小，电影院的情境也只是另一出更神秘的“皮影戏”的片断，因此观众同时也是演员。这其中的奇特透视带出的双重幻影是历史梦魇的微妙象征。（又一种“狮子脸”式的变形记）所谓“成长”，无关于超越和升华而只是变得习惯于将历史随身携带。或者说，“成长”只是外在历史以小而完整的形式的向内移植，是人不断迷失在历史的黑暗层积的过程。臧棣诗歌的“变形记”使真实变得虚幻，使虚幻获得真实感。“幽灵”，作为隐喻是对不可言说的历史创伤的言说，作为反讽是记忆对遗忘的补偿。臧棣说“对语言的态度，归根结底也就是对历史或现实的态度。”[33]风格最终可视为历史的一种表征形式，就此而言，90年代诗歌中“幽灵”的轻逸和恍惚有时恰好反照出历史时间的滞重和空洞。巴特说，“厌倦与迷乱相去不远，它是站在愉悦的岸边所看到的迷乱。”[34]

1. 胡戈·弗里德里希：《现代诗歌的结构：19世纪中期至20世纪中期的抒情诗》，南京．译林出版社，2010年，第92—94页。
2. 本文所引臧棣诗歌，版本出自《燕园纪事》，北京．文化艺术出版社，1998年；《风吹草动》，北京．中国工人出版社，2000年；《新鲜的荆棘》，北京．新世界出版社，2002年。
3. 海姆·芬克尔斯坦：《超现实主义艺术思想中的电影银幕》，南京．江苏美术出版社，2009年，第233页。
4. M.福柯：《另类空间》，载《世界哲学》2006年第6期。
5. “修辞”在这里更接近德·曼的理解：“修辞从根本上将逻辑悬置起来，并展示指称反常的变化莫测的可能性。”保尔·德·曼：《阅读的寓言》，天津人民出版社，2008年，第11页。
6. 臧棣，泉子：《请想象这样一个故事：语言是可以纯洁的》（访谈），载《西湖》2006年第9期。
7. 臧棣：《现代性与新诗的评价》，见陈超编《最新先锋诗论选》，石家庄．河北教育出版社，2003年，第437—438页。
8. 臧棣：《人怎样通过诗歌说话》，《风吹草动》“代序”，第2—3页。
9. 臧棣：《人怎样通过诗歌说话》，《风吹草动》“代序”，第1页。
10. 臧棣，泉子：《请想象这样一个故事：语言是可以纯洁的》（访谈），载《西湖》2006年第9期。

11. 臧棣对“历史的自我崇拜”和“反讽美学”的关系的简略论述，参见《现代性与新诗的评价》，收入《最新先锋诗论选》。

12. 康德：《答复这个问题：“什么是启蒙运动？”》，收入《历史理性批判文集》，北京．商务印书馆，2010年。

13. 奥登：《在战争时期》，收入《英国现代诗选》，长沙．湖南人民出版社，1985年。

14. 参见伊格尔顿：《美学意识形态》第三章“康德式的想象”，桂林．广西师范大学出版社，1997年。

15. 福柯：《何为启蒙》，杜小真编《福柯集》，上海远东出版社，2003年，第539页。

16. 耿占春：《失去象征的世界——诗歌、经验与修辞》，北京大学出版社，2008年，第239页。

17. 臧棣，泉子：《请想象这样一个故事：语言是可以纯洁的》（访谈），载《西湖》2006年第9期。文中臧棣说“在我的诗中，确实有很多地方直接地毫无避讳地说到‘诗’。但从写作意识上说，我对‘以诗论诗’还是有抵触的。在我自己看来，那些直接提及‘诗’的地方，与其说是在‘以诗论诗’，莫如说是‘在诗中涉及诗’，或称‘在诗中命名诗’”。

18. 臧棣：《假如我们真的不知道我们在写些什么……》（采访），《访问中国诗歌》，第213页。

19. 布勒东说：“无意识写作法所制造的超现实主义气氛尤其适合于产生更美的图像”，“对于我来说，能达到最高随意程度的图像是最有分量的。”布勒东《超现实主义宣言》，重庆大学出版社，2010年，第45页。另参见臧棣的自我评价：“我想我偏爱的是视觉诗。……但是，我现在知道，鉴于我们面对的复杂的经验，诗歌应该拥有一种反绘画的性质。”臧棣：《假如我们真的不知道我们在写些什么……》（采访），《访问中国诗歌》，第207页。

20. 参见艾略特：《玄学派诗人》《安德鲁·马韦尔》，收入《现代教育和古典文学（艾略特文集·论文）》，上海译文出版社，2012年。

21. 参见臧棣：《诗歌：作为一种特殊的知识》（载《北京文学》1999年第8期）和《诗歌的风箱》（载《青年文学》2006年第9期）。

22. 卡尔维诺：《新千年文学备忘录》，南京．译林出版社，2009年，第9页。对臧棣诗歌的“轻”的论述可参见胡续冬：《臧棣：金蝉脱壳的艺术》（载《作家》2002年第3期）和姜涛：《“再骄傲一次，就完美一小会”——论臧棣》（收入《巴枯宁的手》，北京大学出版社，2010年）。

23. 肖开愚：《当代中国诗歌的困惑》，载《读书》1997年第11期。

24. 罗兰·巴特：《文之悦》，上海人民出版社，2009年，第29页。

25. 卡尔维诺：《新千年文学备忘录》，第9、11页。另参看姜涛的论述：与“轻佻”不同，臧棣在拆分汉语时巧妙地夹杂了“一种复杂的道德感和伤痛感”。姜涛：《“再骄傲一次，就完美一小会”——论臧棣》，《巴枯宁的手》，第

68—69页。

26. 臧棣、木朵：《诗歌就是不祛魅》（访谈），载《诗歌月刊》2014年第1期。该文发表于《青年文学》2006年第9期时题为《诗歌就是不祛魅力》。

27. 臧棣：《假如我们真的不知道我们在写些什么……》（采访），《访问中国诗歌》，第223页。另参见臧棣：《90年代诗歌：从情感转向意识》，载《郑州大学学报》（哲社版）1998年第1期。

28. 臧棣：《后朦胧诗：作为一种写作的诗歌》，《最新先锋诗论选》，第427页；《假如我们真的不知道我们在写些什么……》（采访），《访问中国诗歌》，第222页。

29. 布罗茨基：《文学憎恶重复诗人依赖语言》，《从彼得堡到斯德哥尔摩》，桂林．漓江出版社，1990年，第551页。

30. 臧棣：《假如我们真的不知道我们在写些什么……》（采访），《访问中国诗歌》，第211页。

31. 布罗茨基：《文学憎恶重复诗人依赖语言》，布罗茨基诺贝尔文学奖“授奖词”，分别见《从彼得堡到斯德哥尔摩》，第551、542页。

32. 臧棣：《假如我们真的不知道我们在写些什么……》（采访），《访问中国诗歌》，第206页。

33. 臧棣：《90年代诗歌：从情感转向意识》，载《郑州大学学报》（哲社版）1998年第1期。

34. 转引自乔纳森・卡勒：《罗兰・巴特》，南京. 译林出版社，2014年，第87页。

奉三謝

转喻、语言官能的“即兴”与“浪漫化”问题

——论臧棣和汉语当代诗的方法

（一份未结的论纲）

作者 / 秦三澍

秦三澍，本名秦振耀，
一九九一年生于江苏徐州。
巴黎高等师范学院（ENS—Paris）语言文学系博士在读。

汉语新诗已届百年之际，当论者仍汲汲于复述、重提“现代/传统”之间的想象性焦虑和弹压关系，或是炮制当代诗之“危机”[1]的说辞时，厘清（但不是“厘定”）汉语当代诗所凝结下的“小传统”，不啻一项紧要且更具“实感”的工作。一个不容忽视的现实语境是，“传统对诗的依赖，要远远大于诗对传统的依赖”[2]，并且“对汉诗的传统指认，很多都来自人们对新诗的阅读”，[3]种种迹象表明，历史正簇拥着我们从虚幻的“合法性”论域转向更具生产力的“有效性”视点。[4]如果说参与这场文学革命的“老资格”们为使自己居于安全阈值之内，或多或少地避免对自己身处其中的错综历史做出概括，那么，这项任务一旦落到年轻诗人和评论者手中，其危险性便大大降低，甚至能生出意料外的效能：一方面，处于见习期的写作者完全不必领受“说错话”的心理包袱，另一方面则关乎历史间距的常识，即，当我们依据各自隐秘的、私己性的师承，去瞄准当代诗迷雾中少数的堪称“强力诗人”的个体时，这一传统的轮廓反倒因删繁就简的动作而愈加清晰了。

但概述或梳理自1970年代以降一个（或多个）诗歌传统——尤其是我所在意的“九十年代诗歌”所开启的传统，它不仅作为重要的“诗歌现象”也作为“思想资源”[5]——的历史线索绝非易事，何况，这类行动意味着人为地裁去旁逸斜出的枝杈，或是下意识地将合唱中的喧杂强行降噪，以统合为平顺的声线，这最终将被鉴定为得不偿失，且惹人见恶。反之，倘若把诗歌史看作德勒兹（Gilles Deleuze）意义上的“块茎”（rhizome）结构，[6]并将所谓“传统”视作隐约叠加在个体诗人身后的背景，那么，从写作者私人的历史选择中让复数的传统自行显影，此种处理方式不单符合情理且在论述上具有安全性，更透出一股活泼劲儿。

在“个人论”牵引出“史论”这一方法的制导下，想要廓清一些当代诗的基本问题，臧棣无疑是必须谈论的对象。从更广延的视角上，这首先因为他作为亲眼见证“朦胧诗”以来诗歌线脉的“活历史”，[7]自然与“当代诗”、传统的开创和深掘工作密不可分；尤其是进入新世纪以来，在这样一个争论被暂时搁置、互驳的声音逐渐式微的诗歌生态里，他却出于持续为当代诗发言的责任心，仍乐此不疲地投身在诗学异议的旋涡。他的导师洪子诚就曾略带遗憾地表达过，他将本该用在研讨新诗史和更基源的诗歌问题上的洞察力都耗费在替当代诗“辩护”的工作中；[8]不过在我看来，这位“为诗一辩”的悍将倒不仅仅是“为自己的诗说那么多话”（洪子诚语），更多情况下是出于公心，要为当代诗提供一套解释方案或纠正偏见（尤其是常识性的偏见）的思路，是要承担起当代诗的“科普”重责——坦率地说，这种“科普”对听众的智力也有相当的要求。

当然，臧棣提供的有助于理解“当代诗”的模型或方案中，都开明地遍布着可能性的歧路，而并非固化的、可直接遵照执行的“标准答案”。他总是习惯于指明我们思考诗学问题时的“不良习惯”，能在被忽略的“另面”上找到解释的蹊径，譬如这样的论断“我们总是习惯于把当代诗歌对我们做的事情等同于当代诗歌对它自己做的事情，……所幸的是，当代诗歌是以其对自身所做的事情来界定它自己的”[9]不可谓不振聋发聩，也不乏臧棣一贯的机智甚或狡黠。他在诗歌界经久不衰的存在感的维持，除了源于他作为当代诗之“卫道士”的身份，显然更离不开他惊人的诗歌创作量以及诗学变化的繁复度所赢取的阅读信任感，这位当代诗界的“劳模”还借助着现代媒体来扩散他的影响：无论其诗作还是关于当代诗的言论（其中包括对他人质疑的反诘）都依赖新媒体而广泛传播，这使臧棣自动获得了一个“跟得上形势”又趋前于时尚的诗人形象。

由此说来，本文在谈论臧棣时，面对数量过于庞大的诗歌和诗论，想要面面俱到是不可能的。同样不容忽视的是论及这样一个对象所先天具备的便利：他的不少“夫子自道”的文字（不唯诗论，也包括诗歌，尤其是“论诗之诗”）可以彼此互证；不过这几乎同时招致了一些困境。他的《诗道鳟燕》以箴言样式代替论证严谨的论文体来谈论诗，虽然足以激发对诗歌问题的一些直接感受力，但它们在时间的延宕中又不乏亟须辨析的前后矛盾之处。我一直秉持这样的想法，臧棣谈论诗时所透露出的迷人之处，不仅在其观点，更重要的是他谈论这些诗学问题时的带有“实验主义”和“未来主义”倾向的意识、态度以及语言方式，易言之，重点不是他说了什么，而是他为什么如是说、怎么说的，究其根本是将之视作一种围绕诗学目的论而延展的中间态修辞。这种自相矛盾有时也意味着诗学上的进展（即便不是“进化”），关于这个问题，他的多份访谈已体现了明确的自我意识；但其中我们又必须警惕，他诗学构想中很多原发性的起点，譬如早年提出的“新纯诗”，并未因其后期的诗学转向而被完全抛弃，就像他对马拉美（Stéphane Mallarmé）那句“诗是纯洁的部落语言”的反复引申和辩论，就说明他承认，早年服膺的马拉美所具有的直觉依然有效——对当年的臧棣如是，对如今的臧棣亦无根本的区别。

调式：“前典型”的，“典型”的？

臧棣近年来享受到的新媒体的加持，看似是外部性的塑造“文化英雄”（且不论臧棣本人是否有类似的意图）的现代传媒机制，但从实效的角度看，也的确是作为一个内部要件而含纳在臧棣形象传递的系统工程中：他频繁通过微博发布诗歌近作和诗学断片，恰恰在近几年的读者群中激发并稳固化了他们对臧棣诗学风格的想象。对这个问题（尤其是它产生的某些“弊端”）臧棣似乎有清醒的体认：

> 曾经有个四川的朋友讲，如果读臧棣的诗，十首甚至二三十首之内，会觉得这是一个非常牛逼非常卓越的诗人；但是读多了，读了六十首之后，就会感到疲倦和厌烦。……从阅读来讲，他们说的“臧棣体”也许会造成阅读疲劳；但对我个人来说，我对汉语的那种感觉，用别的方式还是没法表达，所以我必须用一种固执的方式把我现

在感受到的可能性表达出来。[10]

“臧棣体”这种印象之形成，一方面是高强度与高频次的阅读体验所带来的后续效果（这与臧棣本人的“固执”不无关系），另一方面却印证了这些读者阅读经验的匮乏，他们在并未读到更多的尤其是早期臧棣作品的情形下就对一个诗人的总体“风格”做了草率的定性。不过，我们不妨借力于这种简化的既成印象，即，从他相对晚近的作品，尤其是那些结集于《未名湖》（2010年）、《慧根丛书》（2011年）、《小挽歌丛书》（2013年）、《红叶的速度》（2015年）、《骑手和豆浆》（2015年）、《必要的天使》（2015年）[11]和《就地神游》（2016年）的诗歌中，提取一种他们认为的“典型”的臧氏调式；同时，为了从严肃的诗学讨论的意义上恢复其全面的诗歌景貌，有必要将所谓“前典型”的诗歌调式弥补进来，后者的意义在于揭示其诗学演进的“原型”（这是臧棣诗作和诗论中经常提及的语汇），毕竟“一首诗永远是另一首诗的引申”[12]。出于控制变量的考虑，我们选取诗集《未名湖》中两首相距不远的诗，即“第三首”和“第十一首”《未名湖》[13]，并且，为了论述的便捷而刻意夸张两者的对比度，将它们分别照应于“前典型”的和“典型”的调式。其中，“第三首”延展了臧棣自第一部正式出版的诗集（《燕园纪事》，1998年）以来就具备的卓越的语言能力：

湖水的轮椅轻轻旋转，
水耗子露出了像拉链一样的小脑袋，
笔直地游过暧昧的禁区。宇宙被帽子抛在了一边。

从银灰色到铁灰色，柔软的天使
悄悄换了一件外套。照妖镜已试过水温，
喜鹊和野猫使用同一块肥皂。

我自信你有一对比葡萄还要红得
发紫的乳房。摘下一颗，还会有一串。
甜，像刚参加过婚礼的钳子。

你好像被夹了一下。你断定你能敞开
一个我不曾有过的自我。哦，骄傲的动机。
紫燕和蝙蝠像最后剩下的几枚扣子。

这首诗结构于一种“观景”的视点主义和心理活动（包括想象）的配合，外在的实景有条不紊地与内在心象之间互通有无，尽管存在部分“出格”的以至于无法让读者一次性接受的隐喻，如“像拉链一样的小脑袋”“宇宙被帽子抛在了一边”“照妖镜已试过水温”“刚参加过婚礼的钳子”等，但我们却能牢靠地抓住几条解释的线索：由“湖水”“水耗子”“喜鹊”“野猫”“紫燕”“蝙蝠”构成的实景；一个“我”以及这个主体所衍射的将风景内在化的“视线”；另外则是配对于实景的两套规整的隐喻体系——“拉链”“帽子”“外套”“扣子”等喻体形成的“衣帽间”隐喻系和“轮椅”“铁灰色”“钳子”等喻体组成的“金属机械”隐喻系。在某种意义上，这是一首“清晰”的诗，其清晰性不仅体现于物象切换的节奏，也在于诸条隐喻线索中的本体和喻体的对应关系，哪怕其中本体向喻体跳跃的“逻辑”不能尽被理解或感受。同时，诗中分节转接的层次也能够辨识：前两节更倾向于叙述从实景向想象的逐次滑动，但第三和第四节则引入了“你”作为对话结构的一员，并由此渗透进“说理”的质素——譬如“你断定你能敞开／一个我不曾有过的自我。哦，骄傲的动机”；如果继续细分的话，第一、二节的切割是由于它们分属两个并置的外景—心象的线索，并展演出镜头由近及远的后撤与转切，“隔断”是为了呈现这种分型结构；但第三、第四节的切分则部分地源于作者将“你好像被夹了一下”塑造出一种震惊感的意图。在另一首《未名湖》中，这种清晰的表意层级则被一种混杂、彼此交缠的语义结构和内部混响所取代：

> 很多结确实系得很死，
> 缠来绕去，像一个死硬分子
> 除了愚蠢，心里其实没有任何想法。
> 很多结，都声称它们是死结；
> 表面上已很变态，看上去像毒瘤的，
> 对我们已算是仁慈。打不开，
> 普遍的绝望才不会显得不好意思。
> 一个死结是一种挑战。从背后
> 死结挑战我们对生活的态度是否正确。
> 我反感正确，不代表我不想接受挑战。
> 我喜欢挑战看上去解不开的结。
> 迄今为止，我还没见过解不开的结。
> 所有的死结，我都能轻易地打开。
> 所谓的死结，多半都是两条蛇
> 紧紧缠绕在了一起。解不开是因为

露出的头，可能有毒；露出的尾巴
看上去像充过电的刺。这些小小的花招
都瞒不过我的眼疾手快。只要有时间，
我就练习解开一个结。一个结
解开之后，当然还会有另一个结。
我几乎从不系结，我只偏爱解开一个结。
越是死结，越能激发我的天赋。
每一个结，都是一种游戏，这表明
世界上确实还有严肃的事情。
至少对我而言，我有足够的理由声称
我能打开所有的结。实际上呢，
我做的比我所声言的，还要漂亮。
剩下的问题只有一个：迷人的小湖啊，
为什么我打开的每个节，都看起来像你的样子。[14]

显然与上一首《未名湖》中主导型的“描物状景”调式相异，这首诗将论述性（更精确地说，是论辩性）的结构和语调作为其遣用词句的基本方式，这集中于对“死结”这一意象的不断探询上。它从表面上看并不依赖于实景（尤其是有层次的实景）所带来的一种“经验感”或“客观”的音调，其诗句推进的契机乃是心智的显性介入。“第三首”《未名湖》中想象力的塑造效能被均分在各个叙述的层次中，并匿身于一种推进实景的平缓、冷静的语感里，但到了“第十一首”《未名湖》，诗人却着力于凸显这种认知的强力，具体表现为从语气、节奏及声调上，都能确切感知到的因雄辩的“激动”而起伏不定的、甚至彼此交缠如“死结”般的内在声音。“很多结确实系得很死”作为起首句，用一种主体判断的高音设置出一个“横空出世”的场景，后续的诗句尽数通过判断、递进、反驳、补充、排除、选择、假设、让步、引申、设问的逻辑语气，对这个“事件”而非“意象”展开认知性的描述，“逻辑感”为这些诗句赋予了某种黏着力，让它们无法确切地断开或分离——如果我们注意到上一首《未名湖》中的诗句“水耗子”和“宇宙被帽子抛在了一边”之间，以及“柔软的天使”和“照妖镜已试过水温”之间存在的语义断裂，或许能更明确地觉察到这种差异。

此外，这首诗还设置了一组可被简化为“表象”和“实质”的对立关系，借助海浪般的否定语势而试图逐步逼近一种“真相”，最终剥除掉种种迷惑性的杂质而仅“剩下”“一个问题”。从核心隐喻的角度出发，“死结”这一意象所携带的感受性潜能也与此诗的语言形式相应和。倘若我们联想起臧棣关于“诗人”的形象化定义——即“各种各样的线索在其身上汇聚得最密集的一个使者”，[15]那么“死结状态”也似乎在暗示诗中线索汇集、彼此胶着并期待诗人加以解决，“解开之后，当然还会有另一个结”。全诗颇费周折地咬定“制造死结”—“解开死结”的推进线索，但到了最后两行却柳暗花明，“死结”的释解过程终于被衔接到“未名湖”的出场上——“我打开的每个节，都看起来像你的样子”，未名湖就像一个柔韧的跳板，将引人纠结的问题全都一次性地弹开了。作为体式和要件齐备的“论诗之诗”，“第十一首”甚至无法强行划分出意群的层次，因为逻辑结构彼此嵌套且时常具有回环、返复、迭代的审视力量，以至于它不得不显形为“团块”的样式。基于一个初步的印象，所谓的“臧棣体”（显然这并非臧棣唯一的体式）会被认为具备阿什贝利（John

Ashbery）式的“饶舌”、迂回的特点，即从不同的认知或感觉侧面反复地击打同一个诗歌对象，并将这种认知进行反诘和自我质疑以至于不断精细化，迥异于“第三首”《未名湖》那样连续但层次清明的形式。雄辩也意味着音调的攀升，相较于上一首《未名湖》的冷静、克制甚至略显“事不关己”的描述，“第十一首”则反映出诗人调动心智去“反省”事物的意志和能力。

臧棣的诗给人这样一种观感：它常常起因于“好奇”。但如何通过松紧“好奇”这一“诗的油门”来调试“诗的速度”，[16]则关乎形式感的问题。他曾经将“形式”与“形式感”（即，我们对被我们叫作诗的形式的那种东西的一种感觉）画上等号，并深信“语言的表面，曾是诗所达到过最深的地方”，[17]因此，揭示臧棣诗歌语言的生成学原理，显然不只是惯常理解中的在修饰层面上解析某种“语言感觉”，其旨归在于显现其健全的诗歌认识能力，即通过诗歌语言去想象、去重塑语言图景的秘传功夫。这种原理或许深藏于臧棣自我意识中的那些带有中性甚至褒义色彩的“语言的恶习”，[18]不过我们并不打算将这种风格化的“个人语型”（idiolect）或“诗的方言”[19]纯粹归纳为从天赋里把握到的“诗的运气”，而将之视作一种纯熟以至于烂熟的诗歌技艺；何况，臧棣从来不避讳谈论自己是一个“自觉追求风格”[20]的诗人。

转喻："任意性"联想与"致幻逻辑"的虚构

在臧棣诗歌语言的微观肌理中，最容易被察觉的是遍布于诗中的"奇喻"，这个描述指向臧棣所使用的譬喻的奇妙性或者奇幻性，甚至是某些"诡异"的色彩，即，本体和喻体之间"惊险一跃"的出人意料。在布鲁姆（Harold Bloom）那里，奇异性对一位优秀诗人而言就意味着"影响的焦虑"；[21]不过在臧棣的自我判断中，事情或许更严重一些：诗的奇异是"良知"的一部分。[22]臧棣隐喻技艺的首要特征即比喻的拉伸能力和弥散特征，如病毒扩散般牵扯到更多的事项和情态，而这些喻体和本体之间的串联又构成诗的整体。上引的"第三首"《未名湖》中的两套与"衣装"和"机械"有关的喻体系统，就出色地展演了它们将语言的零部件进行铆接和耦合的技能，视觉上的散点被整顿在一起，从而制造出"散而不乱"的文本效果。这更明显地体现在臧棣写于20世纪90年代初、收入其第一部诗集《燕园纪事》的《未名湖（为张旭东而作）》[23]一诗：

……

啤酒瓶不知
何时会掷进来，使宪法的
某一条文得到随意的诠释。
漏网的淡水鱼正像它嘲笑过的
一只打湿的皮鞋。换句话说这里
不存在角落，再没有一种深度
可供我们下沉，一切已经到头

一只乌龟爬出湖水的袖口，
整个过程缓慢得像一条小学的
铅笔线那样，划分出自由
在水下和陆上的不同含义。
……

我们似乎存留这样的笼统印象：相比于明喻，暗喻能将本体和喻体编织得更加紧密。由此说来，臧棣常用“像”（甚至很少用“犹如”之类的关联词）来表明显豁的比喻关系，则堪称大胆——这常常被理解为技艺生疏、粗糙或“初级”的表现。不过，这种用词的“不修边幅”的外表之下搏动着他更强烈的修辞野心：明喻只是他修辞的一个（重要性居其次的）初步节点，通过这个起点他将重组各条譬喻线索之间、诸多本体和喻体之间的逻辑关系。“啤酒瓶不知／何时会掷进来，使宪法的／某一条文得到随意的诠释”中，“啤酒瓶”与“宪法”之间缺乏可被明显感知的关联，无论调用常识还是启动感受力的触角都无济于事。它们无法直接在语言中“成像”继而构成明确的譬喻关系，但通过如下两条“暗道”被串通起来：其一是“不知／何时会掷进来”与“随意的诠释”之间的逻辑链条，“不知何时”自然对应于“随意的”；更重要的是，其二，啤酒瓶的投掷作为一种可能的犯罪行为意味着对法律的忤逆，而要想完成这个反讽事件（投掷啤酒瓶的行为果真能牵动“宪法”的神经？）则必须对宪法的“某一条文”做出随意性的“诠释”。“啤酒瓶”和“宪法”由此被“强行”纳入了一种联动之中，但这种“滚雪球”式的关系链却并未结束：“宪法”的“随意性诠释”这一预告性的征兆又向下一节中关于“自由”的“定义”发出引唤，“小学的铅笔线”被不谙世事的学童（无民事行为能力人）所画出，因此又导向为“不谙世事”开脱而重新厘定的“自由”之含义。这就是胡续冬曾指出的臧棣在修辞上的“拉伸术”[24]：譬喻关系似乎永远无法止歇或陷入“完成时”的停顿，而必将重新投入下一段修辞运作，成为两段譬喻关系之间的“中项”。

在为数不少的情形下，臧棣诗歌中的譬喻并不是单线的，甚至也不完全像“第三首”《未名湖》那样是被一整套（或多套彼此排列清晰的）隐喻系统所并联在一起，物项、情境之间的联络形态常常是彼此并不平行的交织和串通。一行（王凌云）通过检索当代新诗中“比喻”的演进线索，曾发现了臧棣诗中惯用的“三连喻”即“一句话中三个喻项A、B、C之间存在着两两互喻关系”，同时，对他而言“更关键、更具有诗学意义的喻体，不再像以前的诗人那样是一个单一的形象或事物，而是一个具有内在运动和趋势的事件”。[25]我们进一步提出大胆的假想：臧棣诗歌语言的构成模式不是“隐喻”性的，而是“转喻”性的。当然，这种人为造就的二元对立也仅仅为了反拨我们对“隐喻”的扁平化理解。

尽管雅各布逊（Roman Jacobson）关于隐喻和转喻作为修辞以及认知方式的“实际存在的两极性”的命题早已广为熟知，并且他对“诗歌转义／比喻／修辞的研究主要针对隐喻”这一“最大限度地避免异议的策略”或“单极图式”提出的微妙的不满也足够振聋发聩，[26]但从语言学和修辞学的角度看，“转喻”的确通常被视作“隐喻”的一个亚种，即使近年欧美认知语言学上的推进似乎要为这种从属性的等级关系松绑。我们尤其关切的是雅各布逊将“转喻”建基于“临近性”上的说法：如果隐喻替换建立在一个字面词语其修辞替代词的相像性或相似性的基础之上，那么转喻替换则是坐落在字面词与其替代词之间的联想基础上的。[27]

我们从臧棣的《未名湖（为张旭东而作）》选段中觉察到的这种构建事项关系的方法就足以被视作基于“邻近性关系”而展开的“转喻性的离题”，[28]这里所谓“离题”的说法则意在松动我们的对相似性的惯常认知；具体来说，邻近性关系是能将语境中各个组成部分整合起来的一种“外在关系”，相异于作为替换序列之基础的“相似性的内在关系”。[29]更为有趣的是，雅各布逊在那篇著名的文章中还提及了弗雷泽（James G. Frazer）早先发现的两种巫术——按雅各布逊的解释分别对应于相似性和邻近性的构造——其中第二种即“感染性的”“会蔓延的”。[30]臧棣诗歌中的词与词、句与句之间也依靠病毒般的传染关系加以延展，譬如收入2013年诗集《小挽歌丛书》中的《只剩下语言那白色的呼吸丛书》[31]起首一句“雪下得比红楼梦更大了”，从整体上唤醒了我们对《红楼梦》中“落了片白茫茫大地真干净”的文化记忆，但从构词组句的生成线索看，“雪”通过其邻接词“红楼”（其临近性存在于二者的空间位置关系以及颜色上的照应）却“传染”了被“红楼”所吸附的“梦”，由此不断迭代以感染余下的诗句。这就是臧棣所谓词语的“液体属性”，即“改变词语的溶解在语言的组织中的速度”，[32]词语的分子结构将一一释解并重新构造。这才是臧棣诗中最有代表性的语言方式：隐喻作为“起点”或发生装置是为了保证一种更具外倾潜质的“感染性”将更多的譬喻关系席卷进来。

如果我们回忆起本文第一节中所举出的臧棣的两种诗歌调式（我

们已强调过，这种划分是为了夸大异质特征而具有一定的权宜性），就会明白，“第十一首”《未名湖》之所以被鉴定为一种臧棣的“典型”调式，恰恰因为其中推论性的、绞缠的语言混杂着视角的切换、自我雄辩与折返性省思的叠加。但其实真正能称得上典型的臧氏语调，则是两首《未名湖》的综合：一方面借助局部的妙喻来塑造具有“实感”的精确描述，另一方面则是对这些精致的细节语言装置的应用和重新组装，借由转喻手段的加入，牵引出细部的线状与整体运作的滚动性团块之间相互裹挟而构成的“曲线运动”，从而呈现一种内在于诗性逻辑的“连续体的能量”[33]。值得注意的是，臧棣诗句中的被关联物可以彼此替换，即这是一种“任意性”的联想；而任意性所驳斥的“必然性”，在某些情形下就是被他弃绝的“自然”。作为一个在诗歌意图上“绝不自然”（即不以“自然”为原型）的写作者，他将“啤酒瓶”与“宪法”“小学的铅笔线”（实际上“小学”与“铅笔线”的关联也极其暧昧）进行链接的方式的确显得“任意”。但问题关键在于，这种任意性却通过能指层次的语词和句式的隼接，转而化身一种语义表层的“逻辑性”：

> 白色的孤独结成了冰，
> 但语言并不信任它。
> 到目前为止，那上面只有鸟和落叶。
> 于是，太薄了，但其实并不危险——
> 是它不得不向所有人讲述的一个故事。
> 但是，据说我们聪明到无法
> 仅仅满足于故事。我们声称，
> 恰恰因为寒冷，任何人都不可能薄到那一步。

暧昧啊寒冷。比从前更暧昧，
确实有助于寒冷纠正一个普遍的错误。
比如，传奇将我租借到
光秃秃的树枝上，我却梦见自己
被巨大的叉子叉着：就仿佛气氛一旦不对，
透明度就会取代深度，
无论你在哪儿，空气会因我们刚呼吸过它
而变成一块透明的肥肉。

这首《我们的空气里为什么会有这种味道丛书》（2012年）[34]依靠三类带有关联性语气的词汇或句式来炫示自身在“逻辑”方面的机智——这种智力不仅体现于语言要素之间过渡、连接和平衡的方法，也在于臧棣是如何“将问题延伸到问题之外”[35]的：最显见的层面上，关联词“但”“于是”“比如”“一旦”“无论”“却”“因……而”组成诗歌语言实践的骨架，词语或义群摆脱了某种“意象主义”赋予的优先性，它们更像被这些关联性的骨架分泌出的次生性的肌血；第二类加强语气程度的或调试（主要是“缩小”和“否定”）表意范围的词或句式，如“并不”“到目前为止”“其实”“不得不”“仅仅”“恰恰”“任何……都”“不可能”“比……更”“确实”“就（就会）”等，则着眼于替我们的感受力和认知铺设更精细的限制性的轨道，用一股“驯服”的力量催促我们跟上诗人的思路；最后一类则是引起注意的提示词[36]，如“据说”“我们声称”类似的示警功能也为安置于句首的一些词——如“到目前为止”“于是”“恰恰”“比如”等——所具备，它们都暗示着诗人“发言”的起调以及论述层次的新的展开。这些关联性词汇或句式构成了臧棣诗中的一种类似于“推论”的调式和语气，它们被过分频繁地置放在显眼的关节点上，以至于我们在阅读中会自觉不自觉地卷入一种服膺：对诗歌论证的“严密”（关乎层次感的问题）、“精确”（“精确”的效果也部分地借助于不断细化的推论）和“流畅”（在论述体式上更接近一种“散文”，臧棣对“散文化”问题也曾倾注足够的注意力）的服膺。

当我们详究臧棣的这种推论性的语言癖习，或许占比重更大的是“意思（就）是……”“就是……”这类持有“绝对”的强势语气、在语义上提示某种“等价性”的判断性句法。杨小滨曾发现了这个现象，并观察到被这些解释性的意指语汇“连接的前后两部分基本都不具有（甚至完全缺乏）合理的应对关系。几乎可以说，臧棣在这里建立的非逻辑关系揭示了语言他者内在的匮乏与崩坍”。[37]我们想补充臧棣诗中另一个有趣的语用现象：他虽然习惯于使用“像”“就像”这类功能明确的譬喻性连接词，却将它们从“相似性”“像似性”的习常理解中释放出来，而仅仅作为诗人强制注入诗歌肌理中的语言构造物。夸张地说，这里用“像”来隼接的语汇之间并不构成一种狭义的隐喻关系，而更亲近于一种邻接性的“转喻”关系。这种推论语体凭借着转喻对“相似性”的不加依赖，也可以按照耿占春的说法理解为，臧棣对物的书写从来都“拒绝把咏物诗话语与自然事物本身的相似性作为诗歌写作的一个目标。也不把咏物诗所显示的话语过程与自然事物的存在过程的相似作为诗歌的最可靠的境界”[38]。

因此，臧棣诗歌中能指层面上的“逻辑性”是一种事实上的“非逻辑性”，但所谓的“事实”所仰赖的某种真实性基础也许并不存在，或者对于臧棣的写作而言压根是不值一提的——与其说诗歌提供“真理”，不如说它提供的是“智慧”[39]。臧棣就曾经论及，诗的独特性就在于激活一种特殊的“语言幻觉”，而“绝对的幻想”有时甚至是诗“靠近我们的现实的一种特别的方式”。[40]因此我们不妨另寻一个表述来指代它，即“致幻逻辑”——当能指层面的逻辑性被设置为一种“幻觉”，所谓的“幻”自然抛离了一个所指层面的“真”。换句话说，“任意性”不仅是一种“词语的布局”——考虑到臧棣曾有这样的表述“作为一种词语的布局，混合比综合要好。也不妨说，混合比综合提示了更多的东西”[41]——即能指与能指之间结构性的关联方法，也不只是“作为语言的布局”的“顿悟”[42]，而且它还涉及能指与所指之间的关系：在语言能指铺设的磁场中，我们不再执拗于寻找能指与所指之间准确的对应公式，而只需要享用能指的滑动带来的潮浪式的快感。更重要的是，为这种“致幻逻辑”输送能量、拖稳底盘的，是姜涛所谓的“造型”能力[43]——我们联想到臧棣《早市上的气球丛书》中的诗句：“它们的真实浮动着另外一种含义。/一个形状，就能摆平一种愿望”，[44]所谓的“真实”乃是一种被塑造出来的“形状”，这也部分呼应了陈超所谓的“修辞可信感”的期待[45]——以及耿占春所提示的“批评话语”[46]，即使在诗歌文本（不限于批评文章）中也能流露出来的批评性。

比“真实／现实”更“逾越／愉悦”：语言官能的即兴

本节标题袭用了臧棣近年诗歌中一个惯见的句式“……比……更……”或“……比……还……”。[47]他频繁使用“A比B还（更）C”的结构，却在很多情形下并不着意于将A、B、C中的两者做出真正的“比较”：它们无法纳入到统一的度量衡中进行厘定，尤其当这个微观骨架中嵌进的本就是不属于同一范畴和领域的语汇，例如：“奔跑的原因／其实并不比这把斧子更复杂”[《锻炼（为冷霜而作）》][48]，“朱红色的肉冠比元素还元素”（《仙鹤丛书》）[49]，“不就是体验比深刻更本质吗”（《对手戏丛书》）[50]，“至于笼子，它们从未比缝隙更真实”（《倾注丛书》）[51]，“唯有杏黄／比影子的真理还顽固”（《银杏入门》）[52]……譬如“天赋反而比天籁更冷静”（《雪人学丛书》）[53]这样的诗句，我们很难在“天赋”和“天籁”之间发掘出某种逻辑表意的“自然性”，毋宁说两者之间的关联主要依赖于“天”字构词法的邻近性；此外，“冷静”也并非修饰这两个名词的最恰适的形容词，它更常见于主体心理空间的意义域中，恐怕必须与上下文的“降温”联系在一起才能约莫地探索其表意的范围，但这个辖域也足够模糊且歧义。

臧棣诗中这类“伪比较级”自行消解了“比较级”天然具备的价值等级意味，即物象A、B与价值判断C的紧密程度没有因比较级结构而发生明显的变异，犹如另一种递减式的比较级——“十一月的大海／仅次于十一月里的八月之光”[54]——实际上也并不意指价值程度的逐渐削弱。诗人刻意袒露出语义表层的比较级形式与实际的“不可比性”（如“大海”和“八月之光”）之间的冲突，进而言之，臧棣引诱我们觉察到A和B之间的“关系”包含却绝不仅限于一种比较关系，它反映出针对语言之真值性的相对主义和或然主义态度。并且，从修辞实效的角度看，它最主要的意图仍旧是建立事项间的关联——“A比B更（还）C”的句式在臧棣的诗中分享着和其他关联词相近的功能：为了将书写的注意力滑向新的对象物，以推动语言的意义增殖和“组织化”活动；想要追索其究竟表达了怎样的“逻辑性”，恐怕只能颓然落入悖谬的迷宫。

“确切地说，仿佛并不存在。”这一引自《泰山归来》（1996年）[55]的诗句中之所以能将“确切”和“仿佛”并置，其合法性在于铺设了两个表意层次：用（外层的）语言“确切性”来言述（内层的）现实／实存性的“仿佛并不存在”。因此所谓的相对主义与或然主义其实针对的是语言的“表真性”。《孔雀舞协会》（2005年）[56]中“孔雀不跳孔雀舞。／但是我们不服气，我们断定／没有一只孔雀能躲过／我们的眼神。没有一只孔雀／能逃避我们的天性”所渲染的严肃的怀疑主义气氛，也恰恰合法于这个层面：“我们的眼神”和“我们的天性”均是作为语言官能的“眼神”和“天性”，它们所质疑的“孔雀不跳孔雀舞”是语言事件的悬空或未完成的状态——具体说，是两个能指“孔雀”“孔雀舞”之间滑跃失败而滋生的“事故”。臧棣在题为《必须记住，诗矛盾于现实》的访谈中所强调的，与其说是“诗矛盾于现实”，毋宁说是诗衡量现实之尺度的“去僵固化”。

为了避免“现实”这个名词自行携带的释义上的惯性，尤其是摆脱既有意识形态所给定的“现实”及其标准解释，他发明“世界”

一词替换它，以提请我们瞩目于人的生存状况、关切生命的境遇。而“现实”作为“涉及生存的基本感觉的社会状况”，其中仅包孕了我们与自然之间关系中的一小部分，即可以从因果关系中解释的“经验意义上的现实”，剩余的未被广泛察觉的部分还包括更重要的（在臧棣的表述中，是“最重要的”）私人感觉和心理意识领域的“内宇宙”或“内在的现实”。[57]正是由于我们将诗歌观念纠正到这样的轨道中，即诗面对的是“世界”而非作为“世界”之子集的“现实”，一种虚幻的焦虑（譬如在臧棣诗中呈现的致幻逻辑所可能招致的“非真值性”质诘）就被彻底消除了：“对人生来说，诗也许是虚构。但对世界而言，诗从未虚构过任何事情。”[58]在这个意义上，现实（经验意义上的现实）仅仅为臧棣的书写提供了一个助跑的起点，甚至连起点也算不上，用“原始场景”来表意它也许更为恰当：当他启动诗歌写作这一语言行为时，诗的语言为他分解出数个“替身”和“化身”来代他“经验”，“甚至对替身和化身的挣脱，也会偶尔闪现一下”（《我们如何观察生命之舞的一个建议》，1997年）。[59]

这种将自我他者化，由诗人的想象中幻化出替身——让人联想到臧棣的诗句“稍稍原始一下，便带给他／奇妙的分身感”（《豆浆》，1998年）[60]、“没分裂过的人，并非不可能，而是不可信”（《一个人同时走在两条路上是可能的》，1996年）[61]——并将之“挣脱”的行动即依托于我们称为“逾越”的精神状态及其对应的语言能力。“逾越”不仅如上文所述是一种对现存符号秩序之逻辑的突奔（或称之为“去象征化”，臧棣诗中的任意性联想和“致幻逻辑”早已摧毁了文化象征层层包拢的围墙），也不单是在“内在的现实”和“外在的现实”之间自由穿插（他从不内陷或耽溺于其中任何一种，正如他的诗“创造了既不单独属于事境，又不单独属于虚构状态的充满智慧的次生世界”[62]），它同时喻示着语言和诗人之间的复杂关系。臧棣自20世纪80年代以来就一直执着于追求的诗的现代性，被陈超概括为如何“解决语言与扩大了的经验的矛盾关系”[63]，而这对矛盾能否被妥善地料理，所依靠的不仅是诗人和语言之间的“搏斗”，而是诗人理应将自己摆正到“和语言谈判”[64]的对等位置上。

臧棣诗歌中的所谓“现实”“真实”乃至“真理”都需要在一种“逾越”的、不定型的维度上来理解，即，它们在“诗”的领地内被重新裁定并重新装配意义：

诗能对真实的事情做一些事情。但是真实却很少能对诗做同样的事情。[65]

真诗中并没有多少诗的真理可言。[66]

现实的背后，也许有诗歌。但是，诗的背后，绝对不存在现实。[67]

如果诗没有弄错的话，真实是可敬的。它指向我们对生命的一种绝对的私人感受。[68]

这意味着，所谓“真实”唯有赋义到我们生存的“绝对”的私人感受中才会生效，而非放之四海皆准的客观实存或自然规律。诗对臧棣而言不是模仿现实，也绝不匍匐于某种真实性之下，它自身有一套不求乞外援的独立的规程、纪律和评价系统——如果我们不限于在修辞或文本编织方式的意义上理解“转喻”，而将之恰当地放在更启示性的意识结构中，它便是对“隐喻”所建基于其上的“相似性”所暗含的模仿与再现话语的反动。“自然”不应当继续充当一种诗之原型，即，并非“自然”而是“诗”成为“诗的场所”，“它（诗的场所）和人的洞察力有关，和人的审美冲动有关，和人的创造天赋有关，它和人的生存体验有关。”[69]这不仅可以视作对罗兰·巴尔特（Roland Barthes）“语言结构是一种行为的场所，是一种可能性的确定和期待”[70]这一命题的延伸和细化，也让人联想到博纳富瓦（Yves Bonnefoy）对“真正的场所／地点”的表述：“真正的地点永远都是一个此地”，[71]诗并不乞灵于另外的场所，一切的行动和激发都在“诗的场所”内完成；经由这种激发，人得以“选择”让世界对他产生作用，以实现两者的相遇。[72]

顺沿这一思路，如果说“任何经验是被赋予了某种形式的经验”[73]（这里的“形式”显然指语言形式），那么经验也即语言中的经验，除此之外诗歌并不处置其余的经验，因为“诗其实没有外部”，[74]反过来说，“诗，在语言的内部尝试一个信念”。[75]诗是对语言的效忠，这种忠诚的优先性远高于对其他存在或理念的效忠：“沉湎于语言的直觉，其次才是沉湎于诗的经验”。[76]诗歌写作即是将内心经历通过语言投射到“事件”上，是“对我们心中期许的事物的一次投票”，[77]但“投票”的结果却无法（被诗人或外在经验、事境）预期或确定，而只能依靠一种“诗的运气”或“语言的运气”[78]。这种不确定性也可被理解为一种“未来性”，它起因于“诗的邀请”，而这种邀请亦步亦趋于诗人和语言之间的“未来的关系”中。[79]事实上，与“90年代诗歌”的写作意识与风格紧密相关的“叙事（性）”，即展现了多重关系的不可预知性，“诗之叙事性依恃的不是单维的时间链，而是内心经历中不同声部的争辩，保持了生存与语言临界点上交锋的复杂性、可变性、间接感和混成力。”[80]臧棣反复重申着诗歌的工作是“对语言的想象”[81]的命题：

对诗的境界而言，最根本的还是，让语言来决定想象。[82]

写语言能看见的事物，以及事物之间的关系。[83]

一方面，我们处于语言的看之中；另一方面，语言处于它自身的看之中。[84]

在写作开始的时候，从诗是语言的一部分；在写作结束的时候，到语言是诗的一部分。[85]

“让语言来决定想象”似乎将臧棣推入了“语言决定论”者的行列，但诗人在将诗的主权让渡给语言——毕竟“诗人或许只是诗的一种功用”，“我们也许进入过语言的身体，但必须记住，我们并不拥有它”，[86]这部分地源自我们对诗之神秘和语言之谜的尊重——的同时，也信赖语言能进行“自我审视”、拯救和自我拯救的律己性，即诗歌中“我是我的例外”（《守灵人入门》）[87]的状态：如果说第二个“我”是作为意识主体的抽象自我，那么第一个“我”则是在每一次独立的语言事件中具体执行语言任务的“自我”的替身或分身，或带着语言“面具”的自我。被赋予充分自由度的语言将审视的目光投向“自我”，不是“我”使用语言，而是语言以一种神秘力量将“我”投放进言述行动中那看不见的深度。这是一种“失传的技艺”，即“人和他的自我之间的语言交易”（《哑剧的轶事》）。[88]

这种放任式的“逾越”要求诗人像磨砺剑刃般恢复语言的弹性和活力，“语言不是用来深刻的，它是用来激活的”。[89]几乎被指认为臧棣后期代表作之一的、收入诗集《慧根丛书》（2011年）

中的《万古愁丛书》也曾袒露过："为着让语言的跳板变得更具弹性。/有弹性，该硬的东西才会触及活力"。[90]它的旨归和目标则是发现（而不是发明）语言中"世界的秘密"（也即是人"生存"的秘密）；考虑到"世界"被赋予的更繁复的含义，这不只是对"外部"世界，也是对体量足够庞大的"内宇宙"的发现："面不面对世界还在其次，/面不面对自我，又是另一回事"（《未名湖》），[91]即便臧棣曾以一种后撤式的谦逊口吻说，"诗只在乎秘密，不在乎大小"[92]。这部分地解释了为何臧棣乐意将当代诗人慎于使用的大词——如"世界""秘密""上帝""词语""真理""万物""命运""时间""原型"等——自如地镶嵌在诗歌文本中，更确切地说，这些带有形而上性质的存在并不是他诗中明确的对象物或标的物，甚至诗人自己也无法确定每首诗的"目的地"将导向何方。换言之，"秘密"既存在于对这些被瞄准的"大词"，但一不留神也将游离于它们之外。

倚重于语言直觉，将语言作为一种"感官"（即"我感知世界的一种内在的能力"[93]），以及对语言借助其自身的机遇和潜能而自行发现秘密的能力的尊崇，保证了臧棣诗中"即兴"的质感，它同时也是一种行动力，通过外在刺激或内在冲动而将词语敷衍成篇：语言依靠自身的运作而裹挟进经验以及诗人对这些经验的判别和应用，却不依凭任何事先定下的规则、准备或"安排"，它借助词与词、句与句之间的"流动的绵延的彼此映衬的关联"，[94]以及它们"生成性"的隐喻张力和"任意性"联想。臧棣曾描述过其自觉追求的诗歌语言如鸟（等飞禽）"滑翔"的状态[95]和蝴蝶般的"幽灵的能力"[96]，这两种对语言的比喻性描述分别为罗兰·巴尔特和纳博科夫（Vladimir

Vladimirovich Nabokov）所启发，具体到后一种形象的捕捉，臧棣尤其强调了语言的“幽灵”性质所预设的对“驾驭”语言之能力的嘲讽，这种不可控制性意味着语言滑行的最终方向和目的地均不可知。

在题为《即兴表演协会》（2003年）[97]的诗中，臧棣将世界比喻（或构拟）成“一只橘子”，在语言“即兴表演”催动下，橘子/世界的运行和反馈模态则隐喻着语言和世界、和诗人之间的三元关系：在“你正拿着它（橘子/世界）”的时刻“它不会拒绝你”，这是语言尚未介入时自我与世界紧密贴合、同时也无额外意义从中诞生的状态。而当语言进入即兴的轨迹，便会即时性地回馈给你无数个自我存在的位置（唯有“脱手”才能捕捉“一种手的感觉”）。语言的即兴激活了世界的存在（“它几乎是活的”），而当这一“表演”结束、世界归位于“自我之手”时，它看似原初状态那般“稳稳地”停落，却暗中催生了新的意义：尽管“它无法告诉你/世界怎么会变成这样！”，但“一个完整的世界就会从它的裂缝里/流出新鲜的汁液”。这意味着世界不再作为一个“整体”而回落，却因语言即兴产生的势能及其对自我的反作用力，而挤压出曾被包裹在一体化的“果皮”之内而不可见的内部秘密。换言之，语言的即兴起始于一种游戏性的轻松，却换回了意义增殖的严肃感。

这种即兴式的逾越所带来的“愉悦”，与其说意指一种发现“新知”的兴奋，毋宁说是洞察了“无知”的喜悦（“稳稳地接住它吧……即便它无法告诉你/世界怎么会变成这样！”）。正如臧棣所说，诗歌对于人类而言最基本的乐趣之一，就是它能不断地在我们的“已知”中添进增生的“无知”，因此愉悦是对“已知”的欣喜和对

“未知”的兴奋的叠加态，[98]相异于深度模式下的“思考”或反思的内在化抱负。这是秘密的魅力所在：我们并非等候一个确切的类似于知识的结论，而只能观测到语言在歧出的运行轨迹上与事境彼此摩擦而编织的多维图谱。它是语言官能的触觉功能回馈给我们的：语言即时的形象化就是这种秘密的揭露过程，“诗的感染力即诗的语言在我们身上展开的变形的能力”。[99]因此，“愉悦”在诗学意义上是一种“生成”进程中被调动的感觉和心理状态，在臧棣那里，“境界”作为一种“升华的机制”[100]足以将“思想”替换下来，而“诗的境界”也就是“从情境生成为幻象”，[101]它托付于感受力而非纯省思性的认知：

> 哑剧的身孕很难再遮人耳目／谢幕时，预言的背后插着一把尖刀／更令人吃惊的是，有人突然管我们叫儿子
>
> ——《我们时代的手相（为熊挺而作）》，1988年[102]

> 一座舞台集中了人生，并将／宇宙的客厅引入了早已设好的圈套。／中计无异于中毒。而体温计／向来只显示最肤浅的昏迷部分。
>
> ——《反省》，1994年[103]

> 花的表妹在其中／留下了她的洗脚盆和冷场。
>
> ——《后援现象学》，1999年[104]

> 白云的售票亭向你我发放／蔚蓝的门票。一只大雕／飞过垭口时，就好像有一把铁勺／伸向空气的平底锅。
>
> ——《绝唱协会》，2005年[105]

早上的湖水仍然很凉，／它就像你堕胎时，我热过的一碗汤。

——《未名湖》[106]

小河边，桂花将飘香的骰子掷进生活，／它赌你能听见远方的心跳。

——《对手戏丛书》[107]

它是世界上最遥远的温泉，严峻的环境中的／一个就等着你去拆封的礼物。当你脱下衣服，／裹在它上面的包装纸，也随即脱落。

——《冰岛温泉丛书》，2010年[108]

因为雪，冰冷像一把叉子，沿着冻硬的裂缝／从我们的潜意识里清理出意志的蛀虫。／嘿。假如没有这些虫子，那诗歌中的鸟如何越冬。

——《纪念辛波丝卡丛书》，2012年[109]

在策兰和阿米亥之间，有一个杜甫；／我们应该打一眼井，把他从下面拽上来。／我们总得抽出点时间，听听来自地下的口信。

——《试飞》，2014年[110]

天气好极了。以至于“白云的味道／好极了”听起来就如同／我们刚刚吃过黑天鹅。

——《深度诗学入门》，2017年[111]

当“宇宙的客厅”（对宇宙的生活空间化）中所包容、承载的“万物”和驳杂经验，作为诗的情境被劝诱进语言的“圈套”并激发一系列“中毒”现象，它意味着语言所引致的“昏迷”和“眩晕”已对我们施加“实感”上的压迫力。臧棣用诗将我们的感知范围圈定在微型的“剧场”之内，但恰恰是诗化场景的局促性，反而让四处“碰壁”的词语出于应激本能而迸发极速的“偏离力”，从而激励出能量庞大的感觉“爆炸”：当占据巨大物理空间的“湖”被场景化为替堕胎的亲密情侣端来的“一碗汤”，湖水的“冷”则被其中影射的人性冷漠所复义化而具有某种拉开距离的深度，诗歌语义并未随着场景的物理性收紧而萎缩，却反倒成倍地扩张。这种感觉的“溢出”也体现在《对手戏丛书》中骰子的跳动及其“不可知”命运与“心跳”的彼此映照，《深度诗学入门》中“白云的味道好极了”这一言述行动所调动的视觉形象（“白”与“黑”）以及听觉向味觉的滑动（“听起来”如同“吃过”）。

臧棣拒绝了使认知性说理和情感抒发直接登场的方法，而在诗中安排了一种针对认知和抒情的透视距离［即所谓客观对应物（objective correlative）的功效］，由此摆脱与对象物之间的黏滞关系：感觉的运动或“感觉曲线”让我们在冲突和落差中体验一种“逾越”的“愉悦”：“洗脚盆和冷场”的并置或许取境于卞之琳《距离的组织》中的“雪意和五点钟”，具象的“洗脚盆”和“五点钟”被一股暗示的力量逼向“冷场”和“雪意”的抽象氛围，在对撞的“瞬间”通过缩紧的压力（譬如“湖水”到“一碗汤”的收缩）而“顿悟”[112]出空寂的情绪，就像我们从臧棣最新出版的“截句”诗集《就地神游》（2016年）中选取的段落“付上六块钱／剃头师傅便将你的头精湛地按进/即将消失的北京街景”，[113]街景在剃头师傅将“你”按进水盆的那一刻突然蒸发殆尽，消散的具体环节从未在延时的意义上被耐心描述过，就连“水盆”这一“事发现场”也被刻意隐匿，但镜头转切带来的震惊感甚至能让我们立即体会到接近于“溺水”的爽意，并投影出这样的幻象或错觉：六块钱赎买的竟然是风景的“消失”。

这是臧棣从写作的初始阶段就熟习的“语言的感觉化”和“感觉的语言化”的能力：语言自身的形象唤醒了肉身感觉（而非直接的情绪）之间的互相渗透和贯通，并将诗的感受力带回到“事物的表面”[114]。其中更具元素性或始基意义的，是这些能激发感觉的、可在小大之间随性穿梭的词语——对于一个诗人而言最具有创造力同时也最“走运”的事莫过于“他的天赋已埋没在词语的精力之中”。[115]这些诗所塑造出的“实感”都落实了臧棣“让场景来发明诗”[116]的志愿，场景化回馈给我们即兴的感觉或感觉的即兴，这些归因于“语言—事实”的感觉在“复调”和曲折性的绽开中，继而呼吁语言锐度的进一步加深。“90年代诗歌”中对“叙事性”的拔举，毋宁说也正是为了塑造出戏剧性情境以垦拓新诗表现力的空间。贾鉴分析臧棣早期代表作《维拉的镜像》（1995年）[117]时给出的美学判断“使室内风景变成外部的荒野风景，使时间叙事偏移为多向度的空间塑形”，[118]仍能有效地解释臧棣时至今日的写作。

值得注意的是，我们从诗歌语言中体验到的“实感”并不对应于客观性的“真实”或“现实”，它仍旧是语言的“虚像”，或语言符号借力于自身的形象化或文化象征的联想而产生的致幻效果，但语言化的经验感的确如“毛刷”般——臧棣曾将诗的语感比喻为“刷子”，[119]这个词也是他不少诗中的意象，譬如杨小滨解析过的“茅草的小裁纸刀／正唰唰地裁着宇宙的毛边”[120]——在经验的“摆动”中撩拨我们感受器官的敏感，因为“诗的阅读是图像借助我们在阅读它自己”。[121]甚至，“语言的感觉”也成为决定着情感可信度的圭臬。[122]这种“语言—实感”背后的戏剧化结构造就了臧棣很多诗作的“开场”：“从生活中醒来，我得到了一块冰”（《生活的艺术丛书》）[123]。“悬空”的场景被设置为诗的起点，诗从而得到保障，能够穿戴上经人工打磨而表面光滑的语言外衣。相较于“深刻”或“质朴”这类形容词，“美妙”是臧棣最倾心于赋予诗歌语言的，[124]它诞生于一种自由的愉悦，因为“美是自由在感性现象领域内所取的形式”。[125]这种美妙被灵巧的语言之手悉心打理着，且不论这只手受制于语言的“智慧”或径直被语言“直觉”所引动，至少，它的形态轻盈、优雅而不凝滞，甚至要刻意把诗歌语言装扮出“肤浅”的气质。如果改装臧棣《反省》诗中的句子来描述：诗的语言“向来只显示最肤浅的昏迷部分”。

“浪漫化”：神秘、直觉和抒情势能

上文提到的“戏剧化”，既是一种塑造张力的修辞，同时也从诗人紧促的思维能力那里获得保障，它似乎因自身携带的智性元素而在当代诗歌文化中占据了愈发显赫的位置。这对于技艺演进迅速且格局繁复的当代诗来说，算不得什么新鲜话题；至于它何以在今天化身某种诗歌“常识”甚至“集体无意识”，恐怕作为诗人的臧棣也部分地参与了推波助澜的工作。他的另一重身份，即作为四十年代新诗现代性的研究者，或许保证了自己有一种知识结构和视野上的优势，能将袁可嘉发表于1947年—1948年间的《新诗现代化》《新诗现代化的再分析》《新诗戏剧化》《谈戏剧主义》等短章中提出的“感性革命”方案消化并转生为自己写作的延续力量。在这个方案中，被发展为批评范畴的“戏剧化”，其历史性的功绩是以表现的客观性与间接性来击破“诗只是激情流露的迷信”。[126]

我们称臧棣为袁可嘉诗学在当代诗歌中的传承者，想必并不为过。[127]前者对里尔克（R. M. Rilke）、艾略特（T. S. Eliot）、奥登（W. H. Auden）等人诗学观念的青睐在某种程度上间接地取道袁可嘉；而袁氏提出“戏剧化”来反对“感伤主义”（被视作浪漫主义的一个发展面向）之抒情的意图，也隐秘地归化在臧棣的诗歌认知中。的确，相对于“语言”“想象力”“直觉”“境界”以及诗的“秘密”“运气”等等话题，臧棣无论在诗学文章还是冠以“诗道鳟燕”总题的诗论断片中都较少直接论述“抒情”的问题。究其原因，除了受到袁可嘉关于“戏剧化”反（浪漫主义的）“抒情”思路的影响，这种“失声”的认识论根由或许比想象的更复杂一些。臧棣曾在谈论海子的一篇访谈中将“抒情”与“生命的觉醒”对立起来。在我看来，后者不止是对海子诗歌形态的诊断，也隐蔽地声张了臧棣自身的诗学：

在现代的堕落中，在现代的普遍的生命的萎靡中，诗体现了一种生命的觉醒，一种生命的自我提升。海子说他不满足于诗仅仅是“抒情”，意思就是，针对现代的颓败诗应该是一次激烈的突围，一种根本性的敢于解决生命的困境的行动。[128]

在臧棣的语境中（或臧棣所构想的海子的语境中），“抒情”与现代的“堕落”“颓废”联系在一起，这种体认或许来源于新诗史上绵延未绝的对所谓“抒情主义之末流”——感伤主义的批判声音，譬如朱光潜曾将它讥讽为一种缺乏亲切深厚之情感的“泄气主义”。概括地说，以英国浪漫主义（甚至蔓延到部分法国象征派）为代表的“感伤主义”是“一种直线倾泻而未能节制内敛的情绪反应、一种缺乏艺术剪裁的说教倾向”，[129]并将忧郁多愁（苦涩、灰暗、阴郁）和厌世感伤（虚无、颓废）抬升为一门“学问”——被夏多布里昂（François-René de Chateaubriand）称作“悲伤与恐惧的学问”的艺术目标。[130]

早先在19世纪三四十年代欧洲的反浪漫主义斗争中，歌德（Johann Wolfgang von Goethe）已率先发难：“我称古典的为健康，而浪漫的则乃病态”。而在1940年代的中国，对它的指责则与革命和战争的宣传需求有莫大的关联。这只是问题的一个方面，袁可嘉等人批评这种美学倾向时所处的具体语境却是另一个：他针对被大众化新诗或革命浪漫主义所征调、占用的那种激情性的“说明意志”和“表现情感”[131]的倾向，意欲维持的是新诗的“纯文学”价值尺度和“精英主义”文化立场。[132]在评论海子的这段话里，臧棣所质诘的“抒情”显然是浪漫主义视野下的抒情，但他归整了上述两种出发点：他的确赞同将新诗从感伤主义的颓丧中解救出诗本应具有的硬朗语言质地和生命意识，但他的意图似乎无涉于“大众化”诗学的建构，毋宁说是与袁可嘉相合拍的，即“诗歌写作忠实于人类对自身的高级文化的想象”“诗歌的冲动是源于对更高级的生命形态的渴望”。[133]臧棣对诗歌中“愉悦”“喜悦”“欢乐”和喜剧精神的倾心，也能在这条线索中找到一部分依据：与其在痛苦和阴郁中演示深刻，诗更倾向于在“人类的狂喜”中触及“肯定的深刻”。[134]

臧棣自己甚至也在20世纪90年代后期直截了当地提过“在风格上摈弃浪漫主义”的话题，其替换方案是用“震惊效果”［来源于本雅明（Walter Benjamin）］来取代“感染力”，并且强调，这关乎诗人所面临的“成熟”问题。[135]其中暗设了一种对照关系：投身“浪漫主义”的审美是“不成熟”的表现，它对应于一种“青春期”写作；敬文东在评论臧棣时就曾经提到，浪漫主义似乎与一种青春式的“完美”真理绑定在一起。[136]但事实上，如果我们略费工夫察考浪漫主义发生的历史起点，再将我们在上节讨论过的一些问题纳入进来，就会发现臧棣的诗学实则与德国早期浪漫主义（即耶拿派）的哲学和诗学观点存在某些暗合：[137]在诺瓦利斯（Novalis）那里，所谓“浪漫哲学”即“人与宇宙的内在联系及其相互贯通的”哲学。[138]

我们并非要将臧棣笼统地指认为一位“浪漫主义诗人”，也不打算用“浪漫的”这个术语的类型意义——即弗里德里希·施莱格尔（Friedrich von Schlegel）所谓“用一种梦幻的方式传递一个感情丰富的主题”[139]——来指称臧棣的文本特征，尤其不愿意自陷于浪漫主义的哲学背景，即“先验唯心论”（transcendental idealism）的论争泥淖中；毋宁说，是意在借镜“浪漫化”的视域来开掘臧棣诗歌的解释的可能性。更何况，诗人自己也为我们预留了一个阐发的通道（哪怕只是个微小的孔眼）：他对浪漫主义的抛弃也仅限于“风格”的层面。在2008年末关于中国当代诗歌语言的一次笔谈中，[140]臧棣较为罕见地集中论述了对“浪漫主义”的态度：首先，他确认了新诗史上对“浪漫主义”的驳辩仅仅是反对“伤感主义”，但遗憾地是，很多人轻佻地将把“伤感主义”等同于“浪漫主义”；其次，他认为“现代诗基本上是浪漫主义的现象”，而其中最核心的是“现代诗的想象力”，后者对工业文明背后强大的工具理性逻辑的挑战，使得浪漫主义反映出现代性的一种自我矛盾；最后他承认“浪漫主义在今天依然可以作为一种诗歌的秘密语境出现”，或者作为“源泉”。

臧棣启用“秘密语境”这样的表述，是以一种隐微的方式为浪漫主义的诗歌动力学正名。想象力，最容易从臧棣诗中勘测出来的写作动机，也恰恰是早期浪漫派构建一种“绝对的现代诗”的基石，它能帮助我们洞悉秘密——世界的秘密、生存的秘密以及语言的秘密。在某种意义上，臧棣的诗歌主题就是“秘密”或“神秘性”，这样的关键词频繁现身于他的诗论、诗歌访谈以及诗作中。那些抽象的、不可捉摸的、“至高”的、带有形而上意味的存在（譬如那些大词所指称的对象）却被诗歌语言形象化为与我们起居相随的事物，“一个世界正与我为邻”（《凤凰岭归来》，2014年）[141]，仿佛这些秘密就持留在触手可及的日常生活，从而在“平等的宇宙关系”“生命权力的多样性”[142]中渐次显形：

用最清醒的语言说，你
从未在别的地方见过
这山雾就如同一个枕头
正从时间的脖子底下被缓缓抽出。

受此情形启发，命运也很像一个枕头。

意思就是，与我们的想当然不同，

很多真理其实都是睡出来的。

——《波斯菊》，2014年[143]

“枕头”，日常生活中时常影射私密性或亲密关系的物件，作为喻体牵连了“时间”“命运”和“真理”，并毫无预兆地抛出一个反“想当然”的命题：“很多真理其实都是睡出来”——而不是“想”出来的。这个命题在“最清醒的语言”（即语言的正常态）中被道出，从而预先排除了它可能招致的怀疑：语言被蛊惑或是被滥用了。语言建立起的人与世界/宇宙的亲密性，其程度甚至深到“为宇宙瘙痒”（《立秋日》）[144]。在臧棣那里，语言犹如“时间的乳房”兼备“日常的特性”和“神秘的症候”[145]，其诗中的神秘主义也恰恰指认出那个隐蔽的“黑洞”：诗受到“无限性”的吸引和“神秘的邀请”，[146]而对秘密的洞见则是一种馈赠或“礼物”，“邀请”和“礼物”恰恰是贯穿臧棣三十年写作的另两个关键词。这或许就是他自陈的“诗歌友谊学”——“诗本身是一种兄弟关系”。[147]写于2005年的《绝对审美协会》从“我”与蚯蚓的交谈场景写起：“蚯蚓先生，你知道你最渴望得到的/是什么吗？你身上的线//看上去太短小，像是主动邀请我们/把你当成一个诱饵。”[148]蚯蚓之所以在“我”眼中成为诱饵，表面上起因于它对垂钓者而言的功能性存在，但通过“主动邀请”的移情，它以自身线型的“诱饵”充当“我”挺进秘密世界的导览员，犹如上引诗中的“波斯菊”能用“枕头”的召唤出时间、命运和真理的表象。臧棣以有限物撬开洞见无限性的关节通道，以期捕获一种“伟大的平凡”[149]，这呼应了诺瓦利斯为浪漫主义所作的定性："以亲切的方式达到间离的效果的艺术，让一个客体陌生但同时又熟悉而吸引"。[150]

这种从日常中捕获或者洞悉"秘密"的语言行动，的确是"90年代诗歌"所倡议的"日常性"脉络中发展得比较充分、甚至有些极端的表现。值得注意的是，臧棣谈及"日常性"作为后朦胧诗人共通的艺术经历，却认为"它本身并不指涉一种真理话语，不能将它绝对化"，它仅仅构成了一种"实践的动力"，或顶多被归入"风格问题"，[151]颇有祛除"日常性"之范式神话的意味。胡续冬早年即评述过臧棣在这种美学潮流中的独特位置：对他而言，"不及物性"较之"及物性"更为本源，因为这种集体的"及物性"转向并不意味着诗歌改变了自己作为"'治外法权'的独立于现实生活的'场'"。[152]在臧棣这里，具有弹性、活力和"滑翔"姿态的语言穿梭于日常与玄虚之际，用早期浪漫派的代表人物、认为"神秘与浪漫在某种意义上是同一个东西"的诺瓦利斯的说法，这就是对世界的"浪漫化"，即人和宇宙二者关系的"神秘化"，低级的东西通过浪漫化跟高级的东西"同一"起来；[153]它同时还可以执行一套相反的程序，即，浪漫化"令思维扩展至神秘和未知，却又最终掉转头来，回归普通和熟悉的事物"。[154]显然，这种"逾越"、穿梭和不断折返是由语言的想象力提供动能，语言的"飞翔"本身就是"你和宇宙之间的一根杠杆"[155]，秘密则通过语言而获得自身的形象："……时间其实有它/自己的形体：像一间带淋浴喷头的盥洗室"（《立秋日》）[156]；语言甚至能将宇宙操纵进我们体内："稍一提示，时间的翅膀便含在了口中。"（《人在台北丛书》）。[157]

在这个意义上，日常经验作为被诗人征调的对象，在诗歌中永远怀着向“神秘与未知”飞升的趋动。借用《假如种子不死丛书》一诗对“工作对象”和“服务对象”的划分，“多”的素材和原料经由语言的“工作”而服务于“一”的诗：“我的工作对象有很多，/我的服务对象却少而又少。/我用白云工作，用冰山工作，用彩虹工作，/原材料越大，空间就越刺激。//我用新月加班到黑暗的心脏。/但我只服务于诗，将语词和种子并列在一起。”[158]“种子”和词语并置共生的状态隐喻着语言和经验的亲熟，而“使劲晃动筛子”以拣选种子的动作则意味着对语言—经验之耐受力和柔韧度的试炼（“没跳过舞的种子/不是好种子”）。诗接近尾声时跃升到一种略显癫狂和任性的语感中：

> 想天真，只能面对一种后果：
> 天是用来眩晕的，地是用来摇滚的。
>
> 我才不在乎我的服务对象晃起来时
> 样子好看不好看呢。我在乎的是雨下得大不大。

在臧棣惯用的语境里，诗之“天真”代表着诗人不施加约束力的语言自治状态，它“梦想着伟大的无知能帮助我们完成最后的自我教育”[159]。余下的三行则是对这种运作方式的赋义：“用来”一词首先标明了日常经验——即作为原始场景的“种子”——的“用途性”；而“天”和“地”则可以理解为“宇宙”的提喻，它们具备的运动能力（“摇滚”）和神经机能（“眩晕”）都在暗示着宇宙的“肉身化”处境，就像《经过二月兰》（1994年）诗中所说，“世界”也有不止一副肉质的、拟人化的面孔，向我们映现并播散着秘密："不同的秘密本来就在那里／等待不同的世界之脸。"[160]此外，"摇滚"和"晕眩"通过词语激发的运动性将我们带进一种"即兴"的无方向感，而诗由"摇晃"所产生的"美感"（"好看不好看"）则失掉了紧要性和优先权，相反，诗人在乎的是这种行动所激发的额外的、未曾预期的效果（"雨"）——改造敬文东的术语来说，这是一种"道旁"的风景。

这首诗中的"雨"即是臧棣诗中依靠语言的直觉而"即兴"出的秘密。如果说对秘密的把握不可能完全脱离"认识"的话，那么这种认识却并不依据于纯粹的理性推导和判断，而是在感性和感知力的层面上展开，这大概可以用早期浪漫主义者的概念"知性直觉"（区别于"观察的知性力量"[161]）加以类比。对臧棣而言，"我的观察不如我的直觉，我的直觉不如我的依我看"（《假如碰巧你的诗歌对你没什么意义的话丛书》）[162]"观察"—"直觉"—"依我看"的推演链条似乎设置了诗学的等级观，"依我看"高于"观察"的缘由在于后者的直觉性被隐蔽于反思力背后。日常经验或场景之所以得以机遇性地（或通过臧棣所谓"诗的运气"）进入诗之场域，依靠的恰恰是诗人语言的直觉性的生成能力，即在"不可能的语言"中创造"可能的诗"，这也是他对诗之"当代性"的一个定义。[163]而其中所谓语言的"不可能性"，则意味着诗作为独立的语言事件，每一次的赋义行为都与普遍性和必然性无涉。

这种时时居于"险象"中的语言，甚至能让"骑手"（诗人）在"马"（实体经验或素材）缺场的情形下仍维持身份并照常"骑行”（语言运行）：“我们经受的仿佛是一场考验：/没有黑马，我们依然是骑手。/甚至死神都不曾看出那其中的险象：/从头到尾，一切颠簸都很正常，/而骑着的马，却没有背。”（《骑手》，1996年）[164]出于一种诗的“骄傲”，诗人用语言的创造力向“死神”挑衅，似乎语言形式的稳健运转（“一切颠簸就很正常”）就足以施展将后者欺瞒的“魔法”——在早期浪漫派那里，滋生创造力、调动感性世界的语言就有如“魔法”或“魔力”。[165]臧棣在诗中从不隐晦他对语言之命名能力的赞叹：“生活就是星空。假如你需要，/我愿意转让下一个命名权。//……心，兀自将宇宙的孤独燃烧，/但发光的却是钻石。”（《都是谜丛书》）[166]不过，这里需要注意的是诗人对“命名权”的微妙态度：他并不意图将这种“特权”时时把持于自己手中（“我愿意转让……”），而是以主体的后撤姿态为语言的自生性腾出空间——其中似乎暗合了弗·施莱格尔所揭示的浪漫主义的真谛：“事物和语词自身在说话”。[167]换句话说，这里的“命名权”区别于浪漫主义诗人作为总体上的、天然的“宇宙的立法者”的姿态，[168]这种姿态可能也弥漫在他们颇具抱负的对“浪漫诗”的定义里：“浪漫诗是渐进的总汇诗”。[169]诗人对世界“命名”的介入行动在臧棣看来具有某种临时性，强调诗中“运气”的成分或许有助于纾缓这种紧张关系。如果联系到上面谈到的《波斯菊》一诗，它的反“想当然”也是“一次性”的，鉴于这样的情境“从未在别的地方见过”；而这种“一次性”恰恰是洞见“神秘性”的魅力所在，正如臧棣把诗的“觉醒”——而不是持续的“醒着”——当成一次强有力的“例外”[170]，例外则等同于不可复制。

“与诗的秘密相比，诗的深度太接近于答案。”[171]关于“深度”，臧棣的另一个表述是“在诗歌中，深刻其实是一种深刻的愉快。”[172]在极端的意义上，臧棣是一个追求“浅”和“轻”的诗人。然而“浅”不约等于“肤浅”（奚密就曾撰文评论臧棣“浅”的深度），“轻”也与“轻佻”无涉（姜涛曾经论及，对“轻”的追慕倘若缺乏“举重若轻”能力的加持，则容易只做到“轻佻”的程度[173]），具体地说，它们是更接近“愉悦”和“轻盈”（或“轻逸”“轻松”）的诗歌心态、意识及语言风格。譬如，面对本文第一节中阐发的“第十一首”《未名湖》，当我们沉浸在诗人解开“死结”的工作氛围中而身心纠缠时，诗人却徒手托出“未名湖”这一清澈、带有慰解功效的物象，一面将我们感同身受的烦恼吸收殆尽，一面将书写的困境一揽子地转抛出去。他的诗在事物、情境间跳跃式的“转喻”和“任意性”关联，对真值性“现实”的去神圣化、在“内现实”和“外现实”之间的交通和逾越，甚至对世界的“浪漫化”“神秘化”，事实上都在为诗歌“减压”：诗在他那里既不承担严肃说理式的认知活动功能——他曾说：“我想获得的是另外一种轻松，一种对称于思考（从精神现象学的角度，它属于“重”的范畴）的轻松。”[174]——也能从历史意识的重压和异化力量下解脱，代之以不再笼罩于“压力和恐惧”之阴影的“历史的个人化”方案。[175]他的《颐和园》（2003年）著名于末尾的警句，[176]但更有趣的是其中彰明的“三不”原则：“不迁就”“不负责”“不裁决”。作为一个擅长“面具化”的诗人，臧棣以语言作为自我的“替身”从而轻巧挣脱了任何可能遭受的指控与质问。譬如他经常依靠想象力的“变形”来“微服私访”般地潜入秘密的现场：

随波涛改变的事物
提前显形了。我没有触角，
但这并不妨碍我坐在蜂蜜的秋千上
吃带翅膀的早餐。

小小的桑葚，给土耳其酸奶注入了
白云的真理。请随意品尝的结果是，
这自由有点发粘，但可随时涂进婉转的肺腑。
我，快要认不出我了。但我会永远记得你。

我没有尾巴，怎么揪，都对我不起作用。
从护栏上轻轻一跃，一个消失
就能将我变成这陌生的街道深处的
任何东西。一片落叶，或一只刚刚交配过的猫。

我的疯狂是我比海鸥起得还早。
每一个间隔都不会输给汹涌的落差，
如此频繁地，我，破着我的秘密的记录。
从烘烤的异味中，我贡献我。哪怕你已不在对面。[177]

臧棣的诗惯以自我“拟物化”的变身手法来调试接收“秘密”的频道，这首《比早餐更早的马尔马拉海丛书》（2012年）就像一则动物寓言和植物园故事的合体，“童话”般地展演对自我的发现和“改造”。“我”时而“坐在蜂蜜的秋千上”，时而对“揪尾巴”的行为无动于衷，时而能变成“这陌生的街道深处的／任何东西”。其中最能展现臧氏气度的句子莫过于“我，快要认不出我了”和定音的尾句“我的总的态度是，请别担心。”以幽默、反讽、戏谑的口吻渲染喜剧之感，这依托的是臧棣三十余年写作生涯的精神底盘：喜剧实感的获得靠的是“非人化”的“变身”，诗的“大欢乐”起源于它聪明地借用了“语言的非人的那一面”。[178]正是在语言的游逸性面具中，诗人的抒情才得以自由撑开其轻盈的翅翼：“喜悦真正的同义词是灵感。”[179]从根本上说，臧棣并非一个拒绝抒情的诗人，只不过他对抒情惯性所可能导致的更大的弊端怀有自觉的警惕，并为“抒情”事先安排了更为妥善且扎实的出路：“对诗而言，最好的洞察都是建立在诗人的丰富的情感之上的。但作为一种内在的修正，人们更渴望见证的是，诗的最好的情感是确立在诗人的最犀利的洞察之上的。”[180]

出于对“神秘”的探索欲望，臧棣的诗总是充盈着他所谓的“丰富的情感”，更具体地说，其中孕育着“对事物和生存本身的同情”。[181]但情感的抒发却并非让主体性暴露于高扬的声调中，他服膺于“洞察”基础上的低沉而清晰的嗓音。文德勒（Helen Vendler）对“抒情”（lyric）的界定也许正契合臧棣的诗学，相异于“社会性规定的自我”（socially specified self），抒情意味着“心灵言说”（“the soul” speaks）。[182]臧棣不但频繁地谈论着诗学语境中的“心灵”，而且不吝把“高贵”和“骄傲”的品质赋予了它。他对个人化写作的强调是为了开启一条独自与世界交谈的秘密通道，如果善于捕捉气息的游丝，就会发现他的诗常常面对着抒情对象——非实体的“你”——绵延出亲密的对话。这种“个体化”也蒙受着“具体—普遍”辩证法的张力：“诗的个性”在臧棣看来必将陷入一种机警的悖谬——“诗普遍得就好像你比一个生命更具体。”[183]正如乔纳森·波斯特（Jonathan Post）沿着文德勒既有的线索将“抒情”的含义推进为“去接近一个世界，一个迥异于我们周边熟知的世界的意愿”，[184]诗人不仅基于“工作伦理”而需要和语言谈判，同时写作也就是与世界的“秘密”展开一种微妙的商讨。这关乎对诗歌的提问方式：

非诗歌的问法是，什么是诗的神秘？如果以这样的方式提问，前景多半会很郁闷。关于诗的神秘，我们只能这样问：但是，什么是诗的神秘呢？[185]

臧棣的诗常以这种试探性的抒情口吻来抛接问询（或自我质询），它们从未强行拔高声调为诗人的“命名权”虚张声势。这是一种对世界的“好奇”状态，他反复申说的“不祛魅”立场就意味着诗歌对“神秘”的持久兴趣。臧棣曾更新了我们对“真实”的感知和理解，对他而言，如果还存在着“现实感”的话，那么诗中最大的现实感就是“要意识到世界曾有多么神秘。”[186]而“优美诗”向“兴趣诗”的转型恰恰代表了现代性诗歌理念的生成进路，如果说前者对应于普遍有效的审美价值的话，那么，以诗来表达主观性“兴趣”则直接关乎“对自己有效的科学趣味和艺术。[187]这也是早期浪漫派诸多理论贡献中不容忽视的一个环节。对臧棣来说，美或自然的秩序早已失去效力，谦逊地勘测出解释世界的不同通道，或许能引发他更大的兴致，尤其是当他自己有意无意地选择了那条最险峻的蹊径。他的同行肖开愚由此提炼出“好诗人”的一种品质：“看见但并不使用那些通道。”[188]当我们遭遇这样的诗句——“不偏食，偏心才有底牌可言”（《好色的蔬菜丛书》）[189]，却愁苦于“偏心”和“底牌”的晦涩难解时，不妨重温臧棣的箴言：“在诗歌中，意义，其实是一些伟大的兴趣”。[190]

2017年7月12日—23日初稿，上海杨行镇临时居所[191]

1. 关于这种危机感，当代诗人臧棣曾表述过：“危机感只是人们对诗做出的一种廉价的反应。之所以廉价，就在于这种反应是建立在诗的功利基础上的。”见臧棣：《诗道樽言》，见孙文波主编：《当代诗II》，北京. 文化艺术出版社，2011年，第198页。
2. 臧棣：《“诗道鳟燕”选萃》，载《诗林》2015年第1期，第10页。
3. 臧棣：《诗是一个独特的事件——诗道鳟燕系列》，载《诗刊》2016年第8期（4月号下半月刊），第70页。
4. 这种视点的转移也呼应了臧棣关于“新诗”合法性的说法：“重要的，不是新诗的命名是否恰当，而是伴随新诗的实践，我们的表达最终形成了哪些新的文学能力。”见臧棣：《诗道鳟燕2017》，载《草原》2017年第4期。
5. 这是“90年代诗歌”作为一个“话题”所意指的两个方面，参见臧棣：《90年代诗歌：从情感转向意识》，载《郑州大学学报（哲学社会科学版）》1998年第1期，第70页。
6. 这一表述受到臧棣的启发，见臧棣、钱文亮：《“当代诗”：创造先行规定认识》（访谈），载“诗生活网”《诗观点文库》，2008年3月27日。该访谈的第一部分以“都市存在与现代诗艺——臧棣访谈录”为题刊发于《芳草》2008年第1期。
7. 臧棣的诗歌写作起步于1983年秋季，当时因“反精神污染”的历史语境而并未读过太多“朦胧诗”的代表性作品。但他的很多诗学态度则确实建立在对朦胧诗的后续审视之上。参见臧棣、西渡：《假如我们真的不知道我们在写些什么……——答诗人西渡的书面采访》，载《山花》2001年第8期，第81—93页。
8. 洪子诚：《认识臧棣》，见《新诗评论》总第19辑，北京. 北京大学出版社，2015年，第16页。
9. 臧棣：《当代诗歌：从多元走向自主——2005年诗歌散议》，见《青年文学》2006年第9期，第75页。
10. 臧棣、胡少卿：《建立中国新诗的认证机制——臧棣访谈》，载《西湖》2013年第9期，第84页。

11. 鉴于《必要的天使》（中国青年出版社，2015年）中绝大部分诗作均包含在《小挽歌丛书》（台湾秀威出版，2013年）之中，本文对相关诗歌的引述以《小挽歌丛书》为准。
12. 这是臧棣对弗莱“原型”理论的引申，参见臧棣：《人怎样通过诗歌说话》，载《北京文学》1997年第7期，第72页。
13. “第××首”是臧棣为了便于区分诗集《未名湖》（海口. 海南出版社，“新诗公社”丛书，2010年）中的100首同题诗《未名湖》而添加的编号。
14. 诗中着重号为本文作者所加。
15. 臧棣：《诗是一个独特的事件——诗道鳟燕系列》，同上引，第72页。
16. 臧棣：《诗道樽言》，载《当代诗II》，同上引，第204页。
17. 臧棣：《诗道鳟燕·2015》，载《西部》2015年第10期，第133页、131页。
18. 臧棣说，“对诗的写作而言，正视语言的恶习，意味着领悟我们自身的优点。换句话说，能看出多少语言的恶习，意味着我们能在我们的天赋里把握到多少诗的运气”。引自臧棣《诗道鳟燕2013》，见聂广友主编《新诗3》，上海. 上海文艺出版社，2014年，第20页。
19. “诗的方言”是臧棣依据马拉美的名箴“诗是纯粹的部落语言”改造而来的命题。就此，他有这样的表述：“有时，境界的高低就在于，是纠缠诗人的母语的风格标记呢，还是讲求诗的方言的文学踪迹？……作为一个诗人，仅写出你的母语的美，还不够。你必须还要写出诗的方言的那一面。”参见臧棣：《诗道樽言》，载《当代诗II》，同上引，第202页。
20. 臧棣、西渡：《假如我们真的不知道我们在写些什么……——答诗人西渡的书面采访》，同上引，第88页。
21. 哈罗德·布鲁姆（Harold Bloom）：《崇高的奇异性》，见《影响的剖析：文学作为生活方式》（The Anatomy of Influence:Literature as a Way of Life），金雯译，南京. 译林出版社，2016年，第23页。
22. 臧棣：《诗道鳟燕》，见《骑手和豆浆：臧棣集1991—2014》（诗文集），北京. 作家出版社，“标准诗丛”，2015年，第386页。
23. 臧棣：《未名湖（为张旭东而作）》，见《燕园纪事》（诗集），北京. 文化艺术出版社，“九十年代中国诗歌”丛书，1998年，第48—52页。
24. 胡续冬：《臧棣：金蝉脱壳的艺术》，载《作家》2002年第3期，第49页。

25. 王凌云：《比喻的进化：中国新诗的技艺线索》，载《江汉学术》2014年第1期，第58页。

26. Roman Jakobson，"Two Aspects of Language and Two Types of Aphasic Disturbances"，in Roman Jakobson and Morris Halle，Fundamentals of Language，Netherlands，Mouton&Co.' S-Gravenhage，1956，pp.81-2.

27. 参见罗伯特·休斯（Robert Scholes）：《文学结构主义》（Structuralism in Literature:An Introduction），刘豫译，北京．生活·读书·新知三联书店，1988年，第30页。

28. Roman Jakobson，"Two Aspects of Language and Two Types of Aphasic Disturbances"，同上引，p.78.

29. 同上，pp.68—9.

30. 同上，p.81.

31. 臧棣：《只剩下语言那白色的呼吸丛书》，见《小挽歌丛书》（诗集），台北．秀威出版，"中国当代诗典"丛书，2013年，第167页。

32. 臧棣：《诗道鳟燕（总汇版）》（打印稿，未公开），第161页。另可参见臧棣新浪微博（网址：http://weibo.com/u/2451603510），2013年2月2日。

33. 朱莉娅·克里斯蒂娃（Julia Kristeva）：《词语、对话和小说》，祝克懿、宋姝锦译，黄蓓校，见《符号学：符义分析探索集》，上海．复旦大学出版社，2015年，第93页。

34. 臧棣：《我们的空气里为什么会有这种味道丛书》，见《小挽歌丛书》（诗集），同上引，第166页。诗中着重号为本文作者所加。

35. 孙文波：《从外面向内看：读臧棣的诗》，载《诗潮》2004年第4期，第34页。

36. 张光昕也从臧棣早期诗集《燕园纪事》中发现了其诗中"停顿"的两种症候，其一"释放言说信号"即与本文该部分所探讨的问题相关，见张光昕：《停顿研究：以臧棣为例，探测一种当代汉诗写作的意识结构》，载《中国现代文学研究丛刊》2016年第12期，第149页。

37. 杨小滨：《爽意：臧棣诗（学）的语言策略》，载《台大中文学报》2016年3

月号，第146页。

38. 耿占春：《微观知觉和语言的启蒙：论臧棣》，载张尔主编：《飞地》（第1辑），深圳．海天出版社，2012年，第147页。

39. 敬文东在论述臧棣的诗时提到：“诗歌也许并不负责提供真理（提供真理云云可能会闪了诗歌的腰肢），但我们无疑有理由要求现代诗歌（差不多也仅仅是现代诗歌）负责提供智慧。”见敬文东：《道旁的智慧——诗人臧棣论》，载《当代作家评论》2001年第5期，第110页。

40. 臧棣：《诗道鳟燕（总汇版）》（打印稿，未公开），第293页，14。另可参见臧棣新浪微博（网址同上引），2016年7月4日。

41. 臧棣：《“诗道鳟燕”选萃》，载《红岩》2014年第3期，第120页。

42. 臧棣：《诗道鳟燕》，载《诗刊》2013年第20期（10月号下半月刊），第59页。

43. 姜涛：《“每骄傲一次，就完美一小会儿”——论臧棣》，载《当代作家评论》2006年第2期，第104页。

44. 臧棣：《早市上的气球丛书》，见《小挽歌丛书》（诗集），同上引，第200—201页。

45. 陈超认为臧棣的诗符合其对“修辞可信感”的期待：“诗中各细部词语及书写技术环节，在整体语境中都发挥出准确有效的协同作用。它是对语言结构内部复杂性及限度的显幽烛隐。”见陈超：《少就是多：我看到的臧棣》，载《作家》1999年第3期，第94页。

46. 耿占春：《微观知觉和语言的启蒙：论臧棣》，同上引，第148页。

47. 以我粗略的观察，臧棣在近两三年的诗中使用这个句式更为频繁，这些诗即时地发表在其新浪微博上（网址同上引），但尚未正式出版。

48. 臧棣：《锻炼（为冷霜而作）》，见《风吹草动》（诗集），北京．中国工人出版社，“五指诗丛”，2000年，第21—24页。

49. 臧棣：《仙鹤丛书》，见《慧根丛书》（诗集），重庆．重庆大学出版社，“千高原诗系”，2011年，第5页。

50. 臧棣：《对手戏丛书》，见《慧根丛书》（诗集），同上引，第14页。

51. 臧棣：《倾注丛书》，见《骑手和豆浆》（诗文集），同上引，第227页。

52. 臧棣：《银杏入门》，见《红叶的速度》（诗集），香港．飞地书局出版社，

“飞地书局出版计划”，2015年，第22—23页。

53. 臧棣：《雪人学丛书》，见《小挽歌丛书》（诗集），同上引，第159页。

54. 臧棣：《命运入门》，见《红叶的速度》（诗集），同上引，第18页。

55. 臧棣：《泰山归来》，见《骑手和豆浆》（诗文集），同上引，第11页。诗句中着重号为本文作者所加。

56. 臧棣：《孔雀舞协会》，见《宇宙是扁的》（诗集），北京．作家出版社，“帕米尔当代诗歌典藏”丛书，2008年，第41—42页。

57. 臧棣、茱萸：《必须记住，诗矛盾于现实》（访谈），载《山花》2013年第11期，第98页。

58. 臧棣：《诗是一个独特的事件——诗道鳟燕系列》，同上引，第70页。

59. 臧棣：《我们如何观察生命之舞的一个建议》，见《骑手和豆浆》（诗文集），同上引，第33页。

60. 臧棣：《豆浆》，见《骑手和豆浆》（诗文集），同上引，第16页。

61. 臧棣：《一个人同时走在两条路上是可能的》，见《骑手和豆浆》（诗文集），同上引，第18—19页。

62. 敬文东：《道旁的智慧——诗人臧棣论》，同上引，第116页。

63. 陈超：《少就是多：我看到的臧棣》，同上引，第93页。

64. “和语言搏斗”曾是臧棣在很多场合提及的当代诗的一种语言意识，但嗣后他对这一认知做出了某种调整：“与语言搏斗的诗，曾经激励过我们。但我们现在面对的更真实的情形是，诗必须学会和语言谈判。”见臧棣：《诗道鳟燕》，载《诗刊》2014年第17期（9月号上半月刊），第37页。臧棣稍后又曾将“谈判”替换为“妥协”：“诗的写作在当代必须具有两面作战的能力：一方面，如维特根斯坦指出的，我们必须与语言搏斗；另一方面，我们也必须学会与语言妥协。换句话说，人类的心智史上，最好的诗往往来自深刻的妥协。”见臧棣：《诗道鳟燕（总汇版）》（打印稿，未公开），第266页；亦可参见臧棣新浪博客（网址同上引），2015年5月4日。

65. 臧棣：《诗道樽言》，载《当代诗2》，同上引，第194页。

66. 同上。

67. 臧棣：《诗道鳟燕》，载《诗刊》2014年第17期，第36页。

68. 臧棣：《诗道鳟燕》，载《诗刊》2013年第20期，第58页。

69. 臧棣：《绝不自然：我这样理解诗》，载“诗生活网”《诗观点文库》，2004年8月2日，网址：http://www.poemlife.com/libshow-996.htm。
70. 罗兰·巴尔特（Roland Barthes）：《写作的零度》（Le Degré zéro de l'écriture），李幼蒸译，北京．中国人民大学出版社，“罗兰·巴尔特文集”丛书，2008年，第8页。
71. Yves Bonnefoy，L'Improbable，Paris，Mercure de France，1959，p.22.
72. Vincent Vivès，«Poèmes»d'Yves Bonnefoy，Paris，Folio/Gallimard，2010，p.26.
73. 臧棣、西渡：《假如我们真的不知道我们在写些什么……——答诗人西渡的书面采访》，同上引，第90页。
74. 臧棣：《诗道鳟燕》，载《诗刊》2014年第17期，第37页。
75. 臧棣：《诗道鳟燕》，载《诗刊》2013年第20期，第59页。
76. 臧棣：《诗是一个独特的事件——诗道鳟燕系列》，同上引，第70页。
77. 臧棣：《诗道鳟燕》，载《诗刊》2013年第20期，第60页。
78. 臧棣曾谈论过关于“语言的运气”和“诗的运气”的话题：“每一种诗的信念都能带来一种语言的运气。人们当然知道，诗的运气并不来自诗的信念；或者，他们自以为他们知道。但诗的信念和语言的运气之间总会有令你意外的地方。所以，多数情形中，你并不需要哀叹你没有做过什么；你只需问自己，作为一个诗人，你还能用语言做点什么呢？”见臧棣：《诗是一个独特的事件——诗道鳟燕系列》，同上引，第70—71页。
79. 臧棣：《诗是一个独特的事件——诗道鳟燕系列》，同上引，第72页。
80. 陈超：《少就是多：我看到的臧棣》，同上引，第94页。
81. 臧棣：《诗歌反对常识》，载《诗潮》2004年第4期，第33页。
82. 臧棣：《“诗道鳟燕”选萃》，载《红岩》2014年第3期，第120页。
83. 同上。
84. 同上。
85. 臧棣：《诗道鳟燕》，载《诗刊》2013年第20期，第60页。
86. 臧棣：《诗是一个独特的事件——诗道鳟燕系列》，同上引，第69页。
87. 臧棣：《守灵人入门》，见《红叶的速度》（诗集），同上引，第12页。
88. 该诗句的前后文为：“现在谁是倾听者？在哪里倾听？/对我来说已并不重

要。或许／我只是对自己诉说：一种失传的技艺／一种人和他的自我之间的语言交易//有着哑剧的风格”。臧棣：《哑剧的轶事》，见《燕园纪事》（诗集），同上引，第149页。

89. 臧棣：《诗是一个独特的事件——诗道鳟燕系列》，同上引，第68页。
90. 臧棣：《万古愁丛书》，见《慧根丛书》（诗集），同上引，第3页。
91. 臧棣：《未名湖》（第六十八首），见《未名湖》（诗集），同上引，第92页。
92. 臧棣：《诗是一个独特的事件——诗道鳟燕系列》，同上引，第71页。
93. 木朵、臧棣：《臧棣：诗歌就是不祛魅》（访谈），载《诗歌月刊》2014年第1期，第25页。
94. 臧棣、泉子：《请想象这样一个故事：语言是可以纯洁的》（访谈），载《西湖》2006年第9期，第77页。
95. 臧棣在与木朵的访谈中提到诗的语言和“鸟”的飞行姿态相近：“更喜欢罗兰巴特所论及的一个类似的情形：在语言中自如地滑翔。……你在《未名湖》中看到‘语言的惯性’，应该是一种我在写作中自觉追求的语言的滑翔状态。有趣的是，在现实生活中，我的确喜欢像火烈鸟、大雁、苍鹰等飞禽。它们的滑翔状态非常令人着迷，你分不清什么是天生的本能，什么是后天习得的技艺。我猜想，特别是从体验的角度看，我们在诗歌中领略到许多语言境界都与之相似。”见木朵、臧棣：《臧棣：诗歌就是不祛魅》（访谈），同上引，第25页。
96. 臧棣和西渡的访谈中将语言比作“蝴蝶”：“大约在90年代初期，我开始欣赏很可能是我虚构出的纳博科夫对待语言的方式：即把语言作为一只美丽的蝴蝶来捕捉。……至少把语言比成蝴蝶，会让我时常警醒语言是有自主生命的。蝴蝶在我眼里非常具有灵性。在野外捕捉蝴蝶，你就会发现蝴蝶具有一种幽灵般的能力，它能在你仰手触及它的刹那间，腾空翩翩飞起。这对凡是自认为有能力驾驭语言的人无异是一种有力的嘲讽。”见臧棣、西渡：《假如我们真的不知道我们在写些什么……——答诗人西渡的书面采访》，同上引，第78页。
97. 臧棣：《即兴表演协会》，见《骑手和豆浆》（诗文集），同上引，第90页。
98. 臧棣：《诗歌的风箱》，载《青年文学》2006年第9期，第73页。
99. 臧棣：《“诗道鳟燕”选萃》，载《诗林》2015年第1期，第10页。

100. 臧棣：《诗道鳟燕（总汇版）》（打印稿，未公开），第85页。
101. 臧棣：《“诗道鳟燕”选萃》，载《诗林》2015年第1期，第9页。
102. 臧棣：《我们时代的手相（为熊挺而作）》，见《风吹草动》（诗集），同上引，第258—259页。
103. 臧棣：《反省》，见《燕园纪事》（诗集），同上引，第69页。
104. 臧棣：《后援现象学》，见《新鲜的荆棘》（诗集），北京．新世界出版社，2002年，第54页。
105. 臧棣：《绝唱协会》，见《宇宙是扁的》（诗集），同上引，第45页。
106. 臧棣：《未名湖》（第二十三首），见《未名湖》（诗集），同上引，第33页。
107. 臧棣：《对手戏丛书》，见《慧根丛书》（诗集），同上引，第14页。
108. 臧棣：《冰岛温泉丛书》，见《小挽歌丛书》（诗集），同上引，第241—242页。
109. 臧棣：《纪念辛波丝卡丛书》，见《骑手和豆浆》（诗文集），同上引，第233页。
110. 臧棣：《试飞》，见《红叶的速度》（诗集），同上引，第52页。
111. 臧棣：《深度诗学入门》，见臧棣新浪微博（网址同上引），2017年6月28日。
112. 臧棣：“诗的顿悟，似乎总是与心智的爆发和强力的瞬间有关”。见臧棣：《诗道鳟燕（总汇版）》（打印稿，未公开），第108页。
113. 臧棣：《就地神游》（诗集），合肥．黄山书社，2016年，第71页。
114. 臧棣、林东林：《写诗，首先是一种工作》（访谈），见林东林：《跟着诗人回家》，南京．江苏凤凰文艺出版社，2017年，第134页。
115. 臧棣：《诗是一个独特的事件——诗道鳟燕系列》，同上引，第69页。
116. 臧棣：《诗道鳟燕》，载《诗刊》2013年第20期，第58页。
117. 臧棣：《维拉的镜像》，见《燕园纪事》（诗集），同上引，第163页。
118. 贾鉴：《先锋诗歌的转折：从1980年代末到1990年代》，上海大学博士论文，2016年，第83页。
119. 臧棣：《诗道鳟燕·2015》，载《西部》2015年第10期，第124页。
120. 臧棣：《签名》，见《新鲜的荆棘》（诗集），同上引，第121页。

121. 臧棣：《诗道鳟燕·2015》，同上引，第122页。

122. 臧棣曾说："在诗中，我们的感觉必须为语言的感觉做出牺牲。我们的感觉是否值得信任，最终是由语言的感觉决定的。"见臧棣：《诗道鳟燕2013》，载聂广友主编：《新诗3》，同上引，第30页。

123. 臧棣：《生活的艺术丛书》，见《慧根丛书》（诗集），同上引，第15页。

124. 臧棣认为，"美妙的语言能决定诗"，见臧棣：《诗道鳟燕·2015》，同上引，第128页。

125. 弗雷德里克·詹姆逊（Frederic Jameson）：《马克思主义与形式：20世纪文学辩证理论》（Marxism and Form: Twentieth-Century Dialetical Theories of Literature），见《语言的牢笼·马克思主义与形式》，南昌. 百花洲文艺出版社，1997年，第二部分，第74页。

126. 袁可嘉：《新诗戏剧化》，见《半个世纪的脚印：袁可嘉诗文选》，北京. 人民文学出版社，1994年，第72页。此文原载于《诗创造》第12期（1948年6月）。

127. 臧棣还曾经发表《袁可嘉：40年代中国诗歌批评的一次现代主义总结》一文（载《文艺理论研究》1997年第4期），其中称赞"袁可嘉的诗歌批评标志着40年代中国诗歌批评现代主义向度上所达到的最高水准。"

128. 臧棣、黄涌：《肯定诗所肯定的——再谈海子（修订版）》（访谈），见臧棣新浪微博（网址同上引），2013年3月9日。

129. 张松建：《抒情主义与中国现代诗学》，北京. 北京大学出版社，2012年，第282页。

130. 胡戈·弗里德里希（Hugo Friedrich）：《现代诗歌的结构：19世纪中期至20世纪中期的抒情诗》，李双志译，南京. 译林出版社，2010年，第16—17页。

131. 袁可嘉：《新诗戏剧化》，同上引，第67页。

132. 张松建：《抒情主义与中国现代诗学》，同上引，第281页。

133. 臧棣、钱文亮：《"当代诗"：创造先行规定认识》（访谈），同上引。

134. 臧棣、林东林：《写诗，首先是一种工作》（访谈），同上引，第143页。

135. 臧棣：《人怎样通过诗歌说话》，同上引，第72页。

136. 敬文东：《道旁的智慧——诗人臧棣论》，同上引，第110—111页。

137. 王敖和余旸曾借助英美浪漫主义的视域，触及了臧棣和当代诗传统中的“浪漫主义复兴”或“浪漫主义转向”的问题。参见王敖：《怎样给奔跑中的诗人们对表——关于诗歌史的问题与主义》，载《新诗评论》总第8辑，北京．北京大学出版社，2008年，第3—48页。参见余旸：《从“历史的个人化”到新诗的“可能性”》，载《新诗评论》总第19辑，北京．北京大学出版社，2015年，第20—50页；相关内容亦可见于余旸：《“九十年代诗歌”的内在分歧：以功能建构为视角》，北京．人民出版社，2016年，第13—51页。

138. 加比托娃（Р.М.ГАБИТОВА）：《德国浪漫哲学》，王念宁译，北京．中央编译出版社，2007年，第141页。

139. 恩斯特·贝勒尔（Ernst Behler）：《德国浪漫主义文学理论》（German Romantic Literary Theory），李棠佳、穆雷译，南京．南京大学出版社，2017年，第25页。

140. 李心释（主持）：《关于当代诗歌语言问题的笔谈（三）》，载《广西文学》2009年第3期，第84页。该系列笔谈约请数位诗人参与，分8次刊发。臧棣所做的笔谈全文，可参见《大忌还是大计：关于新诗的散文化——答〈广西文学〉关于当代诗歌语言话题的问卷》，载“诗生活网”《诗观点文库》，2009年1月17日，网址：http://www.poemlife.com/libshow-2079.htm。

141. 臧棣：《凤凰岭归来》，见《红叶的速度》（诗集），同上引，第24页。

142. 臧棣、林东林：《写诗，首先是一种工作》（访谈），同上引，138页，第139页。

143. 臧棣：《波斯菊》，见《红叶的速度》（诗集），同上引，第37页。

144. 臧棣：《立秋日》，见《燕园纪事》（诗集），第133页。

145. 臧棣：《“诗道鳟燕”选萃》，载《诗林》，2015年第1期，第9页。

146. 臧棣：“诗，就是你接到了那个神秘的邀请。”见臧棣：《诗道鳟燕2017》，载《草原》2017年第4期。

147. 臧棣：《诗道樽言》，载《当代诗II》，同上引，第203页。

148. 臧棣：《绝对审美协会》，见《宇宙是扁的》，第53页。

149. 臧棣：《诗道鳟燕·2015》，同上引，第126页。

150. 恩斯特·贝勒尔：《德国浪漫主义文学理论》，同上引，第166页。
151. 臧棣：《诗歌：作为一种特殊的知识》，载《北京文学》1999年第8期，第91—92页。
152. 胡续冬：《臧棣：金蝉脱壳的艺术》，同上引，第49页。
153. 加比托娃：《德国浪漫哲学》，同上引，第140—141页。
154. 恩斯特·贝勒尔：《德国浪漫主义文学理论》，同上引，第189页。
155. 这是对臧棣《喜鹊入门》诗句的化用：“它邀请你观看一个表演——/即使和它无关，飞翔本身也曾是/你和宇宙之间的一根杠杆；/而它降落在草坪上，浑然如一个支点。”见《红叶的速度》（诗集），同上引，第21页。
156. 臧棣：《立秋日》，见《燕园纪事》（诗集），同上引，第133页。
157. 臧棣：《人在台北丛书》，见《慧根丛书》（诗集），同上引，第11页。
158. 臧棣：《假如种子不死丛书》，见《慧根丛书》（诗集），同上引，第16页。
159. 臧棣：《诗道鳟燕（总汇版）》（打印稿，未公开），第17页。
160. 臧棣：《经过二月兰》，见《骑手和豆浆》（诗集），同上引，第27页。
161. 恩斯特·贝勒尔：《德国浪漫主义文学理论》，同上引，第75页。
162. 臧棣：《假如碰巧你的诗歌对你没什么意义的话丛书》，见《慧根丛书》（诗集），同上引，第101页。
163. 臧棣：《诗道鳟燕·2015》，同上引，第129页。
164. 臧棣：《骑手》，见《骑手和豆浆》（诗文集），同上引，第15页。
165. 加比托娃：《德国浪漫哲学》，同上引，第142页、144页、149页。
166. 臧棣：《都是谜丛书》，见《慧根丛书》（诗集），同上引，第25页。
167. A.O.洛夫乔伊（Arthurt Oncken Lovejoy）：《早期浪漫派中“浪漫”的意义》，见《观念史论文集》（Essays in the History of Ideas），吴相译，南京. 江苏教育出版社，2005年，第184页。
168. 胡续冬：《臧棣：金蝉脱壳的艺术》，同上引，第51页。
169. 弗里德里希·施莱格尔（Friedrich von Schlegel）：《断片集（〈雅典娜神殿〉断片集）》，见《浪漫派风格：施勒格尔批评文集》（Friedrich Schlegel’s Kritische Schriften），李伯杰译，北京. 华夏出版社，2005年，171页。A.O.洛夫乔伊曾就这一命题做出解读：Romantische Poesie

（浪漫诗）=Romanpoesie=具有《威廉·迈斯特》特征的作品；这一论断似乎意味着“浪漫诗”只是作为一种文类的der Roman（小说），是将一些典型意义赋予一般意义上的小说的倾向——参见《观念史论文集》，同上引，第183页。

170. 臧棣：《诗道鳟燕·2015》，同上引，第125页。
171. 同上，第124页。
172. 臧棣：《诗道樽言》，载《当代诗II》，同上引，第207页。
173. 姜涛：《“每骄傲一次，就完美一小会”——论臧棣》，同上引，第104页。
174. 臧棣：《诗歌的风箱》，同上引，第73页。
175. “历史的个人化”是臧棣所说的“90年代诗歌”的两大主题之一，另一个是“语言的欢乐”。见臧棣：《90年代诗歌：从情感转向意识》，同上引，第70页。
176. 臧棣：《颐和园（给清平）》，见《宇宙是扁的》（诗集），同上引，第100页。该诗最后一句为“每骄傲一下，就完美一小会儿。”
177. 臧棣：《比早餐更早的马尔马拉海丛书》，见《小挽歌丛书》（诗集），同上引，第187—188页。
178. 臧棣：《诗道樽言》，载《当代诗II》，同上引，第201页。
179. 臧棣：《更大的家》，见《风吹草动》（诗集），同上引，第101页。
180. 臧棣：《诗是一个独特的事件——诗道鳟燕系列》，同上引，第69页。
181. 臧棣：《诗道樽言》，载《当代诗II》，同上引，第193页。
182. Helen Vendler, Soul Says: On Recent Poetry, Cambridge, MA: Harvard University Press, 1995, p.3.
183. 臧棣：《诗道鳟燕2017》，载《草原》2017年第4期。
184. Jonathan F. S. Post, English Lyric Poetry, New York, Routledge, 1999, foreword, p.xii.
185. 臧棣：《诗道鳟燕》，载《诗刊》2014年第17期，第36页。
186. 臧棣：《诗道鳟燕·2015》，同上引，第130页。
187. A.O.洛夫乔伊：《早期德国浪漫派中“浪漫”的意义》，见《观念史论文集》，同上引，192页；《席勒和德国浪漫主义的兴起》，见《观念是论文集》，同上引，第203页。

188. 肖开愚：《犹如操场从半空落下，犹如上午……——臧棣和他的诗》，载《诗探索》1998年第1期，第117页。

189. 臧棣：《好色的蔬菜丛书》，见《小挽歌丛书》（诗集），同上引，138—第139页。

190. 臧棣：《诗道鳟燕》，载《诗刊》2013年第20期，第59页。

191. 匆促结稿之际，谨向几位师友致谢：诗人臧棣寄赠《诗道鳟燕》的总汇版打印稿（2016年9月14日整理版），并授权本文使用；江苏文艺出版社的李黎兄所赠新近面世的《跟着诗人回家》一书（内含臧棣长篇访谈），也为本研究提供了新材料。师兄贾鉴在本文提纲拟定之后，与我有一次长时间的通话，惭愧的是，限于精力和学力，当时讨论到的若干要点却未能有效地展开，但他专论“90年代诗歌”的博士论文《先锋诗歌的转折：从1980年代末到1990年代》则帮助本文厘清了诗歌史的线索。最后，尤其要感谢本书的主编哑石先生，没有他的邀约和善意的催促，本文恐怕很难在如此紧张的工作状态中一气呵成。

我们该如何读《镜中》？

作者 / 周东升

周东升，
一九七六年生，安徽霍邱人，现居成都，
任教于西南交通大学中文系。

张枣22岁写下了《镜中》。这首精致的小诗不仅被广大诗歌读者所接受、喜爱，也受到许多诗人和评论家的高度评价，为张枣赢得了巨大的诗歌名声。像古典时代的“杜紫薇”（杜牧）、“贺梅子”（贺铸）、“高梅花”（高启）一样，张枣也因此诗有了“张镜中”的雅号。在新诗史上，享此殊荣的诗人并不多，亦有“雨巷诗人”（戴望舒）、“陈点灯”（陈东东）、“柏表达”（柏桦）等。然而，张枣在言及《镜中》时，不免有些忧虑，怕他诗歌的复杂性、丰富性被此诗化约、定格。[1]事实上，对于一般读者而言，以成名作或代表作定格诗人的理解模式，不仅司空见惯，也几成认知定律。好在张枣有不少出色的诗歌知音，他的诗歌技艺并没有被轻易地简单化，甚至相反，不少论者通过《镜中》这样“一首很单纯的诗”[2]，也读出了张枣的复杂性来。比如钟鸣在《笼子里的鸟儿和外面的俄耳甫斯》一文中，分析出《镜中》“八种交错的隶属人称关系”[3]，几乎要把这首诗变成玄学。西渡、秦晓宇、宋琳、冷霜、李海英、钱文亮等论者的细读文章，不论他们最终归结到哪一种诗学见解，也都没有将张枣简化。这是不幸早逝的张枣在诗歌上的幸运，他的诗以及新诗写作的方法论从一开始就受到同行、知音的关注、发掘。

然而，在我看来，《镜中》并非一个复杂的诗文本。它明晰的表层结构和倾向于单纯化的语象组合以及具体可感的戏剧性情境，很难承载一种复杂的现代诗学观念。如果基于现代阐释学所主张的读者与文本之间的对话关系去理解这首诗，而不是偏离文本由阐释者任意发挥，就可以说，这首诗能向读者提出的诗学问题并不多，也即读者受邀于文本所能展开的价值追问，是很有限的。就此而言，它是一首著名的好诗，但不是一首重要的诗；它展示了张枣的才华，但难以代表张枣诗歌在新诗写作中的重要贡献。

作为张枣的诗歌俦侣，柏桦曾告诉他“这是一首会轰动大江南北的诗”，之所以会做出如此大胆的预言，不仅是直觉，更源于柏桦的诗歌阅读经验。在《张枣》一文中，柏桦说：“《镜中》还应该被理解为是《何人斯》之前一首轻逸隽永的插曲。它在一夜之间广为传唱的命运近似于徐志摩和戴望舒那易于被大众接受的《再别康桥》及《雨巷》……”[4]柏桦的判断和定位都是极准确的。在总体风貌上，《镜中》是倾向于古典的，这正好满足了“公众理解系统”中的古典期待，使它能够赢得广泛的青睐。冷霜认为：“尽管张枣在话语的表层表达了对‘传统’的谦卑，但他实际上分享着当代诗人共有的对于‘传统’的认知姿态”，这种姿态里，有着“强烈的信心”。[5]古典风貌与现代的自信，铸就了这首既被大众接受又被业内专家认可的基础。

但是，像许多评论文章那样过分地拔高这首诗，不仅意味着对当代新诗的内在逻辑和总体趋向的失察，也是对张枣才华的遮蔽。和张枣写于同期的《早晨的风暴》《何人斯》《秋天的戏剧》《灯芯绒幸福的舞蹈》等诗以及在德国完成的诸多诗篇相比，《镜中》不仅单纯，而且显得单薄。钟鸣对《镜中》复杂的人称关系的分析，西渡的“镜像”结构的分析，冷霜、秦晓宇的元诗观念阐释，以及由此引出的对《镜中》的判断，都颇值得商榷。诗歌阐释中，阐释者与文本之间的关系问题，一直是批评家必须面对和回答的问题。以作者、文本为中心，以读者为中心，还是以读者与文本的对话为中心，批评家不同的选择，不仅影响到研究方法上的妥当性，还直接关乎文本阐释的有效性。面对批评家的阐释，作为读者的读者，我们最终要将其与诗歌文本对照验证，如果批评家的阐释自成体系，但仅仅“使用”了文本，而没有与文本发生相互尊重的深层对话（包括拔高或贬低或伪造文本观点），那么这样的阐释严格上说只能是自我阐释，而不是文本阐释。在才华出众的批评家的“强力”阐释中，最容易出现此类情况。比如，《镜中》的元诗性质，就是阐释者强行赋予它的一种独特性。不管使用普通意义上的“元诗”概念，还是使用张枣的“元诗”概念，《镜中》都不比张枣别的、任一首诗更具有元诗性质，也不比柏桦、陈东东等人的诗歌更具元诗性质。在张枣诗学中，元诗是他发明的一套阐释新诗的话语，用以描述“中国当代先锋诗”的写作状况。张枣虽然主张元诗写作，但并不否认元诗写作面临的深刻危机。在《朝向语言风景的危险旅行》一文中，他说“中国当代先锋诗对元诗结构的全面沉浸，不但使其掺入了诗歌写作的环球后现代性，也使其加入了它一切的危机。说到底，就是用封闭的能指方式来命名所造成的生活与艺术脱节的危机。”这种危机是张枣终其一生都在竭力思考、并试图解决的问题[6]。但我认为，《镜中》的问题还不仅在于此处，而在于，借用张枣的话说，“如果它寻求把握汉语性，它就必然接受洋溢着这一特性的整体汉语全部语义环境的洗礼……使诗的能指回到一个公约的系统中，从而断送了诗的现代性，也就断送了人对其处境和状况的当代觉悟，写作也就失去了合法。”[7]

钟鸣的文章《笼子里的鸟儿和外面的俄耳甫斯》是第一篇比较系统的讨论张枣诗歌的论文，大约写于1992年前后。主要涉及《镜中》《刺客之歌》《卡夫卡致菲丽斯》等篇目。就《镜中》一诗而言，钟鸣二十多年前的理解基本上是建立在对《镜中》文本大幅度偏离的基础上。钟鸣说：“实际上，《镜中》展示的内容和意义，远远要比这复杂得多，重要得多。如果略加统计，《镜中》大概出现了八种交错的隶属人称关系，正是在这交错替换之间，作者悄悄地就实现了自己的意图。”因为存在了这样的复杂性，也就推导出了诗人的意图：“这难道只是张枣在玩弄技巧吗？不，这是一场深刻的反叛，对谁反叛呢——对汉语的及物性，对传统主题，对封闭的语言机制和为这语言机制所戕害的我自身等等。”[8]钟鸣的阐释和论断，对于后来者理解这首诗影响很大，不少解读此诗的评论文章都引用过“八种关系说”，并以此作为“前理解”去印证此诗的复杂性。然而，就《镜中》文本而言，这说不清、理还乱的“八种关系”反而遮蔽了它自身结构的明晰性，将理解引向了歧途，引向了钟鸣的个人诗学。在我看来，《镜中》的反叛性远远少于它的继承性，不论是在主题上还是在语言机制上，都表现出与传统握手言欢的亲善态度。

在讨论《镜中》之前，我们可以看一首与此诗无关，但结构上又与此诗同构的词，这将便于对后面的解读。辛弃疾的词《破阵子·为陈同甫赋壮词以寄》读者大约都耳熟能详："醉里挑灯看剑，梦回吹角连营。八百里分麾下炙，五十弦翻塞外声。沙场秋点兵。马作的卢飞快，弓如霹雳弦惊。了却君王天下事，赢得生前身后名。可怜白发生！"词的开头两句，标示了具体的语境和行动，抒情主体于醉酒的状态下，在室内挑灯、看剑，看着看着便带着醉意睡着了，但"看剑"所引发的功业抱负，并未随睡眠而终止，接下来就有了"梦回吹角连营"的一系列征战场景。而抒情主体终究要从梦境（或者是想象、追忆）返回现实，于是，又有了梦醒后"可怜白发生"的悲叹。梦里梦外两种情境构成尖锐对比，词的抒情力度骤然加强。由抒情主体的当下情境写起，然后进入梦境（想象或追忆的情境），再返回当下情境，这是传统抒情短制常用的一种结构法，简单而有效。时间、空间在这种结构中，既可自由展开又能自然收拢。同时，又可以视具体的写作需求，对它做出灵活的变通。比如，以梦（想象、追忆）发端，以回到当下情境收结，或从当下写起，在梦境（想象、追忆的情境）中结篇。与辛弃疾同时代的姜夔，其写"梅"名篇《暗香》《疏影》就灵活运用了这种结构方法。

《镜中》同样采用了这种结构。但遗憾的是，不少细读文章对此视而不见。不作整体上的观照，反复纠缠于文本中的细枝末节，盲目崇信它的复杂性，最终只能陷入自我迷惑的胡言乱语。即便对"梅花""皇帝"等意象或词语做出再多的才华卓著的互文阐释，借用乔纳森·卡勒的话来说，也只是一种"不足阐释（under interpretation）"。[9]当然，《镜中》的这种结构模式，或许隐蔽了一些，不易发现。为了方便讨论，这里先全篇引出这首短诗：

只要想起一生中后悔的事
梅花便落了下来
比如看她游泳到河的另一岸
比如登上一株松木梯子
危险的事固然美丽
不如看她骑马归来
面颊温暖
羞惭。低下头，回答着皇帝
一面镜子永远等候她
让她坐到镜中常坐的地方
望着窗外，只要想起一生中后悔的事
梅花便落满了南山

和辛弃疾的《破阵子》不同的是，《镜中》明示抒情主体所处的当下情境的诗句不在开头，而是在篇末的“望着窗外”。这四字一出，便为阐释者提供了足够多的信息，使得这首诗的文本语境豁然开朗。首先，它标志着一个具体的抒情主体的出场。在前十行中，抒情主体一直处于不可捉摸的泛化状态，缺少时间、空间的规定性，没有可以供读者投身其中的生动形象。直到此处，发出开头两行画外音的，以及接下展开追忆场景的抒情主体形象乍然现身读者眼前，赫然立于窗口，他的声音、语调、情绪一起收摄于这一“望”的姿态和表情之中。其次，“望着窗外”，标志着前十行处于混沌状态的时间和空间的明朗化。“望”的动作发生在此时此地，“望”见的“梅花”与“南山”也在此时此地，而“望”引发的追忆，即三至八行的情境则发生在彼时彼地，两个时空，两个不同色调的场景，对比又关联，造成这首诗的时空结构。并且，还可由此确定，第九行中的“一面镜子”是室内实在之物，是抒情主体举目可见的身旁旧物，是过去与此刻之间醒目的关联物。可见，《镜中》的结构和《破阵子》基本上是一致的：抒情主体在当下感伤的情境中发出慨叹，继而进入明丽的追忆情境，然后再返回落寞的当下。再次，“望”字不仅指涉抒情主体的动作，还暗含着这首诗的生成机制：由“望”而触景生情，情生而追忆往事，然后突破时空限制，情、景、事交融互渗而有诗。《破阵子》正是这一机制的产物（“看”的结果），而古典诗词中大量的望山、望水、望月、望空、望乡之作，更是由“望”生成的。宗白华在讨论传统园林建筑艺术曾说：“‘望’最重要，一切美术都是望，都是欣赏……窗子并不单是为了透空气，也是为了能够望出去，望到一个新境界，使我们获得美的享受。”[10]可以说，张枣的“望向窗外”，深悟了传统美学的内在精神，特别是望见“南山”，骤然打开了诗境，窗内的促狭和内心的纠结因与远处的南山产生应和，顿时变得敞亮而富有生气。

通过与《破阵子》的对照分析，我们可以发现《镜中》与传统之间的亲密关系。但因为两者在主题和语词系列上的完全相异，这种关系还不能得以更多的揭示。在西渡、冷霜、秦晓宇等论者的文章中，还将其与传统的咏梅诗做过对比阐释。当然，大家更强调张枣的“标新”。事实上，如果再将《镜中》与南朝乐府民歌《西洲曲》做一次细致的比较研究的话，还可以发现它在主题和技法上的继承性。“只要想起一生中后悔的事/梅花便落了下来”，不仅化用了“感时花溅泪，恨别鸟惊心”的写法，也融入了“忆梅下西洲”中的“忆梅”内涵。“忆梅”也就是因“梅”而“忆”，在唐宋词人的写作中，“忆梅”几乎成了一种惯性心理模式，很多词人写到梅就要忆旧人。而《镜中》的“看她”与《西洲曲》中对“痴情女子”的视觉描绘也有着内在的相近。至于《镜中》的“镜子”“窗”“南山”[11]等传统诗歌中的高频意象，虽然诸多阐释文章力图赋予它们以新的诗学内涵，但不可忽略的是，受制于诗歌的整体结构，受制于传统的巨大惯性，它们总体上未能突破传统诗歌的意蕴之网。

获得整体的理解之后，再观看《镜中》的细部，也就不那么令人迷惑了。追忆中的三个画面彼此无关，钟鸣说“它显然不像一般的诗，靠意义的组合与递进，实现上下文的关系。”[12]这是准确的，但这不是张枣的新创，而是古典诗词的常见技法：意象组合，大量留白。张枣的高明之处在于：“游泳到河的另一面”“登上一株松木梯子”“骑马归来／面颊温暖／羞惭。低下头，回答着皇帝”都是美好的动态画面，张枣却强行命名为“后悔的事”。画面与命名之间的语义空白造成了文本的开放性，邀请并迫使它的读者启动想象去参与文本意义的建构。就读者来说，诗中画面完全可感可知，却又难以参透其命名的“强词”，可谓“拿得起、放不下”，以至心头永远悬着一个谜。而这个谜又那么优美、那么意味深长。同样，“危险的事”这个命名，也有些蛮不讲理的味道，不过，从河中游泳，登上木质松软的松木梯子这样的行为中，尚可勉强感受到“危险”的意味。这三组画面虽然相互无关，但前两组与后一组确实有转折关系，前者的“她”生动活泼、甚至大胆，后者的“她”温柔、羞惭、内敛。在不讲逻辑的同时，诗歌又用了一个很有逻辑性的转折词“不如”，可见张枣用字用词及腾挪转换的高超技艺。至于“皇帝”一词，柏桦在《张枣》一文中有过生动的阐释：“为了故意制造某种震惊性场景，并以此来与该诗悔意缠绵之境形成张力，‘皇帝’出现得非常及时。”[13]柏桦在诗法上尤擅“轻重”之道，他所赞同的“皇帝”正是构成诗歌之“重”的要素，使得这首轻盈欲飘的抒情短诗，一下有了时间、历史的凝重之感。然而，从诗意建构的角度言，对于“皇帝”一词的意义阐释，几乎是不可能完成，它只能在技术层面去理解。因为，它不是作为一个实词使用，而是肩负着促成诗歌氛围或意味的功能，可感而不可知。

诗歌写到“一面镜子”处，也就点题了。由前文的分析可知，这个镜子不是追忆之物，也不是想象之物，它是抒情主体所在房间里的实在的一面镜子，抒情主体抬眼便能看到镜中此刻之空无，这与过去的镜中总是映出人影形成对比。诗人不写镜外之人，着意说“让她坐到镜中常坐的地方”，主要还是沿袭“镜中像”的“空”意，以此强化人生虚幻之感。如果由此引入西方传统和现代的“镜子”说做互文阐释，并非不可，但如何将之与固有传统的“镜子”内涵相嫁接，还需要做进一步的合理演绎。

按照上述理解，这首诗既单纯也清晰，不论在主题上或结构、技艺上，它总体上是承续了传统，而不是相反。而在文本的开放性上，张枣有了很大的突破，也因为它的开放性，吸引着专业读者，引来大量的阐释文章。

总之，《镜中》在写作上是一首朝向古典传统的新诗。在新诗发展历程中，《镜中》所表征的投身古典的诗学进路，并非孤立现象。比《镜中》流传更广的徐志摩的《再别康桥》、戴望舒的《雨巷》、郑愁予的《错误》等诗，都可以看作新诗“古典化”的流行范式。然而，就新诗自身的演化趋势看，它们虽然在普通读者中享有极高的声誉，却没有为新诗写作提供一个令诗人及业内读者信服的参考向度。它们都“美得令人心动”，并足以应和读者遥远而模糊的古典记忆，造成超凡脱俗的幻觉，但这正是新诗在争取自身合法性的百年历程中，所着意回避的向度。虽然当代新诗写作已获得源于自身传统的自信力，新诗与古典诗歌之间关系也由早期的对抗关系，微妙地演化为今天的对话关系，但朝向当下和未来而不是朝向传统的新诗写作路径，始终是坚定的，始终是新诗写作的合法性前提。同时，在新诗语境中，这一类“妥协式”的写作，无论如何逼近古典，也难以实现古典诗歌的优雅与自然，多少都有些矫揉造作。

徐志摩的《再别康桥》延续了古典诗歌习见的离别主题，融情于景的写法几近于刻意的煽情。这种离别主题的诗意基础即便在1928年，也已被现代的通讯、交通技术瓦解了，电话、电报，轮船、汽车、火车等重构了人类的时间意识和空间意识，生离和死别不再具有同等程度的痛感，“生离”的愁绪多是旧时代的心理惯性使然。当然，并非说离别主题不能再写，只是需要寻找一种新的观照方式，就像张枣在《惜别莫妮卡》一诗中所做的探索那样，在现代语境中赋予“惜别”以思辨的深度和深情。在《雨巷》中，那个“撑着油纸伞，独自／彷徨在悠长，悠长／又寂寥的雨巷”中的抒情主体，尽管阐释者赋予它足够多的外在历史事件的隐喻支撑，或确立它与西方现代诗歌传统（比如：波德莱尔《给一位交臂而过的妇女》的影响）的影响渊源[14]，它所蕴含的时代体验与文本所营造的古典语境仍然显得格格不入。抒情主体“所希望逢着”的那位“丁香一样的／结着愁怨的姑娘”更是缺乏现代女性形象的内质和活力。郑愁予写于1954年的《错误》，亦可谓一首以现代句法成功摹写的宋词，它几乎完全沉浸于古典的氛围之中，“我达达的马蹄”甫以从“江南”经过，便一下抽空了它的现实基础，这首写于1956年的诗歌，重现的却是唐宋时的江南氛围。作为新诗，成功跻身于古典诗词的伟大序列，只能是尴尬，算不得荣耀。当然，如此评说此类诗歌，并非是要彻底否定它们，从传统向度看，它们确实是难得的好诗，也能证明现代汉语强大的表达能力。只是把它们置于现代语境中、置于百年新诗的历史进程中来观察，它们的重要性与它们所获得的广泛称誉是不相称的。即便在卞之琳所主张的“化古”这一向度上考察，此类诗歌也居于歧途之中，因为它们缺失了可以立足的现代生活根基，缺失了对现代人生存境遇敏锐而深刻的洞察。从根本上说，卞之琳的“化古化欧”不是西方本位，也不是传统本位，而是现代中国本位的。《镜中》虽然不同于上述诗歌，但同样没有真正摆脱传统本位的方向问题。这一点，张枣似乎有着足够的清醒，《镜中》之后，再无此类写法的作品。他的《何人斯》《楚王梦雨》《刺客之歌》《梁山伯与祝英台》《吴刚的怨诉》等历史题材的作品，皆立足于现代语境，全面重构了历史题材的意义空间。张枣后来曾说：“古典汉语的古意性是有待发明的，而不是被移植的。也就是说，传统在未来，而不是在过去，其核心应该是诗意的发明。”[15]张枣对《镜中》“风靡”的“困惑”，或许也暗含着他对“移植”的反思。

在对《镜中》的解读中，西渡和冷霜的细读文章皆谈到了《镜中》的另一个特点，即：它虽然写“后悔”，却并不令人感到过度的悲伤。西渡认为：“青春，给这首诗染上了一层明亮的、希望的色彩。现在看来。这一点青春的情调正是80年代所独有的。”[16]冷霜则认为这种“明媚的韵味”源于它在建立与中国古典诗歌之间的联系时，“面对后者所显示出来的强烈的信心。而这种强烈的信心，正是80年代文学所体现的文化意识给我们留下的最深刻的记忆。”[17]《镜中》的这个特点用古典的诗学话语来说，就是“哀而不伤”。将之归因于诗人的青春年少、80年代的写作氛围以及80年代的“文化意识”，自然有一定道理。李泽厚在谈“盛唐之音”时，也曾以“少壮而衰老”比附由唐至宋的社会变迁以及“唐音宋调”的异同。谈到《春江花月夜》时，他说：“其实，这首诗是有憧憬和悲伤的，但它是一种少年时代的憧憬和悲伤，一种‘独上高楼，望断天涯路’的憧憬和悲伤，所以，尽管悲伤，仍然轻快，虽然叹息，总是轻盈。”[18]以这样一种宏观层面的社会学解释，勾勒一个时代的文学总体性风貌可能是有效的。但进入多姿多彩的个体层面、具体诗篇层面，就不免会失之偏颇。李泽厚在论及苏轼时，绝口不提苏轼的名篇《念奴娇赤壁怀古》《江城子密州出猎》等作品，因为这些作品的风格溢出了李泽厚对宋代美学和苏轼的定性。至于《镜中》与80年代的“文化意识”之间的关系，也是一个难以详加论证的命题，倒是张枣自己的诗学观颇能解释这种“哀而不伤”内在根源。在谈及屈原的《离骚》时，张枣说：“它的文字之美消解了生存的消极性……中国诗歌的最大的特点也是中国哲学的最大特点，就是把极端矛盾、不可调和的东西，处理得十分的圆润流转，不会彻底绝望。”[19]在张枣看来，“《离骚》真正美的所在就是赞美”。而“中国古代诗歌的‘甜’从来就是一种赞美”，“所以我笔下的‘梅花’‘燕子’都是这个宇宙最‘甜’的元素，也是赞美的元素。”[20]在“文字之美”“消极性”“甜”“赞美”这几个词语的使用转换中，可以看出张枣的善意，他既强调“消极性”之于诗歌的重要性，又主张文字之美、甜、赞美对现世人生的抚慰。不论张枣对传统的这种洞察和认同，是否在《镜中》写作时就已经产生，《镜中》都可以作为张枣这一诗学观的注脚。它确实以“美”化解了“悲”，就像《春江花月夜》一样，并非时代原因直接导致了它的轻盈，而是“美”在起着催化作用，或如康德所说，“美是那不凭借概念而普遍令人愉快的”[21]。“愉快”抵消了“后悔”的痛感，“甜的元素”稀释了不可挽留之苦。然而，张枣这一诗学观念还有待商榷，学者张志扬曾以相反的态度对汉语文本提出过尖锐的质问：“苦难向文字转换为何失重？”[22]如果说汉语及汉语诗歌的“甜”和“赞美性”值得继承，那么“消解苦难”导致“文字失重”是不是更应该反思呢？

实际上，造成“哀而不伤”效果的原因并不止于此。不论是文词之美、画面之美、意境之美，还仅仅是视觉上的。在古典诗词中，听觉效果也是决定诗词情感基调的重要因素。《春江花月夜》的美感与轻盈和它的声韵效果密切相关，仔细观察它的几次转韵与情感变化的契合关系，便可以感受到声音的微妙作用。《镜中》同样有一套独特的声情方案。如果说李清照的《声声慢》以低抑的声韵模式强化了抒情主体的孤独、寂寞和凄清，也可以说《镜中》以一系列的响音反制了抒情主体的悲伤和落寞。在声音效果上，它和戴望舒的《雨巷》相类。戴望舒以响亮的ang韵字构成全诗的主旋律，不论怎样缠绵的惆怅，辅以如此明媚的乐调，都不会无限沉沦下去。下面仅就《镜中》文本中的响韵字来看它的“语音造体”。

只要想（xiang）起一生中（zhong）后悔的事

梅花（hua）便（bian）落了下（xia）来

比如看（kan）她（ta）游泳（yong）到河的另一岸（an）

比如登上（shang）一株松（song）木梯子

危险（xian）的事固然（ran）美丽

不如看（kan）她（ta）骑马（ma）归来

面（mian）颊（jia）温暖（nuan）

羞惭（can）。低下（xia）头，回答（da）着皇帝

一面（mian）镜子永（yong）远（yuan）等候她（ta）

让（rang）她（ta）坐到镜中（zhong）常（chang）坐的地方（fang）

望（wang）着窗（chuang）外，只要想（xiang）起一生中（zhong）后悔的事

梅花（hua）便（bian）落满（man）了南山（shan）

由注音可见，《镜中》文本里散布着一系列响亮级的韵字[23]，如同暖春明媚的阳光，映照着抒情主体的忧郁。“岸”“暖”“山”三个疏韵配合大量的句中an韵字，并辅以ang、ong、a等部的响韵字，形成了这首诗琳琅悦耳的韵律，与诗歌内在的后悔情绪有机结合，构成一个对比式复调。因此，当我们读这首诗时，我们既不是单独受它的情绪支配，也不是仅仅听到它优美的韵律，而是被一种富于张力的复调音乐支配着。当然，所谓“音乐”只是一种比喻的说法。在英伽登看来，文学作品就是一个多层次的造体，各层次之间相互作用，必然产生一种具有审美价值的复调[24]。并且，语音造体层次也并非仅由声韵组织构成，还包括节奏、句式、语调等等，就此而言，《镜中》作为一种造体，它的复调构成远远不是如此简单，但这已经

可以显示它“哀而不伤”的另一种内在机理了。

经过上文不厌其烦的阐释，可以发现，《镜中》确实是一首精致的诗。然而，就张枣的诗学观念而言，这首诗仅仅标志着他施展宏大诗学抱负的起步。张枣说他是“一个特别感官的人”，最想获得的“还是反思感性的能力”，他认为“反思某种意义上是一种西方的能力”，而感性是“母语固有的特点”，所以他“特别想写出一种非常感官，又非常沉思的诗”。张枣在访谈中认为《镜中》《何人斯》等一批早期作品实现了他的“写作计划”[25]，但作者的一面之词并不足凭，把《镜中》与早期的《何人斯》《灯芯绒幸福的舞蹈》等诗相比，可以明显发现两类文本之间的分野，《镜中》秉承了“丰盈的汉语性”，充分体现了张枣的“感官”性，然而“沉思”以及“沉思”的姿态，不能说完全缺失，至少不是这个文本的显在特征。如果我们强行赋予它这一特征，以彰显它的现代性、元诗性质，那么，也在一定程度上把它所关联的传统也纳入了同样的视域，同时也遮蔽了与《镜中》相反向度的新诗，包括张枣此后的大量优秀诗歌，这样，讨论也就没有多少意义了。

在经历了读者接受理论、现代阐释学以及解构主义洗礼的当下语境中，读者已不必唯作者意图是从，也不必迷信文本自身具有内在的、客观的意义，阅读和阐释因此获得了更大的自由度。但这并不意味着读者拥有无限度的自由，可以不顾文本的限制，任意地将个人的观点投射到文本中。艾柯曾说：“一件艺术作品，其形式是完成了的，在它的完整的、经过周密考虑的组织形式上是封闭的，尽管这样，它同时又是开放的，是可能以千百种不同的方式来看待和解释的，不可能是只有一种解读，不可能没有替代变换。”[26]艾柯的话既包含了对阐释多样性的主张，也包含了对文本的尊重，因此，艾柯又多次强调阐释的限度，强调“本文的连贯性整体”[27]，进而反对超出文本的“过度诠释”。事实上，不论是艾柯，还是伽达默尔，还是解构主义的阐释学，在主张文本意义开放性的同时，都不曾忽略文本自身的限制因素。尤其是伽达默尔的阐释学理论，更建议在阐释者与文本之间建立一种平等的“问答关系”，即对话关系。我以为这是阐释者所能选取的最合适姿态。在伽达默尔的对话关系中，共同的话题是唯一的焦点，它不会受制于对话的任何一方。对话的双方在相互平等、相互尊重的基础上，可以保有各自独立的视域，在相互倾听、相互辩难的过程中，还会达成视域的融合，使对话者进入新的、更高一层的视域，对话因此具有开放性和创造性。这种以对话为基础的阐释，不仅避免了作者、文本中心主义，也抑制了阐释者的任意性。虽然本文未能完全遵循此种理想的阐释模式，但它值得每一位读者借镜。

同时，“对话”也是张枣阐释文本的基本方法。在张枣的《野草》讲义中，我们随处可见这样的提问：“他在室内干什么呢？”“他为什么这样写呢？”“是男性的还是女性的？”“为什么用我不知道？”[28]……张枣聆听文本的姿态，张枣自我追问的语调，真是令人遥想！

那么，《镜中》真的如前文所论，是朝向传统而不是朝向未来的写作吗？真的是一首好诗而不重要？

1. 陈东东在《亲爱的张枣》一文中，回忆了与张枣交往的一个细节："我（陈东东）有点儿后悔写了《点灯》和《雨中的马》，以至于在一般读者的印象里，像是被定格了。他（张枣）沉吟了一下，故意字斟句酌地说：'对于《镜中》，在下亦略有同感也……'"参见陈东东：《我们时代的诗人》，东方出版中心，2017年4月，第144页。另在傅维的回忆文章《美丽如一个智慧——忆枣哥》中，也记载了类似的困惑："（《镜中》）风靡的程度曾经一度让他很困惑，他认为自己比《镜中》写得更好或者更重要的诗还很多……甚至他认为不知道是自己的诗歌态度、方向出了问题；还是读者的口味、取向有问题。"参见柏桦、宋琳编《亲爱的张枣》，江苏文艺出版社，2010年9月，第92页。
2. 柏桦说："《镜中》只是一首很单纯的诗，它只是一声感喟，喃喃地，很轻，像张枣一样轻。"参见柏桦、宋琳编《亲爱的张枣》，江苏文艺出版社，2010年9月，第42页。
3. 钟鸣：《笼子里的鸟儿和外面的俄耳甫斯》，当代作家评论，1999年第3期。
4. 柏桦：《张枣》，参见柏桦、宋琳编《亲爱的张枣》，江苏文艺出版社，2010年9月。
5. 冷霜：《诗歌细读：从"重言"到发现——以细读张枣《镜中》为

例》，文艺争鸣，2015年第5期。

6. 张枣多次谈到“生活与艺术脱节”的问题，他的散文《枯坐》与诗歌《枯坐》可以看作他对解决这一问题的实践。细心的读者也可以从这互文文本中感受张枣“元诗”概念的核心意义。

7. 张枣：《朝向语言风景的危险旅行》。此处引用有断章取义之嫌，在我看来，张枣所谓的“一切的危机”既包括现代性的危机，即缺乏“丰盈的汉语性”，也包括重返汉语诗歌传统、断送现代性的危机，即写作脱离现代语境。参见《张枣随笔选》，人民文学出版社，2012年，第191页。

8. 钟鸣：《笼子里的鸟儿和外面的俄耳甫斯》，当代作家评论，1999年第3期。

9. 艾柯等：《诠释与过度诠释》，三联书店，1997年4月，第137页

10. 宗白华：《美学散步》，上海人民出版社，1981年5月，第55页。

11. 西渡对“镜子”做了细致的解读，并认为这首诗是“镜式结构”。在讨论“南山”时，西渡认为，张枣在向陶渊明和伟大诗歌传统致敬，又认为张枣用“南山”把“山”的威严变成了庄严。参见西渡：《时间中的远方——解读张枣的<镜中>》，《名家读新诗》，中国计划出版社，2005年，第264页。冷霜说：“在这个意义上，这首诗本身也像一面镜子，或者更准确地说，它让我们体悟到这首诗中的语言和

纹理，世界的纹理。遵循诗之道（刀），解开世界和生活，拆分为碎物，做成食物。

0.213 诗歌的“解牛”方法：朝向虚空，而非实存。朝向隐藏，而非显现。

0.214 诗歌“解牛”运动的境界：游刃有余。

0.22 “告”中之“口”为道说精神，暗示了可能性，总是趋于隐藏。告（gao）是道（dao）经过句法转换后的产物，是道说精神的延伸，它被指派了物写性的使命。在液体现代性情境下，“口”发动了开口运动。

0.221 “口”是身体的缺口，内外宇宙的边缘。它规定了言说性、叙述性或抒情性。

0.2211 “口”代表道说精神，在开口运动中面临拆分，制造碎语。

0.22111 广告之“口”为新闻。现代世界充斥着新闻，新闻突出事件，事件依靠碎语表达。

0.22112 狭告之“口”为诗歌，“口”之“口”为元诗语素，告（gao）为超级物写素，为道（dao）的延伸。告的共通体被四种物写素分享。

镜子的相似之处，透过语言的装置，经验和幻想、真实与虚幻往复映射，构造出一个深邃迷人的镜式空间。”参见冷霜《诗歌细读：从“重言”到发现——以细读张枣<镜中>为例》，文艺争鸣，2015年第5期。

12. 钟鸣：《笼子里的鸟儿和外面的俄耳甫斯》，当代作家评论，1999年第3期。
13. 柏桦：《张枣》，参见宋琳、柏桦编《亲爱的张枣》，江苏文艺出版社，2010年，第41、42页。
14. 段从学：《<雨巷>：古典性的感伤，还是现代性的游荡？》，山西大学学报，2014年第3期。
15. 张枣：《张枣随笔选》，人民文学出版社，2012年，第216页。
16. 西渡：《时间中的远方——解读张枣的<镜中>》，参见西渡编：《名家读新诗》，中国计划出版社，2005年，第268页。
17. 冷霜：《诗歌细读：从“重言”到发现——以细读张枣《镜中》为例》，文艺争鸣，2015年第5期。
18. 李泽厚：《美的历程》，天津社会科学出版社，2001年，第215页。
19. 张枣：《张枣随笔选》，人民文学出版社，2012年，第71页。
20. 张枣：《张枣随笔选》，人民文学出版社，2012年，第231、232页。
21. 康德：《判断力批判》（上），宗白华译，商务印书馆，1983年，第57页。

22. 张志扬多篇文章中提出这个问题，比如《交谈五 南方 汉语言》《文字，偿付的与欠负的》《记取：超越死亡的与宽恕的》《读“衰落”》等。

23. 关于汉字发音的象征意义及响亮级别，古今皆有论述。可参见明王骥德《方诸馆曲律》卷三《杂论》第三十九上，清周济《宋四家词选目录绪论》，申小龙《汉语音韵的人文理据及其诗性价值》，周世箴《语言学与诗歌诠释》等。

24. 英伽登：《论文学作品》，张振辉译，河南大学出版社，2008年，第77—81页。

25. 张枣：《张枣随笔选》，人民文学出版社，2012年，第211—212页。

26. 艾柯：《开放的作品》，新星出版社，2005年，第4页。

27. 艾柯等：《诠释与过度诠释》，三联书店，1997年4月，第78页。

28. 参见张枣《<野草>讲义》。《张枣随笔选》，人民文学出版社，2012年，第123—157页。

物与吻的共通体

——一个解构主义文本

作者 / 张光昕

张光昕，
吉林蛟河人，一九八三年十二月生，现居北京。

导语：

汉语新诗的创生和发展是词与物在潜能层面相互激发和搏斗的过程。在某种意义上，词（书写）的法则与物的法则之间的不同配置，决定了汉语诗歌在不同历史情境下的诗艺特征：由词（书写）向物的投射，形成了凝定于汉语诗歌中的写物性，它曾在中国古典诗歌史上取得辉煌的成就；在传统与西方的“双重换气”考验中，20世纪的汉语新诗颠倒了两种法则之间的秩序，它的现代性美学立场和书写姿态开启了由物向词（书写）的反射格局，即生成了一种物写性的法则。

本文以汉字书写性为基本思考策略，对汉语新诗与物的关系做出一种现象学解析。现代以来的表意系统经历了从“道可道”向“道可告”的句法转换，这也正暗示了现代写作从写物性向物写性的跃迁。此一过程的重要标志就是物写素的诞生。作为物写性文本基本结构的最小单位，物写素承担着文化基因的功能，也在宏观上推进着汉语新诗的书写学转向。

本文把汉字“告”想象为现代道说的新势，即抽象为一种超级物写素，并将其作为我们思考的逻辑起点。通过内部召唤（生成“匆”）和外部重构（生成“知”）等环节，挖掘和勘定出物写性文本的潜能和支点，展布出它的上下肢（“告知”和“知道”）与左右肢（“物”与“吻”），勾勒出元诗问题和物写性问题的双曲线，并在书写学的视野下验证汉字的共通性。在逐步端呈出的“物”与“吻”的共通体中，我们尝试着在形式想象的层面重新回答，词与物缔结的新型对话关系和相互感通的可能性。

0.告

0.1　在现代性情境下，告（gao）代替道（dao）承担着一种现代道说精神。告（gao）可被确认为一个超级物写素，执行物写性功能，它对于现代写作具有总体指引性。

0.2　在字形上，“告”分为“牛”和“口”，即告的共通体为现代牺牲和道说精神所分享。

0.201　“告”字在《说文解字》中的解释为：“告，牛触人。角着横木，所以告人也。从口从牛。”

0.202　“牛”是稳定、可靠的生物，是法度的象征，“牛”的原始含义为牛角顶人断案。法则的生成依赖于可靠性。

0.2021　告（gao）暗示了诗歌的法度问题。“牛”代表标准、尺度、坚持、韧性、厚重等品质。

0.21　“告”中之“牛”，为现代牺牲，体现为现实性，总是趋于显现。在液体现代性情境下，“牛”面临拆分，形成碎物。

0.211　在庄子的《养生主》中，庖丁的屠牛技法被誉为“合于桑林之舞，乃中经首之会”，“解牛”的动作达到了艺术的境界。

0.2111　诗对物的运动可以看成一场“解牛”运动，是“口”对“牛”的运动。诗歌是一种行动，贯彻告（gao）的现代道说精神。在液体现代性（齐格蒙特·鲍曼语）情境下，诗歌之为物写性，制造碎语。

0.2112　“牛”为一大物，浑然一体之物，原始之物，无缝隙之物。“口”为诗，诗为刀，切物解牛之刀。切物，即词切中物，即及物。刀为道，以道切物，道之为物。

0.2113　庖丁的“解牛”策略为“辟大隙，走大窾”。这也是诗对物的解析策略：在浑然之物内部发现缝隙，谙熟纹理。

0.212　诗歌应善于在“解牛”运动中发现事物的纹理，生活的

0.221121　告诉。第一种物写素。“告”的告诉性，以“口”言物，呈报一个世界，让世界显现。

0.221122　告别。第二种物写素。“牛”和“口”皆源自“告”，却面临拆分的命运，体现了“告”本质上的告别性。

0.221123　预告。第三种物写素。碎物和碎语是拆分后的产物，贮藏潜能，尚待开发，包含全新的可能性，体现告（gao）的预告性。

0.221124　无可告诉。第四种物写素。告（gao）自身的悖谬性，告（gao）的无告性，告诉的不可能性，告诉无，让世界隐藏。

0.2212　告（gao）的告诉性与无告性相互隐含，形成告诉与无告的辩证法。

0.2213　告（gao）的告别性与预告性相互隐含，形成告别与预告的互渗律。

0.23　告的共通体同时分享了显现与隐藏的性状，体现了一种物性原则，形成有与无的共通体。

0.24　告的共通体中分享一种恒定的意志，“牛”是对“矢”的抵抗，“告”是对“知”的抵抗。歌唱是对碎语的抵抗。在此，现代诗歌有责任肩负起抵抗和改善熵世纪的任务。为改变世界而改变语言。

0.25　告的共通体作为姿态或无器官的身体，渴望着触点的打开，召唤着指引与标志。

0.3　“刎”的到来，预告了组建新的共通体的可能性。

0.301　鉴于告别与预告的互渗律，“告”字的拆分中隐含着新元素的到来，和重新的组合，因此，“刎”从外部被召唤而来。

0.302　鉴于告诉与无告的辩证法，“刎”代表事物的不可能性，是在任何事物中隐含的矛盾的另一极，让这种无告性同时转变为告诉性，因此，“刎”又从内部被召唤而来。

0.31　“刎”作为一种装饰或无身体的器官，成为告的共通体的指引与标志。

0.32　不论是“牛”（可靠、法度、趋于显现），还是“口”（言说、诗歌、趋于隐藏），都从内部和外部召唤着各自的指引与标志。唯有如此，才能与世界建立因缘，才能打开一个全新的世界。

0.33　“牛”和“口”从告的共通体中游离出来，与召唤而来的“刎”形成三元共通体，为新的裂变和组合做准备，体现爱与死的双重循环。

0.4　“牛”与“刎”组合为“物”，形成物的共通体；“口”和“刎”组合为“吻”，形成吻的共通体。

0.5　物的共通体和吻的共通体分别构成相互矛盾、对立统一的两组元素，因而有望形成符号学矩阵的四元格局。如下图所示：

物（a1）————————吻（a2）

|　　　　　　　　|

物之吻（ā2）————吻之物（ā1）

1.物（a1）

1.1　一切显现者皆为物。

1.11《荀子·正名》："故万物虽众，有时而欲遍举之，故谓之物，物也者，大共名也，推而共之，共则有共，至于无共然后止。"本文亦将物看成大共名。

1.12　在大共名的前提下，本文接受陈嘉映在汉语的一般意义上对物的界说："在日常语词里，'物'主要用于狭义，指无生命之物，这可从'物件''财物'等词看到。'物体'、现代汉语里的'物理'，把什么都当作无生命的物来看待；再广一点，'物'包括动植物，'动物''生物''物种'是其例。更广的用法则用'物'这个词概括无生命之物、生物、人，这种用法古已有之，荀子就把'物'看作'大共名'，现在在哲学讨论中通常也这样使用'物'这个词。'物'还有一种更广的用法，把'事情'也包括在内，孙诒让注墨子时说：‘物犹事也’，‘物极必反’里的‘物’就是这种用法。”[1]

1.13　斯特劳森（Peter strwson）在逻辑学上对物做了一定的描述，即物必定为带有时间延续的三维对象，人们通过观察手段可以得到物的框架，这些手段必须共同具备足够的多样性、丰富性、稳定性和持久性。[2]本文承认物的时间—空间性是容纳物的领域，但仍属物的外部。

1.14　在《艺术作品的本源》中，海德格尔（Martin Heidegger）逐一驳斥了西方思想中三种流行的对物的解释，即物是诸特征的载体、物是感觉多样性的同一体、物是具有形式的质料。[3]

1.141　海德格尔在艺术作品中来探讨物，认为作品的作品存在就在于世界与大地的争执的实现过程中。物之物性在作品层面体现于世界与大地的争执，在世界一般层面更体现于显现与隐藏的元争执。

1.142　在《物的追问》中，海德格尔在比较狭窄、比较宽泛和最宽泛的意义上区分出物的三种含义：（1）在现成的东西意义上的物：石头、一块木头、火钳、钟表、一个苹果、一块面包；无生命的和有生命的物：玫瑰花、灌木丛、书、圣诞树、壁虎、马蜂……（2）除却前面提到的那种意义上的物，而这里是指计划、决定、思考、观念、事业、历史的东西……（3）所有这些或其他随便什么东西，而只要不是虚无的东西。[4]

1.15　在物与事的关系上，陈嘉映认为：“事境被分析为物与物、物与属性的、物与动作的关系。形状是依附在物体上的，行为举止是由一个主体发生的……”[5]；“把事看作围绕着物发生的，是语言的结果……世界不是物的总和，也不是事实的总和，而是事情的总和。”[6]事与物本来是浑然一体的，是语言将它们各自分开处理。这一点的好处是，让我们认清，物是事的结构（即事境）中更为基本的单位，物是事的前哨。

1.151　在物与动作/行为的关系上，敬文东认为：“‘物’只有手脚并用地承担了动作/行为，只有围绕这些名称所代表的实体的‘物’或主动或被动地建立起了某种、某类特定的事情，‘物’才算状态地存在着；‘物’如此这般状态地存在才构成事情。”[7]

1.152　日本哲学家广松涉（Hiromatsu Wataru）试图建立一种以关系主义为核心的“事的世界观”，用以取代以实体主义为核心的“物的世界像”。[8]

1.16　物打开了一个由原初词“我—它”引导的经验世界。

1.2　物作为共通体，在告（gao）的指引下可分为四种类型（以对应于四种物写素），亦被这四种形态所分享。

1.21　有物。物的第一种类型，对应于告诉。即有（存在）一物，或有（存在）万物。

1.2101　有物可看作一切现实存在之物的统称。它特别地包含着纯然物（自然物和废弃物），倾向于自行隐藏。

1.211　有物存在于周围世界，它一开始就在场，并一直保持在场，是现存之物、实在之物。

1.212　有物发生的时态：现在时。

1.213　有物发生的位置：日常生活空间（如家宅），并组成一般意义上的必然王国。

1.214　有物的基本特征：可靠性和有用性，具有使用价值。因而，有物可一般地被称为器物、用品、实物。

1.22　离去之物。物的第二种类型，对应于告别。即告别之物，或面临分离之物。

1.221　离去之物存在于历史世界，它曾经在场，却倾向于缺席，是即将消失之物，也是被再现之物、被追忆之物。

1.222　离去之物发生的时态：过去时。

1.223　离去之物发生的位置：公共空间（如遗址、广场、旧街区、博物馆、美术馆等），并组成一般意义上的记忆王国。

1.224　离去之物的基本特征：自足性和欣赏性，具有展示价值。因而，离去之物可一般地被称为艺术作品、艺物。

1.23　未来之物。物的第三种类型，对应于预告。即愿望、期待之物，是来而未来、悬而未决之物。

1.231　未来之物存在于未来世界，它在现实中是缺席的，并保持在场的可能性，是尚未到来、尚未经验之物，也是被馈赠之物、被想象之物、被虚构之物。

1.232　未来之物发生的时态：将来时。

1.233　未来之物发生的位置：可能空间（如承诺话语、祝福话语、祈祷话语等），并组成一般意义上的自由王国。

1.234　未来之物的基本特征：想象性和虚构性，具有符号交换价值。因而，未来之物可一般地被称为礼物。

1.24　无物。物的第四种类型，对应于无可告诉。即斯蒂芬·格奥尔格（Stefan George）的诗句“词语破碎处，无物可存在”中的“无物”。本文倾向于将“无物”看成偏正短语，指代一类特殊的物。对应于有物，这里是无的物。

1.2401　“天下万物生于有，有生于无”（《道德经》第四十章）；“绳绳兮不可名，复归于无物”（《道德经》第十四章）。无物不是没有物，而是无名之物，是彻底的隐藏之物，它包含生成有物的可能性。

1.241　无物存在于世界的边缘，它在任何世界里都是缺席的，并保持为显现着的隐藏，是在场的不可能性。无（wu）为最后的、最高的物（wu），无即悟（wu）。

1.242　无物发生的时态：无时态。

1.243　无物发生的位置：词语缺失之处（沉默、喑哑、失语、语句被打断处），碎语召唤无物。当我们在嘴唇前打上禁止的符号：嘘！无物得到片刻显现。无物在虚空（嘘空）里现身，组成一般意义上的虚无王国。

1.244　无物的基本特征：沉默性和虚无性，具有否定价值和涂抹价值。因而，无物就是对自身的否定，就是给物画上叉，就是无一物。

1.3　《礼记·大学》："物有本末，事有始终"。本文认为，物的共通体的四种形态，从实存到虚无，构成一个物的线性谱系。

1.31　物越靠近实存的一极，可靠性、功能性越明显，沉默性、虚无性越模糊，自身越趋于显现（如有物）。

1.311　物越靠近实存的一极，越易于组建动作/行为和事情，越有利于使用动词加以表达，并留下记号。

1.32　物越靠近虚无的一极，可靠性、功能性越模糊，沉默性、虚无性越明显，自身越趋于隐藏（如无物）。

1.321　物越靠近虚无的一极，越不易组建动作/行为和事情，越有利于使用介词加以表达。

1.33　物的谱系是流动不居的，因而物最常见的形态是徘徊于两极之间，即彷徨于无地。

1.34　仿照奥古斯丁（Aurelius Augustinus）描述“时间”这一概念时的口吻，本文愿意这样表达物的动态含义：物究竟是什么？没有人问我，我倒清楚，有人问我，我想说明，便茫然不解了。[9]

1.4　物的符号化。古典时代的物和诗歌皆呈晶体状。在液体现代性的浸润下，固态的物化为液态（对应与液体诗歌），形成一种通用形态：符号—物。

1.401　符号—物是物的命名化的结果，命名是一种揭示物之存在的活动。物怀有被标记的渴望，期待被本质的语言命名。物是一个睡美人，期待被心上人的一个吻所唤醒。

1.41　符号—物的发生场所是文本。鲍德里亚（Jean Baudrillard）认为：“物成为符号，从而就不再从两个人的具体关系中显现它的意义。它的意义来自与其他符号的差异性关系之中。”[10]

1.42　符号一物在文本中显现为词语。它参与知的双重书写，形成谶言和记号。

1.43　符号一物体现了世界与大地之间的争执。

1.5　物是告（gao）的一半，居于告的共通体的正极（北极），它期待着与吻的相遇。

2.吻（a2）

2.1　一切隐藏者皆为吻。

2.11　吻是一类特殊的事，是一种具有形而上学意义的动作/行为。

2.111　吻在本质上不是物，具有非实存性，它首先是纯粹虚无的。

2.112　吻可以显现在语言中，是一朵文辞的花蕾。“一种桃色的肉之翻译，一种用吻拼成的/可怖的言语；一种血与血的初识，一种火焰，一种疲倦！”（痖弦《深渊》）。[11]

2.113　吻打开了一个由原初词“我一你”引导的关系世界。“吻一吻额头——消除烦恼。/我吻你的额头。//吻一吻眼睛——不再失眠。/我吻你的眼睛。//吻一吻嘴唇——送一口清水。/我吻你的嘴唇。//吻一吻额头——消除记忆。”（茨维塔耶娃《吻一吻额头》）[12]

2.12 吻的共通体被“口”和“勿”所分享，是一种自我否定的口部动作。它同时兼具可能性与不可能性，体现为一种潜能。

2.121 吻来自“口”，来自嘴唇。嘴唇是人之身体的开口、裂隙，是掌控内外宇宙敞开与闭合的通道，是世界与大地的争执，是美丽的花叶，是身体之花。嘴唇为中空，吻亦是一种虚空。

2.122 吻由“勿”标记，包含一个自我否定，代表一种不可能性。从来就没有吻，吻即无吻，吻从一开始就隐藏在看不见的角落里。吻隐没了，逃逸了，它生于无地。“真快呀，一出生就消失”（柏桦《夏天还很远》）。[13]

2.123 吻是神秘的，不可捉摸、不可预测的。它总在突然间出现，是猝不及防的。

2.13 吻主张一种生命的感通。在可能性与不可能性的交汇处，吻既指代一种行动，即亲吻的动作/行为，又指代一种印记，即吻痕。

2.131 吻可以是一种动作/行为，是行动的可能性，发生在一个未知的时间点上。

2.132　吻可以是吻痕，具有一定的自持性，显现于一个外部、未知的空间里。

2.14　在更广泛的意义上，吻可被理解为一套人体的综合感通：在视觉上，吻是吻痕，是桃红色的唇瓣；在听觉上，吻带有悦耳的啜音，如饮露，如泉水叮咚；在味觉上，吻是一餐美味，表现为口部接触，唇吻和舌吻是品尝唇舌之间爱欲的味道；在嗅觉上，吻散发着馨香，使人在接触的缺席中引发感通，并陶醉于心境荡漾的美妙感觉之中；在触觉上，是轻轻的一吻，会带来从肉体到灵魂的震颤，引发混合的感发。诚如瓦莱里（Paul Valery）所言："最深的，是皮肤"。

2.2　吻作为共通体，在告（gao）的指引下可分为四种类型（以对应于四种物写素、四种物），亦被这四种形态所分享。

2.21　亲吻。吻的第一种类型，对应于告诉、有物。即一般性的亲吻，面向一物的唇吻。

2.2101　亲吻可看作一切揭示存在的爱意活动的统称。海德格尔认为，存在是一种活动，而非一物。亲吻是吻的活动，可以是轻浅的一吻，也可以是深情的接吻、舌吻，甚至法式深吻。

2.211　亲吻发生于周围世界的边缘，它一直保持隐藏，但却在不曾预料的一刻突然显现。在情爱火花闪现的一念间，亲吻带来了以嘴唇为触点，遍及全身和心灵的陶醉和震颤。

2.2111　亲吻可以是接吻，是情人之间的爱意表达，是嘴唇和嘴唇之间的相互触及、吮吸，是舌头和舌头之间的相互抵碰、缠绕，是两个个体之间的共契、共振和共通。

2.2112　亲吻可以是吻一物，是对物的亲吻，具有及物性。犹如告诉，是人向物的表情达意。

2.212　亲吻显现的时态：现在时。

2.213　亲吻显现的位置：私人空间（如约会地、黑暗处、卧室或旁若无人处等），并缔造了亲密、静止、融洽的情爱共通体，并在亲吻中体验自身的存在。

2.214　亲吻的基本特征：既有动作又有印记。

2.2141　亲吻活动发出一种隐蔽、害羞又急切的动作，亲吻结束又带着贪恋、温热和沉醉的感觉，产生吻的持留和延展。

2.2142　亲吻后，在唇舌间、在面颊上留下唇形吻痕，散发着情爱的芬芳，但又旋即被抹除，吻的芳香转瞬即逝。

2.2143　在资本主义社会，亲吻的动作和印记被当作消费符号被记录和保存下来，广泛地见诸各类广告中，用于意指对美好、幸福生活的想象，具有展示价值。

2.2144 在集权主义社会，亲吻的动作和印记被视为禁忌，无论是日常生活还是文艺作品中，亲吻都是缺席的（比如西方的反乌托邦小说中的情形）。

2.215 亲吻的发生情调：亲情的，爱情的，亲昵的，温馨甜蜜的，缠绵缱绻的。

2.22 别吻。吻的第二种类型，对应于告别、离去之物。即离别之吻、吻别。

2.2201 别吻在匆忙、急切和潦草的情态下做出了历史性决断。

2.221 别吻发生于历史世界的边缘，它在告别的情境中势必要发生，却又必须将一个完整的周围世界撕裂，分化出一个推向时间深渊里的历史世界。

2.2211 吻别是分离的仪式，它在边缘处试图制造一种断裂。在这个断裂中，既需要一吻，又不能保持这一吻。“我们嘴唇的最后姿态／保留了几个词汇的空洞”（张枣《海底的幸福夜——给曼捷思塔姆》）。[14]

2.222 别吻显现的时态：过去时。

2.223 别吻显现的位置：公共空间（如十字街头、站台、码头等），并缔造了旨在区隔、分离、开裂的爱欲共通体（想想柏拉图

《会饮篇》中提及的“比目鱼”）。

2.224　别吻的基本特征：印记掩盖了动作，因而只有印记，没有动作。

2.2241　由于别吻显现于过去的历史世界，别吻中的动作已经消失了。

2.2242　别吻由目送代替，是眼睛的抒情。它只留下了吻痕，留下离别之词，成为历史世界的标志，具有回忆价值。在这里，词即辞。

2.22421　在资本主义社会，别吻的吻痕成为一门独特的艺术形式，开启了文物市场。

2.22422　在集权主义社会，别吻的吻痕沦为阶级斗争和意识形态批判的对象。

2.225　别吻的发生情调：怀旧的、悲情的、心痛的、酸楚的、难以割舍的。

2.23　飞吻。吻的第三种类型，对应于预告、未来之物。即隔空之吻，无接触之吻。

2.231　飞吻发生于未来世界的边缘，未来世界与周围世界之间是断裂的。在预告的情境中，它从一个世界发出，却作用于另一个世界，试图弥合两个不相连的世界。

2.2311　飞吻是感通的标志，是遥感，它在边缘处试图抹除断裂。在这种抹除中，吻无法实现接触，却能够保持。

2.232　飞吻显现的时态：将来时。

2.233　飞吻显现的位置：可能空间（祷文、遗书、信件、信物等），并缔造了渴望对话、沟通、接触的爱欲共通体和遥感共通体。

2.234　飞吻的基本特征：动作掩盖了印记，因而只有动作，没有印记。

2.2341　伴随着手的参与和协助，飞吻凸显为一种动作：手将吻从口中发送出来，并抛向远方，抛向另一个世界。

2.23411　在资本主义社会，飞吻的动作变异为广告符号，制造出商品保证的幸福幻象。

2.23412　在集权主义社会，飞吻的动作变异为政治承诺，制造出意识形态的未来幻景。

2.2342　飞吻制作了一件礼物，它始终处于飞翔的途中，所以尚未落到接受者那里形成吻痕。

2.23421　飞吻一直“在途中”，显现为一种语言上的可能性，因而，飞吻表现为诺言、嘱托、思念、愿望、祝祈、希冀、幻想等形式。

2.235　飞吻的发生情调：浪漫的、期待的、祈祷的、祝福的、充满希望的。

2.24　自吻。吻的第四种类型，对应于无告、无物。即不吻出去，不朝向外面，吻自己，自我之吻。

2.2401　自吻即自刎，两个词汇是一对重言。自吻是爱与死的双重循环中一个不可能的交点。自吻意味着自杀或自毙，在绝对的爱中迎来绝对的死，在绝对的吻中终结了时空。

2.2402　作为事件，诗歌之死或诗人之死，可以从自吻的角度去理解。诗人在对世界的永恒激情中展示了对它的永恒困惑，这正是爱与死的双重循环中那个神秘的交点。

2.2403　自吻是纯粹、绝美而阴沉的自恋。“危险的事固然美丽”（张枣《镜中》）[15]，自吻如同美少年纳喀索斯（Narcissis）吻向自己的水中的倒影，爱上自己，只能死于自己，“我最怕自己是自己唯一的出口”（张枣《跟茨维塔伊娃的对话》）[16]。

2.241　自吻发生于自我的边缘、身体的边缘，是嘴唇吻向自身。它保持为隐藏着的显现，是唇的自吻，是顾影自怜的自慰之吻，是吻的吻，是元吻。

2.242　自吻显现的时态：无时态或超时态，不在任何时态里。

2.243　自吻显现的位置：嘴唇本身或语言本身。制造了一个自恋的爱欲共通体。

2.2431　自吻可看成上下嘴唇之间的吻，是自身吻向自身。这也正是第二度的潜能，是“自己给自己的礼物”（亚里士多德语）。

2.2432　自吻的发出者和接受者都为嘴唇本身，嘴唇在原型上体现为一吻，嘴唇是绝对之吻。

2.2433　自吻以自身为目的，启发着元诗的诞生。一切言说和发声都同时包含着对自身的观照。

2.244　自吻的基本特征：既有动作也无动作，既有印记也无印记。

2.2441　自吻本身为自身的原初动作，一切口部活动都包含自吻，口部活动终止时，自吻也终止了。

2.24411　《道德经》云：“道，可道，非常道。名，可名，非常名。”此句也可以从自吻的角度来理解：第一个“道”与第二个“道”之间的吻，第一个“名”与第二个“名”之间的吻，皆属自吻。

2.24412　在某种意义上，开口运动包含有自吻的因素：诗人说出了一切，又什么也没有说。诗歌是说说而已，仅仅是说说而已。

2.2442　自吻本身为自身的原初印记，嘴唇是最初的吻痕，它在活动时制造印记，不活动时，印记隐藏于嘴唇本身。“打开粘合处，／以把自己牢牢缝在这里——：／禁止进入！黑关卡。”（保罗·策兰《唇》）[17]

2.245　自吻的发生情调：超然的，平淡的，无特操的。

2.3　吻的共通体中的四种形态，周转于动静之间，勾勒出一个吻的非线性谱系。

2.31　吻越落实为动作，就越虚无莫测。

2.32　吻越落实为印记，就越趋于明显。

2.4　吻的符号化。在液体现代性的浸润下，与物一样，吻也化为液态（对应于液体诗歌），形成一种通用形态：符号—吻。

2.401　符号—吻是吻趋向于物化的结果，物化就是吻倾向于落实为印记的过程，吻的符号化就是吻的吻痕化。吻渴望在物上留下痕迹，为物命名。

2.41　与符号—物一样，符号—吻的发生场所也是文本。

2.42　符号—吻在文本中显现为词语。它参与爱与死的双重循环。

2.43　与符号—物一样，符号—吻体现了世界与大地之间的争执。

2.5　吻是半个告（gao），是告的共通体的负极（南极），期待着与物相遇。

2.6　物和吻的关系。物和吻各自有一套姿势和倾向，在两者的通用形态之下，具有互补融合的可能性。

2.601　物渴望被命名，成为符号—物，倾向于在吻中显现，显现为词语。

2.602　吻渴望被物化，成为符号—吻，倾向于在物中显现，显现为印记。

2.61　经过符号化之后，物（印记）想找到吻（词语），迫切想获知自己的名字，借助吻（词语）的运动来揭示物（印记）的存在，敞开物（印记）之真理。

2.62　经过符号化之后，吻（词语）想找到物（印记），迫切想留下自身行动的痕迹，借助物（印记）的可靠性来呈现吻（词语）的意向，实现吻（词语）之价值。

2.63　在告的共通体中，正极的“牛”与负极的“勿”在相互感应，物的共通体与吻的共通体在相互吸引。这是一场双向寻找活动。“美丽如同花园的女诗人们／相互热爱，坐在谷仓中／用一只嘴唇摘取另一只嘴唇”（海子《给萨福》）。[18]

2.631　吻进化为诗歌，物聚集为世界。吻是物的倒影，诗歌是世界的倒影。

2.631　语言的本质是寻找本质的语言，诗人的本质任务即取悦一个影子。

2.64　物与吻的双向寻找活动过程，即构成了物与吻的双重循环。

2.641　第一重循环：物变异为吻，是一个命名化的过程。其中的关键问题是：吻如何作用于物？这一循环的临时产物是吻之物。

2.642　第二重循环：吻变异为物，是一个物化的过程。其中的关键问题是：物如何作用于吻？这一循环的临时产物是物之吻。

2.65　当物与吻相互被对方找到的一刻——如同在爱的共通体之中，男人找到他心爱的女人，女人找到她心爱的男人，一只嘴唇吻住另一只嘴唇——即吻合。

3.吻之物（ā1）

3.1　一切隐藏着的显现者，称为吻之物。

3.2　吻之物是针对物与吻的第一重循环而生成的中介形式。

3.3　作为物写性的一种思维方式，吻之物为从物到吻的命名化过程提供解释，力图回答“吻如何作用于物”这一问题。

3.4　在具体的情境中，吻之物落实为一套特定的姿态、倾向、趋势、态度、情态、情调、语调、语气、口吻等形式。它们都具有一定的物质性根源，却构成形式指引。

3.41　在文本中，吻之物是处于隐藏状态的显现句法，是文本的意向活动。

3.42　吻之物受惠于“知道”（物写性的上肢），在文本中置造了一副无器官的身体。

3.5　吻之物作为共通体，在告（gao）的指引下，分别在四种类型中实现其句法的营建（以对应于四种物写素、四种物、四种吻）。

3.51　修辞。第一种吻之物的类型，如隐喻、象征、暗示等修辞手段。

3.511　修辞在汉字上的表征：特。修辞就是凸显句法在表达效果上的特殊性。

3.52　铭写。第二种吻之物的类型，用于记忆、刻录、召唤等用途。

3.521　铭写在汉字上的表征：時（即时间），畤（即空间）。铭写制造对特定时空内的事情的标识。

3.53　姿势。第三种吻之物的类型，用于表达特定的态度、趋势、意向。

3.531　姿势在汉字上的表征：持、恃、侍、待、等。姿势是动静结合的触点，是无器官的身体。

3.54　沉默。第四种吻之物的类型，用于表现无，虚空，空白，留白等言辞不及之处。

3.541　沉默在汉字上的表征：寺。沉默是无言之诗，是无动作之姿势，无时空之存在，无特操之品质，亦是诗、姿势、存在和品质中的最高者。昌耀诗云："寺，非关建筑。非关公署。超乎物质材料。/甚至与独身者的修行无关。也不涉及守灵。/甚至超乎语言。/寺在彼岸为一双丰腴的素手托承于彤色天底。/甚至超乎动与静，无关功利。"（昌耀《寺》）[19]

4. 物之吻（ā2）

4.1　一切显现着的隐藏者，称为物之吻。

4.2　物之吻是针对物与吻的第二重循环而生成的中介形式。

4.3　作为物写性的另一种思维方式，物之吻为从吻到物的物化过程提供解释，力图回答“物如何作用于吻”这一问题。

4.4　在具体的情境中，物之吻落实为语言上的可能性，落实为一种在时空中迅速消失的踪迹，落实为诗歌。它们皆属一套形式上的赋格和筹划，却需要借助物质性得以呈现。

4.41　在文本中，物之吻是处于显现状态的隐藏道说，是文本的操作技艺。

4.42　物之吻受惠于“告知”（物写性的下肢），在文本中置造了一套无身体的器官。

4.421　物之吻将五种人体官能擢升为诗学官能：唇瓣和吻痕付诸视觉，唇间吮啜之声付诸听觉，美味的品尝付诸味觉，吻的芬芳和馨香付诸嗅觉，触碰、咬合、交缠、游动、极乐的震颤付诸触觉。

4.5　物之吻作为共通体，在告（gao）的指引下，分别在四种类型中实现其道说技艺（以对应于四种物写素、四种物、四种吻）。

4.501　物之吻的四种类型被同一种汉字上的表征所分享：诗，即在语言上达到实现、满足和拯救的可能性。“我们互吻，就以为已经抱住了——/呵，遥远而又遥远的。从何处浮来/耳、目、口、鼻和惊觉的刹那，/在时间的旋流上又向何处浮去。”（穆旦《诗》）。[20]

4.51　涂鸦之诗。第一种物之吻的类型，亦作告诉之诗，意在创建、创造、表达、叙述、言志、抒情以及对空白的填满。

4.52　哀悼之诗。第二种物之吻的类型，亦作告别之诗，意在保存、记录、铭记、追忆。

4.53　祝愿之诗。第三种物之吻的类型，亦作预告之诗，意在馈赠、祈祷、承诺、祝谢。

4.54　空白之诗。第四种物之吻的类型，亦作无告之诗，意在无所创建、无所保存、无所馈赠，同时也在创建无，保存无，馈赠无。

4.6　吻之物和物之吻的关系。作为物与吻的双重循环中两套运动的临时产物，吻之物和物之吻分别代表了处理本文核心问题的两种考察方式，也是两个层面、两个方向上的分析策略。

4.61　吻之物的思维方式着重于写作姿势上的考察，力图在诗歌作品中清理出，特定的写作姿势如何将物吸纳、安置进文本之中，即特定的意向机关如何为无名之物命名，进而敞开物的存在之真理。同时，需检测出这种命名过程在实施上的优势和困难，以及在此过程中写作姿态将发生何种微妙的修订和变迁。

4.62　物之吻的思维方式着重于诗学官能上的考察，力图在诗歌作品中辨识出，在不同的思想文化语境下对物的不同理解和阐释，将会调动何种类型的知觉和感官，对该物在文本中加以把捉、切中和呈现，进而生成象。这一过程也是意义的物化仪式，以期得到价值的稳固形态。同时，也需勘定这种形象对功能的唤醒机制的效用边界，以及认清具体的言语习用在这一过程中的特殊性。

4.63　瓦莱里认为："诗歌乃是声调和意义之间经久不息的踌躇。"[21]吻之物和物之吻这两种诗学思维方式，可以分别看作在它们各自层面的分析利器，便于本文因势利导、因地制宜地解决不同方面的问题，但需要注意的是，这两种考察方式依旧是浑然一体的，我们需要具备综合的眼光来看待它们。正如物和事是不可分的，在这里，吻之物和物之吻也是不可分的。

4.7　吻之物和物之吻之间的通力合作，缔结了物与吻的共通体。在新的情境下，该共通体为探究词与物之间的对话和感通搭建了一个崭新的平台。

1. 陈嘉映：《事物，事实，论证》，《泠风集》，东方出版社，2001年，第173页。
2. 参阅（英）彼得·斯特劳森：《个体：论描述的形而上学》，江怡译，中国人民大学出版社，2004年，第22—23页。
3. 参阅（德）马丁·海德格尔：《艺术作品的本源》，《林中路》（修订本），孙周兴译，上海译文出版社，2004年，第7—17页。
4. 参阅（德）马丁·海德格尔：《艺术作品的本源》，《林中路》（修订本），孙周兴译，上海译文出版社，2004年，第7—17页。
5. 陈嘉映：《信号、词与句》，《中国现象学与哲学评论》（第二辑），上海译文出版社，1998年，第353页。
6. 陈嘉映：《事物，事实，论证》，《泠风集》，前揭，第178页。
7. 敬文东：《随"贝格尔号"出游——论动作和话语的关系》，河南大学出版社，2010年，第52—53页。
8. 广松涉认为："'事'不是对事件以及事象的称谓，而是要在它们物象化之后才形成的时间、空间性结果，或者如同通过这些构造契机的物象化而形成'物'（广义的'东西'）那样，是某种基础性的存在机制。如果暂且从与物的世界像的差异这一视角来说的话，可以说它是一种关系主义的存在观。关系主义认为：且不说所谓物的'性质'，就连被视为'实体'的东西，其实也是关系规定的'接点'。这种存在观认为：实体并不是独立存在，然后才第二性地形成关联，关系规定态才是原初的存在。"参阅（日）广松涉：《存在与意义——事的世界观之奠基》（第一卷），彭曦、何鉴译，南京大学出版社，2009年，第2—3页。

9. 参阅（古罗马）奥古斯丁：《忏悔录》，周士良译，商务印书馆，1963年，第242页。
10. （法）让·鲍德里亚：《符号政治经济学批判》，夏莹译，南京大学出版社，2009年，第4页。
11. 痖弦：《痖弦诗选》，周良沛选编，四川文艺出版社，1987年，第54页。
12. 《新年书信：茨维塔耶娃诗八首》，王家新译，未刊稿。
13. 柏桦：《往事》，河北教育出版社，2002年，第27页。
14. 张枣：《张枣的诗》，人民文学出版社，2010年，第173页。
15. 张枣：《张枣的诗》，前揭，第45页。
16. 张枣：《张枣的诗》，前揭，第230页。
17. （德）保罗·策兰：《保罗·策兰后期诗选》，王家新译，《延河》2010年第7期。
18. 海子：《海子的诗》，人民文学出版社，2002年，第132页。
19. 昌耀：《昌耀诗文总集》，青海人民出版社，2000年，第593页。
20. 穆旦：《蛇的诱惑》，曹元勇编，珠海出版社，1997年，第145页。
21. 转引自（德）马丁·海德格尔：《荷尔德林的大地和天空》，《荷尔德林诗的阐释》，孙周兴译，商务印书馆，2000年，第186页。

城史与诗心：几份读诗札记

作者 / 王辰龙

王辰龙，
一九八八年生于辽宁沈阳，现暂居北京，
在某高校攻读文学博士学位。

1. 构想：空间运转与词物离合

中国的空间形态，由古典向现代的转型过程，因20世纪初的革命而提速。时至今日，空间的重构史，虽可被命名为附加种种前缀的城市化或现代化，但事实是，即便将一线城市的繁华与乡村的破碎，混剪成共时且立体的图景，或也难以言尽当下空间中现代性的意味。倘若仅就大城市的面貌而言，有着规模宏大的钢架结构的摩天楼，以及可以驰骋地下世界的交通系统，都在以奇观的方式，传递一个信息，即此时此刻的崭新就等同现代，此中要义是与旧日话别。资本、人口和知识在城市高度集中，城市已替代乡村，成为生产社会文化和公共关系的中心，在原本空旷的乡野，在传统的农村经济曾经运行的场所，城市建筑物拔地而出，城区猛然扩大，崭新却内含矛盾的新社会经济体系在兴起。快速的、高声的、嘈杂的、急躁的；繁复多样的、高度世界性的、徒有其表的；不自然的、非人道的、讳莫如深的；冒险的、性感的、光怪陆离的、危机四伏的——所有这些词汇或都可被借用，来传达某种体验和理解城市的方式，但它们难以切中一个关键性的问题：空间形态的变迁，将如何形塑人们理解世界、认识自身的方式。对此，部分的解答，正在于文学写作对空间的发现与发明。

法国人列斐伏尔（Henri Lefebvre）提出过两个概念“空间的表现”与“表现的空间”。简言之，“空间的表现”指社会空间，它是被建构的、被生产的、被规划的，它的代表是城市空间；“表现的空间”指精神空间，它是感知的、想象的、有待呈现出来的。[1]城市空间进入文学写作的过程，可被认识为社会空间如何被书写为精神空间的过程，城市不仅是写作者可能会去呈现的客体与主题，空间自身的意识形态，也在界定写作者的主体意识，为他们的空间想象提供限度与可能。列斐伏尔的启示，是必要却粗放的前提，因为在空间理论的视域范畴中，汉语诗歌的现代性问题，将具体凝结为词与物的关系。在古典中国，与乡土社会里代谢缓慢的事物体系相称，是古典汉诗高度纯熟的意象体系。人与自然之间的亲密关系，让古人的主体性与自然（或世界）的整体性合而为一、彼此认同，从万物中可以见出人性，而在人身上也有万物的逻辑，这是古诗意象体系和诗意的根基。与乡土社会不同，在现代城市空间中，社会规则取代血缘宗族，人际关系被迫重组，现代人成为欲望化的自由个体、沉思着的孤独个体，人们的典型孤独往往不再是孤身一人，而是人群中的孤独。[2]与此同时，空间的维度被现代性的速度大大压缩，古典时期的空间经验遭遇全方位的改写，现代生活发生之时，便是古典诗意崩溃的开始，词物间原有的关联性已丧失，现代汉诗的写作必须以此作为原点，不断地去构建词与物的新关系。城市在改写旧事物的表里，以无法遏制的激情，生产更多的新事物，空间中的物体系，开始异常复杂与繁乱，词语对它们的找寻、切中，也随之艰难。

空间一旦生产出来，就意味着与过去的决裂——不仅是与旧空间的决裂，而且是与旧空间中社会关系的决裂。对空间的生产，也是对社会关系的再生产：新的宽阔大道、百货公司、咖啡馆、餐馆、剧院、公园，以及一些标志性的纪念建筑，它们一旦生产出来，就立即重新塑造了新的阶层区分，塑造了新的社会关联，阶级的区分不得不铭刻在空间的区分之上；公共空间和私人空间，也开始泾渭分明；彼此隔离的空间的禁令和对此的穿透，都会重新安顿社会秩序。每个空间都在塑造人的习性，都在划定人的范围，都具有一种控制能力，都在暗示着统治的合法性；不仅如此，每个空间也是权力和财富的景观展示，它们怀抱着实用之外的象征目的。新空间的生产，是塑造新的共同体，也是对旧共同体的摧毁；是塑造新的情感结构，也是对旧情感结构的摧毁；是塑造新的空间意识形态，也是对旧空间价值的摧毁。当一个全新的城市空间被打造出来，便也意味着对人的全新塑造。街道、邻里、公寓、楼梯和门口都隐含着社会意义，“人与人之间的物质关系显然无处不在，社会关系便以这种方式出现在各项物品之中。任何物品的重新制造都将造成社会关系的重新排列”[3]：在建造与重建城市空间的过程中，我们也建造与重建了自我，不管是个人还是集体。作为语言的习得者与使用者，人的境况，便是词的运命。

综上所述，空间在运转过程中，对词与物，进行着持续的双重界定，动荡的词语如何追踪幻变的事物（有形的物质实体与无形的人类创造）。所谓现代汉诗对城市空间的发现与发明：发现，意味着现代汉诗对城市的感知、理解与想象，是语言对空间物质性的认识及其纵深度；发明，则指向现代汉诗生产城市的方式，是语言对空间精神性的抽象与赋形。

2. 例子：僵硬的都会与见证者

1919年，李大钊发表《青年与农村》，写道："在都市里漂泊的青年朋友们呵！你们要晓得：都市上有很多罪恶，乡村里有许多幸福；都市的生活，黑暗一方面多，乡村的生活，光明一方面多；都市上的生活，几乎是鬼的生活，乡村中的活动，全是人的活动；都市的空气污浊，乡村的空气清洁。你们为何不赶紧收拾行装，清结旅债，还归你们的乡土"；"青年呵，速向农村去吧！日出而作，日入而息……那炊烟锄影、鸡犬相闻的境界，才是你们安身立命的地方呵！"[4]李大钊贬低城市，升华乡村，显然是为追求批判效果而采取的文化策略与反讽修辞，在他的时代，乡村远非世外桃源，农民因饥荒或战事逃难，成为城市的底层劳动力与新穷人，但他的发言却代表从1920年代开始逐渐坚固起来的反城市话语，城市被视为赤贫蔓延、犯罪滋生的罪恶所在，并与帝国主义、殖民主义联系起来，堕落、腌臜与空虚，常被用来指控城市。早逝的梁遇春曾有文《猫狗》讽刺京沪两地："上海是一条狗，当你站在黄浦滩闭目一想，你也许会觉得横在面前是一条恶狗。狗可以代表现实的黑暗，在上海这现实的黑暗使你步步惊心，真仿佛一条疯狗跟在背后一样。北平却是一只猫。它代表灵魂的堕落。北平这地方有一种霉气，使人们百事废弛，最好什么也不想，也不干了，只是这么蹲着痴痴地过日子。真是一只大猫将个个人的灵魂都打上黑印，万劫不复了。”[5]这种反城市话语，隐含着转型期知识分子的忧虑，即城市空间的负面性正渗入屡受冲击的传统基础，构成颠覆性的力量。

彼时，被攻击得最为频繁的城市，或是上海，对它的控诉源源不绝。比如说，周作人就曾贬低上海道：“上海滩本来是一片洋人的殖民地；那里的（姑且说）文化是买办流氓与妓女的文化，压根儿没有一点理性与风致。”[6]石评梅也认为“上海地方繁华嚣乱，简直一片闹声的沙漠”[7]。成仿吾则深感在上海度日如年：“住在上海好像坐牢，孤独的我又没有什么娱乐，在外人庇荫下嘻嘻恣欲的狗男女又使我心头作呕。”[8]这对现代都市城市的指责确也基于历史真实，表面上看，南京政府成立后，上海的秩序得到改善，但实际上，军阀与化学家合力制造的毒品业刺激着暗中交易的持续繁荣。政府对这种腐化城市的犯罪行为采取纵容态度，因为毒品交易可以为国民政府统治上海提供重要的经济来源。这令上海成为名副其实的罪恶之城。同时，与上海城市空间之大相矛盾的，是城市实际容纳能力的匮乏，它无法提供充足的、持续的工作机会，以保障平民与外来人口的日常生活，赤贫开始蔓延，不断有人在街头暴毙。尤其在冬天，一夜严寒过后，晨晖照亮的街头总会有数以百计的尸体，据统计，在20世纪20年代，上海警察每年要处理两万多具这样的尸体，而到了30年代，华北大饥荒第三年，根据美国历史学家魏斐德（Frederic Evans Wakeman）的考察，仅在公共租界的街头，便计有三万六千多具尸体被发现。上海的街道，成为整个现代中国遭受死生之痛的象征空间。[9]此外，战争威胁显出大都市无比脆弱的一面，上海的繁荣随时因炮火土崩瓦解。比如，在1932年1月28日夜，日本进攻闸北，中国百姓死伤无数，轰炸中，商务印书馆的现代印刷厂成为废墟。时值蒋介石退隐，被夹击于民族主义与日本之间的国民政府在孙科辞职后群龙无首，唯一令人感到振奋的，是蔡廷锴将军率十九路军坚持抵抗。霍塞在《出卖上海滩》中记载了闸北毁灭后的恐怖景象："狗和老鼠在欢庆它们自己的假日；成群的野狗和老鼠都在当街啃咬死尸。从战争开始起，由日本人完全'控制'的地区里边到处起火。工部局警察正撤到苏州河南岸。虽然虹口在形式上还是租界的一部分，眼下它正处于蓬路（今塘沽路）上的日本人俱乐部的控制下，日本的店主、银行职员和文员到那里去领枪支，变成了浪人。恐怖笼罩着苏州河的北岸。"[10]抗日战争时期，淞沪会战将上海，正如斯诺在《为亚洲而战》中所写到的那样："数千吨的钢从空中、炮管、军舰像大雨一样倾斜到闸北，军事专家说，地球上没有一块土地遭受过如此集中的炮火。"[11]维森·豪思顿则在《黄浦记》记录下战时上海的惨状："不让寸土，不埋死者。生蛆腐烂的尸体暴晒在8月的阳光下，死亡和燃烧的气味越过苏州河这一直飘到租界里。"[12]曾经的车水马龙仿佛只是废墟与尸体上的南柯一梦，如柯灵所言："民国二十六年，沪战爆发，伤亡遍地，是年掩埋尸体（成人）激增，数目多至一万五千具……三十一年，敌军进占租界后，难民麇集，粮价暴涨，是年掩埋尸体（成人）近一万三千……为今年一月至四月所掩埋的尸体，已有八千六百四十三具（内童尸三百八十具）之多……这数字告诉我们，直到今天，我们不但还在重温那可怕的噩梦，人命的价值也比先前大大地低落了。"[13]

即便形势动荡，上海却能长期保持现代中国工业中心和商业中心的地位。据统计，1933年，上海的工业总产值已达11亿元以上，占到当时全国工业总产值的一半以上。到了1947年，上海有工厂7738家，工人682399人，分别占国权工厂和工人总数的54.9%和53.8%。[14]在上海，工厂是现代性成就与后果相互冲突、撕扯得最为酷烈的空间层次，工业化为城市繁荣提供保障，却也造成深刻的伤害，工业现实以各种形式的污染消耗城市人的日常生活，而工人群体不得不忍受微薄的待遇、漫长的工时与恶劣的环境。杨潮曾描绘过女工们困顿的居住条件："爬过几次黑暗而陡得可怕的楼梯，我们走进了一间房子，据说是女孩子们的卧室。微弱的光线从我们背后的门射进来，什么都瞧不见，只鼻孔里感觉一种特别的臭味，像烂肉，像霉菜，更像没有自来水马桶的厕所。总之，是我生平不曾闻着过的。"[15]工人群体的困局，为新兴的革命家们提供了契机。如受到中共领导"太阳社"，他们的成员基本上都是党员，他们在宣传革命文学的同时也参与工人运动，方式则是在茶馆、码头等地点与工人交朋友。[16]在认识论的层面上，当时某种革命话语为左翼文人提供一种理解城市问题的全新意识，用作家刘梦飞的话来说，便是将上海视为"剥削阶级的压榨机"与"充满矛盾的火药库"[17]。革命家与现代文人的身份重叠，令这种阶级性的新意识开始介入现代汉语的文学书写。我感兴趣的是，在"反城市主义"的潮流下，在城市空间的历史状况中，在此种话语的生成过程里，左翼诗人如何表述他体验着的都市，都市又是如何重构着写作者的主体意识，有关这一话题，殷夫的诗是好例子。

在早期的《无题的》[18]中，殷夫构建了带有自传性的城市漂泊者，这个"我"在上海街头，看"摩托车在路上驰追"，听"暗角有女人叫'来……'"，躲避着"电车暴嗔"，却与洋人"撞了满面”；到了夜晚时分，“火车频频的尖着声音”与“楼上有人拉着胡琴”都无法遮蔽“乞儿呻吟”，“我”感到“此地在溃烂”。诗的最后一部分，“我”作为写作者的形象，刚刚被微薄的灯光照亮，便又因“油已经到底”而熄灭（“都市有电灯，／不装给穷人”），写作的突然中止，意味着城市空间处于未完成的状态，而空间自身也正压抑着普遍沉默的穷困者，使他们无从表述对城市的体验与想象。文本中空间形象的断裂，从形式上便构成对城市的否定。到稍后的《梦中的龙华》，殷夫继续让完全负面的城市空间进入文本：“呵，吃人的上海市，／铁的骨骼，白的齿，／马路上扬着死尸的泥尘，／每颗尘屑都曾把人血吸饮。”这首诗最为重要部分在于从城市空间的内部生发出否定城市、超越城市的象征性存在，即“龙华塔”，它在上海的西南角，以塔为中心向东北方不远的角落，是国民党淞沪警备司令部所在地，1927年“四一二”事件后，它成为监禁、杀害异己人员的监狱与刑场。“龙华塔”因此被与国民党对立的革命者视为精神层面上的纪念碑，在诗人的想象中，它开始拥有比上海更为强大的力量：“你高慢地看着上海的烟雾，／心的搏动也会合上时代脚步，／我见你渐渐把淡烟倾吐，／你变成一个烟突，／通着创造的气锅。”到《一九二九年的五月一日》一诗，被迫的城市漂泊者，最终完成了向历史性主体的精神蜕变与自我构建，成为职业革命者，而这也对应着现实中殷夫的生活轨迹，如他在《暴风雨的前夜》一文中写道：“我们要广大地动员起来，团结起来，斗争起来，以斗争来援助我们公共汽车及英电的兄弟，以斗争来争取我们特殊的利益——六小时工作制……——以斗争来准备红色‘五一’的总示威，以斗争来和着成年的哥哥一同为推翻帝国主义国民党反动统治建立苏维埃政权而努力！”[19]当诗中革命者的目光投向上海，城市空间的形象便集中于工厂与街道，政治斗争中的理想主义转化为文本的激情：“最后的电灯还闪在街心，／颓累的桐树后散着浓影，／暗红色的，灰白色的，／无数的工厂都在沉吟”；“上海已从梦中苏醒，／空中回响着工作日的呵欠声音，／上工的工人现出于街尾，／惨白的路灯残败于黎明”。“我”不再是城市中孤身一人的漂泊者，革命者的词义是动词性的，它意味着“我”对“我们”的不断找寻，“我们”作为想象中的共同体，被推往十字街头的前景：“我突入人群，高呼：‘我们……我们……我们……’”；“满街都是工人，同志——我们”。在“五月一日”这样一个革命性节日，革命的时间充满了城市的空间，在“革命家—诗人”笔下的上海，悲惨的街道，终究转化为悲愤的街道，而他们坚信文本中的象征性胜利是有关历史的预言：“未来的世界是我们的，／没有刽子手断头台绞得死历史的演递。”

在“殷夫们”的书写中，因对权力转移的渴望，一种城市的未来图景被持续地想象着，以照亮国民革命裂变后恐怖造成的晦暗。在20世纪20年代中后期，由“文学革命”到“革命文学”，成为不少文人的新变。不论个人生活的实际考虑，变化与不变，都涉及历史严重时刻的某种责任与判断，因此话题或可以超出左翼诗人的范畴，略微通过更多其他诗人的作品，来透视晦暗时期知识分子对城市的体验与想象。1926年的“三一八”事件，构成了对因新文化运动与“五·四”运动而相继开启的历史时间的悲剧性终结，作为亲历者与幸存者的朱自清曾写文对事件做出记录，是为《执政府大屠杀记》：“全场除劈拍的枪声外，也是一片大静默，绝无一些人声；什么‘哭声震天’，只是记者先生们的‘想当然耳’罢了。我上面流血的那一位，虽滴滴地流着血，直到第一次枪声稍歇，我们爬起来逃走的时候，但也不则一声。这正是死的袭来，沉默便是死的消息。”[20]声称文明的民国新城市，突然枪声大作，权力意志显示出野蛮与暴力的一面，人们突然被抛入过渡期的惶惑与恐惧，朱自清不禁向现代转型中的城市空间，也向自己发出质问：“死了这么多人，我们该怎么办？”[21]罗家伦有以“三一八”为语境的诗作《天安门前的冬夜》：“黑沉沉的天，／紧贴着深灰色的土。／四面望不见一个人影，／好像我一身站在荒野里——／渺无声息——／心头所有的——孤寂，荒凉，恐怖！／光啊！你在何处？”而在徐志摩笔下，新兴民族国家的首都，有时竟恍若阴森的坟场：“我在深夜里坐着车回家——／一个褴褛的老头他使着劲儿拉；／天上不见一个星，／街上没有一只灯；／那车灯的小火衔着街心里的土——”；“‘我说拉车的，怎么这儿道上一个人都不见？’／‘倒是有，先生，就是您不大瞧得见！’／我骨髓里一阵子冷——／那边青缭缭的是鬼还是人？／仿佛听着呜咽与笑声——啊，原来这遍地都是坟！”这首《谁知道》中的城市街道幻化为贯通死生的长河，拉车人摆渡着“我”，“我”仿佛陷于命运迷宫，进退两难间，城市空间即被赋予噩梦的结构，这种体验与呈现，在对北京的书写中并非孤例。韦丛芜有诗《我踯躅，踯躅，有如幽魂》：“阴风惨惨地吹，／细雪纷纷地落。／这屠杀后的古都，埋葬在死的恐怖”；“耳鼓里尽鸣着嘈杂的声音，／在死街上我踯躅，踯躅，有如幽魂。”诗后“记三一八屠杀之次日的雪中行”的字样透露出写作者的历史语境，韦诗明确的政治性指向是徐志摩《谁知道》不具有的，即便两者都将城市体验为梦魇式的死城。《谁知道》中的“我”是迷路者，但噩梦中尚有对话之人；《我踯躅，踯躅，有如幽魂》中的“我”则是幸存者，却孑然一身，似乎难以通过回忆复原那骤然发生的严重时刻，枪声大鸣的瞬间过后，“我”之为人的整体性骤然瓦解，成为城市中的“幽魂”，“幽魂”的言说，一为提供见证，二为进行哀悼。进入韦丛芜诗中的北京城空间被呈现为街头政治爆发与受挫的现场：西方近代革命将街头政治带入城市，而在中国，革命自身却在革命胜利后试图现代化的空间中被压抑、被侮辱。“三一八”后，时隔不到十年，饶梦侃在《天安门》中写道：“前面那空地就叫天安门，／好孩子，你要害怕就别做声，／人家说这里听得见鬼哭，／一到晚上就没有走路的人。／新的鬼哭，旧的鬼应；／要是听着真吓死人！”同时期，闻一多也有与饶诗同题之作，其中有句：“怨不得小秃子吓掉了魂，／劝人黑夜里别走天安门。／得！就算咱拉车的倒霉了！／赶明日北京满满城都是鬼，／那也好，先生，您说对不对？”诗人通过与天安门相对的方式，纪念着、哀悼着城市中的某个时刻、某些人，空间的呈现过程明确地延伸出历史暴力批判的诗学维度。进入城市书写中的天安门，透露了城市空间的晦暗层面：电气化已照亮城市的夜，可人们的心却随时代的荒芜而久久枯索，等待救赎之光的亮起，诗人们注目着因转变而付出代价的自身、他人与事物，以抒情的方式进行见证。

3. 例子：向前的城市与旁观者

在20世纪所谓“新时期”的开端时刻，穆旦去世，未能进入之后异常喧嚣的80年代，但他晚年的写作，今天看来，以一种“后撤性”的主体意识，与80年代的主流社会意识形成对照。知识青年与改造中的知识分子从乡村重返城市，结束了几代国人的荒野流放史，权力试图让社会的秩序复归，况且历史的担责者已被指认与审判，“人民”可以用“被蒙蔽”与“被利用”来指认，并以“不明真相的群众”作为新的自我意识，继续生活于重新拥挤起来的城市空间，曾经的出卖、中伤、监视或揭发，并没有让更多的同谋者付出必要的代价。在形成潮流的“向前看”的社会氛围中，穆旦冷静地抑或是枯索地旁观着故意失忆的、狡黠装睡的集体虚伪，后者已构成城市空间全新的价值向度，街道恍若舞台，不可见的导演一次次宣称“人生如戏，全靠演技”的新标准，城市人的脸开始新一轮的彼此复制，只是这一次，不再是革命时代相互类同的面黄肌瘦，而是“新时期”蒙上的傻呵呵的乐观面具，面具化的表情可以随时开口讲述个人的受难，用夺眶而出的苦涩泪水表达走进新时代的庆幸、感激，普遍的平庸之恶，被日常生活的重启所遮蔽，而城市人的主体意识中多多少少注入了演员的自我修养，穆旦并不愿或已无力加入围绕权力而伺机行动的群众演员的行列，他在《演出》中写道：“为反常的效果而费尽心机，／每一个形式都要求光洁，完美；／‘这就是生活’，但违背自然的规律，／尽管演员已经狡狯得毫不狡狯，//却不知背弃了多少黄金的心／而到处只看见赝币在流通，／它买到的不是珍贵的共鸣／而是热烈鼓掌下的无动于衷。”[22]曾被政治生活遮蔽的内心声音，尚未开始发出回响，便被鼓掌之声紧紧梗塞，城市人为自己或家人的回归鼓掌，为各种会议鼓掌，为平反鼓掌，为新领袖的诞生鼓掌，也为剧场舞台上诗人们的朗诵鼓掌，而在登台的诗人们的口中，“春天”是高频词，仿佛整个北中国都南移为四季怡人的亚热带，重拾诗笔的穆旦也写过一首《春》，但他笔下的“花朵”和“新绿”却于温暖中唤起冰冷的记忆：“你们带来了一场不意的暴乱，／把我流放到……一片破碎的梦；／从那里我拾起一些寒冷的智慧，／卫护我的心又走上了途程。//多年不见你了，然而你的伙伴／春天的花和鸟，又在我眼前喧闹，／我没忘记它们对我暗含的敌意／和无辜的欢乐被诱人的苦恼……”即便身临春日的城市，穆旦仍觉体寒，这种由记忆深处的身体痛苦与灵魂受辱而造成的持久寒症，让诗人在文本中筑起一座反春天的冬日之城：“你走过而消失，只有淡淡的回忆／稍稍把你唤出那逝去的年代，／而我的老年也已筑起了寒冷的城，／把一切轻浮的欢乐关在城外。”诗中“春天”的象征意义经历了三次分层，三次散逸：一是指向主体的青年时期，热烈而盲目；二是指涉社会主义中国建立后的一段时期，“1949年”在革命语义中的断裂作用，意味着时间的重新开启，正与“春天”唤起的空间向度相一致；三是指穆旦幸存下来的“新时期”，这从1976年开始的时间再次被赋予断裂性的重启意义，一种“1949年”式的乐观主义情绪，从震悚后的昏迷中骤然复苏，历史一分为二的相似情形中，似乎又有一个荒凉的昨日世界将在否定中失去细节，似乎又有一个美好的明日世界将在历史的窄门背后，等待着疲惫不堪的中国人。对最后一种象征意义所牵涉的历史情境，青壮的北岛在广场上，作为集合意义的“人”的代言者，朝向革命的黑洞喊了声“我不相信”，而喊声后的感叹号，未过太久，便被权力扭折成问号与省略号；已渐入晚年的穆旦，绕过广场上的压制与对抗，在北京城以东的天津卫，他筑起一座名为“寒冷”的卫城：“被围困在花的梦和鸟的鼓噪中，／寂静的石墙内今天有了回声／回荡着那暴乱的过去，只一刹那，／使我悒郁地珍惜这生之进攻……”根据“春天”的多重象征意义，以“冬天”否定“春天”，在穆旦晚年的诗学体系中，是对自我曾在广场上举手的纠正，也是借助诗性正义传达的历史意识，即以冻住记忆的方式反抗历史暴力所期待的普遍遗忘，诗人的城市拒绝春日的喧哗、烂漫，这只为不使方才自由的个体声音再次被淹没，也是为了借助哀悼与追忆来使“暴乱的过去”被永远困在“我”的城市里。

在穆旦的这些诗中，主体（写作者）、季节（时间）与城市（空间）同构了起来，宣称春天已经到来的城市空间，与无知的青年时间一样，充满沉沦之险，主体面临遭到禁锢的隐患，如诗人在《沉没》中所写道的那样：“身体一天天坠入物质的深渊，／首先生活的引诱，血液的欲望，／给空洞的青春描绘五色的理想”；“曲折、繁复、连心灵都被吸引进／日程的铁轨上急驰的铁甲车，／飞速地迎来和送去一片片景色！”城市空间中主体的异化体验，早在1940年代，便被诗人写入《成熟》（“从中心压下挤在边沿的人们／已准确地踏进八小时的房屋，／这些我都看见了是一个阴谋，／随着每日的阳光使我们成熟”）与《城市的舞》（“为什么？为什么？然而我们已跳进这城市的回旋的舞，／它高速度的昏眩，街中心的郁热。／无数车辆都怂恿我们动，无尽的噪音，／请我们参加，手拉着手的巨厦教我们鞠躬：／呵，钢筋铁骨的神，我们不过是寄生在你玻璃窗里的害虫”）。通过书写城市，时隔三十余年，穆旦恢复了写作巅峰期的呼吸方式与意志强度，而三十余年间的人生剧变、心境蜕变，在诗人晚年诗歌的城市空间中注入了与历史时间对称的苍凉感，使之有别于1940年代诗中普遍意义上的都市批判，身体的晚年已投射到城市，街道上，只有秋冬两个季节，沾染诗人的叹息、遗憾、仁勇与至情，来回地流转。是开阔的秋天，而非锦簇的春天，能够缓解城市人的受困体验，对此，诗人在《秋（断章）》中写道：“长久被困在城市生活中，／我渴望秋天山野的颜色，／听一听树木摇曳的声音，／望一望大地的闲适与辽阔。//可是我紧闭的斗室／有时也溜进山野的来客：／当洁白的月光悄悄移动，／窗外就飘来秋虫的歌//暂时放下自己的忧思，我愿意倾听这凄凉的歌，／那是大地的寂寞的共鸣／把疲倦的心轻轻抚摸。”尽管冬日时常显示酷烈的一面，但诗人已在加速运转的生命时间中习得与寒冷共处的方式，他在《冬》中写道：“我爱在枯草的山坡，死寂的原野，／独自凭吊已埋葬的火热一年，／看着冰冻的小河还在冰下面流，／不知低语着什么，只是听不见。／呵，生命也跳动在严酷的冬天。”冬日之城，即记忆之城。在穆旦晚年诗中，记忆总是处于晦暗状态，没有伤痕文学式的细节展示，这意味着记忆被强调的同时，记忆的隐私性也受到有意的保留，因此他诗中的城市空间，与北岛诗中带有公共性质的“人”的城市不同，是带有私人特征的“我”的城市。这一空间，由于它被人性价值所充满，因而成为能够“抵御敌对力量的空间”[23]。穆旦的城市，是弃绝春日的冬城，他诗中的空间，由以主体后撤造成的时差（即上文中提出“后撤性”概念）所构建。后撤到哪里？到城市中主体的居室，确切地说，是诗人的书房。在穆旦的言说中，意象“窗”的出现连接着主体与室外的街道，造成了主体所在的小空间与城市这一大空间的套嵌，而窗外的世界往往被设想为威胁的所在，对此，他在《理智与感情》中写道：“你看窗外的夜空／黑暗而且寒冷，／那里高悬着星星，／像孤零的眼睛，燃烧在苍穹。”居室之外的街道，诱惑着、恫吓着主体，试图让主体无法重返自己的小空间，如穆旦在《“我”的形成》中所写：“一个我从不认识的人／挥一挥手，他从未想到我，／正当我走在大路的时候，／却把我抓进生活的一格”；“在大地上，由泥土塑成的／许多高楼矗立着许多权威，／我知道泥土仍将归于泥土，／但那时我已被它摧毁。”

诗人未尝言及的另一种状况，是革命化空间中的意志要摧毁“我”，但在中国现代城市的发生时刻，他笔下幸免着的土地便已遭到城市的吞噬：“城市把土地修改成了街道。街道作为城市表面最基本的词汇，是一个以名词为披风而现身的动词：它内部暗含着对土地进行挥霍、侵占、扭曲与掠夺的坚固机制或阀门。”[24]土地，无法成为都市逃亡者的庇护之地。在当代尚未到来的时间里，穆旦便曾模仿闻一多《荒村》写下同题诗，以宣告乡土中国的死亡：“荒草，颓墙，空洞的茅屋，／无言倒下的树，凌乱的死寂……被遗弃的大地／是唯一的一句话，吐露给／春风和夕阳”；“春晚的斜阳和广大漠然的残酷／投下的征兆，当小小的丛聚的茅屋／像是幽暗的人生的尽途，呆立着。／也曾是血肉的丰富的希望，它们张着空洞的眼睛，向着原野和城市的来客留下决定。历史已把他们用完：它的夸张和说谎和政治的伟业／终于沉入使自己也惊惶的风景。”在古典中国，寄寓着超越意图的山水或田园，构成了古代汉诗中的隐逸空间，而对那些渴望从城市出逃的现代诗人而言，山水田园的永逝，意味着需要在现代汉诗的城市书写中寻找全新的人造天堂，以便大隐于市，为主体的灵肉提供庇护，抵御来自街道的各种型号的都市飓风。对穆旦而言，这一空间，便是他晚年诗中多次被构建起来的“书房”空间，它有多种命名，是《冬》中的“小土屋”，《老年的梦呓》中“温暖的茅舍”，《停电之后》中“我的室内”，《秋（断章）》中“紧闭的斗室”，以及《友谊》中“老年底窗口”，等等。与“书房”空间共同出现的，往往是处于工作状态或刚结束工作的主体，写作者的形象照亮了“书房”。在《停电之夜》一诗中，穆旦将“书房”置入断电的城市之夜：“可是突然，黑暗击败了一切，／美好的世界从此消失灭踪。／但我点起小小的蜡烛，／把我的室内又照得通明：／继续工作也毫不气馁，／只是对太阳加倍地憧憬。”而在诗的后半部分，“书房”的空间力量异常强大了起来，它作为城市空间中的弱小部分，竟能抵抗整个空间的黑暗：“次日睁开眼，百日更辉煌，／小小的蜡台还摆在桌上。／我仔细看它，不但耗尽了油，／而且残流的泪挂在两旁：这时我才想起，原来一夜间，／有许多阵风都要它抵挡。／于是我感激地把它拿开，／默念这可敬的小小坟场。”借用“蜡炬成灰泪始干”的古典情境，穆旦将诗歌语言比附为烛火，它虽风中摇曳，却不曾因此熄灭，直到燃尽，诗中的燃尽不意味着消亡，而是指一个文本的完成，因语言之火，看似弱小的“书房”彻夜通明——是写作者的尊严（在穆旦那里，这种尊严可以命名为歌德式的工作精神），在尚未从禁声期完全苏醒的城市之夜中发出照亮黑暗的光芒，正如伟大的英语诗人希尼（Seamus Heaney）在他的《个人的诗泉》所写：“我写诗，是为了认识自己，使黑暗发出回音。”

4. 例子：如何纪念一座城市

在北人桑克的诗作中，“雪”总是醒目地在他居住的哈尔滨一次次具体地落下，之所以说“具体”，是指同一词语在捕捉当下性时发生的变形：“雪之伞兵，冰之装甲，还有病菌之类／潜伏的间谍，在你的嘴角、鼻翼，／在你的口腔以及肺叶，以及更多的疏于防范的街道，／烧掉你的马厩，烧掉你的粮草，／把你围困在房屋之中”（《冷冬》）；“掀开窗帘，一地的雪。／白的，还没有烙上行旅的脚迹。／时间还早，晨光和鸟鸣／也是刚刚当值”（《晨雪》）；

“雪下来下去的，一点儿／都不觉得烦。我也不烦，／我和它一样欢喜，／因为冷酷而又冷漠的本性”（《一片一片的雪》）；“斤斤计较寒鸦与渡鸦的区别，／而将钢铁和卢梭看成同一类东西。／好恶即是非，雪停即幸福，／荒唐的唐也是甜滋滋的。//埋怨卑微的创作何益？／碰到地铁的潜伏工程只有绕行。／降临的雪粉太多了，溢出了画框，／突破了田园诗堤坝的底限”（《风语》）；“在寂静之上还是之下？／热气腾腾的卡车穿过／黑白分明的针叶林。／白的不是骨头，是雪”（《乡村的正面》）“每一天活着都是侥幸。／隔窗看雪，看一次少一次。／每一场雪都是唯一的，／有着独特的长相，独特的脾气。//我喜欢每一场雪，／喜欢每一次罪恶，它们也是唯一的，／消逝，再也不会重临。／但愿如此，但愿每一场雪不会重临”（《卧榻》），等等。当历史悠久的“雪”落入我们时代的哈尔滨，或成为隐喻，喻指威胁逼近；或以它落下时的安静，构成日常的背景；或可作为客观对应物，映照出自我的内心世界……城市空间中失忆症的蔓延，试图抽空事物的丰富意义，诗人的“诗绪”，抵抗着这种意图，方式便是对词语进行如上这种因地制宜的意义注入，却又不盲视空间状况的实质。若想穿过城市而不迷失于遗忘的症状，确实艰难，一如词语对事物的找寻与显现。

诗人要成为耐心的漫步者，在他们的手记中，城市空间被一个个点联结起来，城市生活的细节从各种方向被记录。城市空间要求诗人必须保持敏锐的视听，用以捕捉身处环境的蛛丝马迹，找准关键性的局部，透视整座迷宫的结构，所谓关键性所在，通常是指公共空间，如公园、车站、商业街，等等。1990年代以来，公共空间便开始频繁进入当代诗，成为城市书写机制中的重要现象：诗人在某个公共空间前停下脚步，或穿过，或停留，当他们记下特定空间与主体的遭逢，个人史的某个片断便为文本所凝固，而城市时间的稍纵即逝与人群的往来交互，也要求诗人的语言要有速度，以语言之快，来聚焦公共空间中最富包蕴性的瞬间。与此同时，公共空间的中介性、复杂性，令它成为城市生活状况史的切片，有太多微生物般的意义、真相或奇迹隐藏其中，这对诗人的语言提出的要求，则是必须修炼出强大的阐释力，只有语言之慢，才能够进行往复的探寻。能够让公共空间真正被呈现的当代诗，是个人史与状况史交织成的螺旋式文本，这意味着写作者将自身定位于年龄之雾与时代之霾间的夹角地带，桑克正是善于涉入夹角并能快慢相宜的巧匠，而哈尔滨，这座中国北方的重要城市，通过他的书写，再次进入新诗的空间。

之所以说桑克是“再次”，是因为20世纪20年代末，冯至写过一组由十二首短诗构成的组诗，是为《北游》，记下离开北大到哈尔滨后的所见和实感。每首短诗有数序与标题，可视为各自独立的抒情篇章，又因都以主旋律般的“阴沉，阴沉”来结尾，便也可组成一个整体。显然，桑克读过《北游》，2006年，他有诗《哈埠来鸿（拟冯至）》。拟写这古老的文学方法，往往是借故人浊酒，浇自身块垒，因而，模拟冯至的口吻与目光，桑克似乎是在想象旧日的哈尔滨，实则被打量与沉思的，仍是眼下的新城。于是，不同文本（也包括桑克其他写哈尔滨的诗）中同一城市的空间，展开历史性的对位。在哈尔滨，冯至去过一家名为“Pompeji”的饭馆，这异国名头，即维苏威山下被湮灭的著名古城，入诗便是：“一次我在梦的深渊里，／走入了Pompeji的故墟，／摸索着它荣华的遗迹，／仿佛也看见了那里的卖花女子；／淡红的夕阳淹淹，／伴着我短叹长嘘。”

（《“Pompeji”》）在更北的中国，离俄罗斯也就更近了，冯至想起陀思妥耶夫斯基：“不知不觉地，树叶都已落尽，／日月的循环，在我已经不生疑问；／我只把自己关在房中，空对着／《死屋回忆》作者的相片发闷。”（《追悼会》）这两首短诗的内容，经桑克拟写就成了：“出了校门，水道街的丁香／已是灰色。雪在飞，新修的电车咣咣当当，／我一阵儿莫名的兴奋。／庞贝酒馆，我端详《松花江》封面，／多少是个安慰。／寓所即死室，我即陀氏幽魂。”

冯至笔下，哈尔滨街头，是含义丰富的混杂时空：“听那怪兽般的汽车，／在长街短道上肆意地驰跑，／瘦马拉着破烂的车，／高伸着脖子嗷嗷地呼叫。／犹大的银行，希腊的酒馆，／日本的浪人，白俄的妓院，／都聚在这不东不西的地方，／吐露出十二分的心足意满。／还有中国的市侩，／面上总是淫淫地嬉笑。／姨太太穿着异样的西装，／纸糊般的青年带着瓜皮小帽，／太太的脚是放了还缠，／老爷的肚子是猪一样的肥饱。／在他们‘幸福’的面前，／满地都洒遍了金银，／更有那全身都是毒菌的妓女，／戴着碗大的纸花摇荡在街心。／我像是游行地狱，／一步比一步深；／我不敢望那欲雨不雨的天空，／天空充满了阴沉、阴沉……”（《哈尔滨》）直白的、罗列的修辞，是难以抑制的痛陈，而街头上运动着的种种细节，被桑克滤掉，他共感并接续的，是冯至对哈尔滨的整体感受，于是，《哈埠来鸿（拟冯至）》这样开端：

月台没多少人。在我眼里，
只有你——慧修，还有翔鹤、炜谟。
故都的暮夏，寒蝉潜入心中鸣叫，

代替你我的不安。

罗塞蒂放入行箧，你什么也不说，

仿佛我去的不是哈尔滨，而是地狱。

从冯至到桑克，夜幕之下，并无新事，时势迁变，似乎哈尔滨仍是病态的死城。“啊，这真是一个病的地方，／到处都是病的声音——／天上哪里有彩霞飘扬，／只有灰色的云雾，阴沉，阴沉……”这是冯至《北游·礼拜堂》的结尾，而城市空间的病态，入桑克诗，则恶化为含有空间濒死意味的情景交融：

铁路局的黄房子，堆了残雪的坟冢。

里面掺和着粉红的鞭炮屑，新年剩下的。

我的心里也掺了东西，我不知道

它的成分，但它让我的肚子每天一痛。

——《哈尔滨（一）》，2004年

阴影在游荡，在杀死

白昼留下的地盘。或像一摊水

渐渐侵蚀干燥的白地。

那摊雪水，或是血水，横在你的

鼻唇。而热风暗吹，模拟你的心神不定。

——《在斯大林公园》，2006年

一个人的热度是不够的。

加上妻子以及友人

仍旧不够。

哈尔滨比奥斯维辛大。

——《哈尔滨（三）》，2007年

彼时的冯至，终归是北国的过客，哈尔滨对这位小处敏感、大处亦不茫然的写作者而言，是加重忧国之心的空间，他可以为之颓丧，可以为之生发虚无感，但随着离开与组诗的完成，冯至不必长久承受空间的负面力量。桑克则不同，空间上语义丰富的哈尔滨，至少会有一种层面，在对他施加持续的伤害，写城市的病态，病也入他的体肤，写城市的将死，死亦成他的阴影，于是哈尔滨常被体验为一种威胁："风像AK47，不停扫射。／雪花四溅，证明它的威力。／大衣的下摆也摇动，／为它的主人感到凄清和恐惧。//暗红巴士像无声手枪，／在硬雪之上滑行。我听见／它的咳嗽，我不敢说。／医生的知情权，律师不能该染指。"（《冷战》，2004年）问题的核心，由冯至的忧国切身为桑克的自救，而变化中的不变，它的实质，是诸事诸物转向善的艰难。空间中的变化总是徒有其表，况且，有的变化，还是在为遗忘做准备，为了忘却不该忘却的人事："如果将房子拆掉，将街名改成别的，再死掉一批人，／这条街或者这座城市就是新的。／藏在夹层里的日记，写的那些旧事，也就不像真的。／饿死过人？别胡扯了；一个人能编三套台词，／而且不假思索地说给摄像机、同事和情人？"（《大直街冬日街景》，2008年）对变化的可能及其契机，桑克心存疑虑，他意识到空间与记忆的羁绊，并始终对语言的记忆向度有执念。也就是说，对新事物与失忆症，他恐惧；对消失与消逝，他忧心。

我们时代的诗人，他们面对的消失与消逝，总发生于表面平和的日常时间，隐秘，令人猝不及防，却又总制造不可挽回的后果，即失忆。集体失忆将导向对历史暴力的容忍、对可能愿景（以被讲述的美好过去为标准）的遗忘；个体失忆将导向失去家园（回家的永恒之路被抹除，人只是城市机械的部件）的空虚与异化。当桑克试图对城市空间的健忘症有所反对，他便朝向过去，如生者面向死者，书写挽歌。“悲歌可以当泣，远望可以当归。”（《乐府诗集·曲歌辞·悲歌》）伴着叹息声，写作挽歌的诗人穿过城市时，以哀悼者的默念姿势观看着、回忆着城市空间中那些昨日世界的余晖，将它们塑造为文本里的纪念碑，用以抵抗日常时间的席卷。所谓纪念碑式的存在，在本文是指在挽歌里带有永恒意味的景观，其中，有很大一部分是城市空间的建筑物，已消失的，或正在消逝的，俨然本雅明笔下的“历史天使”[25]。写作挽歌的诗人，是哀悼者，他们并非总将沉重与忧郁显露于形迹，他们在城市空间中实践着逍遥游，即“漫无目的的云游，是一种陶冶心志的劳作”，更是“能通过回顾和表达过去的价值改造个体与他所在的社会”[26]。桑克亦如此，他笔下，哈尔滨的街道，公园，尤其是令人印象深刻的教堂，都赋形为纪念碑式的存在。桑克写哈尔滨，往往遵循一种可命名为“黑夜”的诗学力量：将白昼消音、做旧，诗中的时间，凝固成雕塑或片断，从过去向着此刻，流星般地划过；伴随着床头的明月、虫鸣、夜雨，或运送工业废料的重卡碾过公路的远响），“梦”可能再次发生并成为一种意志，它将夜晚塑造为“此刻时间”（现实中正在运转的时间）与“无向度时间”（确凿的过去与预感的未来）的重合，这种叠加，复杂却直接，而被记忆着的空间将再次敞开，做梦者步入其中，进行二次体验——体验之完成，即夜的终点，它将向破晓时分缓慢递出一座座语言纪念碑，围绕着“历史天使”的抒情，那些烟消云散的，将骤然坚固，沉默的亡灵将发出声响，饕餮的口舌将从此时此刻的盛宴（不乏鸿门宴）中撤出炽热的欲望，用手的温度与目光的温度，让变冷的事物在词中回暖，让破碎的事情在句中重圆。试看一首《圣·索菲亚大教堂附近》：

这是俄国人的随军教堂，现在是
一个可以使城市钱包丰满的旅游点。
完美的红砖建筑，充做摆设的铜钟
看不见神甫，看不见低头的祈祷者
只有拍照的游人和旅行社花花绿绿的
三角旗，在微风中，仿佛一场露天里
精彩的演出。在宣传手册里，它不允许
被称作圣·索菲亚，而为了“圣”字
《生活报》还展开过激烈的讨论，也许我
记错了，没有什么讨论，只有必须的律令。
因为敏感的宗教和中东铁路，因为
一个国家脆弱的尊严。它只是一个博物馆
里面陈列着异族人的教堂模型和图片。
一个城市曾有的教养，音乐和中国人
的辛苦，在鸽子妩媚的影子里化为乌有。
那些怀旧的人，那些寻找寂静的人
在教堂的老脸上，鉴别着哪一块是新制的补丁。

这诗中的教堂，被写为叠加着各种时间的空间，商品社会的逻辑，重新界定着殖民历史的遗迹，只有建筑坚定的结构，成为旧时代的记录。“教堂”是带有见证意味的名词，更是有待重新解读的秘史，它如旧梦久久凝固于新城，以不变，质疑着周遭的变化，如上面这首诗后半部分所示：“教堂东南是曼哈顿商厦，一个洋名儿／或许能给它带来更多的财富。这是一个／怎样的时尚？！民族主义者严厉的斥责犹如／一朵朵盛开的明日黄花。”正是“教堂”，使哈尔滨的空间含义不止于一种威胁：“哈尔滨有这么多上帝的遗迹是有原因的。／可能是为了我，或者谦恭地说，是为了我的新生／而准备的寂静之所，如极乐寺和普照寺旁边的／这座圣母安息教堂，它的葡萄没等变紫的时候／就被行人摘得精光，只有高处的三粒像奇迹一样／隐蔽在繁密的叶丛中等我发现，如我正在／发现的爱与仁慈以及内心正在消减的怨气。”（《哈尔滨（四）》，2008年）“教堂”与自救密切相关，但诗人并非信徒般予以朝拜式的书写，这些“上帝的遗迹”入诗，未曾被纯然的光晕所笼罩，它也是歧义重重的、需要被不断发现的所在，而与“教堂”遭逢，则是身在哈尔滨的常态：“如果我是一个旅行者，／我会把圣母安息教堂写到日记本里，／写它的外观，它的颜色，它的孤寂，／笼罩的巨型的葡萄藤……／问题是我就住在它的附近，每天／走过来，走过去，看见它就与没有看见／一样”；“你写别的东西的时候，偶尔会／写到它，或许这样是更合适的：／暴风雨或者暴风雪袭来的时候，／我刚刚走到圣母安息教堂附近……／就这么一笔带过吧，许多事情都是／这样保存的，尤其是关于这个时代／或者全部历史的奥秘……”（《圣母安息教堂》，2010年）也就是说，对桑克而言，“教堂”已是处境的一部分，建筑成为尺度，凭借它，可以重审自我。“教堂”被“我”持续地观看，它牵涉着的历史断片，使它为人事所充满，“我”则在它包容的旧故事里，一次又一次地，掂量着自己的处境：

它在我寓所的东面
上工途中不得不看到它
憔悴的容颜。想起
内中储存的亡灵手中的血
我多少减少对它刚刚
建立起来的好感。
如果它是我的种族的寺院
我可能会从诗歌中找到
准确的关于信仰的注释
但事实相反，让我这样
喝洋墨水觉醒的人尴尬。
在秋风中，它残破钟楼
缝隙里的小榆树左摇右摆
像传记里常常提到的
陪衬人物，为自己未知的命运
使出所有无用而精美的力气

——《圣·伊维尔教堂》，1999年

对这圣·伊维尔教堂，桑克似乎情有独钟，乃至于时常流连："槐树后的小教堂，让我羞愧地低头／似乎它的五个葱头顶还在，还在／天线似的接收湿淋淋的祝福。／然而它是砖瓦的或者灵魂的废墟／它钟楼间的灌木，把它衬托得／更加凄凉。或许因为这样／我才格外关注它，如同一个老叟／怀念着他青年时代小脚美人的脸庞"；"已能看见／小区的窄门，但我还是／固执地瞥了几眼小教堂，好像／它还有很多副嘴唇没有被亲吻，／还有很多条皱纹的山谷没有被／

旅行者肿胀的大脚耐心地衡量。/我不是东正教徒，但我更愿意/多拐三个弯来看它，有一次还带来了/敌人，他的心比你还要空旷。”（《秋日归途遇雨夹雪，以及圣·伊维尔小教堂》，2001年）总与“教堂”相对，桑克便也将建筑的旧意，内化为心绪与意志。他笔下的“教堂”，虽不是距今多么悠远的古迹，但却与现代中国的很多建筑空间相似，由于历史事件的突入，抑或被默默纪念的逝者，而领受骤然苍老的运命，为错杂晦暗的意义所充满，在向上向前的新城中，等待后来者的造访与叹息。“教堂”是桑克诗中的城市纪念碑，它们布满时间的痕迹，残破，衰老，却有内在的不移，提示着信仰与旧梦的意义，悲壮地、沉默地标识出优雅与尊严的消逝，已过去或正在成为过去的生活方式、存在态度，也被“教堂”带入新城，因而，它们是带有文化批判向度的空间。

5. 从城市的边缘看

风景如故，人事已沧桑，置身“变”与“不变”的错杂事境，日本诗人一色真理声称：“诗人啊，做个旁观者也好。不过，得时时保持清醒。……喂，眼睛再睁大点吧。看看什么样的大错横着，把你我隔在不同的地方？明明过了这座桥，你就可以和我一样，可以永远醒着，可以永远做旁观者。”[27]他的“桥”，似极了连接死生的虚无通道，亦如同躬身叹息的问号：莫非只有临死才能悟生？“桥”下之水，便也是死生界限，由此想到鲁迅作《范爱农》，写旧相识的亡故，也是水中幻灭：“一天，几个新的朋友约他坐船去看戏，回来已过夜半，又是大风雨，他醉着，却偏要到船舷上去小解。大家劝阻他，也不听，自己说是不会掉下去的，但他掉下去了，虽然能浮水，却从此不起来。”[28]鲁迅笔下，范爱农于“能”的前提下，选择“不能”，死，成了变革期的悲凉校注，也是在时运交替的时刻，某类人心境的晦暗，与体肤的倦意，革命理想主义的受挫，幽灵般地徘徊其中。姜涛曾借鲁迅题旨发挥为诗，乃有《给——》与《伤逝》，而他笔下常以写作者形象示人的主体，若以范爱农为参照，则接受了“不能”的事实，并选择有所“能”：呐喊是艰难的，何况我们时代的铁屋子，它的壁垒早深入晦暗，无可捉摸，想要击破它的拳掌，往往在探出时，便已失去目标，自信已醒来的人，事实上，或是正做白日梦，或是戾气重至伤人伤己，而他们又彼此攻讦，搁置着共同的时艰，以及真正的对立面。被迫地，抑或暂时地接受呐喊之难，承认当代人与现代知识的限度，此为“不能”，于是姜涛诗中常有挫败感，而叹息声里的实际内容，以诗与政治的整体关系来论，是“新时期”以来的诗性理想主义，在进入1990年代后的挫折史；仅就姜涛的写作而言，无声与寂寞，终归带有吞噬性，莫不如持续记录下目力所及、心意所牵挂的人们（也包括诗人自己），在特定事境（为充沛的细节所勾勒）中的判断与选择——这不仅是指他的诗，也包含他的学术研究在内，此为有所“能”。

20世纪的开端与尾声，上述两个有“群”之意味的主体，无法以一概全，却也借忧郁的相望（而非相忘），旁证着国度的现代性困局。长期以来，现代革命的后果并未得到真正意义上的澄清，或是困局发生的根由。暴力革命，曾被期待能够“构建一种全然不同的政府形式，缔造一个全新的政治体”[29]以走出帝制，事与愿违，社会结构改造的进展之难，多样公共领域的构建之缓，现代转型的必要条件，一一搁置于革命的速度与激情，形式上的新意，理想主义的超现实，都得为帷幕的张开负责。于是，革命年代的范爱农，仍疲于与旧机制周旋，尚未做好准备的主体精神，终也消耗殆尽。汉娜·阿伦特曾写道："在20世纪的大环境中，所谓的知识分子——作家、思想家、艺术家以及文人之类——只有在革命期间才能进入公共领域，革命就扮演了马尔罗曾经宣布的（在他的《人的命运》中）'曾经由永恒生命来担当的角色'：它'救赎了那些干革命的人'。"[30]姜涛这一代，以及更年轻的一代，他们（也包含着本文的作者）在后革命时代如何进入公共领域，这问题且不说，能否通过自己的工作，构建起早已失落的公共空间，已是难题。革命的挫折经验，之为远景（或者说，没有想象中那么远），公共领域的散落，之为近景（或者说，晦暗中默默存在的部分，正期待被照亮），双重困境中，生于1970年代的诗人们，对"胜利的哲学"不信任，也是意识早熟的反映。现代中国文学中的"胜利的哲学"，由汪晖提出："'胜利的哲学'是一种将自身全盘地融入集体斗争而产生的历史思考，即便是牺牲和悲剧，也被置于战略性的思考中加以处理，从而彻底排除了寂寞、无聊、颓唐或无可措手的困顿之感等要素。……'胜利的哲学'植根于集团斗争的残酷而悲壮的历史，也体现了在失败的境遇中寻找转向胜利的战略考量。……它为后来文学家们描述革命过程的曲折和困境提供了一种'从胜利走向胜利'或'前途是光明的，道路是曲折的'的乐观主义脉络。'胜利的哲学'所以是乐观的，是因为它始终与对困境的辩证理解联系在一起，始终与基于这种理解的战略性行动联系在一起。胜利不在抽象的未来，不在抽象的乌托邦主义，而恰恰在对敌我力量对比的辩证分析及具体实践之中。"[31]这种"哲学"，借政治抒情诗的嗓门，曾在当代诗的舞台上，以唯一合法的角色，折腾过好一阵子，礼赞权力，任强势话语接收、改造汉语的诗意空间。“新时期”以来至今，当代诗未竟的任务之一，也便是将此话语的抑制性细菌，从诗中清理出去，并重建诗与政治的关系。

姜涛也自认是旁观者，他在文章里写过：“作为旁观者，说几句风凉话是很容易的，但转念一想，又打消了主张，见识广博的人和血气方刚的人都会告诉你，这是历史惯常的把戏，凡事一旦有了个‘坛’，便免不了争斗、谩骂、攻讦，生活的暴力和魅力皆源于这里。轰轰烈烈的20世纪80年代后，只是一小撮傲慢的人把这种真性的人性图景给抹擦了，现在的要务是拨乱反正。”[32]针对文学潮流动向的批评，也寄托着对历史与事境的整体认识，这显示出检讨的意愿与能力。换言之，动真格的、不表演的旁观者，需要持续的学习，他的日常位置，绝非陈列精装书的大书房——那里属于我们时代的伪名士，带有当代性的“自习室”，才是旁观者写作的地点。姜涛的日常工作，是学者与教师，在研究现代中国文学上用力，或是职业使然，而与西方大师对话这一当代诗中屡试不爽的写作动机，并不总见于他的诗，他更善于检讨本国以往的文学实绩，试图它们转化为积极的传统，对此，他在《有关诗歌写作的六个常见问题的问答》表示：“我更愿意谈及的，是某种当代诗歌自身的传统。我最初的写作，是受这一传统激励的，也是发生于其中的。与阅读外国或古典诗歌相比，我总觉得，阅读当代诗人的作品，更容易获得启发，某种内心的共鸣也更容易发生，我往往能够辨认出一行诗背后的历史，能够理解诗人具体的焦灼和压力，知道他这样写的理由和语境，以及他所面对的问题。”[33]

被提炼出的传统，转入写作实践，得自阅读的母题便常作为诗意的动机，不同社会的语境，往事与今生的对话，丰满着文本，扩展诗的容量，显然是想在历史认识论的次级上有所作为。如《伤逝》，鲁迅小说中“老师—丈夫”离弃“学生—妻子”的故事，经改写，成了当代男女的情爱传奇，结局是我们时代的子君出轨，不回到旧日子，不让涓生留遗恨，她乘坐的出租车所奔向的，是下一段关系。得到重描的，仍是家庭空间中目录般的琐碎，当代男女声称反传统，却似乎不脱启蒙期的旧窠臼，但也不尽然：鲁迅那里，冲突两端，一是启蒙新观念，一是帝国旧秩序；姜涛诗中，个体的自由，至少在观念上已是当代常识，令人捉摸不定的是自由的真义，主动选择的意志与搁置永恒性问题的盲目，两者的界限，暧昧不明。相通之处，是知识者意愿中的日常，都于外部合围时显出脆弱。诗的结尾，似乎有别意味：“同居不是坟墓，朝闻夕死的也好，／两人痛苦了一宿，黎明／相互安慰着分开／在出租车里，还用短信疯狂表白／但心里都在暗自庆幸／世界拆开了它的迷津／小说的封套中，影子却还说着回声”戏剧性的场景中，真情假意混沌一片，末句的“小说”“影子”与“回声”似乎在提问题：关系的失败，是否正因为全然遵从现代知识体系炮制的某些价值观？启蒙与革命，一体两面，都是现代中国早年的问题产品，至今未过保质期。《伤逝》还展示出作为“传统”的早期新文学能激发出的书写可能，旧题新咏的意图，使当下与过去，经由语言隧道彼此沟通，也彼此映照。有互文意愿的诗，也是知识性的怀旧，它检讨着历史与传统，于是便逸出个体生活的范围，也就是说，室内的幽闭，有化解的可能，而将处境置于更广阔的背景再衡量，狭隘也会少些。隐喻性的“自习室”为旁观者所用，这是文学姿态，也是历史意识。很多旧日的青年才俊，早已成消费自身、模仿自身的文学名流，而坚持在“自习室”中阅读、写作，便是“活到老，学到老”的自新能力，这朴素的格言，于写作者而言，暗合功夫在诗外，可谓性命攸关。

自习室指向与“传统”对话的努力，而在姜涛诗中，旁观者的第二种位置是“郊区”[34]。也就是说，旁观者的目光，往往由边缘投向中心。“郊区”，城市的外围地带，属于城市，却又在城乡过渡中滞后于高度的现代化，由此也可能容纳新旧力量与内外群体，不折不折地错杂。当典型的城市空间及其内部的生活逻辑成为诗人的处境，理解它，是保证书写有现代性的前提，而“郊区”可由一种位置内化为旁观者认识城市空间的角度。姜涛诗中的“郊区”与城市，不是空泛无人的精神空间，而是被人群与关系搅拌着的世俗现场，在两者持续对位的过程中，发自“郊区”的目光，扫描着生活的表面，分析并命名，旁观者的价值立场也随诗意的推进，由混沌变澄澈。如《城市之旅》，“我”是城中异乡客，进入空间，这本身便艰难：“从西到东，我的手始终拉着你的／四周太拥挤，也太紊乱／即使是在出租车里／也仿佛有陌生人上上下下／不停地叫出名字//我知道这一切都不是骗局／于是耐着性子只给你看：桥梁、大厦／按揭的房产，飞低的女经理／它们横亘在那里，被灯火照亮／又像透明的龙虾，被某个／隐身人倒提在了手中。”人造景观表征着都市生活的虚假部分，但它已是“我”与“你”必然置身的事境，因此它“不是骗局”，因此它是无法回避的前提；同时，“郊区”意识，作为一种自我教育，培养着主体的疏离感，城市空间内部的伪善与危机，为自觉的警惕所排拒：“歌舞城中，只有一个Boy／将笑容可掬，指引五号包房：／在那里，男女的游戏已接近了交欢／你将点唱‘亲密爱人’／而我会小声附和，模拟出隐私的全部……”“郊区”也是《送别之诗》展开的空间：“看着你被一辆房车接走”；“消失在五环之内的新北京，/在那里，有灯光闪耀的现场/讨厌的女编辑，四处约稿兼调情/而遇到的帅男孩，又总是同志。/在那里，你不会找到快乐//但至少，可以摆脱不快乐/像登山的羚羊突然回到平原/为过多的氧气昏眩”“新北京”时尚繁华，却不必然是意义充沛的空间，而“郊区”也无力否定“新北京”，因而这首诗有忧郁的部分，“新北京”似以它的丰富，提示“郊区”的幽闭。对位法则下，两种空间各自的不完善，意味着主体对当代生活的整体质疑，而无处安身，也是困局。

在《洞中一日》的开端，姜涛写道：“现如今，住的是足够高了/仿佛伸一伸手，就能摸到/洞顶的雪（这新房/怎么看都更像一个山洞）”写作者的“郊区”意识，它的层面之一，是空间感的闭塞，“新房”仿佛“山洞”，是对镜自照时持有的分寸，真真将任何浪漫化的气泡，从本就波澜不惊的日常地表排挤得干净，手法熟练一如为智能手机贴膜多年的天桥匠人，也就此提示出可能的写作困境，若是沉溺于动作复制动作，诗的现实感必将失之死寂：作为手艺人的写作者，如何坦诚而持续地在写作中修炼心性，并以此塑造诗形，或许仍是既古典又迫切的问题。换言之，写作者能否保持对某种意识的自省与推进，不涣散，不偏执，避免无聊地成熟下去。假借新诗之名，想象一种当代英雄（或反英雄）的生涯，轻而易举，为了显得更悲壮更真诚，总有高声部任意扬起，也难免随时佯装起颓废状，终究，在一部分自负自怜的快手写作中，生活被树立为添油加醋的对立面，遗憾地错过得到理解的契机，即便那些文本总从外观上声称先锋，抑或扬言在向白居易致敬，写作者心性的修炼史仍不在场。要之，在身边事的涡旋中，写作者倘若无法保持自我教育，以不断地成为“当代人”，新诗又如何能在追求文学现代性时不被拧巴成义和团或假洋鬼子？反观姜涛的写作，有哀情，却不贩卖由悲观装扮的种种新感性[35]；有拍案，但也不盲从身体政治式的激情与愤怒，即便后者常被视为诚与真。从这个角度而言，他的诗，有心性修炼的轨迹，显见的例证，是他会对“我”之所是提出质疑与反对，如在《菩提树下》所写：“此刻，你不是那个登台朗诵的你／用低沉的亚洲嗓音，吹凉瞌睡的山谷们／（被一盏盏阅读灯照亮的）／我也不是那个焦虑的我：一边在镜子前／服药，一边构思：五分钟后／依旧紧锁的五官”。回到《洞中一日》，如其所示，写作者的“郊区”意识，终归没有完全堵塞家庭与社会之间的慢车道，在诗中惨淡经营以忧天下，并非伪名士的幻觉与自美，第一时间的国际新闻，墙内的大国动态或墙外的宫闱秘闻，都不构成虚妄的动机——从窗口望出去，这是诗中一切言行的真正开端，而目力所及的“郊区”，因着心性的承担、扩张，断片式的局促时空里，远景正升起，此刻的“一日”也成纪念与预兆：

（今天换了一条新皮裤）
鸟儿问答：洞中一日，外面多少年？
看洞外，千万上班族
一大早，还是确认蝼蚁命
四面八方刷屏、抄近道
比赛不团结，或咬了热煎饼
轮番升降地表

多亏了他们，江山不变色

在电视墙上，比20年前更高清
间或，还有人扮演蜘蛛侠
手腕弹出长长纤维
一下子，从北京弹落昌平
保佑这帮坏小子！

“郊区”的幽闭，是室内的“幽闭”，如《即景》中主体于“草木葱茏，天色氤氲”的时刻，“站在阳台上”，却受限于空间的边界，无法理解即景的含义：“我不理解气味，不理解主妇嘴里为什么／突然冒出了东北话，不理解肌肉里那些纤维状的山麓／其实我不理解的还有很多／它们层叠着、晦涩着、在春光里充斥着／正等待一个知识分子沉溺于收集。”姜涛诗中，室内的主体，常是写作者，《诗生活》对此有洒脱的声称：“我几乎在所有能找到的东西上写诗”。写作者形象的自我塑造，构建出主体置身的知识性空间（按上文的命名，即“自习室”）：它内在于“郊区”生活，又以私人性为前提，因而如坚固的秘密，是边缘地带的边缘；由此界定出的疏离意识，不是走向自我的封闭，知识生活的延展可能与创造力，辅以诗意的想象，便可成为突破“郊区”之幽闭的契机。简言之，“自习室”意识与“郊区”意识，在诗作中得以重合，前者扩展后者的限度，后者又使前者始终对称于我们时代的日常，不至于因脱轨而沦为空想。两种位置感相互激发，写作于认识论向度之外，生发出自救性。以《郊区作风》为例，既有书斋之外的生活景观（“穿体面点儿，就能像个中介了／每个早上，打开洞穴，骑电动车冲出去／人生，需要广大绿色的人脉／那随便放狗咬人的、随处开荒种菜的／人其实不坏，就想花点闲钱撒野”），又有书斋之内的主体状态（“深夜不睡：写写打油诗维权／即使不能如愿，北边窗户下／那些开完包头的火车还是甜蜜的”）。其中，“需要广大绿色的人脉”值得深究，“绿色”隐含的万物生长，恰切地表述着为金钱逻辑所推动的蓬勃表象，这种自然化的想象方式也为《送别之诗》所用：“捷达、奥迪、帕萨特／一连串野兽的名字，替换了／猪獾、臭鼬或果子狸”；“其实，你只想做一枚抽烟的植物／好无偿接受雨露”。闯入“郊区”的文明利器，被想象为自然界的野兽，它们表征的生活便显得野蛮，与之相对的身体，表述着由人为世界逃向自然的心愿。此处的诗意空间，自然被赋予救赎性，而类似的祈愿，也见于《另一个一生》：“我开始离开人群，走向郊外//向一片树林心理咨询／树木分不出性别，都长出粗大的喉结／和落叶的乳房／它们的准则是原地不动／和每一件经过的事物接吻／又不担心将它们轮番忘记”，需要考虑的是，在城市生活的背景中，在写作者试图对室内之幽闭进行化解时，自然如何进入姜涛的诗歌。

6. 例子：在众生的城市辨认自我

如何运用人称代词，在新文学发生伊始，便成为亟待实践的语言问题。仅就现代汉诗而言，时至今日，人称使用已复杂多变，有些作品成功的奥秘也在于此。需要指出的是，仅从语法或修辞学的角度对人称做出分析，或许还不够，这是由于现代汉诗中的词语始终缠绕着迫切的意识形态问题。以“我们”一词为例，在当代诗史中，它的意义空间曾一度为某种惰性话语所填满，当强力意志所允许的抒情声音将“我们”说出时，它是面目不清的“群众”，是被赋予光晕的圣词，归根到底，它却是“无人”，从不包含由生活细节与隐秘心思构建起来的个体，这样一个“我们”所发出的声音，与一个时代的“高音喇叭”保持着几乎同等的频率，只不过前者多了几分热泪盈眶的政治感伤。在我们的时代，有自觉意识的写作者当然不会再以变质的政治抒情诗的方式去使用“我们”，问题的关键是过往年代便附着于人称代词之上的压抑性机制，至今犹在，从这个意义上而言，进入当代诗的人称代词（尤其是被某种意识透支过的“我们”），其有效性的前提，是对无处不在的权力意志与当下社会的内在逻辑作出辨识、承担，而李浩诗集《风暴》[36]第二辑“我和你”中的一些篇什便有相似的诗学维度。

李浩诗中的“我们”，涵盖了“我”，这种融入得以实现，首先需要对“我”（一种孤绝自我）做出克服与提升。在《开始想飞》中，诗人写道：“夏天已过，我开始想飞。/我开始寻找，你埋在/树下的男人的肋骨。”为什么寻找？因为“我”“在寂灭的初秋，/孤立无助。”那么，把“我们”视为愿景的“我”，要寻找什么呢？答案是“你”。在李浩的书写中，“我们”是具体的，它由“我”与“你”的相遇构成，以《你和我》一诗为例：“你我之间，公路/背向云中升起。//你仰望，就会出现/更多的公路。//它们通往的，/任何一个地方，//都有大片的密林/和空旷的草地，//都有向你我涌动着/深渊的窗口。”这首诗谈论了自由问题：自由是“更多的公路”与“任何一个地方”，是为可能性留出空间，与之相反，不自由是“只有一个”，没有选择余地的困境，“你我”一词则创造了超越困境的契机。诗中“你”与“我”之间关系的亲密，不言自明，类似的“你”也在《岛》《我们在悬崖上看云》等文本中与“我”在一起，“你”是爱人，一次次被“我”找到，而“我”寻找的“你”或与“我”相遇的“你”，也可能是陌生人，如在《天桥下的歌手》一诗中，“你”在隧道中歌唱，“吃人的噪音，／和你的歌声一同，从你的身边／奔涌开来，封堵地下／通道的出口”，“你的嘴坚定地朝向摇晃的太阳”，最终，“你”仿佛是一位圣徒（“闪着光”），卖唱生活被赋予苦修者日常修炼的气质。“我们”或“我”虽未在诗中直接露面，但抒情主体的目光已将“我”与“你”紧紧连成了“我们”，或者说，“我”在人群中发现了作为“兄弟”的“你”。此处的“兄弟”带有宗教性，它的内涵可以参照《我沉浸在金子的目光里》中的诗句：“清晨呀我的兄弟，谢谢你／把我领进枫林之中……”

在《十字路口》中，人称代词“我们”与宗教生活的关系明朗了：“我们遵照神父的告诫，／站在路口，站在上主的//手掌上，等待着那张／银色的大网，从天而降。//我们站在那里，细数／来来往往的农用拖拉机，//骑电动车上班的女工。／这时工厂里的煤烟在我们／身后飘起，如同另一张网，／在晨光里扩展开来。”诗人为善恶之争找到“网”的隐喻，煤烟弥漫而成的暴力之网，对“我们”等待着的“银色的大网”展开主动围剿：“它们在我们的天空上，／阻断了行人的去路和货车的／规程。它们追赶，仿佛要将我们／从天父的手中吞灭。”“我们”是由信仰与修行凝结成的共同体，曾经被革命话语填充的人称代词，已转化为被神性照亮的新词。这首诗还有一个值得注意的地方：在“我们”祈祷着的目光中，“他们”（由农用拖拉机与女工构成）出现了，“我们”与“他们”被置于同一时空中的暴力之网所缠绕。“他们”是李浩诗中另一个重要的人称代词，以《沙雨泻入天幕》为例，其中有这样的句子：“坐在饭店里，捧着他们如鼠的灵魂／他们在理想//与蔓延着瘟疫的躯壳内，／吹嘘明天。”通过对“他们”进行书写，公共领域被构建起来，那是一个廉价餐馆，它颓丧却为“他们”提供庇护，身处餐馆，“他们”能够发出声音，充满酒气与怨气的高谈阔论中似乎也闪烁着些微薄的光亮。与“我们”带有超越维度的教堂不同，“他们”的公共领域是世俗化的，两者的区别在于：一个个“我”走进教堂相遇为“我们”，离开神性空间后，“我们”依然可以作为共同体置身于风暴的内部，而当“他们”离开餐馆，便重新分离成沉默的孤独个体，即“他”，正如诗中所写，餐馆外的“他”，“吃着玉米，面对苍天念念有词。／那些猫与狗，见他就跑”。李浩的诗已触及了我们国度中公共领域的脆弱与实际崩溃，具体的状况，阿伦特的思考可以提供参照，她曾写道：“如果公共领域的功能是提供一个显现空间来使人类的事物得以被光照亮，在这个空间里，人们可以通过言语和行动来不同程度地展示出他们是谁，以及他们能做什么，那么，当这光亮被熄灭时，黑暗就降临了。那熄灭的力量，来自‘信仰的鸿沟’和‘看不见的操控’，来自不再揭示而是遮蔽事物之存在的言谈，来自道德的或其他类型的说教——这些说教打着捍卫古老真理的幌子，将所有的真理都变成了无聊的闲谈。”

问题的严重性即在于，“他们”有可能会滑落为“平庸之恶”的人群，成为权力机制的同谋：“他不明白／晨光中，遛狗围观的//太太和退休职工，为何嫉妒他／年轻的尸体。他们／围绕着他（煞白的身体）//如同黑风。”（《树丛里》）当“我们”与“他们”对立，最终的胜利者将不是任何一方，而是《十字路口》中出现的“另一张网”，这是最为悲哀的结局，它的正在发生或可能性，如同带有吞噬力量的黑暗，令人惊惧，而在李浩的诗中，又一个人称代词“你们”适时地出现了：“我过早地将你们邀请到我的/城市里来，因为我想和你们/生活在一起，因为我想//从你们的歌声里，获得来自/上主的能力和爱情。因为我想/知道你们如何爱神，你们/过去的甜蜜生活”（《天使们》）。“你们”是神的使者，更高的存在，“我”作为“我们”中的一员，期待向“你们”学习爱的能力：爱“我”自己，爱“你”，也爱“他们”，最终获取对整体世界的真实之爱。在李浩的书写中，宗教生活不是被描述的客体，它已内在于现实生活的日常。诗人试图用“矿井”对他身处的事境做出高度象征性的概括：“漆黑的葡萄枝，如同矿井/在地上，连成一片天空”（《日光之下》）；“我们的心灵，像漆黑的矿井”（《晨祷》）。“矿井”有封闭的性质，它内含资本原始积累的黑色逻辑，生命体成为其中的工具，确保效率而压抑幸福的可能，而神性之光正是要照亮这矿井之暗，这光被诗人延展为强大的生命意志，正如特朗斯特罗姆在《序曲》中所写的那样：“当/穿过死亡旋涡之后/是否有一片巨光会在他头顶上铺展？”

7. 构想：三个有待环视的话题

（1）按照迈克尔·基思（Michael Keith）的观点，“我们对城市的真实体验‘处于’密织的隐喻意义的网络之中……构成城市的是物质性与象征性的交织，是各种历史之积淀，是想象与经验之融合。我们的出发点必须是缤纷的现实（可被理解为城市社会的想象经验）”[37]。城市体验的开端与主要现场，是城市的街道。倘若将城市生活视为经过编码的文本，那么，街道便是它的结构，容纳着特定空间的心态、性格与情感，与此同时，也是各种思想方法和社会交往形式得以呈示、交锋之地。虽然，街道的铺延，往往是经过理性的计算、规划，是维系空间秩序的关键，但熙攘的人群与密集的交通，也让街道成为城市之乱的表征。认识城市的困难在于，街道上容纳着繁复的景观断片与看上去似乎无穷无尽的事物之流，当人们与它们擦肩，城市高度有序的外观及其印象将被撕裂。“漫步是经验城市首要的空间实践形式”[38]，而街道不断地将城市人抛入新的经验、环境与人群。在街道上，在连接街道的公共交通工具上，人们必须小心翼翼地避免与他人相碰，与陌生人保持审的距离，是城市生活的礼仪，这也使空间中的个体，即便身处人群也始终独自与景观相对，所有意义或无意义都如隐私。

以街道为中介，个体与他者的关系，正如瓦尔特·本雅明（Walter Benjamin）所分析的那样：“街道是集体的居所。集体永远是醒着的，永远是活动的存在者，因为——在建筑物之间的空间里——这些活动的存在者在这里生活、经验、理解和发明，就像个人在自己的四壁之内做私事一样。”[39]街道是开放的，属于所有人，但它同时也为个体在空间中的震惊、入迷与心不在焉提供着不被冒犯的庇护，这也使人们有契机从各自的视角与立场，对城市进行解码与编码。在空间中观看并言说的过程，不会轻易乏味，因为有关城市的信息大多集中于街道，那些建筑物、街巷或立交桥的名字，以及已然消失或正在消逝的景观，牵涉着不同的时空，将或远或近的旧日，一次次地带入当代，因此，街道讲述着典型的都市现代性：一面是稍纵即逝的此时此刻，一面是从未中断的、永恒性的过去时。如果将城市视为一具肉体，规模各异的街道就是保证城市血液畅通的毛细血管与大动脉，它将城市内部的空间层次链接了起来，它是偶然事件集中发生的空间，从不缺少突如其来的刺激与吉凶难料的意外。街道蕴含了城市的秘密或阴谋，它内部也有隐秘而强霸的规训体制，从未停止过对城市人的界定。

本札记所构想的第一个话题，便是语言对街道的发现、发明，如何塑造了当代诗的语义空间与修辞形态，这首先是指当代诗与视觉经验的关系。摄影术的发明，使城市生活中稍纵即逝的一切有了被凝固下来的可能，镜头的目光之快，正是对应着城市的时间加速度。作为工具的语言，虽无法在重现景观的层面上与摄影术争锋，但街道上此起彼伏的视觉经验，也迫使当代诗的语言加速。因此，这一话题所要处理的，是诗歌中的语言速率：它如何加快，以保持机警性与能动性，以最大限度地捕捉城市生活的碎片；它如何放缓，以避免盲目的随波逐流，以最大的耐心去洞见城市生活的本质。语言的速率问题，归根到底，便是语言在回应视觉冲击时怎样做到快慢相宜。其次，个体穿越街道、观看街道的方式不尽相同，因此，诗歌中的主体处于何种位置，便是接着要处理的问题，倘若说速率牵涉的是语言的快与慢，那么位置则是关于语言的轻与重：街道的不同层次引发的悲伤、愤怒、欢愉等情感，怎样影响诗意的软硬。最后，街道是城市人与商品遭遇之地，空间的商品化正是城市最为坚硬的一种现实，书写街道的当代诗，怎样与消费空间展开诗／史之辩，也有待探讨。

（2）现代城市的一个显著特征，是商品之类的新事物的创造，与对旧事物（比如过时的商品）的丢弃或毁灭，并不必然指向进步，也不意味着人们更加接近了他们真正想要得到的东西。这种特征说明都市现代性的矛盾："新的，又是旧的；提供满足，却又不断令人失望。现代性是一个魔幻的过程，正如马克思和恩格斯的注明论断所言：在这里，'一切坚固的东西都烟消云散了'。"[40]与此同时，一些旧事物，仍会在新事物的量产下得以保留，历史事件、集体记忆和著名的、无名的故人，被人们以许多方式纪念着，这便有了城市空间中的雕像、建筑物、纪念碑、故居、墓碑或其他公共建设工程，此类形式纪念，往往得到权力意志的许可与赞助，因此，哪些与旧日相关的事件与人物，或是哪些可供转化的传统资源，能够被公开地带入当代，必然经过筛选。权力对记忆的介入、重写与再解读，于空间形态上的典型投射，便是纪念性建筑的营造，它们通常由坚硬的石材构成，在功能上寻求寿命的最大化，而在象征层面上，则渴望发出一种永恒感；它们能在时间的长河中默然不动，然后作为壮观的景象，不时地用于庆典或悼念，以唤醒对某种特定的往事的记忆。

按照欧森（Donald J.Olsen）的观点，"一座纪念碑需要能在观察者心中唤起恐惧或者惊奇：使他能回忆起朝代之悠远，政权之伟力，社会之富有，意识形态之真实，或者证明这种富有、伟力与真实的一些事件，诸如一场胜利或者一次成功的革命。要达到这些目的，一座纪念碑必须能让个人抛开他的种种现世关注……纪念碑必须充满对崇高的热情，唤起的必须是敬畏，而不是亲切、熟稔，更不是滑稽的蔑视”[41]。纪念性建筑通常位于公园和广场，这些空间不仅空旷，且有意义，而赋予其意义的，是政治精英、历史专家等学者、市民团体或记者之类的舆论制造者，他们各自的立场，使不同的话语围绕着纪念性建筑展开有关历史记忆之善恶真伪的论辩。在城市空间商品化的境况中，与记忆相关的空间层次，也被打包推入消费体系：在爱国主义旅游中，游客出于历史或民族主义的原因，前去参观意义重大的国家地标、建筑或自然景物；在所谓“黑色旅游”中，参观者则会前往与死者相关的空间，如谋杀现场、事故发生地、战场、墓地、陵园或已故名人的故居。城市本身即是城市人的集体记忆，凝固于特定的建筑与景色，权力意志允许部分记忆公开时，也制造着遮蔽与遗忘。

所有的城市都被过去萦绕着，是往昔灵魂的积淀，因此，人们对城市时间的感受，“并非是沿着一个共同时间线的双重、平行时刻的‘同时性’，而是感受着正在逝去的存在，经历着瞬间性和转瞬即逝的同时性”[42]。这种对时间的复合体验，除了由能被权力许可的纪念性空间引发，也与“出现于边缘的，或是被丢弃的，或是业已消失了的，或者正处在消失过程中的事物”[43]密切相关。这些事物，在空间形态上仿佛废墟与遗址，由于历史事件的突入抑或一些被默默纪念的逝者，而领受骤然苍老的运命，为错杂晦暗的浓缩意义充满，在向上向前的新都市中，等待后来者的造访与叹息。本札记构想的第二个话题，所聚焦的对象，正是凝视这类空间的当代诗：诗人恍若从此时此地背身转入旧日幽冥的凭吊者，用语言的笙箫，哀而不伤地弥合今昔之间的时差与死生之间的洪渊，诗意始于心忧，戛然于黍离之悲。第二个话题试图探讨：通过发现与发明城市中的纪念性空间，当代诗如何阐释性地转化古典汉诗中的咏史传统与挽歌气质。

（3）自然，似乎是指与城市截然相反的事物：如果前者使人联想到的，是未遭人类行动染指的自在的原始的荒原景象，那么后者，则暗示着属于现代的、人工的和经过社会科技建构的一切。倘若如此，城市似乎就可以用非自然的术语加以定义。但是，这种严格的对立太过简单。事实是，城市紧紧地依附于自然的力量，却也用人工手段将其遮蔽、驱逐，以求得土地的最大收益。有限的公园与绿化带，是自然的替代，是自然的幽灵。自然在城市空间中的缺失，于心理认同的层面上，使城市与乡村的对立在想象中变得固化：城市反对自然，过度拥挤，杂乱无章，不健康；乡村等同于自然，有宁静的小路和房舍，充满生命力。这种二元化的想象，早已为当代的坚硬事实所否决，却也提示出自然与城市空间的关系问题。自然的力量，之于天地间的存在者，不偏不狡。自然赋予的权利，由此而来的义务，都给予存在者以自由，且为自由划定难以突破的边界。自然之永恒，标识出人之为人的限度，一山一水造成的震撼、引发的妙悟，终究随肉体衰颓而俱往矣，山水的踪迹却已被文人笔墨留存于诗画中。人的另一个限度，或是言不尽意，有时，一瞬的慨叹，便是个体生命能够完成的最悠长也最艰难的书写，古典中国的文人总试图构建充满魅力的意象世界，以对称自然的周而复始，这象征的世界，借助语言构建起突破生命限度的记忆时空与意义云图，是对永恒的模仿，对不死的想象，有救赎或慰藉的向度。

在我们的时代，观看与言说的书写链条，已被置放到山水不断被圈化为风景区的新事境之中：投向自然的目光，往往不再来自缓慢的凝视，而是由高速电子镜头骤然射出，人们使用新兴的自拍杆，将自身的姿势与表情嵌入风景的前沿，制造出一枚枚走马观花的数码徽章，记忆万物的方式，正大规模地由内在体悟转向观光消费。“智者乐山，仁者乐水”，但古人的后裔，还能师法眼前的风景，而习得诗法？问题的最后，仍是宅心仁厚可否达成，语言可否由美的形式，及真入善。就诗学而言，在古代汉诗中与山水对称的意象体系失效之后，现代汉诗中的词与物，能否借言说自然来弥合意与象的分裂？简言之，在古典中国，乡土社会中自然的山水与万物，奠基着古诗的意象体系，而当传统空间转型为现代化的空间，自然便也开始处于现代性的持续界定之中，现代汉诗的写作者早已无法将祖先们的抒情器官完全移植体内。从古典乡村被抛入现代城市的自然，被空间所赋予怎样的新形态、新意味，我们时代的诗人如何书写城里的月光与鸟鸣？本札记构想的第三个话题，所要处理的便是当代诗如何发现与发明经过现代城市空间重新界定的自然事物体系。

2017年7月27日 沈阳 浑河北岸

1. 参见[法]亨利·勒斐弗：《空间与政治》，李春译，上海．上海人民出版社，第25页
2. 参见张柠：《土地的黄昏：中国乡村经验的微观权力分析》，北京．中国人民大学出版社，2013年，第269—273页。
3. 参见张柠：《土地的黄昏：中国乡村经验的微观权力分析》，北京．中国人民大学出版社，2013年，第269—273页。
4. 转引自张英进：《中国现代文学与电影中的城市：空间、时间与性别构成》，秦立彦译，南京．江苏人民出版社，2007年，第13页。
5. 梁遇春：《猫狗》，倪墨炎：《浪淘沙：名人笔下的老上海》，北京．北京出版社，1999年，第324页。
6. 周作人：《上海气》，倪墨炎：《浪淘沙：名人笔下的老上海》，前揭，第47页。
7. 石评梅：《一瞥中的上海》，倪墨炎：《浪淘沙：名人笔下的老上海》，前揭，第59页。
8. 成仿吾：《春游》，倪墨炎：《浪淘沙：名人笔下的老上海》，前揭，第80页。
9. 参见[美]魏斐德：《上海警察，1927—1937》，章红、陈雁、金燕、张晓阳译，上海上海古籍出版社，2004年，第87页。
10. 转引自[美]魏斐德：《上海警察，1927—1937》，前揭，第195页。
11. 转引自[美]魏斐德：《上海警察，1927—1937》，前揭，第305页。

12. 转引自[美]魏斐德：《上海警察，1927—1937》，前揭，第305页。
13. 柯灵：《街头闲话》，倪墨炎：《浪淘沙：名人笔下的老上海》，前揭，第357页。
14. 参见刘震：《左翼文学运动的兴起与上海新书业（1928—1930）》，北京. 人民文学出版社，2008年，第13页。
15. 杨潮：《包饭作》，倪墨炎：《浪淘沙：名人笔下的老上海》，前揭，第338页。
16. 参见王晓渔：《知识分子的“内战”：现代上海的文化场域（1927—1930）》，上海上海人民出版社，2007年，第161页。
17. 转引自[美]魏斐德：《上海警察，1927—1937》，前揭，第2页
18. 殷夫：《殷夫集》，丁景唐，陈长歌编，杭州：浙江文艺出版社，1984年，第81—82页。下文中引用的殷夫诗句都出自这本集子，不另出注。
19. 倪墨炎：《浪淘沙：名人笔下的老上海》，前揭，第159页。
20. 姜德明编：《梦回北京：现代作家笔下的北京：1919—1949》，北京. 生活·读书·新知三联书店，2009年，第47页。
21. 姜德明编：《梦回北京：现代作家笔下的北京：1919—1949》，前揭，第53页。
22. 穆旦：《穆旦诗文集（一）》，北京. 人民文学出版社，2007年，第324—325页。下文引用的穆旦诗句都出自这个选集，不另出注。

23. [法]加斯东·巴什拉：《空间的诗学》，张逸婧译，上海．上海译文出版社，2013年，第27页

24. 敬文东：《写在学术边上》，昆明．云南人民出版社，2002年，第44页。

25. “历史天使”的概念，来自本雅明对画家保罗·科利画作《新天使》的解读：“他回头看着过去，在我们看来是一连串事件的地方，他看到的只是一整场灾难。这场灾难不断地把新的废墟堆到旧的废墟上，然后把这一切抛在他的脚下。天使本想留下来，唤醒死者，把碎片弥合起来。但一阵大风从天堂吹来；大风猛烈地吹到他的翅膀上，他再也无法把它们合拢回来。大风势不可当，推送他飞向他背朝着的未来，而他所面对着的那堵断壁残垣则拔地而起，挺立参天。这大风是我们称之为进步的力量。”（[德]瓦尔特·本雅明：《本雅明文选》，陈永国、马海良编，北京．中国社会科学出版社，1999年，第408页）

26. [美]温迪·J.达比：《风景与认同：英国民族与阶级地理》，张箭飞、赵红英译，南京．译林出版社，2011年，第2页

27. [日]一色真理：《狛江》，虚坻译，胡亮主编：《元写作》，沈阳．白山出版社，2015年，第45—46页。

28. 鲁迅：《范爱农》，《鲁迅全集·第二卷》，北京．人民文学出版社，2005年，第328页。

29. [美]汉娜·阿伦特：《论革命》，陈周旺译，南京．译林出版社，2011年，第23页。

30. [美]汉娜·阿伦特：《过去与未来之间》王寅丽，张立立译，南京．译林出版社，2011年，第23页。

31. 汪晖：《声之善恶——鲁迅<破恶声论><呐喊·自序>》讲稿，北京．生活·读书·新知三联书店，2013年，第179—180页。

32. 姜涛：《现场与远景》，姜涛：《巴枯宁的手》，北京．北京大学出版社，2010年，第142页，第6页。

33. 西渡，郭骅编《先锋诗歌档案》，重庆．重庆出版社，2004年，第176—177页。

34. 姜涛有诗《郊区作风》，见臧棣，萧开愚，张曙光主编：《中国诗歌评论——诗在上游》，上海．上海文艺出版社，2013年，第86—87页。

35. 此处所谓新感性，用敬文东的话而言，便是“现代人更愿意相信：病态才是真相，健康只是幻觉”。语出敬文东：《心性与诗——以<杜甫><苏轼>为例》，未刊稿，2016年。

36. 李浩：《风暴》，上海：上海三联书店，2014年。下文引用的李浩诗句皆出自这册诗选，不另出注。

37. 迈克尔·基思（Michael Keith）：《瓦尔特·本雅明，都市研究与城市生活的叙事》，汪民安、陈永国、马海良主编：《城市文化读本》，北京．北京大学出版社，2008年，第79页。

38. [英]斯蒂夫·派尔：《真实城市——现代性、空间与城市生活的魅像》，南京．江苏凤凰教育出版社，2014年，第7页。

39. 瓦尔特·本雅明（Walter Benjamin）：《拱廊计划》，汪民安、陈永国、马海良主编：《城市文化读本》，前揭，第128页。
40. [英]斯蒂夫·派尔：《真实城市——现代性、空间与城市生活的魅像》，前揭，第32页。
41. 转引自董玥：《民国北京城：历史与怀旧》，北京. 生活·读书·新知三联书店，2014年，第84页。
42. [英]彼得·布鲁克：《现代性和大都市：写作、电影和城市的文艺社群》，前揭，第57页。
43. [英]斯蒂夫·派尔：《真实城市——现代性、空间与城市生活的魅像》，前揭，第75页。

冯绝

诗歌及诗歌批评的“当代性”：一个草案[1]

作者 / 冯强

冯强，
一九八二年生于山东胶州，现居桂林。

2017年6月30日，第九届当代诗学论坛“百年新诗：历史变迁与空间共生学术研讨会”在北京师范大学举行，论文评议阶段西川认为我们很大程度上是在现代性的框架内讨论当代性问题。未到场的唐晓渡提交了“作为问题情境的新诗现代性”（提纲），他把现代性视为“当代诗歌复兴的问题情境”，虽然唐文仍按照卡林内斯库（Matei Calinescu）把现代性区分为社会文化现代性和审美现代性，但他强调自己是在帕斯（Octavio Paz）的族系和家庭而非诗歌流派的意义上谈论现代性的，期待的是“更能反映当代汉语诗歌特质的所谓‘复合现代性’”[2]。本文同样试图以现代性作为当代诗歌及诗歌批评的问题情境，但更倾向直接讨论当代性问题。

一、“问题”的提出

一百年前，克罗齐（Bendetto Croce）提出“一切历史都是当代史”这一命题。在他的表述中，我们看到“当代性”作为“一切历史的内在性质”的几个明显特征，一是区别于编年史的线性时间，当代性不分先后，过去、当下和未来同时到场，且与其相联系的行动同时形成，二是不只是消极的客观和说明，更是主观辨认和积极判断的结果，其“真实性”“总需要内在原因”，三是当下的意识和观念对于行动和生活的积极敦促作用，它通过主体当下生活中出现和需要解决的种种问题显示出来，“哪里缺乏问题的要素，哪里同样也缺乏解决此问题的可能性、实际愿望和实际需要”，简单讲，“当代史”是“直接从生活中涌现出来的”，是“解决从生活中发生的问题的知识”。克罗齐极为警觉地将“当代史”与任何诗歌哪怕是“极高尚的诗”区分开来，因为他心目中善于移情的诗人“所能叙述的唯一历史就是关于美好事物的痛苦和死亡的不幸的历史”，但，“历史绝不是关于死亡的历史，而是关于生活的历史”，相比“当代史”，克罗齐意义上的诗歌尚未达到思想的“主体性”高度。

作为当代诗学的从业者，我当然不想附和克罗齐对诗歌的偏见，这一偏见可以追溯到欧洲古老的诗与哲学之争，克罗齐以“哲学与历史的同一性”的名义将诗歌贬黜，他以为“历史决不死亡”——历史“永远把它的开端和它的结尾连接起来”[3]——也并未走出黑格尔式的宏大叙事，在其中，个体的痛苦需要上升到“精神”（或价值、文化、文明、进步）的高度才有意义，经历过奥斯维辛等恐怖事件的冲击，这种历史观已经破损不堪。克罗齐将“当代史”的认识与生活和行动相连接，视之为由实际生活需求所激发的、可以转化为行动的理解和领悟行为却仍然值得当代诗借鉴。

在精神分析的意义上，“过去”从未完全过去，一个带有创伤性的过去可能被压抑，但这不妨碍它改头换面在不同的语境中重复出现。过去仍然可以是现在生活的问题，现在生活的问题也不可避免牵涉到过去。“现在”当然不等于“当代性”，而可能只是过去的延续甚至重复，比如1945年黄炎培在延安向毛泽东提出的中国历史周期律问题。同样的道理，“未来”也可能从来没有到来。故此，主体有必要诊断自身的无意识，或将自身的意识偏见悬置，将问题问题化、意识化和形式化。作为一种潜在的语言，包括被压抑物在内的现实客体是作为一种文本被我们阅读的，故此，问题化过程本身已经成为改变日常生活的行动。

以杨键的《哭庙》（2013年）为例。陈建华认为这部上溯20世纪初、下迄2012年的长诗内嵌了互相沟通和区别的“多重主体”，“超出了通常对于诗的定义，而成为不断的问询呼号和不断寻找的行动，诗人只能成为一个幽灵，在寻访、唤醒、结集一个死亡的想象共同体”，在对普通和陌生死者的哭泣中构建一个“哭的民族共同体”[4]。一个死亡的或者哭泣的想象共同体是一个负数的共同体，是丧失行动能力的共同体，停留在克罗齐意义上哀歌的层次而晋进升为“当代史”，尚未触及“主体性”的高度。杨键本人在序言中的阐释是，“20世纪最大的变化是个人的思想代替了圣贤的思想，我们的苦难也大抵来自于此”[5]，对这一延续和重复千年的王道理想，小海等评论家持赞同态度。但我认为当代的诗歌批评可以对一首在当代性上不充分的诗歌做出具有当代性的观察，比如耿占春对《哭庙》的回应，他以“原始场景”和“事后性”等精神分析概念对《哭庙》做出了文化社会学分析，克罗齐的“问题”在这里呈现为“礼崩乐坏”这一“中国思想的早期原始场景”，作为创伤性问题它迫使后代儒生不断做出回应却终未获得解决[6]。针对杨键序言中的说法，耿占春认为诗中的社会灾难“恰恰起源于个人自由的极度缺乏，个人独立思想的严重缺失”，杨键在《哭庙》中“具体经验的描述要大于他的主观意识”，细节描述而非诗人的价值判断更令读者信赖。杨键的观念同诗歌中所呈现出经验的脱节导致了他自我阐释的不尽人意，但这不妨碍批评家挖掘《哭庙》的当代意义，即它提供的诗歌经验无形中抵制了循环多年而未得到纠正的历史观念。

二、“现代性”作为问题

帕斯将现代性界定为“批判的激情”（critical passion），西方现代诗歌分享了这一激情而以“反对自身的传统”（tradition against itself）为根本特征——传统通过反对自身获得延续，先锋派以否定浪漫主义传统的方式延续浪漫主义——求变的本能使现代诗歌只能在自我断裂和变化当中寻求自身的根基，把自己理解成自我发源和自我证明的方式就是不断追求新异，不断否定和批判曾经塑造了自己的传统，以自我否定的方式来肯定自己。

现代性就是不能停留，就是不可遏制的向前运动。现代性将一切带入否定—肯定的总体性同一运动之中，它只能暂时容忍存在一个外部和他者，拒绝始终把陌生保持为陌生来思考，因为一切迟早都会在历史和语言想象中被强行转换为自身的一部分。

帕斯认为现代诗歌的历史一直在宗教和革命的双重诱惑中摇摆[7]。现代性最深层的矛盾就在它对大革命以及更久远的基督教传统的态度中表现出来。一方面，现代性以进化论的线性时间想象展开于对基督教“永恒”的批判，它掩盖起曾经被永恒庇佑的矛盾、断裂、偶然、意外、苦难和死亡这些在日常生活时间里司空见惯的恶现象；另一方面，它又试图以末世时间想象终结时间，重新进入永恒。这时权力的惰性就会乘虚而入，“历史”就会移情于胜利者。像胡风《时间开始了》（1949年）、贺敬之《桂林山水歌》（1959年）这样的作品，“跨过了这肃穆的一刹那／时间！时间！／你一跃地站了起来！”胜利者代表神圣时间加冕，而像郭小川在《望星空》（1959年）中面对无限宇宙流露出的“惆怅”，也必须在“忽然之间”被“大地上的天堂”涤荡干净。胡风、郭小川随后为大革命的自我证成遭受的苦难自然也需要被消弭。后来者如唐小兵、李杨和汪晖等新左派仍然会以“反现代性的现代性理论”继续圣化胜利者，将某些人为灾难升华为一个积极肯定的概念、一个可以愈合的伤口。当汪晖说“对现代性的质疑和批判本身构成了中国现代性思想的最基本的特征”时[8]，他尚未理解“现代性”的本质就是不止歇的批判，当然强调“中国”也并非完全画蛇添足，他至少挑明了，相对个体自由，某些观念在中国具备道统和政统上的优先地位。

在讨论鲁迅《野草》的忧郁性时，张枣同顾彬（Wolfgang

Kubin）一样认为现代性的精神特质是忧郁——“‘现代性’在文学场地里，指向的就是也必须是‘文学的现代性’”——他沿袭文学史家把这一“忧郁的现代主体”称为“消极主体”，“空白，人格分裂，孤独，丢失的自我，噩梦，失言，虚无……”这些消极元素“会促成和催化主体对其主体性的自我意识”，当然这是一种曾经被中国古典传统禁绝的忧郁的自我意识，以不可克服的人和世界的分离为基础[9]。我们需要注意的是张枣的消极主体实际上是积极的语言本体论者，他通过消极主体对语言甚至“浪费”式的制作来“维修和康复被损耗的主体”，主体被损耗首先是语言被损耗，因为“发声的危机就是生存的危机”。如果像张枣那样，认为“现代性的关键语素特别强调主体，强调个人主义”[10]，自然会否认某些历史时的现代性，但他也面临将自身拘囿于语言本体的危险：他获得的主体是丧失了行动能力的忧郁主体，忧郁意味着不能完成自我哀悼和自我告别的粘连状态，同样带有总体性，犹如一个不可表达之物的监狱，他性不易潜入，新端不易开启，也不易扭转现代诗歌统一生活和诗歌的根本问题。

左右两派在现代性上的争执暗示了现代性本身就是一个问题。判断和决断就在这里发生。我本人倾向于认为，同浪漫主义一样，现代性是复数的，每一类现代性都是自我问题意识的一次觉醒，每个内在授权的自我都会针对自己的问题提出一套与他人相异的解决方案，而这些方案之间若要和平共处，则结局很可能是自由主义，卡洪（Lawrence E. Cahoone）所谓“所有现代性的本质”是“把一切委诸个体自由”[11]。但这不意味着完全回到张枣消极主体的美学立场，它仍然保留着改变生活和世界的左派激情以及对自由人联合体的渴望，借用张枣所摒弃的另一位“现代诗之父”胡适1920年一篇文章的标题“非个人主义的新生活”（批评周作人新村运动）来描述，我们需要将“个人觉醒”与“社会改造”运动关联在一起来思考。在这个意义上，张枣和顾彬的“忧郁”就不仅意味着那喀索斯的自我囚禁，也意味着对总体性和历史连续体的凝视，一种打破连续和总体、回到帕斯意义上“原初时间”的冲动：“大海啊，母亲，你是否同意我返回你的波浪／当我的身体还是远古的鱼，未受污染／不要一遍遍地将我拍打在岩石，请带走我”（《一个自由主义者的忧郁：纪念江绪林（1975—2016）》）[12]，王东东这首长诗是一个尚未背叛胡适一代理想的“80一代”对一个一直践履此理想的“70一代”的哀悼，他所关心的问题是，“但是要练就行动的本领，我们不是要第二次革命。”然而，一神的信仰和日常生活的幽默训练并没有让“我”走出忧郁，“真正的自我”是多么困难，新的开端是多么困难，或者说，一种糟糕语境下并非暴力革命意义上的日常“行动”是多么困难！“忽然，远方传来一阵喧哗，／一只海豚搁浅在海滩，／家庭妇女带着刚放学的小女孩去运水／洒在海豚的眼睛里／直到它流出眼泪，可谁又知道／在海豚的肚子里藏着一颗炸弹／它流出鄙夷的眼泪，可卑微的人类又让它感动”，这颗炸弹炸毁了那个忧郁的自由主义者，也让我们看到日常生活撕裂历史连续体的潜能。

三、现代诗歌观念的终结

“我不是说我们生活在艺术的终点：我们生活在现代艺术观念

的终点。”帕斯认为浪漫主义和先锋派的关捩是它们都尝试统一生活和艺术。它们不仅是一种美学、一种语言，也是一种伦理和政治的参照框架，一种生活方式。但在现代诗歌观念的发展历程中，帕斯看不到这对矛盾得到解决的出路，现代性逼促的批判激情越来越指向主体自身，诗人对某物的“看”并非中立而是一项权力，看和欲是同一个活动的两面，对艺术作品的欣赏和窥阴癖没有什么不同。看和欲、美学和伦理之间的悖论使先锋派日益将浪漫反讽变成元反讽（meta-irony）：反讽贬低客体，元反讽甚至失去了对客体的兴趣，只在符号层面关心诸多客体如何象征性地运作，它迫使语言暴露出难堪的二元论先验架构，暴露出价值被赋予事物时的语言建构本性。伦理和美学于是陷入中华人民共和国成立后的狂欢，个体的判断力被悬置，“元反讽将客体从时间、将符号从意义的担荷下解放出来……有着一股将一切翻转至其反面的亢奋”[13]。当后先锋派的艺术家不具备乔伊斯（James Joyce）和杜尚（Marcel Duchamp）的才华和控制能力时，先锋派的元反讽就会落入为批判而批判、为反讽而反讽的泥淖，现代诗歌也就逐步丧失其否定的能力，沦为一种程序性的反叛和仪式性的重复。发端自浪漫主义的自我批判的循环被关闭，现代诗歌观念终结了。

耿占春说，“一种不能被分享的意义体验极其可能被视为一种神经官能症的表征，就像在当代精神分析学中所揭示的那样。只有当意义体验被一个社会群体认知时，才会获得客体化的表征，甚至会沉淀于某种经久的物质形态之中。”[14]现代诗歌关注了主体的能动性从而赋予主体充分的自由，对当代性的反思就是从个体自由这个现代性的本质开始的。但是因为“现代性意味着迫切渴望从物体中得到最新发现的元素”，致使“西方诗歌最近在主观性这条路上陷得太深了，以至于不再承认物体的本性”[15]，这也是神经官能症的表征。米沃什（Czeslaw Milosz）多次谈到“纯诗”作者们对物质和客观世界的新摩尼教徒式的憎恨，这种憎恨可以在弗里德里希（Hugo Friedrich）《现代诗歌的结构：19世纪中期至20世纪中期的抒情诗》找到清晰的证据[16]。米沃什意义上的“纯诗”和弗里德里希意义上的“抒情诗”要求的去客体化不仅意味着物性的毁灭，也意味着附着于物的时间特征之消散，意义的可共享性丧失了。这同现代性的速度和加速度是一致的，一种现代诗歌观念终结之后的当代性自然会与之保持距离，并以“赞同记忆和持续时间作为一种对抗手段，抵抗失忆和大灾难的现代性逻辑”[17]。

人为大灾难的重演总是与对过去失忆有关。现代诗歌观念的终结在于它无法与生活发生切实的关联，这又迫使我们回到克罗齐提出的当代性问题。关于身体和未来的关系，我们在之后一节会给出分析，这里以张伟栋的《烧耗子》（2010年）为例[18]，说明身体的痛苦作为一个问题所能牵连出的与过去和记忆关联的问题域。

《烧耗子》是组诗《我所是的动物》中的一节，是诗人在看过刘小东油画之后所作的同题诗，共11行，其中第1行是200字左右的长句，另有5句字数超过20，整体上的气息让人压抑。其人称代词，从隐匿的“我”，到拉开距离的“你”，再到“我”凸显出的童年体验，抒情主人公和戏剧化角色交替上场，“每次你都能看见它死前的抽搐，比那火光还要令人恐惧，它变成了一个你不认识的怪物，它吐血，肚皮上露出黑乎乎的肉。这时，你的脚像是被咬过一样，你不敢用手摸你自己的脸，满手的柴油味把你的手变成它的。”密不透风的叙述将恐惧完整呈现，“满手的柴油味把你的手变成它的”是一次呼吸上的窒息，被残害过的生物与残害人构成一个问题，老鼠作为自然“有害”的一个断片被人性化了，这样一次转调带来了抒情主人公尝试和解的努力，于是就有了两个短句后的又一个长句的呼吸转换，“所有的语言，我想能翻译它们的，一旦去听它们的语言，那上面就长出一张人脸。”第一行内部漫长的跨行呼吸，稍短的第2行“所有的动物，我最恐惧老鼠”和第5行“动物、火光、语言、人脸就是时间”中间夹住的三四两行又分别有2次和3次稍短的逗号换气，最后一个长行“我哪都没去，只是停留，漆黑的肉撕开水中的河流”，忏悔时间的可逆性使“我”既积极又消极地保留在残害老鼠的记忆里，并在最后对那些惨死的老鼠做出允诺：“请你去画那上面长出的人脸。”“语句在断裂撕裂中感受到气息的中断：体会到自己的呼吸与对他者的等待”。诉诸阅读者的呼吸换气而不是单纯的命名、意象或修辞，《烧耗子》完成了它的当代属性[19]。

本雅明（Walter Benjamin）会同意克罗齐（当下生活）问题导向的历史观，但由于克罗齐所推崇的“精神”（或价值、文化、文明、进步）很难摆脱野蛮反而很容易成为野蛮的明证，在《历史哲学论纲》中，本雅明以“当下”爆破了移情于统治者的线性进步时间，“历史的连续统一体”幻象被瓦解，他不再像马克思那样将“革命”理解为暴力的“世界历史的火车头”，而是“急刹车”[20]，在这种急刹车的静止状态中，革命是从当下问题扎向过去的“一次虎跃”，它“意味着捕获一种记忆，意味着当记忆在危险的关头闪现出来时将其把握”[21]，这种被压抑记忆的捕获和把握是已经链锁在一起的被压迫者和压迫者解放自身的起点，本雅明称之为哥白尼式的“觉醒”，此觉醒解构了统治场域强加的梦境并重新组合梦境的碎片——本雅明意义上的“历史唯物主义者”此时成为释梦人——将其建构为新的历史意象，并最终朝向与他者（在这里是被无辜烧死的耗子）的和解甚至联合。

四、虐待的激情：身体和客体的复活

帕斯虽然宣布现代诗歌观念已经走进死胡同，但他仍然指出浪漫主义“对梦境、无意识和情欲这些隐秘地带的首次探索”代表了最大胆的诗学革命，他以身体作为通往当下（present）的通道，认为身体的“复活”是人类恢复所失智慧的一个征兆。过去—现在—未来的线性因果观念被取消，三者并置成为当下的不同维度，当下越来越取代未来和过去而成为核心价值：“新的时间观念在当下诗学之上建设了新的伦理和政治”[22]。于坚甚至将文学史简化为“有身体的写作和没有身体的写作”[23]，并将身体的经验和感觉视为“道”的依托[24]。身体在当代人文学科中的意义日益突出，符号学家高概（Jean-Claude Coquet）认为在我们的意义世界里身体居于首要地位，“身体的动作和行为是使意义空间得以建立的标志”，身体先于言语，“首先是身体，然后是作为理性存在、有判断能力的人。身体的在场可以在任何时刻扰乱这一理性存在”。相较理性言说的人（主体）述体，身体也在表述它自己的世界，所谓“身述体”，身述体在主体述体之前出现[25]。阿多尔诺（Theodor Adorno）认为“肉体要素作为认识的非纯粹认知的部分是不可还原的”[26]，身体的痛苦甚至被视为否定辩证法的动力，这是当代诗中最基本的非同一性因素，也是同一性压抑之下一切行动与思考的起点。

我们举蒋浩《海的形状》（2003年）为例[27]，说明身体感官在建立意义空间中的首要地位：

你每次问我海的形状时，
我都应该拎回两袋海水。
这是海的形状，像一对眼睛；
或者是眼睛看到的海的形状。

哪怕是“两袋海水”的意象也优先于“海的形状”这一问题。“像一对眼睛”颠倒了看与被看的关系，观察者被审视，主体和客体互为中介，避免了其中的任何一方同一另一方。在接下来的几句中，大海从眼睛下沉为眼睛流出的“两滴滚烫的眼泪”，“它的透明／涌自同一个更深的心灵”：

即使把两袋水加一起，不影响
它的宽广。它们仍然很新鲜，
仿佛就会游出两尾非鱼。

把两袋海水加在一起。大海的形状再次发生变化。“非鱼”是蒋浩的自创，罗非鱼是南方常见的鱼种，另外也有可能是庄子濠梁之辩中“子非鱼”的拆引，这个问题从根本上规定了认知的残缺本性，即不可能完全了解一个他者，但这一不可能又反过来成为我们去了解这个他者的一个前提。完全的了解意味着完全的透明，一个玻璃监狱，缺少一个“更深的心灵”。

你用它浇细沙似的面粉，
锻炼的面包，也是海的形状。
还未用利帆切开时，
已像一艘远去的轮船。

利用面粉和细沙在形状上的相似将对海的形状的探讨从液态引入固态，紧接着利用刀和帆的相近将制成的面包规划为一艘船，“海的形状”再次变化，甚至桌上剩下的这对塑料袋“也是海的形状。在变扁，／像潮水慢慢退下了沙滩”：

真正的潮水退下沙滩时，
献上的盐，也是海的形状。
你不信？我应该拎回一袋水，
一袋沙。这也是海的形状。
你肯定，否定；又不肯定，
不否定？你自己反复实验吧。
这也是你的形状。但你说，
“我只是我的形象。”

“我只是我的形象”。在诗中，这一形象是不断被发送出去的。眼睛、眼泪、面包、船、沙滩、盐……诗人意识到连续性再现的虚假性，“海的形状”从不同的身体感官和事物出发，不知疲倦地创造新的开端，迎来送往中并不去控制客体，而是以迂回的方式重新返回“海的形状”这一认识，显露出大海不同层面的叠加效果。

不同于现代性无止歇的“批判的激情”，我把当代性的身体—客体特征称为“虚待的激情”[28]。“虚待”来自《道德经》十五章“虚己以待物”和《庄子·人间世》“气也者，虚以待物者也”，它与道家对待“道”的态度紧密相关。瑞士汉学家毕来德曾将经验理解为“我们一切有意识的活动的基础”，鉴于语言和现实的非同一性，语言和观念总是小于经验，因此需要确保观念中的非观念成分，否则一切都要被收编进总体性的体系当中。毕来德为经验保留了“虚空”这一广阔的腹地：“当我们有意识的活动陷入死路，当它被禁闭在一个错误观念系统，或是一些不切实际的计划当中时，知道如何返归混沌与虚空，是一件事关生命的事。我们的救赎，这时便取决于我们退步的能力，看我们能不能去‘游于物之初’，找回‘唯道集虚’的那个‘虚’”[29]。比较帕斯对诗歌的界定——“对于他物的追寻，和对于他性的发现”[30]——虚待的激情凸显一种消极和被动状态，但又不同于张枣稍显焦虑的消极主体，隐约影绰之中，微弱的声音，似乎有什么东西就要出现了，主体此时收敛甚至放弃自我，或者说主体弥散了，以微小的碎片的方式感受着事物的临界性，退隐、消逝、出场，又退隐、消逝、出场，“虚无和达到宁静之间的微不足道的差别将是希望的港口，是存在和虚无的界标之间的无主地。意识不是征服这一地带，而是把没有选择权力的东西解救出来。”[31]未来不是某个推理出来的“应该”或“可能”，而是一种虚怀状态，一种没有对象、不预设条件的“纯粹性”。现代性的批判激情过于强调主体性自我树立和认同的一面，却忽略了主体的弥散和解体同样是现代主体性场域的一部分，虚待的主体仍然是主体，当代性在一定程度上就是放松现代性的紧张和焦虑，一个当代的主体比一个现代的主体更能审视与时间尤其是当下时间的关联（并在必要的时刻改变这种关联）。看看余怒这首稍带色情的《流星旋转——给吴橘》[32]：

流星旋转仿佛天空有弹性
无人知道它们会落向哪里
言语之间一个空间推着一个
空间波浪远去剩下一分钟你
可以与咕咕叫的水鸟分享
哈什么是道家的孤独这就是

这首诗写肉体的欢愉，“无人知道它们会落向哪里”点明了它之于未来的游弋状态，这里诗人避开了形而上学的二元对立隐喻机制，在意向性的拓宽中保持了更多的分岔和活隐喻，成功地将他性转化为辩证意象：肉体的感官和宇宙天地的自然现象并置，流星的隐现闪灭、交欢时的迎拒、仰望水鸟飞起时的姿态和飞机俯视下空时抛出的亚麻衬衫相呼应的旋动感，不同空间形式在同一个场或平面内相互挤压，在这首诗中都做了恰当的处理，普通的男女之事上升到道家的形而上孤独，尤其是去除所有标点后给读者造成的轻微的“喘息”感，让整首诗在一个“场”或平面上悄然呈现，作者和读者共同摇曳其中，一种身心物入迷的陶醉状态。这种状态首先是身体的，纳博科夫（Vladimir Nabokov）所谓“用脊椎骨去读”[33]。于坚也谈论过即兴诗歌写作的可能，比如《爵士乐》《拉拉》和《2001年6月10日，在布里斯本》这样的作品，在他那里，诗歌的“即兴”是神秘的，形成一个聚集并复活语言、声音、行为、作者和读者的身体性的场，一个不断有新东西“加进来”的仪式和祭坛，诗人在这个语言部落中充当招魂巫师的角色[34]。相比之下，冷霜在谈论王敖诗歌与“爵士乐的自由即兴”之间的关联时，将其严格限制在美学意义的“文本生成的方法平台”上，是“不同主题意念，各种素材，各种技巧和想象力的资源，乃至他想象力特征的不同面向之间的一次同时即兴”[35]。臧棣将这种即兴称为“无焦虑写作”，“一种真正的创造意义上的放松”，依靠诗人与世界相遇时的自然力量而非诗人预设的意志力量，诗歌的形式诞生了，“通常，诗人们都会用修辞和风格来润色那样的感觉，而王敖则利用修辞来暴露他和语言相通时的原始状态”[36]。

谢笠知《一朵白云》[37]写早上送孩子去幼儿园后诗人收拾家务，到午饭前才得会儿空，坐在摇椅上听着窗外呼啸的寒风，白云或被吹散，或被扯得稀松凌乱，但有一朵云始终保持完整：“像一头鲸，大而白的身躯”，“几乎看不出／它在动。它从容、谨慎，／抵抗着四面八方的撕扯，／它抓紧自己：这轻逸的偶然的形体。／——似乎是一种趋于极限的爱／灌注虚空，长出血肉。”云鲸在癫狂与混乱之上淡定而优雅地游弋，只伴诗人度过短暂的闲空，“然后是忙碌的一整个下午”，直到晚上，拾完家务，哄孩子睡着后，“躺在黑暗中，眼前又浮现那朵白云。／在静而暖的房间，／它一动不动，仍然优美、淡定。”即便此刻早已消散，也使诗人感到“蓝天后面绝对的黑暗”，“那激烈的恐惧，让它抓紧自己，／保持完整。让它充满力量，越过狂风。”闭上双眼，“但感觉它仍在，并无声地飘到／我的头上方，像一盏被熄灭的灯，／悬着，等待着……”。诗人就这样参与了自然的偶然，赋予这种偶然性以形式，这个形式反过来帮助诗人度过了繁忙然而美好的一天。

五、主观个体的重建

作为一种先验存在，主体的认知构架本身就是在现实社会的历史基础上被建构出来的——“超越同一性哲学的魔圈，先验主体可以被译解为自身无意识的社会”[38]——如果遗忘了这一点而将主体凌驾于客体之上，其结果反而使主体丧失了基础作用，并无意识地将自身颠倒为客体。社会先于个体自由而存在。鉴于现代诗歌观念已经终结，当代诗歌有必要防止客观性向主体过度还原。

当然，完全中立、客观地观察世界是不可能的，防止向着主体的过度还原不意味着主观个体建设的放弃。当代诗歌恰恰缺乏能在美学和伦理上做出成熟判断的主观个体。庸俗历史唯物主义的同一性辩证法使朦胧诗甚至第三代诗可以从反面获得自己依附性的价值观，历史唯物主义的终结——对当代诗人来说，意识形态的终结比现代诗歌观念的终结要更加切身——权力和资本为奸的机会主义时代的重临，要求一个独立而有充分判断力的成熟主体的生成。在这里，我们发现了萧开愚“新唯心运动”的重要性。

“提新唯心主义有一个前提，概括起来讲，是感觉不到感觉的问题。我们的注意力分散，注意力不能集中，精神不能凝聚。我们处于精神恍惚的状态。”萧开愚认为1990年代以后当代诗人强调身体的重要性很大程度上跟这种精神恍惚有关，“我们如果讲身体，都是讲的客观个体。光是客观个体，可能有意识，怎么可能有主动的意识，怎么可能有主动的思考？怎么可能有独立的判断？也就是说，到最后不能构成一个客观。”过于强调身体和客观忽视了更为根本的主观个体。姜涛将对身体和客体的过度重视视为丧失了某种结构性力量的、带有机会主义色彩的、没有说服力甚至停留在单调快感层面上的“身体主义”，“语言也是一种客观，也是物质性、肉身性的一种外延。对语言可能性、对身体可能性的信任，具有某种同构性，诗人相信在身体、语言中包含着无穷的奇迹的可能，换句话说，诗人把自己交给了客观性，表面是随时迎接奇迹，但这倒可能带来一种惰性、被动，因为我把自己交给了那个瞬间，交给了那个抓住的过程。在这个过程中，我的主观，或者是人格立场、价值立场的艰苦整合消失了，最后的结果是当过多的瞬间堆积一起，我们所有抓住的东西是一样的……关键可能我们缺失了一个强有力的主观统摄。所以，怎么挣脱身体、语言的客观性，这可能是更重要的。”这个“主观统摄”，“不是说有一个非常稳定的善意价值观能够一下子找出来放在那个地方永远管用。不是这个，我们追求一个形成善意价值观的唯一的原则”，这就要求主观个体积极的善意价值观，“一定是要考虑他应该在一个完整的主观个体和完整的主观个体能够互助的环境里追求共同更好的生活。”[39]

以草树《精馏塔》（2012年）为例[40]，诗歌以“停留时间”和“塔板系数”两个化工术语深层的诗学意义同中国现代史相关联，高高的圆柱和内部层层的塔板构成的精馏塔成为历史社会的缩影：

圆形的塔板，不是以铁而是以身体为边界
循着直觉而延伸。
小如一叶荷叶，缀着露珠和蛛网，那飞临的蜻蜓
携着直升机的轰鸣。

大如一个广场：坦克和大炮，整齐的正步，飞机
从上空飞过，从那里我淹没于
混合物的海洋：珊瑚微微闪动。

草树在这里为我们呈现了一个“容纳了所有年代的晨钟暮鼓”的“停留时间”，这是某一回忆时间敞开的共时空间：“停留即停顿。枪响刹那，所有的一切／进入停顿：红袖章或围观者。／唯刽子手像枪口逸出的那一缕烟。／唯群山沸腾像另一个世界的副歌。”精馏塔内部众多塔板根据石油不同组分的物态临界点使其不断汽化、冷凝，并得以分馏，但“塔板系数”和“停留时间”“不可预先设定”，不是“化学工程师”“挑灯夜战可以演算”。荒诞的是历史工程师试图挑战这一切，他将一个开放的、不断有偶然性参与进来的精馏塔强行封闭起来，以各种暴力将自然“不平”的塔板和身体抹平，自组织状态下自然出现的临界点在社会历史中则被“恐惧”和“绝望”所推动：“多次的绝望，／推动临界点的到来，澄清了混合物／内在的结构”。历史的“精馏”最终使“时代的主宰者”站上了“波峰”，“而不为人知的波谷，积聚着卑微的事物／宛如落叶：不能停留，不能自决，不断淹没／又浮现”，但与此同时还存在个体“我”的“另一种精馏”和“另一个临界点”：“是精神的分子／在这里重排。是记忆在这里呈现、拼接、叠加。／是无限缩小的瀑布在这里跌成生命

的景观”，主宰者宏大叙事的梦境被被主宰者自身的体验所拆解，并以此拼接出截然不同的觉醒方式：

充满不平的混合物，黏滞，混浊，
需要反复分馏。分馏。分馏。馏出一份
轻盈一点，厌倦和愤怒
减去一点。那最后一块塔板将是我
还原成“我”的位置。

“主观个体——是形成和生成的，也不是一次性地形成的，是不断地形成的。”[41]化工意义上的自组织精馏、历史工程师意义上的暴力精馏以及个体“我”不断“自我辨析”的精神精馏构成这首诗的家族性星丛，诗人倒转梳理历史的毛刷，为了被压迫的过去，为了捕获被遗忘之物与被压抑之物，以此重新讲述历史中的我和我分馏出来的历史：“所有的事物要落地，接通‘我’”。“精馏塔”的星丛“确凿，凝练，可以分辨又充满歧义”，“我”的主体性就是在不断的辨认中得以呈现，从一种自然现象出发，“我”拒绝参与历史工程师的暴力精馏而是选择把历史暴力带入寂静的停留时间，弗莱切（Matthias Fritsch）所谓“把历史与未来的对立关系纳入问题域”在这首长诗中得到很好的体现[42]，不是一个单一的问题，而是借语言不同层面的提问形成的相互交叉掣肘又流淌连通的问题域，远离历史连续体内部平衡的熵增原理，松动话语向着胜利者移情的惰性，接通了被压迫者祖先和子孙的记忆但又不是指向单纯的暴力和复仇，时间的多重性和开放性呈现出个体时间在伦理意义上的分叉，“这也是预先的拯救：当这闪闪发光的精馏塔／倒塌，在巨大的坍塌声之后，／

'我'，必能从那倾斜的塔顶爬出。""我"在这里构成一个时空体，一个历史、社会和美学变量关系的动态域，过去和未来在当下之"我"汇聚、中转、诘问颉颃，同时这也是一个不断做出伦理和美学选择的过程。

《精馏塔》显示出个体的观念和经验之间的可沟通性，在恰当的时候，身体的经验可以帮助观念更加清晰地自我辨识，这样就为个体的个性和复数个体之间的公共性做了必要的铺垫。我们也可以举出一个反例。孙文波《修辞的胜利》（1993年）一文曾对欧阳江河的写作做出一个判断，即其诗歌中呈现的个人经验与公共经验的非互证关系："在他的诗歌中，只能从局部的具体经验出发到达公共经验，而要从公共经验出发来反证他的局部经验是否合理则很难"[43]，欧阳江河的诗歌以对抗性修辞制造震惊效果，"唯技术主义的单一性在欧阳江河那里最终组成了修辞的世界，它是一个分析性的、比喻性的世界。事境和语言的强迫性交媾，尽管使这个修辞世界十分迷人，但它还是两边都不靠的：既无法回复到现象世界（事境），也无法回复到语言本身。观念挤压了肉感。但观念本身与事境的联系其实是任意的。欧阳江河的真正败笔恰恰就在这里：唯技术主义肉感特征的极度削减使观念凸现，让诗歌最终成了对观念本身的静态描述，也就使诗歌缺少了温情。"[44]借帕斯的说法，欧阳江河的《凤凰》等"大国写作"借助元反讽技巧将世界政治（尤其是中美两国之间的博弈）同中国近代史做了符号层面的漂移流动，它也形成了自己的问题域，但是仅仅局限在符号方面，没有任何身体层面的时间刻印，最终沦为符号之间无休止的任意挪移和互否。

六、诗可以群：作为“同时代性”的“当代性”

“当代性”（contemporariness）的另一种译法是“同时代性”。茅盾曾在《读〈倪焕之〉》（1929年）提出“从个人主义英雄主义唯心主义到集团主义唯物主义”的“时代性”问题[45]，然而就在一年前的《从牯岭到东京》（1928年）里，他还在为个人主义的小资产阶级文艺张目：“曾有什么作品描写小商人，中小农，破落的书香人家……所受到的痛苦么？没有呢，绝对没有！”[46]之前，郭沫若也在《文学与革命》（1926年）里将文学视为革命（时代精神）的函数，让“文学”只包括革命的文学和反革命的文学两个范畴，并将欧洲文艺思潮简化为历史上第一阶级的王族、第二阶级的僧侣、第三阶级的市民和第四阶级的无产者之间的斗争，对应于第三阶级的浪漫主义文学因为“在精神上是个人主义自由主义”而“早已成为反革命的文学”，因此“我们对于浪漫主义的文艺也要采取一种彻底反抗的态度”[47]。在《文学革命之回顾》（1930年）中，郭沫若更是直接将“个人主义”视为“资本主义社会中的根本精神”[48]。从理论上讲，郭沫若和茅盾倡导的“时代性”，最终有可能失控，因为没有制度保障个体自由。实际上，胡适“非个人主义的新生活”里已经充沛了左派的激情（自由左派）。1930年代初同“左翼”论战的“第三种人”胡秋原也认为“文学与艺术，至死也是自由的，民主的”，但这并不影响他“站在自由人立场高擎马克思主义”[49]，他只是反对普罗文学“独占文坛”，反对周扬“你假使真是一个战士……”的论调[50]。不幸的是，若历史按照极端左翼的逻辑运行，革命的历史合理性将被革命，而通过不断制造仇恨和敌人的一体化方式，也会把我们带往总体性的废墟。

现代史绕了一圈，重新回到个体自由的老问题上。第三代诗之后，经历了相对充分写作自由的当代诗已经具备了独特的观察、想象和语言，却因“缺乏善意价值观作为起点和约束”而“沦为可此可彼的昙花一现”。个体自由和差异诚然宝贵——我们可以回顾建国之后直至第三代诗之前的新诗状况——现代诗歌观念的终结却是个体过度自由之后陷入的虚无泥淖。“‘多’的价值在于为着‘少’和‘一’而挣扎而构成完整和结实，构成从‘事实’到‘真实’的跨度。”不是为了差异而差异，实在因为“真实”只能从关系和场域的互动中才能找到。“真实”因“善意”而成为“美”，“奉载之绿是真实的，/走红飞白是道德的，/加起来就是美学的。”（萧开愚《天鹅——回赠臧棣》，2003年），“独立个体不妨柔弱甚至软弱，但顽强地实行社会协作”，不再是曾经的历史唯物主义内在强力，“新唯心赞成自由主义的生成理论，从人的内在自由这种天赋向终极自由发展”，新唯心首先着眼于主体成熟心智的建设。“新唯心主义的唯一原则是：在当代人与世界的关系中的主观个体，为完善善意而真实的主观个体，在人与世界的关系中实行主动互助。”[51]善意价值观指导实用价值观，它的立足点不是个体利益或独善慎独，同胡适一样，萧开愚重视与他者“相对更好地共同生活”。

更年轻的一代诗人和批评家则在2015年组织了“成为同时代人·第二届北京青年诗会”，其中赵晓辉认为“通过大家共同的努力，重建一种集体主义的情感，一种公共生活的兴趣是可能的。”[52]纪梅则认为“谈论‘同时代’这一话语行为，已显示为将时间空间化进而将其重组、改写的叙事动机和伦理努力：成为‘同时代人’，是对线性时间及其同一性的干扰、阻隔、打破、悬置，进而重新错位联接；成为‘同时代人’，意味着与他者实现一种社群式的联合交往实践，是自我与他者进行跨时代、逾地域的‘光合作用’和精神家族结盟，是通过辨认和回应他者而生成新的主体性，是新主体的成长和现实的增殖，是对‘我们是谁’以及‘我们可能成为什么’的自我询问和确证。”[53]另外，关于“诗歌与民主”的讨论，实际上也是诗歌和诗歌批评当代性问题域的一部分[54]。

雨果早就说过浪漫主义的真正定义是“文学上的自由主义”[55]，而自由社会是“最真诚而严厉的批判”的前提[56]，泰勒（Charles Taylor）尝言“一个自由社会的本性是，它将总是较高和较低形式的自由之间的战场。没有一方能消灭另一方，但是战线是可以移动的，不可能确定地移动，但至少某些时候对于某些人，以这种或那种方式，战线移动是可能的”[57]，就是说，它不是一个阶级对另一个阶级在肉体上的消灭，它是各种价值间充分竞争的市场甚至战场。当代诗人是形式和价值意义上的战士。

“诗可以群”不仅发生在主观个体作为社会成员对社会关系的改善上，也发生在诗歌语言内部。以萧开愚《旧京三首（之三）》（2005年）“胡辣汤辛酸无度，哲学王／当农业银行分行长，收支不已”为例，杨小滨认为此诗中的欲望力量主要依赖于对换喻式的小说叙事的挪用来实现的，隐喻式的诗的、象征主义的修辞则被废置，因为隐喻建基于否定基础上的形而上学设定意味着同一性的强制。“辛酸无度”和“收支不已”改写了“……无度”和“……不已”的词法规则，尤其是后者，萧开愚引入了“收支”，“一个金融词汇，它的功能并不在于成为某种心理意念的纵向隐喻，而恰恰在于横向的、换喻的置换过程本身，在于这种置换所形成的错迕感。”这种错迕感使诗歌摆脱了隐喻线性的意义寻找而代之以意义的网状交叉运行，换喻过程中的变异使其具有了多义性与不确定性，“词与词之间的空缺或裂隙，体现为欲望的动力。只有在这样的裂缝中，我们才会来体认——哪怕是在直觉的层次上——一个经济至上（‘收支’）的社会背景上的情感（被‘收支’所置换掉的那些）丧失，而经济活动竟然也可以像情感活动那样形成‘不已’的状态。”[58]感情的喷发和喷发中所隐含的分析使得词语的看之描述同时构成了欲之批判，这既解决了作为诗歌动力的欲望问题，也更新了思想。

七、知人论世：非总体境遇中的总体性渴望

在诗歌和诗歌批评的当代性中，“传统”不是一味被批判的对象。如果说“人的分裂性是现代性最突出的特点”，那么现代人就普遍面临了“自由的危机”，按照顾彬的看法，“只有传统能够帮助他克服它的分裂性格。传统才会把人看成一个整体”[59]。就近的趋势看，这一观点得到了很大程度上的应和，比如天主教哲学家泰勒反对将宗教传统与世俗社会截然对立起来的现代性叙事，将犹太教—基督教视为其超越性的框架，类似地，吉莱斯皮（Michael Gillespie）认为“宗教和神学在现代性观念的形成过程中扮演着核心角色”，现代性并非人取代神成为万物中心的完全世俗的王国[60]。

帕斯的问题是，如果现代性就是变化，那么变化原则能否在某个

点上与某个不变原则和解呢？能否“将相反对的因素连成一个不再相互抵触的整体”呢[61]？在对黑格尔的同一性辩证法表现出失望之后，在朝向未来的、进化论的时间已经损耗了信用之后，帕斯认为新的诗歌是“一种对所有时间的总结”[62]，“在现实中寻找诗歌的嵌入点，这也是一个交叉点，一个稳定而又颤动的中心，在那里矛盾不断地消失并再生”，这个源泉就是“心灵”，新的艺术也就是“‘心灵的’艺术”[63]。在帕斯那里，身体的复活同时也意味着心灵的觉醒，就中国当代诗歌来说，敬文东提出了类似的问题，“诗人的心性是否必须与诗保持某种一致性（或称同一性）”？当代诗歌能否同时保持心性完整而非分裂？能否避免以各种现代面具冒充真实的心性？[64]我们来看哑石的《喜鹊诗》（2009年）：

嗯，年少时，受控于心灵的激情，
总是忘记，那里也是这里；
现在呢，身体正慢慢教育我们。

“心灵的激情”意味着主体对客体的过度还原，脆弱的身体却教会诗人尊重连通于身体的基本客体。“……如果／足够诚实，你会看见自己的身体，／弥漫各处。”诗人通过感官与世界发生关联，他将身体弥散化、戏剧化为“儿子”“喜鹊”和“石块”等等——“你知道，／经过不算漫长的岁月，自己就是／那石块，也是那喜鹊……包括翠绿枝条奋力地一颤，／以及空气中，慢慢扩散的嗡嗡声，／都是你微弱的、终于活了过来的身体”——“儿子依约举石块，／砸向翠绿枝条上呱呱叫的喜鹊，／却始终不能中的”，当他同时是儿子、石块和喜鹊之群时，反而缺少最基本的精确性，不能以某种同一性确保三者为他所笼（主体的非同一性），“被唤作儿子的，瞳眸有清凉雏菊，／更有你不了解的烈焰，所以，／他是更精确的你——那最模糊的你”，在这里诗人抵达了自我的内在界限而自然地往外漫溢，从客观个体往主观个体推送，诗可以群，“此世，泪水与羞愧，曾经灿烂的／时光的苦涩与甜蜜，全都无条件／赠予了身边的人”：

最满意的事：不管现在，还是
身体夜鸟投林般回到了家的未来岁月，
我都是一团混沌，一次次教育和
被教育——从不放弃，自己颠覆自己！

过去与将来、生与死在当下这一时刻汇聚在一起，日常生活的混沌以及自由个体在混沌中的价值生成和选择，“自己颠覆自己”的勇气是一次次“教育和／被教育”，归根到底，诗歌和诗歌批评的当代性是自由个体朝向相对更好的共同生活的自我教育（美学的和伦理的）。

在为朋友潘乙宁的诗集作的序言里，蒋浩写道：“‘文如其人’是至境，文如其人也可理解为‘文如其反对的人’或‘变化的人’”[65]。文如其人的传统短时间内看可能并不准确，因为人是一个正在发生的事实，变化才是他的常态。如果我们可以像比格尔（Peter Burger）和霍兰德（Norman N. Holland）一样以非同一的“主体性场域”和“自我系统”代替同一的“主体”和“自我”，我们就仍然可以在一个非总体性的境遇中保留我们的总体性渴望，在一个强调身体和客体的诗歌语境中保留主观个体做出判断并生成价值的权利。霍兰德曾把

“本体”视为“一种特殊的关系”，即“把某个人理解为一个主题及众多变体”[66]，主题—变体作为问题当然是从日常生活中直接涌现出来的，作为一种相互的、潜在的和中介的空间它指向问题的呈现和解决，这是一个耗散结构，诗人必须在不断的反馈和远离惰性平衡中创造自己的本体。这就是张清华生命与诗歌统一的“生命本体论诗学”：“这是最公平的，也是最残酷和最难的，它区别出了历史上一切诗人的根本分野：一切平常的诗人，都只是用手、用纸和笔来完成他们的作品的；而伟大和重要的诗人则是‘身体写作’——是用他的生命和人格实践来完成写作的。这决定了一个重量级的诗人和一般的写作者之间最本质的区别”[67]。

2017年7月4日 桂林 展壁山

1. 本文为山东省高校人文社科项目《<避暑录话>与三十年代青岛诗歌研究》（J16YC10）系列论文。
2. 载“百年新诗：历史变迁与空间共生学术研讨会”会议论文集，2017年6月30日，北京师范大学国际写作中心、中国当代文学研究会、《文艺争鸣》杂志合办。
3. 克罗齐：《历史学的理论和实际》，傅任敢译，商务印书馆，1997年，第2—7、69、70、44页。
4. 陈建华：《“哭”的记忆与救赎——读杨键〈哭庙〉》，《东吴学术》2016年2期。
5. 杨键：《哭庙·自序二》。
6. 耿占春：《〈哭庙〉：一部伤痛与哀悼之作》，载《评诗》2014年卷。
7. Octavio Paz，Children of the Mire，trans. Rachel Phillips，Harvard University Press，1991，p.3.p.102.p.37.
8. 汪晖：《死火重温》，人民文学出版社，2000年，第50页。
9. 顾彬以宋朝的新儒家为界阐明了中国文化“禁止忧郁”的努力：为了防止对世界支离破碎的观察，新儒家把君王和国家纳入之前人和天地万物一体的设想，道德观察取代美学观察，人与统治者的关系取代了人与知音的关系成为新的范式。顾彬：《论中国人的忧郁——一个基本框架式的尝试》，冯亚琳译，乐黛云、李比雄主编《跨文化对话（4）》，上海文化出版社，2000年，第93—94页。

10. 张枣：《张枣随笔选》，颜炼军编选，人民文学出版社，2012年，第119、120、152、230页。

11. 卡洪：《现代性的困境》，王志宏译，商务印书馆，2008年，第24页。

12. 纪念江绪林的诗歌还有西渡《风中之烛——纪念江绪林》；另外王东东还有《忧郁共和国》（2016）一诗。

13. Octavio Paz，Children of the Mire，trans. Rachel Phillips，Harvard University Press，1991， p.149.p.114.

14. 耿占春：《当代诗歌批评：一种别样的写作》，载《文艺研究》2013年4期。

15. 切斯拉夫・米沃什：《反对不能理解的诗歌》，程一身译，《上海文化》2011年9期。

16. 胡戈・弗里德里希：《现代诗歌的结构：19世纪中期至20世纪中期的抒情诗》，李双志译，译林出版社，2010年。一般情况下，文学史会将弗里德里希意义上的"抒情诗"或"纯诗"同先锋派诗歌区别开来，这种差异在20世纪30年代阿多诺和本雅明之间关于现代主义和先锋派差异的论争中也能看到，比格尔将其区分为"体制内批判"和"自我批判"，布朗肖（Maurice Blanchot）则将前者对主体的激进化和后者对客体的激进化视为现代性的双向"交换游戏"，在这个意义上，我把两者混为一谈。需要注意的是，"纯诗"的政治姿态并不比先锋派诗歌弱，在大陆当代诗歌的语境中，二者在很大程度上具有重合性。

17. 卢茨·科普尼克：《慢下来——慢速的现代性》，石甜译，强东红校，载《上海艺术评论》2017年1期。
18. 张伟栋：《没有墓园的城市》，阳光出版社，2015年。
19. 夏可君：《姿势的诗学》，中国社会出版社，2012年，第80、8页；同样的理由，“声音”等其他身体感官现象也可以成为考察当代诗歌的切入点，参见陈太胜：《声音、翻译和新旧之争：中国新诗的现代性之路》，湖南人民出版社，2016年。
20. 弗莱切：《记忆的承诺：马克思、本雅明、德里达的历史与政治》，田明译，华东师范大学出版社，2009年，第47页。
21. 本雅明：《启迪：本雅明文选》，汉娜·阿伦特编，张旭东、王斑译，生活·读书·新知三联书店，2008年，第273、267页。
22. Octavio Paz，Children of the Mire，trans. Rachel Phillips，Harvard University Press，1991，p.40.pp.157—158.
23. 于坚、谢有顺：《于坚谢有顺对话录》，苏州大学出版社。2003年，第180页。
24. 于坚：《还乡的可能性》，商务印书馆，2013年，第176—178页。
25. 高概：《话语符号学》，王东亮编译，北京大学出版社，1997年，第20、50—51页。
26. 阿多尔诺：《否定的辩证法》，张峰译，重庆出版社，1993年，第192页。
27. 蒋浩：《唯物》，秀威资讯科技股份有限公司，2013年。

28. 参冯强：《虚一待空间:关于新世纪先锋诗歌的几点想法》，载《星星·诗歌理论卷》2016年11期。
29. 毕来德：《庄子四讲》，宋刚译，中华书局2009年版，第11、129页。
30. 帕斯：《帕斯选集》（上），赵振江等译，作家出版社，2006年，第447页 。
31. 阿多尔诺：《否定的辩证法》，张峰译，重庆出版社，1993年，第382页。
32. 载《诗林》， 2014 年3期。
33. 纳博科夫：《文学讲稿》，申慧辉等译，三联书店，1991年，第26页。
34. 于坚：《还乡的可能性》，商务印书馆，2013年，第25—43页。
35. 冷霜：《分叉的想象》，光明日报出版社，2016年，第141页。
36. 臧棣：《无焦虑写作:当代诗歌感受力的变化——以王敖的诗为例》，载《江汉大学学报（人文科学版）》2008年2期。
37. 谢笠知：《花台》，广西人民出版社，2015年。
38. 阿多尔诺：《否定的辩证法》，张峰译，重庆出版社，1993年，第175页。
39. 王歌、萧开愚、余旸、冷霜、姜涛对谈：《当代诗歌需要一场思想运动》https://www.douban.com/group/topic/6111489/
40. 草树：《马王堆的重构：草树诗文集（2009—2012）》，长江文艺出版社，2013年。
41. 王歌、萧开愚、余旸、冷霜、姜涛对谈：《当代诗歌需要一场思想运动》https://www.douban.com/group/topic/6111489/

42. 弗莱切：《记忆的承诺：马克思、本雅明、德里达的历史与政治》，田明译，华东师范大学出版社，2009年，第69页。

43. 诗观点文库http://www.poemlife.com/libshow-138.htm

44. 敬文东：《中国当代诗歌的精神分析》，中国社会出版，2010年，第213页。

45. 《中国新文学大系1927—1937》第一集文学理论集一，上海文艺出版社，1987年，第781—782页。

46. 《中国新文学大系1927—1937》第二集文学理论集二，上海文艺出版社，1987年，第187页。

47. 中国社会科学院文学研究所现代文学研究室编《“革命文学”论争资料选编》（上），人民文学出版社，1981年，第9—12页。

48. 《中国新文学大系1927—1937》第一集文学理论集一，上海文艺出版社，1987年，第226页，又参黄药眠《非个人主义的文学》，载《“革命文学”论争资料选编》（下）。

49. 《中国新文学大系1927—1937》第二集文学理论集二，上海文艺出版社，1987年，第503页。

50. 《中国新文学大系1927—1937》第二集文学理论集二，上海文艺出版社，1987年，第601—602页。

51. 萧开愚：《诗与新唯心运动》载《上海文化》2010年6期，另参梁小静《萧开愚诗歌观念中的主体性研究》，河南大学2013年硕士毕业论文。

52. 赵晓辉：《由“成为同时代人”说开去》https://site.douban.com/246933/widget/notes/190633850/note/522164569/
53. 纪梅：《我的“同时代人”》https://site.douban.com/246933/widget/notes/190633850/note/521651320/
54. 王东东：《1940年代的诗歌与民主》，北京大学2014年博士学位论文；冯强《当代诗歌和未来民主》，载《漂泊的一代：中国80后诗歌》，赵卫峰主编，中国文联出版社，2012年。
55. 中国社会科学院外国文学研究所外国文学研究资料丛刊编辑委员会编《欧美古典作家论欧美古典作家论现实主义和浪漫主义》（二），中国社会科学出版社，1981，第135页。
56. 帕斯：《印度札记》蔡悯生译，南京大学出版社，2010年，第207页。
57. 查尔斯·泰勒：《本真性的伦理》，程炼译，上海三联书店。2012年，第94页。
58. 杨小滨：《欲望、换喻与小它物：当代汉语诗的后现代修辞与文化政治》，载《文艺研究》2011年2期。
59. 《光年》（创刊号，戴维娜主编），海天出版社。2017年，第257页。
60. 米歇尔·艾伦·吉莱斯皮：《现代性的神学起源》，张卜天译，湖南科学技术出版社，2012年，序言第3页。
61. Octavio Paz，Children of the Mire，trans. Rachel Phillips，Harvard

University Press，1991，p.26
62. 帕斯：《帕斯选集》（下），赵振江等译，作家出版社，2006年，第154页 。
63. 帕斯：《帕斯选集》（上），赵振江等译，作家出版社，2006年，第441页 。
64. 敬文东：《心性与诗——以西渡的〈杜甫〉〈苏轼〉为例》，第九届当代诗学论坛“百年新诗：历史变迁与空间共生学术研讨会”会议论文集，2017年6月30日，北京师范大学国际写作中心、中国当代文学研究会、《文艺争鸣》杂志合办。
65. 潘乙宁：《无所事事的男人》，南方出版社，2004年。
66. 诺曼·N.霍兰德：《后现代精神分析》，潘国庆译，上海文艺出版社，1995年，第138页。
67. 张清华：《猜测上帝的诗学》，北京大学出版社，2010年，第1页。

茱萸

百年滋味话深灯

——为新诗的一辨／辩

作者／茱萸

茱萸，
生于一九八七年，籍贯江西赣州。
现供职于苏州大学文学院。

1

盛行于晚清的同光体，或许是汉语古典诗夜空中最后的耀眼星团。这个群体的诗人们承接宋诗余绪，在汉语诗歌那个无比庞大的历史性累积面前，依然踏出了一条独特的道路。这种独特性还体现于他们所处的时代。如果说前期还多少沾染着所谓“同治中兴”的气象，那么接踵而来的时代变革足以让人猝不及防。那无疑是一个令人惶然的“末世”，古典诗造极于斯，宛如熟透了的果实，而又面临着新时代的严霜的考验——当然，构成这种考验的因素相当复杂，这与大清帝国由盛转衰的百年，有着极强的同构性。同光体的殿军、诗人陈曾寿（1878—1949）在送给友人的诗里说：“一夕相思减明月，百年滋味话深灯。”前一句固然基于个体友谊的惯常道路，而后一句的背后，也未尝不能让我们读出那基于时代的绵长思绪——这过去的“百年滋味”，在浓重的灯影下经由言谈而被徐徐披露，自然关乎知识人的忧患，以及他们对时代变化所能做出的反应。这位古典诗的收梢型人物，根据时间表来看的话，已能够亲身见证到汉语新诗的开始、确立与初步的经典化。他可能对此嗤之以鼻，或视而不见，但新的趋势一往无前，犹如盛衰消长的不可控制。

陈曾寿在政权更迭之前的一个月离开了人世间，彻底地将自己的身影保留在了那个“旧的时代”。即便如此，在他生命的最后30年岁月里，诗之国度并不再如以前那样的“普天之下，莫非王土”了，在语言和意识两个方面，“诗”的里头似乎都混入了“杂质”。而历史的吊诡之处在于，它仅凭一个修辞术，似乎就试图将过去的痕迹一并扫除，而重开天地：诗叫“新诗”；诗人叫“新诗人”；甚至在他身后建立的那个政权，也被称为“新中国”而与过去彻底划清了界线。这种修辞术起作用的方式是诗的方式。而他不知道的是，又一个百年的到来，能给操持这种修辞术的人们以怎样的心态和方式来谈论又一轮的自我焦虑与自我确认。

2

诗是声音和文字的寺庙，有着无比古老的血统、尊贵的出身，支配着语言的祭司。同时，它却自立艰难，从诞生之日起，就面临着来自各方的责难。最大也最原始的对手，是哲学——尤其是其中的形而上学、政治哲学和伦理学。希腊大哲柏拉图挑起了这个争端，他在教化和德性养成上，选择了戏剧而丢下了诗。孔子则将先民活泼泼的心声，经过删改和驯服，纳入／收编到自己学说的轨道上来。但诗歌之流依旧奔腾，大家在警惕它对“德性”的败坏的同时，享受着它，或试图改造它。直到16世纪，在欧罗巴，锡德尼（以及更为晚近的雪莱）声称要为之辩护。在17世纪的东方，叶燮给出了他的谅解方案，由诗教、诗法而审美，开始了诗的独立之路。因为无时无刻面临的责难，以及因责难而起的危机，部分人“为诗一辩”的努力，遂成人类文明史的一大景观。这也算得上是“意外收获”，虽然他们辩护的是具有整体意义和文化判断的“诗”，而不是具体的诗。

这种情况似乎在近世得到了和解。当旧日被视为不入流的小说的地位开始变得显赫，一直处于危机中、同时又获得了危机给予的重要地位的“诗”，当然也水涨船高，哪怕开始稍稍“门庭冷落”，却依然是那位容颜不老、风韵犹存的名姬。虽然如此，更加残酷的事实是：在诗内部，尤其是在汉语诗的历史上，不同的诗体之间，一种诗体对另一种诗体的责难也从来没有停止过——雅俗之争，正淫之论，高卑之分，古近之别，几乎构成了半部诗学观念史。但随后，所有的争议都可以搁置到一边，因为这个半老的“徐娘”居然“无玷受胎”，诞下了“新诗”这么一个“宁馨儿”。更严重的是，自一百年前汉语新诗诞生以来，它几乎以一身之力，集结了人类诗史上所能面临的所有批评和责难。古典诗歌内部分散的矛盾调转枪头，开始一致对外。这使得新诗的境遇变得格外吊诡——这个新生儿，只是一个假的“宁馨儿”，实际上面临着真正的窘境：缔造艰难，守成不易，合法性危机无时或离。

造成“窘境”的原因，首先是新诗缔造者们“不由自主”又“不得不如此”的判断和选择。欲立必先破，或者出于“矫枉必先过正”的考虑，旧世界的“逆子”们搞起“文学革命”或“文学改良”，将矛头对准了汉语古典诗歌。事实上，其间的牵扯非常复杂，用如今的后见之明来看，在面临现代性冲击的古老帝国面前，在承受着新旧观念夹击的汉语内部，新诗的敌人不是古典诗歌，但又不得不变相地借反对古典诗歌以自立。这就导致了这一百年来，新诗在无形中的树敌。

朱自清《<中国新文学大系 · 诗集>导言》提到催生新诗的两种影响，即清末“诗界革命”在观念上的推动，以及对西方诗歌的译介。——这就意味着，新诗固然是舶来之物，也并非与汉语诗歌既有传统全无关联，在某一程度上而言，它甚至是古典诗内部自我变革的间接产物。邵洵美则认为胡适等人最早的白话诗无非文化革新运动（具体到语言上则应是白话文运动）的孳息，只是从一个方面辅助了当时的白话文运动，在文学上“不过是尽了提示的责任”（邵洵美《<诗二十五首>自序》）而已，并将新诗的最初来源归结到西方诗歌上去。——这个说法则正本清源，明确了汉语新诗在“诗体”上的真正出身，是从形式到文化基因皆与汉语古典诗歌截然有别的西方诗歌。那么，从这个角度来看，即使同为“韵文”（自由体甚至连传统意义上的“韵文”都不能算），西方诗歌在诗体上呈现出的面貌，和汉语古典诗歌也不可能完全一致。更何况，新诗在西方诗体的基础上，又多增加了一道历经“翻译”而借由现代汉语来呈现的曲折，而现代汉语本身又混杂着多重面貌。

我曾在一篇长文中提出过这样一个问题：“POETRY”这个词汇与中国既有传统中的“诗歌”并不等同，缘何到了汉语的领地，便被自然而然翻译成了“诗歌”，而不是其他的特殊名称？为何不该被看作是两种不同的文类？将之翻译成“诗歌”的做法一旦成为事实，那么汉语古典传统中的“诗歌”，以及关于这类诗歌的既有观念和审美系统，便不可能不对之施加干扰。——这种干扰，几乎见诸于所有来自古典诗歌领域的攻击。更严重的是，哪怕是新诗早期的践行者们也难以避免这种干扰的侵蚀，甚至他们自己也未必意识到它对于新诗的“诗体自立”而言存在的负面作用。胡适在给汪静之的诗集写序时，便不自觉地说“五六年前提倡作新诗时”的那些作品“远不能比元人的小曲长套，近不能比金冬心的自度曲”，并且在评价汪诗之“露”，拿来参照举例的也是李商隐和吴文英。（《<蕙的风>序》）这种下意识的比附，不正“自曝其短”，将之置于古典诗传统的压力和阴影之下吗？那么当代的旧体诗词作者将之用来作为攻击新诗“诗味不足”的口实，不正也其宜么？

当然，胡适的贡献原本也不在新诗的诗体建设方面，提倡“白话诗”的深心也并不安放在诗学内部。用荣光启在《“现代汉诗”的发生：晚清至五四》第一章中的分析，胡适借助对“白话诗”的提倡，目的在于探索一种新的言说方式，选择从诗歌这种汉语最坚固的壁垒入手，“改变的不仅是诗歌的语言形态，而是突破了汉语的传统的‘文法’”，使得它能够为“在历史转型期如何接通现代性的思想、文化，成为现代性的便利通道，知识分子言说方式的现代转型”提供一个契机。至于胡适本人在新诗创作方面的浅陋，或者他们那代人在为新诗辩护时，于言说方面的粗疏之处，不是重点所在。换句话说，旧体诗词的对新诗的批评，专注胡适他们的立场、言论和作品作为切入点，固然颇有奇效，但实在是有点没找准命门。

虽然存在各种各样的误会和模糊之处，但相对于汉语古典诗歌、以及依然富有活力的当代诗词创作而言，新诗是一个独立的艺术门类，不是从旧体诗词中分离出来的支流或叛逆——虽然两者之间依然充满着千丝万缕的联系。那么，将古典诗学传统中的那套审美和判断系统加之于新诗的创作和批评，看上去固然威猛无俦，事实上则有点“关公战秦琼”的味道。另外，有了百年间在观念、修辞和风气方面的变化，也并不是所有的新诗作者都如早期的缔造者们那样，将旧体诗词作为一个天然的对立面来看待（虽然并不将它们视为有紧密关联的门类）。众多的批评和误会其实来自于双方的不了解和缺乏沟通，来自于诸多偏见。就旧体诗词与新诗之间的下意识的纠葛而言，闻一多在《文学的历史动向》中的言论就是很好的辩护：

要把诗做得不像诗……说得更准确点，不像诗，而像小说戏剧，至少让它多像点小说戏剧，少像点诗……这是新诗之所为“新”的第一也是最主要的理由。

这几句话中的第一个“诗”，指的是新诗，而第二个“诗”无疑指的就是旧体诗词。新诗之为“新”，在于它从一开始就应该被视为和古典诗歌／旧体诗词不一样的一种艺术体裁，来被创作、辨认与批评。我们未尝不可将新诗当作一种特殊的戏剧或小说，为什么非得要将之纠葛在传统诗学的框架下呢？当代的旧体诗词作者们对新诗在这百年来（借由新的权力和话语格局，借由特殊的时势）获得的“主流”地位愤愤不平，不正是因为他们总是试图让“（新）诗做得像（旧）诗”，下意识地觉得新诗不是“逆子”就是“异端”吗？按照闻一多的这个说法，倘若真要为旧体诗词争主流和地位的话，矛头应该指向在我们这个时代真正占据了主流地位的小说（甚至电影艺术）才对。把新诗当作一个天然的假想敌，和新诗早期的开创者（策略性或实质上）把古典诗歌当成造反的对象一样，未免有点可惜。

汉语新诗面临的第二个“窘境”是，它没有像古典诗歌那样，造就足够具有说服力的经典。或者干脆就说，汉语新诗要么失之浅陋，要么就是“深奥”得令人费解。类似的质疑，从新诗诞生开始就从未断过。哪怕是新诗作者，譬如于赓虞这样的早期诗人，也说“自所谓新诗运动以来，我们尚未看到较完整的诗篇”。写出《野草》这样被视为汉语现代性开端的散文诗的鲁迅，1930年代在和埃德加·斯诺的访谈中对发展了20年的新诗依然嗤之以鼻，认为它“还是在交倒楣运”。季羡林直接认为新诗“是一个失败”，大概也是因为，他认为新诗里没有出现他所认可的、足堪称为经典的作品。最令新诗的作者痛心的指责，可能来自于“九叶”之一的郑敏，作为新诗史上已被经典化而尚在人世的“活化石”，她对新诗自身传统的源头性的否定，最为致命。堡垒似乎正在从内部被攻破，而不及等待外部的责难。

作为兼事新旧两种诗体创作的作者，我其实非常理解新诗面临的这种窘迫的状况，明白为何就连新诗领域内的“自己人”，都会发出如此动摇根基的质疑。这其实是民族文化心理模式使然。新诗是一种充满活力而富有开创性的文体，与极具文化向心力的旧体诗词系统有着本质的不同，这种新而未稳的艺术形态，并未进入到一般的文化层面，亦无能融入到民族文化心理的基本意识中。另外，堪满百年的新诗，还是一个相当年轻的文体，由于现代汉语和近世中国社会的特殊性，从它的内部尚未生长出一种高度成熟的意识形态来与整个大的文化系统进行对话，它的作者们也难以从中获得依托于大的文化体系的安慰。它可谓是得之于“新”，也失之于“新”，富有进取的青年人一旦进入暮年，创造力衰退后，精神上那个守成有余而又足以在强大的古典诗歌传统中获得慰藉的前辈们，自然容易倒向旧体诗词。

但新诗和旧体诗词两者之间的关系真的就必须如此二元对立吗？一颗曾向最新鲜的文体敞开过的心灵，为何最终依然拜伏于我们的传统之力？我觉得，一方面是因为，他们停止了对新诗内部更新鲜力量的观察，停止了跟进它的动态，由于缺乏了解和理解而导致误解，从而损伤了自己曾为之努力过的精神事业；另一方面或许是，我们似乎需要换一个角度来理解何谓新诗的“经典作品”——它的参照系如果还是古典诗词所缔造的审美标准和样态的话，是不是可以说明新诗之“新”得不彻底呢？事实上，至少在1930年代、1940年代、1980年代、1990年代到新世纪，新诗中都不乏有足够说服力的“经典”作品出现，只不过这种“经典”并不是既有理解力下的“经典”，是配合着新诗之“新”而成就的“经典”。我们为什么不拿拉斐尔前派的标准来衡量抽象主义绘画呢？这之间的道理其实是一样的，觉得新诗尚未有足够说服力的作品出现，不过是因为，大家还是在拿古典诗词的美学标准来衡量新诗的成就罢了，或者干脆是对新诗领域缺乏真正内行的了解——总不能拿那些司空见惯、被大众接受得最广泛的新诗“代表作”视为它最高成就的代表吧？如果是那样，那么来自当代旧体诗词界的批评，其实和真正内行、专业的新诗现场毫无关系。

说到这里，有一点需要再次强调的是，对新诗的创作、阅读、鉴赏和批评，以及因此形成的理解模式，其实和我们对古典诗歌（以及当代人创作的旧体诗词）的理解模式是完全不同的。（最好的）新诗的创作与批评，已经是一种相当内行的行为了，和对旧体诗词的接受不一样，它并不是一种天然容易适应普通人的理解力的艺术样式，而需要专业的训练才能进入。我们现有的教育系统给予了古典诗歌最基础的理解训练，我们的民族文化生态对古典诗歌有着天然的亲和性，但它并没有给予新诗足够多的机会，让专业的理解训练得以进入到一般文化生态当中。而大众传媒所塑造的当代新诗的形象，往往是歪曲的，是新诗文化中的糟粕而并非精华。但是，对新诗的批评却往往揪住了它被歪曲的那部分，这也实在是很冤枉的。我们不会因为自己所掌握的高中物理学知识，而对最为精深的理论物理嗤之以鼻，认为它不能被理解（因而有问题）吧？我们弄不懂相对论，却能对它抱有起码的敬畏，那么又为何总觉得自己有足够的视野和理解力，因着对旧体诗词的专业认识，便足够两相参照、对通过一般领域而非专业了解到的“新诗”发起“致命的”批评呢？

新诗的第三个“窘境”来自当代文化的刺激，这种刺激，包括大众对新诗的漠视和“费解”的指责，也包括加速变化的当代社会对人类思想（及其产物）所提出的挑战。新诗诞生于汉语世界面临“三千年未有之大变局”的历史拐点，复因其欧风美雨的出身，而天然需要面对现代性这个当代世界最为核心的命题——但这也是新诗的历史性契机。挪用艾略特在《玄学派诗人》里头的说法：“在我们今天的文化体系里，诗人们写的诗肯定费解。由于我们的文明变得极其多样和复杂，作用于诗人精细的感受力上，也产生多样和复杂的结果。诗人必须变得越来越全面，越来越隐曲，越来越间接，以图挤迫语言，必要时搅乱语言，去就他的意思。”

那么，这种对语言本身的复杂作用，是在具有相当稳固性的文言系统中更容易配对和实现，还是在具有无限可能性与活力的现代汉语中更具有实现性呢？是抒情言志的古典诗词传统更能具备对这个复杂纪元的理解力，还是一切并无定论、充溢着可能性的新诗更能包容如此异质多元的现代经验呢？阿多诺在《谈谈抒情诗与社会的关系》中，借由评论里尔克的《拜物教》，谈论了现代诗（新诗的实质是现代诗）和古典时代诗歌作品的根本不同之处。他文章中提及的过去的诗与现代诗固然都是西方传统中的产物，但“东海西海，心理攸同”毕竟也不是空话：

里尔克的《拜物狂》在审美意义上看是贫弱的，它具有一种诡秘的味道，把宗教与艺术杂糅在一起，但同时它也显示了物化世界的真正压力。没有任何抒情诗的神力能够赞美这种物化世界，使之重新变得有意义。

我们所处的时代，已经不是一个田园牧歌的时代了，而是真正的、比里尔克的时代更甚的“物化世界”，传统的“抒情诗”（广义）能够赋予它如古典时代那般的稳固意义吗？当代文化的刺激，大众传媒的娱乐，我们该如何面对？

3

从新诗和旧体诗词面临的当代文化的挑战说开去，实质上我们能看到，两者其实是一对“难兄难弟”。只不过，诗词文化对这种时代境况的态度，可能比新诗更为消极一些。这当然和它们所植根的话语形态有关。传统诗词从精神实质和文化样态的方方面面，都与古典时代的社会和人事结成了稳固关联，它们是文化精英的教养的自然延伸，是他们心智流露的作物，而古典时代（尤其是近古）也是以文化精英为核心构建的社会，两者之间体现着法国哲人罗兰·巴尔特所说的那种“语言的统一性”。巴尔特说，“语言的统一性是古典时期的一个信条”，而旧体诗词所根植的古典语境（哪怕当代社会已然不具有这种语境了），正依赖于建立在语言之上的统一性。它所依凭的文言话语，是一个对文化精英开放、对大众进行教化的循环系统，精英内部的审美共识即意味着大众在文化上的必须接受驯化。

但新诗不是这样，它既不是文化精英的文体，也不是大众的话语，类似于当代艺术，它其实是一种“特殊的知识”（臧棣语），是专业话语。——这也是一些旧体诗词界的人士用以批评新诗的一个口实，认为它占据了学院研究的主流系统，而排挤了当代诗词应有的位置。事实上，这是由于新诗自身的话语形态所决定的。新诗最好的那部分（同时也是最艰深的那部分）只有在学院中尚得容身之地。因为深厚的民族文化传统，旧体诗词虽然不再居庙堂之高，却依然能处江湖之远，有特定的生态圈子足以构成一个丰富的共同体，而（最好而又无法为大众文化理解吸收的那部分）新诗则只能处学院之深，进行一个相对合理的循环。但是，这种“各得其所”的方案，还时时遇到“友军”的责难。事实上，当代旧体诗词创作在学院中的不受待见，固然有新诗占位的因素，却不是最根本的原因——君不见，小说研究乃至电影艺术，才是这个时代学院系统的真正主流么？没有新诗的占位，当代旧体诗词的创作（成就不菲，这点我并无偏见），就能从古典诗歌研究的既有格局中争得一席之地、杀出一条血路？我看倒也未必。

更进一步讲，就两者在当代文化中的所处的境遇而言，新诗和旧体诗词也实在应该惺惺相惜，而不是互相误会。即使在汉语新诗诞生的最初，作为打破旧文学既有格局的角色而出现，它的“白话诗”前身，为现代汉语的转型和解放大众的理解力做出了贡献，但时至今日，这份使命已经完成，就作为一种艺术形式的汉语新诗而言，其实和旧体诗词一样，并不属于大众文化。从这个意义上来说，植根于精英文化的旧体诗词，和植根于专业话语的新诗，在我们这个属于大众文化的时代，都不可能如大家所愿的那样跻身于主流文化，更不可能的是复制诗歌在过去时代的荣光。所以（无论新旧）诗人们的失落是必然的。但意义自在其中。这也是诗人们之所以愿意兢兢业业为之开垦的原因，因为这两种独特的艺术样态都有它相当的迷人之处。譬如旧体诗词，它自始至终便不是一种自外于生命本身的东西，而是个体生命经验的附属物和自然延伸，言志抒情兼有教养与自娱的冲动。严肃的现代诗则更像是悬隔了生命涵咏的受造物，是人类在古典整全性／神性自世上消隐之后，自我确立起来的一个新神，一个需要人类创造力不断充盈进去、不断灌注意义的外壳。

2017年6月定稿于姑苏城

参考文献

1. 阿多诺：《文学笔记》第一卷，蒋芒译，据U. Heise编《文艺理论读本》德文版，1977年。
2. 艾略特：《艾略特文学论文集》，李赋宁译，百花洲文艺出版社，1994年9月。
3. 陈仲义：《新诗百年，如何接受，怎样评价？》，《人民日报》2017年4月18日，第14版。
4. 李春阳：《白话文运动的危机》，生活·读书·新知三联书店，2017年1月。
5. 罗兰·巴尔特：《符号学原理》，李幼蒸译，生活·读书·新知三联书店，1988年11月。
6. 荣光启：《“现代汉诗”的发生：从晚清到五四》，中国社会科学出版社，2015年5月。
7. 闻一多：《文学的历史动向》，载《当代评论》，第4卷第1期，1943年12月。
8. 茱萸：《临渊照影：当代诗的可能》，《当代诗II》，文化艺术出版社，2011年6月。

THE END

本册完，更多内容详见

《诗镜》《诗蜀志》

YA SHI

哑石，诗人，现居成都。

JU FA

“诗镌”（2017卷），含《诗镜》《诗蜀志》《句法》三本。《句法》是诗歌文论年选，以期积累成为能够介入新诗发展进程的高质量文论选本。

图书在版编目（CIP）数据

句法 / 哑石编. -- 成都：成都时代出版社，
2018.1
（诗镌. 2017卷）
ISBN 978-7-5464-2015-8

Ⅰ. ①句… Ⅱ. ①哑… Ⅲ. ①新诗评论—中国 Ⅳ.
①I207.25

中国版本图书馆CIP数据核字(2017)第328625号

句法

JU FA

哑石 编

出品人　石碧川
责任编辑　兰晓蓥蓥
责任校对　李　佳
书本设计　原创动力平面设计
内文手书　原创动力平面设计
责任印制　唐莹莹

出版发行　成都时代出版社
编辑部 028-86619530　发行部 028-86615250
网　址 www.chengdusd.com

印　刷　成都市金雅迪彩色印刷有限公司
规　格　140mm×210mm
印　张　13.125
字　数　330千
版　次　2018年1月第1版
印　次　2018年1月第1次印刷
书　号　ISBN 978-7-5464-2015-8
定　价　45.00元

句法